La Dame de Champbrise

Lyliane Mosca

La Dame de Champbrise

ÉDITIONS FRANCE LOISIRS

Rien n'empêche le bonheur
comme le souvenir du bonheur

André GIDE

À Jean-Pierre, toujours.
À notre descendance : Carole, Laurent,
Jean-Baptiste, Jules-Adrien et Arthur.

Édition du Club France Loisirs,
avec l'autorisation des Éditions De Borée.

Éditions France Loisirs,
123, boulevard de Grenelle, Paris.
www.franceloisirs.com

ISBN : 978-2-298-07447-5

Remerciements

Sylvie Virodoff, première et fidèle relectrice.

Et pour leurs explications, témoignages, souvenirs ou anecdotes :

Fabien Gram, luthier ;

Chantal Prieur de Tonnerre ;

Claudette et Alain Figiel (ferme pédagogique de la Marque) ;

Valentina Vitale, artiste (chanteuse, musicienne), propriétaire du domaine de Bois-Gérard ;

Manu Costa, artiste peintre, et quelques habitants du pays d'Armance.

Note de l'auteur

Si ce livre est inspiré d'un fait divers réel, mon imagination de romancière l'a transposé et arrangé pour les besoins du roman. J'ai inventé des faits, des lieux et ajouté des personnages sans liens avec la véritable histoire. Ou si peu...

Luc

Pervenche rentre vivement dans sa maison, le cœur battant. Elle ne s'y fera jamais, à cette méchanceté. La vieille l'a encore insultée. La vieille. Elle s'étonnera toujours de la nommer ainsi. Elle n'aime pas la connotation péjorative de ce mot mais quand on a tout tenté, sans succès, pour apprivoiser une mégère, on ne peut pas la doter d'un diminutif affectueux, ni même l'appeler simplement par son prénom : Hélène. Et encore moins maman, même si ça lui aurait plu de l'appeler ainsi, elle qui, depuis l'âge de quatre ans, n'en avait plus. Non. Après tant d'humiliations, de reproches et d'injustices, on dit juste la vieille. Même si ça arrache la bouche.

Pourtant, quand elle avait épousé Luc, le fils unique d'Hélène et d'André Fontaine, des agriculteurs aisés installés en Champagne, Pervenche espérait bien gagner l'affection de ses beaux-parents et s'en faire des complices. Après tout, ils aimaient le même homme, Luc, et voulaient tous les trois son bonheur. Mais si André avait su lui montrer un peu de tendresse quand sa femme avait le dos tourné, en revanche, Hélène avait toujours nourri une haine sans bornes pour sa belle-fille, sans que celle-ci n'en comprenne jamais la raison. Pervenche se consolait en remarquant qu'au fond la vieille n'aimait pas grand monde. Elle n'avait jamais su. Les sentiments glissaient sur elle comme les gouttes de pluie sur les carreaux. Il fallait toujours qu'elle s'en prenne à quelqu'un : sa belle-fille, son mari, les ouvriers ou les stagiaires, son fils. C'était à chacun son tour de se faire humilier. Et puis, dans une stratégie machiavélique, elle divisait pour mieux régner. Elle avait l'art de semer le doute dans les esprits. Même dans celui de Luc. Ainsi, quand elle affirma un jour que Pervenche le trompait avec le vacher, son fils, bien qu'il connût les manigances de sa mère, revint plusieurs fois à l'improviste, pour vérifier... Sa femme lui avait pardonné. Il n'était pas responsable de sa manipulatrice de mère. Quant au pauvre homme, un Hollandais simple et courageux que tout le monde appelait le Noir, en raison de sa taille et de sa tignasse de jais, il avait résisté aux accusations et félonies pendant six mois, puis était parti, amaigri d'une dizaine de kilos.

Et maintenant que Luc et André ont quitté ce monde, la vieille n'a plus qu'une cible sur laquelle envoyer les flèches empoisonnées : sa belle-fille, celle dont les qualités la dérangent, ainsi qu'elle le répète toujours à qui veut bien l'entendre...

Pervenche tourne le thermostat des radiateurs du salon. L'eau s'engouffre dans les tuyaux en chuintant. La jeune femme s'adosse contre la chaleur et bientôt son corps se détend. Elle passe la main dans ses cheveux mais ses doigts accrochent des nœuds rêches et drus qu'ils tentent de démêler. Elle peste une fois de plus contre cette chevelure châtaine, épaisse et frisée, si difficile à maîtriser, mais qui lui confère un air exotique que les hommes ont toujours admiré. Luc comme les autres.

Luc. Déjà huit ans qu'il est parti. Son corps et son cœur toujours en manque de lui, Pervenche se demande si la souffrance un jour s'estompera. Comment oublier ? C'est elle qui l'a trouvé pendu au gros chêne, dans la vieille vigne. Ce drame, elle le craignait inconsciemment. Car les choses allaient de mal en pis. Luc ne riait plus jamais. Il dormait peu et ne parlait guère. Il restait même couché toute une journée, parfois, et rien ne pouvait le déloger. Ni l'idée du travail en attente, ni les reproches de la mère, ni la douceur d'Isora, ni même les sourires de la cadette, Flore, née deux ans après le retour d'Afrique du Nord. Ainsi, son épouse vivait toujours avec la crainte que cette épée de Damoclès, pendue depuis des mois au-dessus de sa tête, tombe pour briser son bonheur.

Et c'était arrivé. En février 1972.

Depuis, les deux femmes s'affrontent. La vieille dans la grande maison. La jeune dans la plus modeste, en face. À cent mètres l'une de l'autre. Juste séparées par une cour de graviers. Et un fossé sans fond, creusé sans répit par la haine d'Hélène Fontaine.

Pervenche allume une petite lampe. La nuit tombe tôt en novembre, accentuant la sensation de solitude et de froid. Heureusement, Flore rentre du collège ce soir. Interne dans un établissement de Troyes, l'adolescente revient toutes les semaines à Chessines, petit village niché dans la vallée de l'Armance, au sud du département de l'Aube, pour se faire dorloter par sa mère. En attendant, Pervenche se prépare à aller traire les vaches. La routine. Mais une routine qu'elle cultive en mémoire de son mari, ne s'accordant pas le droit de changer les choses. En sera-t-il ainsi jusqu'à la fin de sa vie ?

Elle enfile un jean et un vieux pull, cache ses cheveux sous un foulard, et s'apprête à sortir quand des voix l'interpellent :

— Pervenche ? Tu es là ?

Elle entrouvre la porte et se trouve nez à nez avec deux pompiers. Paul et Éric, des amis d'enfance, lui proposent le traditionnel calendrier « Année 1981 ».

— Entrez donc, invite Pervenche en remarquant le rideau bouger dans la maison d'en face.

Voilà de quoi faire enrager la vieille. Sa belle-fille fait entrer deux hommes dans sa maison !

Ils sont plantés là, dans l'entrée qui dessert à droite la cuisine, à gauche le salon et au fond les trois chambres, sans oser s'avancer. Pervenche les a toujours intimidés. Est-ce son allure fière, son port de reine, son autorité ou ses yeux bleu marine ? Elle en impose, la jeune veuve Fontaine. Elle n'a besoin de personne. Quelques-uns ont bien essayé de l'approcher en vue de plus d'intimité si affinité, en vain. On le dit, la fermière de Champbrise ne s'en laisse pas conter.

Dans un réflexe de coquetterie, Pervenche retire vivement le foulard emprisonnant ses cheveux. Ceux-ci, séparés par une raie de milieu, s'étalent en corolle sur ses épaules, lui conférant une note de féminité. Une féminité qu'elle s'applique souvent à effacer, comme si elle ne s'autorisait pas à être belle. Pas d'artifice chez cette femme, un visage au naturel, avec des pommettes hautes et des traits bien dessinés, presque durs, quand elle ne les éclaire pas d'un sourire.

— Je vous offre une coupe de champagne ?

Pervenche en garde toujours une au frais. Une habitude prise du temps de Luc. Un petit plaisir qui est resté, malgré tout, pour certaines occasions. Les anniversaires, les réussites scolaires, les visites... C'est vrai que le champagne de l'Aube est enfin reconnu et apprécié.

Aujourd'hui, la venue des pompiers, des volontaires motivés toujours prêts à secourir les habitants, sert de prétexte à faire sauter le bouchon.

Paul accepte en souriant, déposant sa sacoche sur une chaise.

— On ne boit pas chez tout le monde, on ne serait pas beau à voir, mais une coupe, ça ne se refuse pas, hein, Éric ?

Celui-ci hoche la tête en piétinant d'un pied sur l'autre.

— Vous voulez vous asseoir une minute ? demande Pervenche.

— Non, on n'a pas le temps. La tournée ne fait que commencer. On est obligés d'attendre que les gens soient rentrés de leur travail.

Leur hôtesse sort trois coupes qu'elle dépose sur la table du salon, débouche prestement la bouteille, sert le liquide doré avec précaution, presque sensuellement, et les bulles s'échappent dans un léger pétillement.

Elle trinque avec les pompiers. Les verres tintent joyeusement, leur note cristalline suspendue une seconde dans l'atmosphère.

— À la nouvelle année qui approche ! dit Éric en regardant son verre.

— Elles se suivent et se ressemblent toutes, désormais, soupire Pervenche, en rangeant le calendrier dans le tiroir de son bureau.

— Faut pas dire ça, t'es jeune, tu peux refaire ta vie, hasarde timidement Paul, avant de porter la coupe à ses lèvres.

Éric avale une première gorgée et complimente :

— Il est bon, ton champagne. Il vient de Montgueux ou de la côte des Bar ?

— De Landreville, près de Bar-sur-Seine. C'est vrai qu'il est bon. Mais pour en revenir à ta question, Paul, je réponds non. Une vie ne se refait pas. On continue, c'est tout. Et franchement, je ne suis pas prête pour une autre histoire. J'aurais l'impression de trahir Luc.

Les deux hommes hochent la tête, puis Éric rappelle qu'il ne faut jamais dire « Fontaine, je ne boirai pas de ton eau ».

— Et ceci, sans jeu de mots, ajoute-t-il.

Pervenche sourit à l'adage et à l'allusion à son nom.

— C'est vrai. Mais pour l'instant je préfère le champagne. Encore une goutte, messieurs les pompiers ?

Ils refusent, le vin pétillant a un goût de « reviens-y » comme ils disent, certes, mais ce ne serait pas raisonnable.

— Comme vous voudrez... Bon, pour moi, c'est l'heure de la traite.

Les deux hommes se dirigent vers la porte en lui

souhaitant bon courage. Juste avant de sortir, Éric se retourne :

— Au fait, tu sais que le manoir est à nouveau habité ?

— Silvabelle ?

— Ben oui. Les volets sont ouverts, on a vu un homme en sortir. Sa voiture est immatriculée dans le Finistère. On n'en sait pas plus pour l'instant. Faut du courage pour habiter au milieu des bois, surtout après c't'histoire. Et puis, y a du boulot là-dedans ! Depuis le temps que les volets sont fermés !

— Ça fait pas loin de quinze ans, ajoute Paul. Tu sais bien que l'héritière, la veuve Brunet, une originale, qui a fait don du château à une association dans les années cinquante, garde néanmoins le droit de regard sur les ventes.

— Je sais bien, et l'association partie, elle a soutenu deux propriétaires marginaux qui, hélas, une fois installés, n'ont pas fait long feu. Depuis, comme personne ne convenait à Mme Brunet, le château est resté ouvert aux quatre vents, ou presque, depuis tout ce temps. Pourtant, il paraît que plusieurs acheteurs auraient payé le prix fort pour obtenir Silvabelle, dont certains notables de la région, mais elle n'a jamais rien voulu savoir. Elle imaginait le lieu habité par des artistes ou des amoureux de la nature... Des gens sensibles aux pierres et à l'âme des maisons, qui prendraient soin de ce bien en l'entourant d'attentions, en veillant à son harmonie. Enfin, c'est toujours ce que j'ai entendu dire, sourit Pervenche en replaçant une mèche de cheveux qui s'obstine à tomber devant ses yeux.

Silvabelle l'a toujours fait rêver, malgré le drame.

— Alors c'est peut-être un peintre, un pianiste ou un poète qui va s'installer et braver ainsi la malédiction. On verra bien. Voilà de quoi intriguer la population. Mais à mon avis, y prendra vite les jambes à son cou, le malheureux, on dit le lieu hanté. Je crois pas à ces choses-là mais, pour ma part, j'aimerais pas y vivre. Allez, Pervenche, cette fois, on est partis. À une autre fois ! lance Éric.

— C'est ça.

Elle les regarde sortir et s'engouffrer dans une camionnette Renault. La voiture démarre dans un ronronnement régulier tandis que les phares balaient la cour de ferme, puis s'éloigne dans la nuit. Pervenche croise son gilet de laine sur sa poitrine. Elle a froid. Elle est lasse. Elle est seule. Mais il lui faut bien continuer. Où irait-elle sans argent, sans métier ? Elle soupire, se dirige vers l'étable en appelant Tempo, son compagnon de misère, chien à la race indéfinie tirant plutôt sur le berger, qui l'aide à surveiller les vaches.

La porte de la grande maison s'entrouvre, la vieille passe la tête pour jeter son venin :

— Les pompiers maintenant ! Il te les faut tous, les hommes !

Sa belle-fille hausse les épaules sans répondre et contourne l'habitation pour entrer dans l'étable. Dans la stabulation, quelques impatientes meuglent désespérément.

Jean-Noël Morel, dit Nono ou Jeannot, l'ouvrier employé à la ferme depuis le décès de Luc, a devancé sa patronne. Il mouille le sol à l'aide d'un tuyau d'arrosage afin de pouvoir nettoyer plus facilement ensuite, puis il siffle Tempo qui n'attendait que ce signal pour courir jusqu'à la « stabule ». L'homme et le chien, complices, dirigent les vaches, de belles « hollandaises » noir et blanc, vers la salle de traite. Certaines bêtes, embarrassées de leur pis tendu comme une baudruche, se bousculent pour arriver plus vite tandis que d'autres, plus calmes, attendent sagement leur tour.

— Allez, mes belles, installez-vous, là, par ici, doucement mes jolies, comme ça, invite Pervenche.

Jean-Noël sourit.

— Vous m'amusez toujours à faire la conversation aux bêtes. Moi, je dis rien ou pas grand-chose, et elles avancent tout pareil.

— Elles aiment qu'on leur parle, elles ont besoin d'être rassurées, comme tous les animaux, répond la fermière en lavant soigneusement les mamelles à l'eau et au savon. Elle les essuie ensuite doucement, branche les appareils et la traite commence automatiquement.

Il faudra une heure pour que les bêtes retrouvent un pis souple, vidé de son lait.

— Jean-Noël, vous pourriez aller soigner les veaux avant de partir ?

L'homme hoche la tête. Il n'est pas à un quart d'heure près. Il ferait n'importe quoi pour sa patronne. Elle le sait bien, elle lit dans ses yeux une adoration qu'elle feint de ne pas voir et s'applique à tenir ses distances afin qu'il ne nourrisse pas d'illusions. Bien bâti, un visage aux traits réguliers qu'éclairent des yeux clairs, les cheveux gris coupés court, Jeannot, homme de la terre plein de bon sens, pourrait rendre une femme heureuse. Les amies de la jeune femme, Agathe et Claudine, lancent parfois des sous-entendus éloquents. Elle s'en amuse. Elle n'éprouve que de l'amitié pour l'ouvrier de la ferme. De toute façon, elle ne s'autoriserait pas à aimer quelqu'un d'autre. Luc occupe toujours la place, dans son cœur. Et puis, cette disparition violente a fait naître de la culpabilité en elle. A-t-elle été assez attentive au mal-être de son mari ? Aurait-elle pu l'aider davantage ? Ces idées la rongent inlassablement.

La vieille, dont les mauvaises idées s'emballent comme à chaque fois qu'un homme vient aider Pervenche, les épie parfois, fait mine de les surprendre, grimace un sourire moqueur, et repart avec son fiel dans sa poche, ce qui ne l'empêchera pas, bien qu'elle n'ait jamais rien vu, de colporter des ragots sur sa belle-fille « qui se laisse serrer de près par le Nono ».

Elle vit en recluse dans cette grande maison bourgeoise richement meublée, signe de la prospérité d'une exploitation qui était déjà à la pointe du progrès, dans les années soixante-dix.

Mais, dans cette demeure qui sent maintenant la poussière et les souvenirs fanés, elle n'occupe plus que la cuisine, une chambre et un salon. Elle n'a pourtant jamais envisagé de la léguer à la famille de Luc. Elle préfère laisser les volets fermés et l'humidité s'installer à l'étage. C'est son domaine. Les vestiges d'une gloire passée. Et puis, si les femmes d'en face sont un peu à l'étroit, c'est bien fait. Elle n'avait pas apprécié quand Luc et Pervenche, pour marquer leur indépendance dès leur mariage, avaient retapé une partie de ce corps de ferme cistercienne pour en faire une maison modeste, certes, mais confortable. Alors qu'elles s'en contentent.

Elle n'a jamais envisagé non plus de leur céder une autre de ses maisons. Elle en possède trois au village, achetées avec l'héritage de son mari. Les parents d'André, en effet, des Lorrains fortunés, n'avaient qu'un fils.

***

Pervenche regarde sa fille dévorer la pizza qu'elle a préparée pour elle. Des cheveux couleur de miel coupés au carré, un regard vert d'eau, malicieux et bordé de longs cils, Flore, sans ressembler à un mannequin, ce qu'elle déplore, est dotée d'un minois à croquer. En général, on la qualifie de mignonne.

— J'ai obtenu cinq en mathématiques, annonce-t-elle en dessinant une moue enfantine.

Pervenche sursaute.

— Mais enfin, Flore, il faut te ressaisir. Cinq ! Ta moyenne va encore baisser. Déjà qu'elle n'est pas confortable.

— Oh, douze, ça va encore, affirme la gamine en essuyant son assiette.

Elle attrape le saladier et se sert largement de scarole.

— Ah, ici au moins, la salade sent le vinaigre et les épices. Rien à voir avec la sauce insipide servie au collège. J'en ai marre, maman, de l'internat. Après le brevet, je veux apprendre un métier.

Pervenche soupire.

— Que ferais-tu, sans le baccalauréat, ma fille ?

Regarde-moi. Je suis coincée ici. Et ce n'est pas par plaisir. Si j'avais une profession, je quitterais Champbrise et ta grand-mère sans regrets.

Flore lui prend la main et la réconforte :

— Mais tu es agricultrice. Ne te rabaisse pas. C'est un beau métier, non ?

Pervenche en convient, tout en expliquant qu'étant enfant elle fleurissait ses rêves.

— J'aurais aimé faire pousser les plantes et les vendre. Mais, après mon brevet, j'ai dû travailler en usine car Pauline, la marraine qui m'a élevée, manquait d'argent. Ensuite, j'ai fréquenté ton père et tout naturellement je suis devenue fermière. J'ai appris « sur le tas », comme on dit.

Flore arbore un sourire mitigé, entre pluie et soleil. Elle compatit à la nostalgie de sa mère, mais, comme tous les enfants, elle ne s'arrête pas à ces états d'âme et passe vite à un sujet plus plaisant, qui la concerne.

— Ma copine Laurence fête son anniversaire, dimanche à Ervy. Je peux y aller ? Il y aura presque toutes les filles de ma classe. Dis oui, maman. S'il te plaît.

Elle se lève pour s'emparer d'un yaourt dans le réfrigérateur, caresse les cheveux de Pervenche en passant, se rassied et, tout en mangeant son dessert, interroge sa mère de ses yeux suppliants. Celle-ci, par taquinerie, semble hésiter en faisant tourner son verre dans sa main, sourit évasivement puis donne enfin son accord :

— Entendu pour dimanche, ma fille, va t'amuser mais promets-moi de remonter cette moyenne. À ton âge, ta sœur...

Flore se ferme instantanément. Elle refuse d'être comparée à sa sœur.

— Je sais, Isora travaille bien. Elle a toutes les qualités et principalement celle de ressembler à papa. Seulement, tu ne sais pas tout. Ton aînée est loin d'être une sainte.

— Mais enfin, ne sois pas jalouse. Je connais les défauts d'Isora. J'en accepte certains et en déplore d'autres, mais je n'ai rien à lui reprocher en matière de résultats scolaires. Allez, aide-moi à débarrasser et à remplir le lave-vaisselle. Il y a un bon film à la télé, ce soir. On va se blottir sur le canapé avec Tempo à nos pieds et Isis sur nos genoux, hein, ma grande ? Écoute le vent du nord qui souffle en tempête et profite de la chaleur de ton foyer.

Flore essuie la table sans répondre en affichant son air des mauvais jours.

— Allez, déride-toi. Tu ne vas tout de même pas gâcher notre soirée, insiste sa mère. J'ai besoin de voir mes filles souriantes, moi. Tu te rends compte ? Toute la semaine avec une sorcière en face...

Flore allume la lumière de ses yeux, s'étire, se lève et propose une tisane à sa maman :

— Une verveine, ça te dirait ?

Pervenche acquiesce en souriant, se lève prendre deux tasses, deux cuillères et un pot de miel tandis que Flore dispose la bouilloire sur la flamme de la gazinière.

Quand l'eau commence à chanter, elle la verse doucement dans les mugs pour imprégner les petits sachets d'infusion et se rassied, la tête dans ses mains et les yeux dans le vague.

Isis, sa chatte préférée, grimpe sur la table et, la

queue en l'air, passe et repasse devant sa jeune maîtresse qui finit par réagir et la caresser.

— Les volets de Silvabelle sont ouverts, lance-t-elle d'un ton anodin, en grattouillant le menton de son chat.

Pervenche avale deux gorgées de verveine et sourit.

— Je sais. Les pompiers me l'ont appris ce soir. Un homme l'habite, paraît-il. Un Breton.

— Tu ne regrettes jamais ton manoir, maman ? Ça m'aurait plu d'habiter le domaine de Silvabelle.

Pervenche frissonne. Elle parle rarement de la tragédie qui a marqué son enfance. Elle a enfoui ses souvenirs au plus profond d'elle-même afin d'oublier sa souffrance. Question de survie, sans doute. Mais l'endroit l'a toujours fascinée.

— Je pense parfois que j'aurais pu y grandir. Un rêve en quelque sorte, pour exorciser le drame qui a suivi et dont je suis imprégnée. Mais ce château ne me revenait pas. Tu sais, ce qui me manque davantage, c'est l'affection de mes parents. Mon père que je n'ai pas connu ou si peu que je ne m'en rappelle pas. Ma mère et Guillaume, le propriétaire du domaine, disparus dans de terribles circonstances.

— Raconte. Je sais qu'ils ont été tués pendant la guerre, en 1944, mais Isora affirme que rien n'a vraiment été élucidé. Raconte, maman. Je suis grande maintenant. Je comprends les choses.

Les yeux embués, Pervenche répond qu'elle-même n'a jamais tout compris et que des tas de points sont restés obscurs.

— J'avais quatre ans. Tout est flou, presque irréel. Je me souviens seulement avoir entendu des coups contre la porte, puis des cris et enfin des coups de feu. J'étais terrorisée dans mon lit. Longtemps après, j'ai cru avoir rêvé. Ensuite, chez Pauline, tu sais, l'amie de Guillaume qui m'a recueillie, d'affreux cauchemars m'assaillaient toutes les nuits.

Flore presse la main de sa mère.

— Mais qui les a tués ? Des Allemands ?

— Non. Des résistants, paraît-il. Une erreur. Tu sais, pendant cette époque trouble, les bons et les mauvais se mélangeaient... On ne savait plus qui était qui et les règlements de comptes se multipliaient. Je vais te montrer une coupure de presse.

Pervenche se lève doucement et se dirige dans sa chambre. Flore l'entend ouvrir l'armoire dont la porte grince légèrement, feuilleter des documents puis revenir à pas feutrés dans la cuisine.

— Lis. C'est tout ce que j'ai.

Alors Flore lit attentivement. Elle apprend qu'à la mort de sa femme Éva, en 1939, Guillaume Lamotte, un peu paumé, passait plus de temps à boire et à chasser qu'à faire fructifier son usine de bonneterie troyenne qu'il finit par vendre un bon prix. C'est alors qu'il acheta Silvabelle, un château planté au milieu de la forêt de Chessines. D'après les gens, il menait grand train, entouré d'une meute de chiens et de quelques maîtresses et passait pour un original. Un être cependant généreux, qui, dans les années quarante, s'est pris de passion pour Irina, une jeune femme d'origine polonaise, maman d'une fillette de deux ans, Pervenche. Il les hébergea toutes les deux. Léon, un jardinier, l'aidait à entretenir l'extérieur.

— Tu te rappelles d'Irina, maman ?

Pervenche secoue sa chevelure.

— Naturellement. Un peu. Une personne douce qui me racontait des histoires, me cajolait et me préparait des syrniki, ces gâteaux dont je raffolais. Quand je pense à ces instants d'amour, c'est comme si on me déposait un châle de laine sur les épaules. Ça me réchauffe.

Flore sourit et reprend sa lecture.

Lamotte, qui avait déjà constaté des vols de volailles, se sentait menacé et aurait déposé plainte. Le 4 février, quatre individus, se présentant comme des maquisards, frappent à la porte du château et tentent de négocier une forte somme d'argent pour soi-disant aider deux camarades arrêtés, suite, ont-ils affirmé, à la plainte déposée par le châtelain. Mais celui-ci, qui n'aime pas le chantage, se fâche et les met à la porte, sommant son jardinier de les raccompagner manu militari. *Or Léon, voulant faire du zèle et les faire déguerpir au plus vite, aurait tiré une décharge de chevrotine qui atteint l'un des intrus. Comment les maquisards ont-ils présenté la chose à leur chef Henri Muret ? On ne le saura jamais mais toujours est-il que dans la nuit du 10 février le château est encerclé par une vingtaine d'hommes commandés par Muret. Celui-ci ordonne de ne pas tirer, souhaitant juste obtenir des éclaircissements sur la blessure infligée à l'un d'eux par Léon. Ils s'approchent de la propriété, déclenchant le hurlement des chiens et l'ouverture de la porte par Léon. Une dizaine de résistants menés par Muret s'engouffrent alors dans la maison et c'est à ce moment que le drame se joue. Guillaume Lamotte descend de sa chambre aux côtés d'Irina et glisse une main dans sa poche. Un geste qui déclenche la tuerie car un des maquisards, croyant que le châtelain cherchait son revolver, tire sur Lamotte, sur la jeune femme et Léon.*

Or Guillaume cherchait juste son mouchoir. Il n'était pas armé. L'enquête l'a confirmé.

— C'est terrible, murmure Flore en redressant la tête.

Pervenche hoche la tête.

— Mais lis la suite. Moi, je la connais par cœur.

Flore continue.

Les jours suivants, le château fut pillé de fond en comble par les résistants et une partie de la population. Meubles, vaisselle, linge, argenterie et bijoux, même les vins fins, tout a disparu.

— La curée, ma fille. La curée ! Et le coffre descellé a été emporté et jamais retrouvé. Il paraît que certains le cherchent encore. Voilà donc l'histoire de Silvabelle. Quand le lendemain de cette folie meurtrière la rumeur a envahi le village, Pauline, l'amie de Guillaume, est venue me chercher. J'errais dans les pièces à la recherche de maman. Vous le savez car ça, je vous l'ai raconté. Pauline m'a élevée comme sa fille. Voilà bientôt dix ans qu'elle est morte. Elle me manque.

Flore se lève pour entourer sa mère de ses bras.

— Tu n'as pas eu de chance, maman, dans ta vie.

Pervenche embrasse sa fille, puis l'entraîne sur le canapé du salon où, l'une contre l'autre, elles continuent à se parler doucement.

— Tu sais, j'ai vécu de bons moments aussi. Pauline, que j'appelais marraine, m'a beaucoup entourée. Ensuite, j'ai fréquenté ton père et nous nous sommes beaucoup aimés. C'est rare, et ça compte, dans une vie, un amour comme ça.

— Mais pourquoi papa s'est suicidé ? Je me torture avec cette question. Isora aussi, je le sais.

Pervenche caresse les cheveux de sa fille. Une boule dans la gorge l'empêche de répondre tout de suite. Elle se reprend pourtant, avale sa salive, essuie une larme et avoue qu'elle aussi s'interroge sans répit.

— Il était fragile depuis l'enfance. On le disait faible et renfermé. Sa mère le méprisait pour cela, le secouait, mais il baissait la tête sans se révolter. Comme s'il était las. Pourtant, quand on s'est fiancés, il a retrouvé de la vitalité. Notre amour l'a rendu plus fort. Presque gai. Presque heureux. Je croyais même que cette mélancolie qu'il traînait depuis l'enfance était vaincue. Nous vivions dans notre bulle d'amour, supportant Hélène qui nous empoisonnait la vie, refusant obstinément l'orpheline de Silvabelle, ainsi que tout le monde m'appelait.

— Il était content quand nous sommes nées ?

Pervenche sourit en expliquant qu'Isora s'était annoncée bien vite et que le mariage, de ce fait, avait été précipité.

— J'étais enceinte quand j'ai épousé ton papa, tu le sais. Imagine la réaction de ta grand-mère. Elle nous accusait d'avoir fait Pâques avant les Rameaux.

Flore rit tandis que sa maman continue.

— C'était une honte, pour Hélène Fontaine, tu penses ! En plus elle m'accusait d'avoir provoqué l'événement pour entrer dans la place. Pour l'aisance. Pour l'argent.

— Et grand-père ?

— Oh, lui, c'était la cinquième roue du carrosse. Il ne s'est pas offusqué de la précipitation du mariage. Il savait bien que ton père et moi, on s'aimait depuis l'école, alors... Mais il ne nous défendait jamais devant sa femme. Il était à sa botte, la craignait et se taisait. Elle était tellement sournoise, la vieille. Elle savait si bien tourner les choses à son avantage que je suis certaine que Luc et André se laissaient parfois embobiner.

— Vous avez quand même été heureux, toi et papa.

— Oh oui, ma fille. J'y croyais, à notre avenir. Et puis il y a eu l'Algérie. Ta naissance, deux ans après. Un nouveau bonheur. Puis tout a été de mal en pis, comme si un pull se détricotait. Rien ne semblait pouvoir lui rendre un semblant d'entrain. Je vivais avec cette menace permanente mais espérais qu'avec nous trois, qu'il aimait, il tiendrait le coup. En fait, tout s'est accentué à son retour d'Algérie.

— Il s'est peut-être passé un événement dont il n'a jamais parlé, là-bas.

— Cette guerre n'a pas arrangé les choses, sans doute, mais je reste persuadée que l'élément déclencheur est ailleurs. Depuis huit ans, je me creuse la cervelle pour comprendre, en vain. Pendant des semaines j'ai fouillé les tiroirs et les armoires, les poches de vêtements et tous les endroits susceptibles de receler un mot de ton père expliquant son geste et je n'ai rien trouvé. Pourtant, il avait cette habitude de griffonner quelques lignes pour n'importe quelle occasion. Quand il partait travailler la journée, il me laissait un papier sous la soupière, me souhaitant du courage et me rappelant qu'il m'aimait. Quand je m'absentais, je retrouvais parfois dans mon sac à main un petit billet aux mots tendres.

Flore sourit tristement et reprend :

— Et Folcoche, elle sait pourquoi il nous a laissées ?

Pervenche sourit. Depuis que Flore a lu *Vipère au poing*, elle baptise sa grand-mère ainsi. Le surnom du personnage légendaire de Bazin lui va bien, d'ailleurs.

— Non, je ne pense pas. Mais je me demande si la mort de son fils l'a vraiment affectée. En tout cas, elle n'a rien laissé paraître mais en a profité pour me tourmenter davantage, m'accusant d'être responsable du suicide de Luc. André, lui, en a beaucoup souffert. Il s'est éteint quatre ans après son fils, d'un cancer foudroyant, vous le savez. Le chagrin, la lassitude, le refus de vivre aux côtés d'une harpie, peut-être... Bref, il n'a pas trouvé le courage de se battre et la maladie l'a vite emporté.

Flore prend sa maman dans ses bras.

— C'est triste, tout ça. Je comprends que tu n'en parles pas beaucoup. Et l'histoire de Silvabelle est terrible aussi. Le comportement des habitants est ahurissant. Ce pillage...

Elle se rassied, pensive, caresse Isis qui, du coup, la gratifie d'un ronron d'escadrille.

— À quoi penses-tu, ma chérie ?

— Je me dis que si les habitants de Chessines ont pillé le château, certaines maisons doivent encore abriter des meubles et des objets ayant appartenu à Guillaume Lamotte.

Pervenche admire le raisonnement de sa fille. Elle aussi a souvent évoqué cette hypothèse.

— Et, selon moi, c'est une des raisons pour laquelle le village est divisé. Tu sais bien que l'atmosphère qui s'en dégage est particulière. La jalousie, les allusions, les silences éloquents et les racontars sont plus nombreux ici qu'ailleurs. On prétend aussi que le facteur n'a jamais franchi le seuil de certaines maisons. Certains cultivateurs se sont enrichis comme par enchantement, comme le père Duhamel, un paysan si pauvre que, soi-disant, il hersait ses champs avec une botte d'épines. Après le pillage, étrangement, il s'est acheté du matériel flambant neuf. D'autres ont attendu quelques années, par précaution, avant d'investir dans des maisons ou des fermes.

— Mais l'enquête n'a rien donné ? se renseigne Flore qui boit les paroles de sa mère.

— Non. Il paraît que l'un des vautours avait des appuis puissants. L'affaire a été étouffée. Mais je crois aussi que tous ces gens, qui n'étaient ni pires ni meilleurs que les autres, ont agi en étant convaincus que Lamotte était collaborateur.

— Ou alors cette hypothèse arrangeait bien leur conscience, non ?

Pervenche hoche la tête, pensive. C'est loin tout ça. On ne saura jamais le fin mot de l'histoire.

Dehors, le vent s'acharne et siffle entre les bâtiments. Une vache meugle, inquiète. Un volet claque à intervalles réguliers chez la vieille.

Dans le joli salon aux murs et tentures couleur de miel, les meubles choisis par Pervenche – un canapé écru, un tapis chocolat, une armoire en noyer, une bibliothèque vitrée – se marient harmonieusement. Mais malgré cette douceur apaisante, les occupantes du foyer ressentent toujours désespérément l'absence de l'homme, du père. Pour Pervenche, ce sont des sensations tenaces d'être amputée d'une partie d'elle-même. Pour les filles, c'est un sentiment confus de manque et d'injustice. Et cette impression de ne pas être comme les autres.

Il est l'heure d'aller au lit. La mère et la fille se disputent la tiédeur du corps de leur chatte. Elles ont toutes les deux besoin de sentir le souffle de la vie contre elles. Alors elles dormiront ensemble. Isis entre elles deux, Tempo au pied du lit. Sur la commode, la photo de Luc.

— Il semble sourire, papa, murmure Flore.

— Oui mon bébé, il nous protège, je le sens. Invisible ne veut pas dire absent. Tu ne vois pas le vent, or il existe bien.

Flore, rassurée tout d'un coup, le cœur plus léger, se cale contre sa maman où, pense-t-elle, rien de mauvais ne peut plus lui arriver.

Quant à Pervenche, elle ferme les yeux en appelant le sommeil afin de ne pas se lever épuisée. Mais Silvabelle s'incruste dans son esprit qui en a gardé des images vagues et des parfums fugaces. Un homme l'habite à nouveau. Qui est assez courageux pour braver cette espèce de malédiction planant sur le manoir ? Depuis le départ de l'association, deux propriétaires se sont succédé dans les murs avec des projets plein leurs valises. Aucun n'a abouti et les malheureux ont dû se battre contre les moulins, les habitants du village leur mettant des bâtons dans les roues et des mauvaises idées en tête. Il y a eu ce début d'incendie inexpliqué, dans la grange, quand la famille Lacroix envisageait d'y créer un musée. Et ces vols à répétition, les lignes du téléphone coupées, quand la jeune Annie et sa mère, deux artistes peintres venues de la capitale, rêvaient d'organiser des expositions dans ce lieu qu'elles qualifiaient de magique. Ainsi, la magie s'était vite transformée en cauchemar surtout quand elles trouvèrent, cloué sur leur porte d'entrée, le cadavre d'une chouette. Signe que quelqu'un, assurément, leur en voulait d'occuper les lieux.

Alors, qui peut braver à nouveau le mauvais sort lié au château ?

Dans la maison d'en face, la vieille Hélène n'est pas encore couchée. Elle rumine.

Diminuée physiquement depuis une opération de la hanche, elle traîne un peu la jambe et gémit à chaque fois qu'elle se met en mouvement. Mais, quand elle est lancée, elle court comme un lapin. La malice et les oreilles en alerte, toujours à l'affût de tout et surtout des faits et gestes de sa belle-fille.

Elle n'a jamais accepté d'être mise sur la touche, à la retraite, elle qui régnait sur son exploitation dont elle était si fière, en maîtresse femme, voire en tyran, bourrée d'orgueil et de suffisance. C'est vrai qu'elle avait su mener sa barque, ouverte au progrès pour un profit meilleur. « À Champbrise, on est moderne », affirmaient les gens. Mais à la mort de son fils, Pervenche avait repris l'affaire en main, poussant la vieille vers la sortie. Celle-ci avait quitté la scène en traînant les pieds, faisant contre fortune bon cœur sans avoir le choix, puisque son fils, prévoyant, avait arrangé les affaires en faveur de sa femme. Une disposition que la vieille n'avait pas encore digérée et qui rajoutait une couche d'amertume à sa bolée de rancœurs déjà bien remplie.

Ce soir-là, elle dépose son assiette sale dans l'évier, essuie la toile cirée recouvrant la table et balaie rapidement la carrée. Elle est pressée de téléphoner à Henriette, son amie d'enfance. Ces deux-là forment une belle paire de cancanières, dit-on au village, tout en prêtant quand même l'oreille aux ragots.

Flûte. Elle n'a pas vu le temps passer. Un regard sur l'horloge lui rappelle qu'il est trop tard pour déranger les gens, surtout sa copine d'école qui se couche comme les poules. Mais dès demain matin, elle l'appellera pour lui apprendre, si elle ne le sait pas déjà, que Silvabelle est à nouveau habité. Le boulanger le lui a confié ce matin. Voilà de quoi nourrir les conversations. Mais il est l'heure d'aller au lit. Elle sait qu'elle ne dormira pas aussitôt. Le sommeil la fuit souvent. Pourtant, elle aime s'allonger et laisser ses pensées vagabonder sur les sentiers embaumés de sa jeunesse. À soixante-treize ans, elle pense encore à l'homme qu'elle a follement aimé. Un homme qui n'était pas André. Un homme qui lui avait donné sa parole, et puis l'avait reprise. C'est ce jour-là que tous les sentiments d'Hélène s'étaient chargés de méchanceté. Et si ce constat la navre parfois, la plupart du temps elle éprouve une certaine jouissance à faire souffrir ses proches. Car si matériellement elle a réussi, en revanche, le désert de son cœur a desséché tout son être et, depuis, elle se venge. Pervenche, surtout, en fait les frais. Pervenche, l'orpheline de Silvabelle, une fille sans père, venue on ne sait d'où avec une mère qui rendait les hommes fous d'amour. Pervenche, une fille belle et fière, qui savait aimer et être aimée de Luc. Là où elle, la mère, a échoué. Quant aux gamines, elle ne les déteste pas. Elles lui sont indifférentes et elle n'y peut rien.

Silvabelle

Précoce, l'hiver a enneigé prématurément la Champagne. La plaine vit un peu au ralenti depuis la mi-novembre. À la campagne comme à la ville, le blanc domine, gommant les chemins, les prés et les mares, recouvrant les toits et décorant les arbres de guirlandes fragiles, prêtes à s'effriter à la moindre gifle du vent.

Pervenche s'étire. Il est 8 heures. Les vaches sont tirées. Elle peut maintenant s'occuper de sa maison. Pour commencer, elle se sert un café brûlant, se réchauffe les mains contre le bol et rêve de nouveau à Silvabelle. Elle a l'habitude de se promener près du domaine, aux quatre saisons. Chacune d'elle le dessine à sa façon, tel un tableau changeant à la lumière du jour. Le printemps s'y installe en couleurs tendres et coule en eaux vives. L'été joue entre les feuilles et les fleurs, se prélasse sous la frondaison des gros chênes tandis que le soleil fait miroiter l'eau des douves, et l'automne fait la belle en embrasant le tout de mèches rousses ou pourpres. Quant à l'hiver. Ah, l'hiver... C'est encore autre chose. Surtout quand il neige. Silvabelle se fige dans un cocon douillet et silencieux. Hors du temps. On y marche avec précaution, à la rencontre des chevreuils, des lapins, des oiseaux et autres animaux inquiets de ce rideau tenace voilant leur territoire.

Pervenche sursaute. Le téléphone la tire de sa promenade onirique. Elle décroche fébrilement. C'est Isora.

— Allô, maman ?

— Oui, ma chérie.

— Je viens samedi. J'ai envie de vous voir toutes les deux. J'ai des choses à vous raconter. Et puis...

— Et puis ?

— Bon, j'ai besoin d'argent.

— ...

— Tu m'entends ? C'est fou ça, dès qu'on parle d'argent, tu te renfrognes. J'imagine ta tête des mauvais jours.

Pervenche déglutit et demande d'une voix terne :

— Mais je te donne de l'argent tous les mois. Ce n'est pas suffisant ? Tu sais que je ne roule pas sur l'or.

— Je sais, maman. Je te rendrai tout ça dès que j'aurai obtenu mon diplôme. Tu seras fière, n'est-ce pas, que ta fille enseigne la littérature ?

— Bien sûr, mais j'ai toujours peur, depuis... enfin tu sais, depuis tes crises.

— Aie confiance en moi, pour une fois. Je vais bien. Je t'assure. J'ai juste besoin de fric pour rembourser une copine. Allez, à samedi, maman.

— À samedi, ma fi...

Le déclic, tel un couperet, a tranché le dernier mot, lui brisant son allant. Isora a raccroché très vite, pour ne pas s'expliquer.

Pervenche se met à trembler. Pas ça. Pas encore

cette saloperie qu'Isora absorbe quand elle ne va pas bien.

Un malaise diffus l'envahit, comme à chaque fois que sa fille lui échappe, dévorée par le même mal que son père, qu'elle combat parfois avec ses armes à elle, le cannabis. La jeune fille vit alors une période trouble, où, les yeux hagards, elle semble habiter un ailleurs. « Je vois papa, affirme-t-elle alors. Je fais ça pour le voir. Vous ne pouvez pas comprendre. » Pleurs. Hurlements. Effondrement. Isolement. Puis le malaise s'estompe et Isora reprend une vie normale. Pour un temps.

Comment va-t-elle la trouver, samedi ? Pervenche craint le pire. Pourquoi ce besoin d'argent ? Oh, comme elle voudrait pouvoir la réconforter, sa fille. La serrer dans ses bras, la bercer. Mais celle-ci la repousse et sa maman se sent si désarmée face à ce refus d'elle, à cette violence parfois.

En attendant, ce matin, le quotidien pousse Pervenche à réagir. En vain. Elle doit aller acheter des provisions mais remet à plus tard. Le repassage s'accumule, mais il attendra. Le repas n'est pas prêt mais tant pis. Elle n'a qu'une envie : se rendre à Silvabelle. Ressusciter des sensations enfouies. Fouler le sol enneigé du domaine, s'enfoncer dans les bois et dans ses souvenirs. S'imprégner de merveilleux, aller à la rencontre du petit peuple de la forêt pour se délester, ne serait-ce qu'une heure, du poids de ses soucis.

Elle ne prendra pas sa Simca. Elle se sent bien capable de marcher quatre ou cinq kilomètres pour atteindre le paradis feutré. Bien emmitouflée, chaussée de bottes fourrées et les mains protégées par des gants de laine, Pervenche sort de la cour d'un bon pas. Sans un regard pour la maison d'en face.

La marcheuse avance vite sur la route menant au domaine. Des automobiles la doublent doucement – le sol glissant les retient –, un camion l'éclabousse, un chauffeur de 2 CV s'arrête et lui propose une place à ses côtés. Elle refuse en riant : « Je me promène... »

Les corbeaux, hésitant à se poser, volent dans tous les sens, virgules noires sur fond immaculé. L'un d'eux, perché sur un poteau télégraphique, croasse dans une plainte rauque. Au loin, une tronçonneuse ronronne, se tait, et reprend son monotone refrain.

Elle y est. La pancarte indique Silvabelle, sur la droite. Encore cinq cents mètres d'un chemin forestier et le château apparaîtra, sur la gauche. Elle regardera de loin si les volets sont ouverts. Sinon elle franchira le portail et se hasardera autour des bâtiments à la recherche de ses émotions enfouies, dans les pas d'une maman dont elle ne garde qu'un souvenir flou, mais si doux qu'elle en ressent toujours la chaleur. La vaste demeure apparaît. Une corde relie les deux piliers du portail manquant. Pour empêcher d'entrer ? Peut-être. C'est normal, après tout. La visiteuse, plantée devant cette entrée, balaie les bâtiments du regard. Ils ne respirent pas la santé. Leur vétusté semble plus évidente par ce froid. Impression renforcée par la lumière blême de cette matinée sans soleil. Soudain, un âne se met à braire en déchirant le silence. Un autre lui répond, tout près. Voilà l'explication de la corde ! Mais le bruit a alerté le propriétaire. Il passe la tête par une fenêtre et, apercevant Pervenche, l'interpelle :

— Vous vouliez quelque chose ?

Elle reste plantée là sans répondre. Comment expliquer à ce monsieur qui la hèle de loin, au moins à cinquante mètres, que ces murs ont abrité une parcelle de son enfance ? Elle ne va tout de même pas lui crier qu'elle est l'orpheline de Silvabelle ?

L'homme, découragé sans doute par le silence de l'intruse ou intrigué par son comportement, a refermé la fenêtre mais ouvre maintenant la porte et vient à sa rencontre. Le nouveau propriétaire du domaine. Il porte une veste canadienne à gros carreaux rouges et noirs et un pantalon de velours marron. Il foule le sol d'un pas lourd, imprégnant la neige de petits dessins en losanges.

— Vous vouliez quelque chose ? demande-t-il à nouveau.

Sa voix chaude s'accorde à son sourire engageant. Il émane de ce visage mal rasé une certaine douceur. Sans être beau, il ne manque pas de charme. Son regard de jade, souligné par des petites lunettes ovales cerclées de gris, étant assurément son principal atout. Ses cheveux attachés en queue-de-cheval mélangent le noir et le blanc, semant ainsi le doute quant à son âge. « Quarante ans ? Quarante-deux ? Peut-être moins », hésite Pervenche en le détaillant. Quelque chose en lui évoque une certaine fragilité. Peut-être cette fossette, au creux de son menton.

— Non, excusez-moi. Je me promène, explique-t-elle. J'affectionne particulièrement ce lieu et, comme il est souvent inhabité, je viens de temps en temps profiter du spectacle.

Il sourit à nouveau.

— C'est vrai. C'est un véritable spectacle et, depuis deux semaines que je suis ici, je ne m'en lasse pas. Voulez-vous entrer vous réchauffer ?

La tentation titille la promeneuse. Elle n'est jamais entrée à Silvabelle depuis...

— Volontiers.

— Alors venez dans la cuisine. C'est la seule pièce chauffée pour l'instant. J'ai installé un poêle à bois. Le chauffage central n'est prévu que pour l'an prochain.

***

Depuis une heure, ils devisent comme des amis. Ils parlent surtout de la propriété pour laquelle il a ressenti un véritable coup de foudre.

— C'est l'espace qui m'a séduit. La forêt tout près, les pièces hautes et vastes. Compte tenu de mon compte en banque, ce n'était pas raisonnable mais, que voulez-vous, c'était comme un appel. Et puis, le jour où j'ai visité, à la fin de l'été, deux arcs-en-ciel couronnaient la maison. Un signe, à mon avis. Une invitation à faire revivre le lieu avec un projet qui me tient à cœur.

L'homme lui sert un café à réveiller un mort. Elle grimace un peu en avalant la première gorgée. Il rit.

— Je n'aime pas la lavasse... Je corse mes breuvages... Le thé, c'est pareil.

— Il ne manque pas d'arôme, votre café. Ça me convient... dit-elle en s'étonnant de ne pas reconnaître grand-chose dans cette pièce aux murs blancs. À part, peut-être, cette cheminée de pierre au manteau sculpté de feuillages.

Elle se sent si détendue, assise dans ce fauteuil d'un autre âge, près d'un poêle ronflant et d'un chat alangui, qu'elle doit se faire violence pour prendre congé.

— Êtes-vous si pressée ? demande l'homme des bois en la voyant se lever.

— Non, je vis seule avec mes filles, or, la semaine, elles sont absentes. L'une est interne au collège, l'autre suit des études de lettres, à la faculté de Reims. Bon, votre demeure est accueillante, mais je ne voudrais pas abuser de votre hospitalité.

— Vous n'abusez pas. Je commençais à manquer de conversation. Il y a bien...

— Ah, oui, les ânes...

Il sourit en hochant la tête, une lueur malicieuse dans les yeux.

— Bambou et Galipette. Ils tiennent compagnie, en effet. Je viens de les récupérer chez un fermier qui, à mon avis, les malmenait un peu et semblait fort aise de s'en débarrasser. Ils me semblent déjà reconnaissants.

Comme s'ils avaient entendu, les deux mammifères, complices, recommencent à braire en écho.

Pervenche sourit. Les bêtes, elle connaît.

— J'élève des vaches pour le lait.

L'homme répond que, si c'est pour le lait, il lui pardonne. Car il ne supporte pas qu'on tue les animaux pour les consommer.

— Mais vous mangez bien de la viande, comme

tout le monde, remarque la fermière en coiffant son bonnet.

— Non, madame. Je ne supporte pas cette idée. Je me force quelquefois, quand je suis invité. C'est rare.

Embarrassée, elle ne sait quoi répondre. Elle tourne et retourne son écharpe dans ses mains, la chiffonne, s'éclaircit la gorge et finit par confier qu'elle n'a pas choisi sa vie. Qu'elle élève des vaches, que les braves bêtes lui offrent leur lait et qu'ensuite, quand elles sont taries, elles partent à l'abattoir.

— Il faut bien nourrir les gens, non ? Depuis la nuit des temps, c'est comme ça. Je ne me suis jamais posé de questions. Je travaille dans une ferme, vous comprenez ?

— Bien sûr. J'admets votre point de vue d'ailleurs, même si je l'estime un peu terre à terre.

Pervenche lève les yeux au ciel en soupirant, sans trouver de repartie.

— Pardonnez-moi, madame la fermière, de semer le désordre dans vos idées. Car je suis sûr, désormais, que mes paroles vous reviendront en mémoire, quand vous condamnerez une vache à mort.

Sa visiteuse serre les dents, en se demandant si ces propos relèvent du lard ou du cochon, selon une expression employée par Luc. Elle finit de se vêtir et se dirige vers la sortie, son hôte sur les talons.

Il lui ouvre la porte. Elle descend les marches et se retourne en souriant.

— Vous avez de drôles d'idées, monsieur l'ermite, mais je vous envie de vivre dans ce cadre enchanteur. Car même si, comme vous devez le savoir, les pierres sont imprégnées de malheur, j'ai l'impression que ce manoir attendait désespérément un sauveur pour renaître. Quelqu'un qui efface la malédiction. C'est peut-être vous.

Il ne répond pas mais lui montre deux éperviers qui tournent au-dessus des bâtiments.

— Regardez, ils m'adressent un signe de reconnaissance. J'adore ces oiseaux. Ils symbolisent la sagesse, la puissance et la protection. Je suis heureux qu'ils se plaisent en ce lieu. Tous les rapaces me fascinent. Savez-vous pourquoi les aigles dépassent difficilement le cap des quarante ans ?

Pervenche tourne la tête de gauche à droite. Elle ne connaît pas grand-chose sur les aigles.

— Eh bien, je vous raconterai la prochaine fois. Au revoir madame...

— Fontaine. Pervenche Fontaine.

Il sourit.

— Prénom original assorti à vos yeux. Il vous va bien. Moi c'est Mehiel.

— Ce n'est pas commun non plus. Au revoir.

La voilà partie. Le froid la saisit et elle remonte le col de son manteau.

Un héron plane au-dessus des douves dont la surface, auréolée de poussière blanche et de glace, ressemble à un puzzle.

Un peu moins alerte qu'à l'aller car la chaleur du feu de bois l'a un peu engourdie, la veuve de Champbrise marche, perdue dans ses pensées. Ainsi un homme étrange, sensible à la nature, va redonner vie à Silvabelle. C'est une bonne nouvelle. Mais qui est-il réellement ? Elle réalise soudain qu'il n'a pas dévoilé grand-chose de sa vie et en ressent une certaine frustration.

Alors qu'elle atteint la route nationale, une automobile klaxonne et ralentit. Une vitre se baisse sur un sourire de grand enfant. Jean-Noël. Il lui propose de la ramener. Elle hésite, mais ses pieds glacés et l'onglée qui menace douloureusement ses doigts malgré les gants de laine ont raison de ses réticences.

— C'est pas de refus. J'ai bien marché à l'aller, mais le retour est plus difficile. Je suis allée jusqu'au château.

Jeannot hoche la tête en silence. Il connaît la nostalgie qui ronge sa patronne.

Sans en avoir l'air, Pervenche observe le conducteur qui, hors du contexte habituel, lui apparaît comme un homme plutôt séduisant, et non plus comme un ouvrier. Puissance d'un corps habitué aux travaux durs, visage aux traits marqués mais réguliers, il dégage une force qui la trouble plus qu'elle ne veut l'admettre, surtout quand sa main, en changeant de vitesse, frôle son genou.

— Excusez-moi.

— Il n'y a pas de mal.

Eux, d'habitude si libres de leurs gestes et de leurs mots sans équivoque, se recroquevillent dans une gêne commune. Ils ne sont pas habitués à cette intimité qu'ils découvrent par hasard, en dehors du décor de la ferme. Dans la chaleur de l'automobile, bercée par le ronron du moteur, Pervenche, un peu ébaubie, se détend pourtant. Les effluves discrets de l'après-rasage de son compagnon lui caressent les narines. Elle est presque bien, là, à cet instant. Et elle s'en veut de cette faiblesse.

Quand ils entrent dans la cour, ils rient de voir le rideau de Folcoche se lever. Jean-Noël arrête sa Peugeot devant la porte d'Hélène, par provocation.

— Elle va pouvoir jaser. Déjà qu'elle ne se prive pas.

Pervenche soupire.

— Il faut tout de même que je m'en occupe, se résigne la jeune femme.

— Vous avez du mérite.

— Je sais. Mais c'est la mère de Luc et j'ai des obligations, répond-elle en ouvrant la portière.

Elle sort, crie : « À ce soir », tandis qu'il lui adresse un petit signe amical en redémarrant.

Il reviendra vers 17 heures soigner les bêtes et aider à la traite. La ferme a moins besoin de lui l'hiver. La terre sommeille en préparant le printemps et les hommes respectent ce repos.

***

— Tu m'as rapporté mon pain ? demande la vieille.

Pervenche pose la main devant sa bouche. Elle a oublié.

Hélène hausse les épaules et scrute sa belle-fille de ses yeux de souris.

— T'étais trop occupée avec le Nono, hein ? Tu crois que je vois pas vos manigances ? Si c'est pas malheureux. Sous le toit de mon fils. Ah ça, il a eu une riche idée de te faire cette donation.

— Il a voulu me protéger, sinon mes filles auraient hérité et je serais à la rue.

— C'est tout ce que tu méritais. T'es venue sans le sou, tu serais repartie pareil.

— Et tout le temps que je consacre depuis vingt ans à la ferme, ça ne compte pas ? Ne vous en déplaise, je possède ma part, ici. Le cheptel est à moi, les champs de la Varenne aussi.

— Ah ça, tu l'as bien entortillé, mon Luc.

Pervenche serre les dents, se retenant de crêper le chignon à sa belle-mère.

Elle a toujours supporté ses coups bas, ses allusions et autres malveillances, sans répondre. Mais aujourd'hui, l'affrontement lui paraît inévitable. Est-ce sa visite à Silvabelle ? Cette solitude de plus en plus oppressante ? Les soucis liés à la ferme et à Isora ? Son chagrin incrusté si profondément qu'il semble indélébile ? Elle n'en peut plus, se campe au milieu de la cuisine et, les mains sur les hanches, déverse toute sa rancœur :

— Vous allez arrêter de me salir, s'il vous plaît. Je fais au mieux pour faire tourner la ferme et ce n'est pas facile. Jean-Noël m'aide, c'est un bon ouvrier et je n'ai rien à me reprocher, ni aujourd'hui, ni avant. Je ne suis pas responsable du suicide de Luc. Sans doute moins que vous. Il souffrait tellement de vos méchancetés et de vos médisances, de vous entendre rabâcher que j'allais partir avec le compte en banque. Alors vous allez me foutre la paix sinon je vous plante là, au milieu des vaches, avec votre haine et le fric que vous avez entassé, et je pars avec mes filles.

Un peu médusée, la vieille reprend rapidement du poil de la bête pour ricaner comme une hyène.

— Ben ma foi, pour aller où ? T'es coincée ici

ma fille, que tu le veuilles ou non. La ferme, elle appartient aussi à tes filles. Et Flore n'est pas majeure. Partir, ah, ah, ah. Elle est bien bonne... Partir avec une écervelée et une droguée, ah, t'irais pas loin.

Elle fait semblant de se tenir les côtes et ces simagrées finissent d'exaspérer Pervenche.

— Détrompez-vous, belle-mère. Je sais où aller et je n'ai pas besoin de vous. Je reste par pitié. Seulement par pitié. Quoi d'autre me retiendrait ici ? Hein ? Vous n'avez jamais cédé une parcelle d'affection. Ce sentiment vous a-t-il jamais effleuré ? J'en doute. Luc a souffert de votre indifférence. Votre mari a plié sous votre autorité sans jamais se plaindre. Vous l'avez empêché de vivre et d'aimer. Vos petites-filles ne vous intéressent pas et moi, vous me détestez sans que je sache pourquoi. La méchanceté ne vous fatigue pas ?

— Mais, mais, mais...

— Allez, sortez un morceau de pain de votre congélateur et faites frire votre bifteck. Je n'ai rien cuisiné aujourd'hui. Pour ce soir, je ferai cuire une soupe aux poireaux.

— Et mon ménage ? Faudrait y penser, lance sèchement Hélène qui se demande quelle mouche a piqué sa belle-fille.

Elle ne l'a jamais habituée à ce ton péremptoire. Ratatinée sur sa chaise, près de la fenêtre, elle ronge son frein en espérant que Pervenche reviendra à sa soumission habituelle, mais celle-ci entend bien la faire mijoter.

— La Marie viendra demain. Vous la paierez, vous avez de quoi. Je n'ai plus la patience de vous supporter. Ça fait vingt ans que vous me détestez et me menez la vie dure. C'est assez, à mon gré. J'ai tout enduré pour Luc, puis ensuite en la mémoire de Luc. Maintenant, je suis lasse, de vous et de la ferme.

Sur ces paroles prononcées avec un certain détachement, elle s'apprête à sortir mais la vieille barre le chemin avec sa canne et Pervenche perd l'équilibre. Elle se rattrape à temps, repousse la chaise et sort sans un regard pour la mère de Luc.

En fin d'après-midi, elle se confie un peu à Jean-Noël. Elle n'a pas pour habitude de se plaindre mais la solitude lui pèse tellement, avec, depuis peu, l'envie de tout quitter, qu'elle laisse filtrer ses états d'âme.

— Je ne supporte plus la vieille, soupire-t-elle tandis que l'ouvrier prépare la ration des bêtes, mélange de maïs, d'herbes, de céréales et de protéines.

Il se redresse, la regarde et la trouve si désirable, malgré ce fichu emprisonnant ses cheveux, ce jean délavé et ce pull informe, qu'il en perd les mots, comme ce matin dans sa voiture.

— Hum. Je comprends, souffle-t-il en s'approchant.

— J'ai envie de tout laisser tomber mais je n'en ai pas le droit. La propriété appartient en partie à mes filles. Leur vie est ici, pour l'instant. J'ai beau retourner le problème dans tous les sens, je ne trouve pas de solution. Je suis coincée à Champbrise jusqu'à temps que Flore et Isora soient capables de s'assumer et de prendre une décision.

Elle dénoue son foulard et marche doucement, caressant la Prunelle, donnant une tape affectueuse à la Doucine.

— Vous avez vu ? C'est son pic de lactation à celle-ci. Trente-cinq litres aujourd'hui !

— Oui, trois mois après le vêlage, c'est normal, répond l'ouvrier en s'approchant.

Il aime ces moments de complicité où, réunis par les animaux et les divers travaux, ils parlent sans gêne. Elle sait qu'elle peut compter sur lui. Il apprécie son amour de l'ouvrage bien fait. Mais aujourd'hui, il la sent plus fragile, plus féminine. Plus encline, peut-être, à se laisser aller. Ainsi après un moment d'hésitation, il hasarde sans la regarder, en remplissant un bidon de lait destiné aux veaux :

— Il vous faudrait un homme à vos côtés, Pervenche. Tout le monde le dit. Luc, s'il vous voit de là-haut, doit le souhaiter aussi. Vous êtes encore jeune...

Elle sourit, touchée.

— Et belle, continue-t-il en s'approchant davantage.

Elle s'écarte vivement et l'homme, stoppé dans son élan, revient à une conversation plus professionnelle. Il ne s'agit pas de brusquer la patronne. Elle a trop de scrupules, de craintes diffuses. Mais il saura bien la dompter, il suffit d'un peu de temps encore. Elle s'attendrit petit à petit, il a bien perçu son trouble ce matin. Mais il saura attendre le moment propice pour la prendre dans ses bras.

— La Blandine est tarie, bonne pour la viande, annonce-t-il d'un ton détaché.

Pervenche se place vivement devant la bête.

— Non, pas celle-là. Je la garderai.

— Mais...

— C'est comme ça. Elle n'ira pas à l'abattoir.

Et comme il l'interroge du regard, elle continue :

— C'est Luc qui l'a mise au monde et ça n'a pas été facile. Il la chouchoutait. Je ne veux pas qu'elle meure, dit-elle en se lavant les mains, se remémorant les paroles de Mehiel.

Jean-Noël sourit :

— Je comprends.

Il se savonne les mains à son tour, presque contre elle. Un instant, leurs corps se frôlent. Cette fois, elle ne fuit pas et lui ne retient pas une caresse furtive, sur ses épaules. Elle garde sa main un instant, puis s'éloigne rêveuse tandis que lui, béat, n'en croit pas ses sens.

— À demain, Jean-Noël. C'est samedi. Isora sera là. Vous pourriez vous charger de la traite seul, l'après-midi ?

— Bien sûr, répond l'homme encore tout ébloui d'espoir, en enfilant sa veste.

Ils n'ont pas vu la vieille qui, dans le noir, les observe depuis un petit moment, ayant trouvé assez de vigueur pour braver le froid, la nuit et la cour glissante de neige afin d'épier sa bru.

Pensive, Pervenche épluche les poireaux pour la soupe, les lave sous l'eau claire, pèle quelques pommes de terre et jette le tout dans l'eau bouillante. Bientôt, la cuisine embaumera le potage.

Elle s'en veut de sa faiblesse. Pour un peu, elle aurait bien posé sa tête sur l'épaule de Jean-Noël. Or elle n'a pas le droit. Elle est la femme de Luc, pour toujours. Elle se le répète assez souvent, quand son visage d'enfant triste vient habiter ses songes et ses pensées. L'amour subsiste, malgré l'absence. Non, elle n'a pas besoin d'homme. Elle n'imagine pas quelqu'un dans la maison de son mari. Mais alors pourquoi ce trouble tout à l'heure auprès de Jean-Noël ? Elle a aimé sa caresse autant que ses flatteries. Et bien que le mot « encore », maladroitement accroché au mot « jeune », l'ait interpellée, elle a apprécié le qualificatif suivant : « belle ».

Est-elle belle ? Encore belle, encore jeune ?

Machinalement elle se regarde dans le petit miroir accroché au-dessus de l'évier. Il lui renvoie une image assez flatteuse qui, aujourd'hui, l'étonne agréablement. Elle a si peu pensé à plaire, depuis ces huit années. Comme si elle se reprochait d'être en vie alors que Luc ne l'est plus. Pourtant, son regard marine n'a rien perdu de son éclat et, même si des rides de tristesse plissent autour de ses yeux et que sa crinière s'éclaircit de quelques fils blancs, elle n'est pas si mal, pour quarante ans, pense-t-elle. À l'inverse de quelques-unes de ses amies, elle a gardé un corps ferme et mince et cette image la rassure, lui rappelant les paroles de sa Pauline chérie. « Grossir, c'est vieillir »...

Tiens, demain elle irait bien en ville avec Flore et Isora, histoire de les contenter avec quelques vêtements dans le vent. Elle aime les voir habillées comme des princesses, ses filles. Bien qu'en matière de garde-robe, la notion de princesse ait beaucoup changé en ces années quatre-vingts. Et puis elle s'achèterait volontiers un ou deux pulls et des pantalons assortis.

Pervenche sourit en malaxant la pâte brisée.

Demain elle fera plaisir à ses gourmandes avec une quiche lorraine et une tarte aux pommes. Voilà, encore un peu de farine, une ou deux pressions avec le poing et le mélange est prêt. Elle glisse le saladier dans le réfrigérateur et s'essuie les mains sur son tablier. Il ne lui reste plus qu'à mouliner la soupe et à la porter à la vieille.

— Pose ça sur la gazinière, grince Folcoche en voyant arriver la femme de Luc encombrée de sa casserole.

Assise dans son fauteuil, elle a chaussé ses lunettes et lit *L'Est Éclair*, le quotidien départemental qu'elle détaille toujours de la première page à la dernière, ne ratant rien des comptes rendus de remise de médailles, repas des anciens ou des pompiers, festivités en tout genre, résumés de conseils municipaux et, naturellement, avis de naissances et nécrologie.

La cuisine, à peine éclairée par une faible lueur, respire la monotonie d'un jour sans soleil.

— Vous ne pouvez pas visser une ampoule plus puissante ? On n'y voit rien ici, s'énerve Pervenche.

— Qu'est-ce que ça peut te faire ? rétorque Hélène. J'ai pas d'argent à gaspiller, moi.

Sa belle-fille hausse les épaules et dépose la casserole sur la cuisinière.

— Demain, vous aurez de la quiche et de la tarte.

— Ah, madame est bien bonne.

Les dames Fontaine s'affrontent du regard. Pervenche déteste plus que jamais ce visage de fouine au nez pointu, rehaussé de deux pommes d'api, toujours brillantes et lisses malgré les ans.

Hélène remarque chez sa bru un imperceptible changement. Davantage d'audace et plus de féminité. Elle replonge la tête dans son journal et se réjouit en silence du bon tour qu'elle s'apprête à jouer à celle qu'elle appelle toujours l'orpheline de Silvabelle.

Jean-Noël

C'est samedi. Les filles se régalent. C'est un plaisir de les voir avaler les petits plats de leur maman avec appétit. Elles n'en finissent pas de papoter et leur mère savoure ce moment d'intimité familiale où, toutes les trois réunies, elles échangent sur leur vie. Flore avec ses problèmes de collégienne, ses premiers émois et les chansons « branchées ». Isora, avec la réussite de ses premiers examens, son envie de moto et ses lubies vestimentaires. Sans oublier son dernier amoureux. Le fils du nouveau notaire de Chaource.

Plus discrète, Pervenche n'évoque que ce qui va bien. La ferme qui ne tourne pas si mal, avec un bon rendement de lait. La Mounette, qui vient de vêler. Sa promenade à Silvabelle.

— Le manoir est à nouveau habité. Un original. Sympathique. Je l'ai rencontré.

— Il ne fera pas long feu, prédit Isora. Aucun propriétaire ne reste dans ce lieu maudit, tu le sais.

— Celui-là n'est pas comme les autres, murmure Pervenche en débarrassant les assiettes.

— En quoi est-il différent des autres ? se moque l'aînée.

— Je ne saurais dire. Il est... disons plus positif, près de la nature et des animaux. Près des gens. Il ne craint pas le mauvais œil. Il a confiance.

Flore se lève pour aller chercher la tarte, caresse la joue de sa mère et plaisante :

— Mais on dirait bien que le prince de Silvabelle a séduit la Belle au bois dormant de Champbrise.

— Arrête, souffle Pervenche.

— Oui, arrête, reprend Isora. Maman ne se laissera jamais séduire. Elle sera toujours fidèle à papa et c'est bien comme ça. Je ne supporterais pas de voir un homme ici.

— Mais il n'en est pas question, ma fille.

— Oh, je plaisantais, reprend Flore, regrettant que sa réflexion ait assombri le visage de sa mère.

Celle-ci se reprend vite :

— Allez, cet après-midi, je vous emmène à Troyes. On va faire des folies, mes jolies. Qu'est-ce qui vous ferait plaisir ?

— J'ai besoin d'un manteau à la mode, s'exclame joyeusement Flore.

Comme Isora se tait, sa maman insiste :

— Et toi, ma grande ?

— Excuse-moi, je n'irai pas avec vous. Donne-moi les sous et je verrai à Reims.

Interdite, Pervenche sent son cœur se serrer.

— Ne fais pas cette tête-là, maman. Cet après-midi, Nicolas vient me chercher. Je dors chez lui.

Sa mère accuse le coup. Ce n'est pas le fait que sa fille préfère dormir chez son amoureux plutôt qu'à la maison qui la dérange vraiment, c'est de son âge, mais ce ton froid, ce regard fébrile la glacent.

— Comme tu voudras, dit-elle. Combien veux-tu ?

— Avec cinq cents francs, ça ira. Pervenche sursaute.

— Cinq cents francs ? Mais pour quoi faire ?

— C'est mon problème.

— J'ai tout de même le droit de savoir, non ?

— Non. J'en ai besoin, c'est tout.

Flore, sentant la tension monter et espérant détendre l'atmosphère, s'empresse de servir la tarte aux pommes et le café.

— Ta nouvelle coiffure te va bien, avance-t-elle en espérant rendre le sourire à son aînée, tout en l'observant à la dérobée.

Qu'elle est belle sa sœur. D'une blondeur insolente, des yeux pailletés d'or, presque jaunes comme leur père, elle a hérité aussi de l'allure altière de sa mère et du charme slave indéfinissable d'Irina ainsi que le répète souvent Pervenche.

— Merci. Bon, je vais faire ma B.A., je vais débarrasser la table et rendre visite à Folcoche, en attendant Nicolas. Profitez bien, toutes les deux.

Quand la mère et sa cadette rentrent de ville, à la nuit tombée, elles sont épuisées mais contentes. Flore déballe son caban noir à la mode et Pervenche la complimente encore pour son choix. Mais la gamine déplore que sa maman n'ait rien acheté.

Celle-ci se garde bien d'avouer que ses économies en prennent un coup, avec les dépenses liées aux études d'Isora. Mais elle ne tient pas à chagriner la petite.

Soudain, elle aperçoit le sac à main de sa grande

fille, sur la table. Ainsi, elle a changé d'avis ? Elle n'est pas sortie ?

Elle se met à chercher dans toutes les pièces. Personne. Flore sort dans la cour pour appeler et se heurte à Jean-Noël.

— Elle est dans la vieille étable. Je crois qu'elle n'est pas bien. On dirait qu'elle délire.

Pervenche les bouscule tous les deux et court à la recherche d'Isora, la trouve recroquevillée contre le mur, les mains enserrant ses genoux. Ses yeux brillent, elle tremble. Paumée, ailleurs.

— Laissez-moi. Je vois papa. Je veux le voir. Faut pas m'en empêcher, répète-t-elle dans un leitmotiv que sa maman connaît bien.

Pervenche sanglote. Sa fille a recommencé. Elle a repris de cette saloperie. Elle se reprend et tente de calmer sa fille.

Dans l'encadrement de la porte, Jean-Noël et Flore regardent, impuissants.

— Doucement, ma chérie, viens à la maison. Tu vas prendre froid. Viens dans ta chambre.

Les yeux hagards, Isora fixe le fond de la pièce.

Flore se met à pleurer doucement. Pervenche fait signe à Jean-Noël de porter sa fille à la maison.

— Vous la déposerez sur son lit. Flore, va appeler le Dr Vannier.

La cadette court pour obéir à sa mère. Vite, le téléphone. Une angoisse lui serre la gorge. Elle a peur pour sa sœur autant que pour sa maman qui souffre de son incapacité à soigner sa fille.

Dehors, il tombe des « queues de lapin ». Les flocons, malmenés par le vent, voltigent dans la nuit avant de se poser, de plus en plus drus, tapissant la cour de ferme d'un voile feutré.

Dans sa chambre, Isora somnole. Le médecin de famille lui a injecté une piqûre calmante. Elle se détend et reprend doucement ses esprits, sa mère et sa sœur à son chevet. Elle s'en veut de leur causer autant de tracas mais, cette fois encore, elle n'a pas eu la force de résister au mirage. C'est comme un appel. Un besoin, certes, mais aussi un appel. Quand l'euphorie l'enveloppe, les choses de la vie lui apparaissent plus roses, supportables. Et surtout, l'absence est comblée le temps d'une courte illusion. Car dans ce nuage de coton, son père lui apparaît et pour cette vision elle ferait n'importe quoi. Surtout quand la vie la déçoit, et il suffit d'un rien, parfois.

— Pourquoi, ma chérie ? murmure sa maman.

— Pour voir papa, tu sais bien.

Alors Pervenche lui caresse le visage, Flore lui serre la main et toutes les trois, en communion, pleurent en silence.

Isis, percevant sans doute une anomalie dans la famille, n'ose pas ronronner. Assise sur le lit, elle avance timidement le museau vers Isora qu'elle renifle avec insistance puis, avec précaution, se cale contre sa jeune maîtresse qui la caresse machinalement.

La mère réagit la première. Elle doit trouver la force, consoler, aider, conseiller et remiser ses propres angoisses.

— Crois-tu que ton papa encouragerait ce comportement, ma fille ? Tu te fais du mal, tu le sais.

Isora ne répond pas. Sa sœur lui tamponne doucement les yeux, relève ses cheveux et lui demande pourquoi elle n'est pas sortie avec Nicolas.

— Il n'est pas venu. Il n'a pas téléphoné.

— Alors c'est pour cette raison ?

— Un peu pour ça, un peu pour autre chose. En fait, je n'y arrive pas, maman. Je n'ai jamais réussi à accepter la mort de papa. Il serait parti d'un accident ou d'une maladie incurable, je pense que je pourrais comprendre. Mais choisir de mourir alors qu'il nous aimait, je suis incapable de l'admettre. Je me sens si vulnérable.

— Mais pourtant, tu sembles remonter la pente, parfois.

— Chimère. Je m'étourdis.

En silence, Pervenche supplie son mari, Dieu, les saints et tous ceux qui, du ciel, pourraient l'aider puisque ici-bas personne ne peut le faire : « Je vous en prie, donnez-moi le courage de continuer, de lui insuffler ma force, même si moi je la perds. »

— Tu y arriveras, ma chérie, je te jure que tu y arriveras. Tu prendras le dessus.

— Oh oui, tu es si belle et intelligente, s'enflamme Flore.

Isora sourit. Elle sait que ce n'est pas suffisant, mais elle ne veut pas attrister sa petite sœur davantage.

— Allez, c'est fini. Séchons nos larmes. Maman, fais griller des châtaignes. J'ai faim.

— Je vais vous préparer des pommes en chemise pour le dessert, annonce Flore en se levant prestement, tout heureuse de l'accalmie ambiante qui se profile. C'est facile, on creuse les pommes, on les garnit de beurre, de sucre et de confiture et on enfourne. C'est délicieux, j'en ai mangé chez Laurence, l'autre jour.

— Eh bien, demoiselles Fontaine, aux fourneaux et vite. Isora, prépare une salade pendant que je fends les châtaignes. Il reste de la soupe, pour ta grand-mère. Voudras-tu lui porter ?

— Oui. Mais elle ne le mérite pas. Quel dommage qu'elle soit si indifférente avec nous.

— Et encore, tu es sa préférée, des fois elle te donne la pièce, moi jamais, rit Flore en creusant ses pommes.

— Allez, on ne la changera pas, va. Mais on ne va pas la laisser mourir de faim, nous sommes meilleures qu'elle, conclut Pervenche en s'essuyant les mains dans un grand torchon à carreaux rouges.

Quand Isora revient de chez sa grand-mère, un quart d'heure après, elle semble songeuse.

— Elle a été gentille ? interroge sa mère.

— Hum, oui. Elle m'a donné des sous. Je sais bien qu'elle tente de m'acheter, de me monter contre toi, maman, mais j'ai pris l'argent.

Pervenche, affairée à remuer la poêle à trous pour que les châtaignes dorent de tous les côtés, se redresse, inquiète.

— Elle médit de moi sans cesse. Cela m'use. Qu'a-t-elle pu te dire, encore ?

— Que tu couchais avec le Nono.

Flore se redresse instantanément et prend la défense de sa mère :

— C'est pas vrai. Hein, maman ?

— Non, c'est pas vrai, murmure Pervenche qui

se remémore malgré tout le trouble ressenti la veille aux côtés de l'ouvrier.

— J'espère bien que tu ne remplacerais pas papa par ce plouc, provoque Isora.

— Il n'en est pas question, ma fille. Mais sache que Jean-Noël est un homme sérieux et sensible.

— Si tu le dis...

— C'est que je le pense. Je n'ai jamais compris les railleries dont il était l'objet, parfois, dans les conversations.

— On colporte qu'il est fâché avec sa mère et que Mathieu n'est pas son père, continue Isora en surveillant le four.

Pervenche se tait. Elle connaît les rumeurs étouffées qui se glissent dans les chaumières, éclatant quelquefois au hasard d'une veillée arrosée. On avance que l'Honorine aurait fauté avec les Allemands et que la demande en mariage de Mathieu, qui l'aimait depuis toujours, lui aurait évité le déshonneur. On se gausse de la chevelure, des yeux et du teint clairs de Jean-Noël alors que ses parents étaient tout le contraire au temps de leur jeunesse. Bruns et mats de peau.

— Ça ne nous regarde pas. En tout cas, il a toujours montré beaucoup de tendresse pour Mathieu. Même qu'il en veut à Honorine de le secouer. Mais le malheureux n'a plus toute sa tête. Il en a oublié ses cloches. Pourtant, il aimait carillonner. C'était bien joli, d'ailleurs.

— Le pauvre homme prétend connaître le président de la République, glousse Flore en déposant la limonade sur la nappe.

— Allez, vite à table, les filles. Les histoires de

famille des Morel ne nous concernent pas. Nous avons assez des nôtres et tant que nous serons ensemble, nous tiendrons le coup contre la vie, non ? Nous ferons bloc.

— Oui, contre Folcoche aussi, renchérit Flore en riant.

Isora retrouve son sourire. Les châtaignes embaument. Elles sont bien toutes les trois autour de la table. Soudain le téléphone les fait sursauter. L'aînée se lève prestement et décroche. C'est pour elle. Son visage s'illumine et ses yeux brillent comme des étoiles. Nicolas a eu un empêchement aujourd'hui. Il viendra demain dimanche.

Le soir, alors que ses filles, retrouvant leur complicité, écoutent de la musique dans la chambre de Flore, Pervenche, enfoncée dans son canapé, allume la télé. Mais elle fixe l'écran sans le voir, son esprit évoquant les images qui ne cessent de la hanter et qu'Isora vient à nouveau de raviver. Pauvre petite, marquée depuis ses treize ans par ce jour terrible. Elle avait vu l'ambulance des pompiers dans la vigne familiale et aperçu le corps sur la civière. Elle avait compris, s'enfuyant en hurlant. Sa mère l'avait retrouvée prostrée dans l'étable, les yeux hagards. Elle l'avait bercée comme un bébé avant de la ramener à la maison. Les mois suivants n'avaient pas été faciles, la gamine accumulant les bêtises, refusant de plus en plus l'autorité de sa mère et recherchant la compagnie de jeunes paumés, comme elle. À vingt et un ans aujourd'hui, elle mène encore sa vie d'étudiante de façon dissolue, fume tabac et autre denrée tout en collectionnant les conquêtes.

En revanche, Flore, sa cadette, n'avait pas manifesté grand-chose à l'époque. Comme si elle ne réalisait pas. Son désarroi est venu plus tard et depuis elle reste accrochée à sa maman.

Mais que c'est donc difficile, pense Pervenche, d'enterrer son chagrin pour affronter la situation et de porter sur ses seules épaules toutes les charges revenant à un couple, le travail, les soucis et le bien-être des enfants. Tout ça sans jamais baisser les bras, malgré le désir, parfois, de se laisser aller.

***

La neige a disparu en partie, dénudant les arbres, les routes, les prairies qui se fondent maintenant dans un camaïeu de bruns que la lumière terne de cette fin novembre ne réussit pas à raviver. Quelques résidus d'un blanc sali de boue s'accrochent encore sur le bord des fossés, ce qui provoque chez les gens de la terre une certaine méfiance. « La neige qui reste en attend une autre. »

Bientôt, il sera temps de préparer le sapin de Noël, pense Pervenche en s'activant machinalement autour des vaches. Le matin, elle assure seule les tâches liées à la traite. Debout à 5 heures, été comme hiver.

Au début, après la disparition de Luc, André l'aidait. Depuis qu'il est parti à son tour, elle assume. Hélène n'a jamais proposé ses services, elle n'aurait d'ailleurs pas accepté. La vieille vient seulement traîner ses chaussures de temps en temps, pour critiquer le travail de sa belle-fille, et s'occupe encore de la basse-cour. Elle nourrit les volailles, les saigne le moment venu, les plume et les prépare pour la vente. Elle a sa clientèle. Pour les œufs aussi, qu'elle ramasse en cachette, sans en proposer à Pervenche. Mais celle-ci ne s'en formalise pas. Elle sait bien les trouver pour confectionner pâtisserie, omelette ou autre chose.

Ce lundi matin, elle peste une fois de plus. Elle vient de constater que deux vaches présentent une mammite, c'est sûr, le lait forme de gros caillots. Il faudra leur administrer des médicaments et mettre le lait de côté, pour les cochons, en attendant la guérison.

Quand la traite se termine, 7 heures sonnent au clocher de Chessines. Tempo assure son travail de chien avec conviction. Il dirige les vaches vers la stabulation et pas une ne bronche. Pervenche les suit et commence à distribuer la ration de foin.

— La Prunelle va bientôt vêler.

Pervenche sursaute. Elle n'avait pas entendu la mégère arriver. Elle s'y prend tôt, ce matin, pour ramener sa fraise.

— Je sais. La Pipette aussi.

— Et celle-là, elle est tarie ? demande la vieille en tapant sur la cuisse d'une belle bête à la robe brune.

Pervenche soupire. De quoi se mêle-t-elle aujourd'hui ?

— Non. Elle est fécondée, elle nourrit son veau donc elle donne moins de lait. Vous savez bien.

Sans répondre, la vieille continue son inspection tandis que sa belle-fille bout d'impatience.

— Vous avez du beau matériel, les jeunes, grâce à moi qui mettais un point d'honneur à moderniser, à aller de l'avant. C'est facile de traire, ça se fait tout seul, mais vos bêtes, par contre, elles durent moins longtemps qu'avant. Pas plus de sept ans. Avant, elles vivaient bien dix ans. Maintenant, elles sont trop bien nourries.

— C'est vrai. C'est comme ça pour tout le monde, répond Pervenche avec impatience. Je crois que j'entends le laitier. J'y vais. À midi, je vous porterai de la daube. Vous prendrez votre pain au camion. C'est son jour.

— Je sais. Au fait, y vient quand le contrôleur laitier ?

— Demain.

— Et ta grande, elle va mieux ? Elle a encore fait des siennes, samedi. Pour un peu je regretterais de lui avoir donné la pièce. Si c'est pas malheureux, des comédies pareilles. Et dimanche, comme par miracle, l'oiseau s'est envolé avec un amoureux.

Pervenche serre les dents, se retient un instant puis finit par rétorquer que sa fille souffre de la même maladie que son père et que c'est bien triste.

Sans répondre, la vieille termine son inspection, examinant toutes les bêtes de son regard de fouine et finit par sortir. Pervenche respire enfin et sort à la rencontre du laitier. Elle déteste quand sa belle-mère apporte son grain de sel, semant le doute sur la bonne marche de la ferme.

L'après-midi, Pervenche se lave les cheveux et les sèche soigneusement. Compte tenu de l'épaisseur et de la longueur, l'opération dure toujours trop longtemps à son goût et, cette fois encore, elle envisage de changer de coiffure. Mais comment discipliner cette crinière sauvage ? En coupant court ? Elle n'est pas certaine du résultat. Et puis, Luc aimait tant y passer les doigts.

« Voilà, c'est sec. Et ça frise. Pas besoin de permanente », pense-t-elle. Les mèches châtaines, serrées en boucles fines, presque crépues, encadrent son visage mat. Non, elle ne les fera pas couper. Sa chevelure fait partie de sa personnalité. Ses filles le lui affirment et elle les croit.

Elle enfile un jean et un pull bleu, revêt une grosse veste en laine grise et sort pour profiter de la clémence de la journée. Elle se dirige vers le pré où Patou et Patinette, les poneys des demoiselles, broutent l'herbe rare. Ce soir, il faudra compenser avec du foin. Elle le dira à Jean-Noël.

En évoquant l'homme aux yeux bleus, elle ressent un léger picotement au creux de l'estomac et, délibérément, le chasse de sa pensée. Elle n'a jamais rien éprouvé pour lui. Jusqu'à maintenant. Alors pourquoi ce trouble qu'elle n'ose avouer ? Peut-être parce qu'elle a conscience qu'elle lui plaît et que cette idée la touche.

Elle marche d'un bon pas pour se calmer. Le paysage uniformément gris, la boue, le brouillard flottant sur la mare lui font regretter le panorama enneigé. Soudain, elle aperçoit une tache bleue se détachant de la grisaille. Un homme, penché sur la clôture, semble bien absorbé par son travail. Jean-Noël.

Il sursaute à son approche, la reconnaît et son visage s'illumine.

— Oh, Pervenche. Vous m'avez fait peur. Je viens de réparer les barbelés. Ils étaient sectionnés, c'est étonnant. Vous savez, les poneys auraient pu s'enfuir sur la route.

— C'est bizarre. Tenez, de toute façon, les pauvres bêtes pataugent dans les flaques d'eau, aidez-moi à les mettre à l'abri.

Les animaux, heureux de la diversion et dans l'espoir d'une ration de foin, ne se font pas prier. Ils viennent d'eux-mêmes et, dociles, se laissent conduire dans la petite écurie. Le bâtiment propre et chaud les accueille tandis que l'homme et la femme leur servent de l'avoine et du foin. Les bêtes relèvent leurs babines sur de grandes dents gourmandes et se mettent rapidement à brouter.

— Ce sont de braves poneys, murmure Pervenche. Les filles les adorent.

— Mais elles ne s'en occupent pas beaucoup, sourit Jean-Noël. Voulez-vous un café ? continue-t-il en sortant une bouteille Thermos de sa sacoche.

— Vous êtes bien équipé. J'en veux bien une goutte. Ça va nous réchauffer, il ne gèle pas mais le fond de l'air est frisquet.

Il dévisse la bouteille, sert un peu de café dans le gobelet et lui tend en la regardant dans les yeux. Troublée, elle avance la main pour saisir le récipient mais celui-ci lui échappe. En riant, ils se baissent tous les deux pour ramasser la timbale. Leurs mains se touchent, leur parfum se mélange, leur esprit s'étonne, le désir les submerge, comme une déferlante.

Hésitant, l'homme se redresse doucement et caresse le visage de Pervenche qui ne le repousse pas. Enhardi, il lui prend la bouche et lui dépose un baiser très doux qui la met sens dessus dessous. Elle lui offre à nouveau ses lèvres en fermant les yeux.

Son cœur dit non tandis que son corps appelle celui de cet homme et que tout devient flou.

Tout se précipite. Elle se donne avec fougue. Il y a si longtemps. Lui, étonné et ravi, la prend avec volupté, une tendresse qu'elle n'aurait pas soupçonnée. Un instant, la réalité s'efface. Elle est si bien dans ses bras chauds et forts, flottant entre deux mondes... Protégée.

Après, ils se taisent, comme s'ils n'osaient plus revenir dans le quotidien de peur qu'il ne ternisse cet instant de grâce.

— Je suis heureux. Et toi ? finit par demander Jean-Noël.

Comme elle garde le silence, il insiste :

— Et toi ?

Elle ne sait pas quoi répondre. Elle refuse ce tutoiement qu'elle n'a pas autorisé. Elle a aimé cette étreinte, certes. Mais elle ne peut pas dire qu'elle est heureuse, maintenant. Pire, il lui semble bien qu'elle est malheureuse car elle s'en veut déjà d'avoir cédé. Elle n'était pas prête. Et elle n'est pas sûre d'aimer cet homme-là. Toutes ces idées se bousculent dans son esprit tandis que son compagnon, tout à sa béatitude, met son silence sur la timidité, la retenue, la culpabilité.

— Je préfère que nous gardions le vouvoiement. À cause de la vieille, confie-t-elle enfin.

Il sourit.

— Ça ne me dérange pas. Cela donnera un peu de piment à notre relation, convenez-en, madame Fontaine.

Elle hoche la tête en se relevant, lui adresse une mimique amusée, réajuste ses vêtements et lui tend la main pour qu'il se relève aussi. Elle remarque un grain de beauté sur son avant-bras. Il l'enlace mais elle se contracte imperceptiblement. Il l'embrasse mais elle ne ressent pas le même élan.

— Je vais sortir avant vous. Des fois qu'elle soit à la basse-cour, dit-elle.

— Vous avez raison, elle le saura bien assez tôt, n'est-ce pas ? sourit Jean-Noël, sûr de sa conquête, heureux.

Il tente une dernière caresse mais elle le repousse doucement.

— Il est tard. Je... j'ai du travail... prétexte-t-elle, un peu gênée, en baissant la tête.

L'homme, cette fois, s'inquiète. La flamme, dans les yeux de Pervenche, s'est éteinte, évanouie avec le jour qui baisse, plongeant l'écurie dans la pénombre. Une pénombre qui aurait pu être complice mais dont l'épaisseur alourdit l'atmosphère. Où est passée la femme passionnée qu'il a tenue dans ses bras un quart d'heure avant ? Pourquoi ce comportement presque indifférent ?

Il prend le menton de Pervenche dans sa main, l'obligeant à relever la tête, à le regarder en face.

— Ne me dites pas que vous regrettez...

Tout près, Patou frappe le sol de sa patte, comme pour faire diversion.

— Vous voyez, il n'approuve pas votre attitude et il se manifeste, plaisante Jean-Noël.

Elle sourit. C'est vrai que le pauvre a de quoi être déconcerté. Elle le déçoit, c'est sûr. Il ne l'a pas mérité. Elle-même ne sait pas comment interpréter sa froideur envers cet homme alors qu'elle ne l'a pas repoussé, loin de là. Elle a même partagé avec ardeur ce moment d'intimité. Alors pourquoi la braise s'est-elle si vite éteinte ? « Je n'étais pas prête, se répète-t-elle. Je ne m'autorise pas à cela. »

— Je ne regrette pas, non, mais je crois que j'ai perdu l'habitude. Et puis, je n'ai jamais connu d'autre homme que Luc. Vous pouvez peut-être comprendre combien tout cela me paraît difficile.

Il pose un doigt sur sa bouche. Elle ferme les yeux.

— Je comprends. Je serai patient. Je vous promets. Mais ne vous refermez pas, madame Fontaine, vous avez le droit à la tendresse et à l'amour.

Elle soupire en le regardant. Il ne manque pas de délicatesse. Peut-être en effet qu'elle a besoin de temps.

— Merci pour ces mots, Nono. À tout à l'heure, pour la traite.

— S'il vous plaît, ne m'appelez pas Nono.

Elle sourit en remontant une mèche de cheveux rebelle.

— C'est gentil et tendre, Nono.

— Peut-être, mais j'ai toujours lu de la malice dans les yeux des gens qui m'appelaient ainsi. Une espèce de raillerie muette. Vous comprendrez que ce surnom me blesse.

Elle pense aux ragots évoqués par Isora et promet :

— Entendu, Jean-Noël. Et Jeannot, ça vous dérange ?

— De votre part, non, sourit-il.

Alors à ce soir, pour la traite.

— Oui, dit-il en ramassant un petit mouchoir

blanc bordé de dentelle et en le tendant à sa patronne.

Celle-ci le regarde et sourit.

— Il n'est pas à moi. Regardez les initiales brodées, *H.F.* Il appartient à ma belle-mère. Mais que diable est-elle venue faire ici ?

— Ah çà, vous ne la changerez pas, elle aime fouiner partout...

Ils échangent un regard amusé et complice puis Pervenche enfile sa grosse veste, couvre sa tête de son châle et affronte la nuit qui se mélange à la brume pour envelopper la cour. Il est 16 h 30. Elle n'a que le temps d'aller se changer.

Tout frétillant, Tempo vient à sa rencontre. La vieille, elle, la tête collée au carreau, tente d'apercevoir les allées et venues de sa bru.

Le soir, dans son lit, Pervenche, perturbée par des sentiments contradictoires, ne trouve pas le sommeil. Elle regrette sa faiblesse et s'interroge sur cette relation bien mal engagée, à son avis. Autour des vaches, tout à l'heure, ils n'ont pas réussi à échanger trois paroles. Lui, attendait sans doute un encouragement. Elle, n'a pas réussi à se conduire normalement. En tout cas, pas comme une femme amoureuse. Plus elle cherchait des mots, même anodins, plus ils se dérobaient et elle s'enlisait dans son silence.

Il l'a quittée sur un « Au revoir Pervenche » teinté de tristesse, sans chercher autre chose. Et elle, comme si de rien n'était, avait continué son nettoyage, sans relever la tête, murmurant du bout des lèvres : « À demain Jean-Noël. »

Mais demain, il faudra bien qu'elle s'explique. Lui avouer qu'elle n'est pas certaine de ses sentiments. Car la vérité, depuis qu'elle est sortie de l'écurie tout à l'heure, s'inscrit dans son cœur avec évidence. Elle n'aime pas Jean-Noël. Il l'attire, c'est certain, mais malgré sa courtoisie, sa tendresse, sa patience, ce qui tout de même représente pas mal de qualités, elle n'aime pas Jean-Noël. Enfin, pas comme elle devrait. Elle est toujours tout entière à Luc. La mort ne change rien. L'absence, qu'elle apprivoise depuis huit ans, fait partie de sa vie. Elle sent souvent la présence de l'homme aimé, lui parle, l'interroge... Et justement, ce soir, une voix lui murmure de ne pas se tromper. De ne pas se forcer.

Mais comment son amant, mon Dieu, que ce mot audacieux la dérange, va-t-il prendre ce revirement ? Elle en rougit encore de s'être laissée aller comme une Marie-couche-toi-là. « Ce n'est pas si grave, continue la voix... Tu es humaine, avec tes faiblesses et tes manques. » Alors, subrepticement, le sommeil finit par la conduire dans un monde où son amour, Luc, l'attend près d'une fontaine. Il sourit. Il porte cette jolie chemise bleue qu'elle lui avait offerte pour son dernier Noël.

La prédiction

Le lendemain matin, Pervenche, encore tout imprégnée de son rêve, sourit à la photo de son mari. « Luc, je ne sais plus où j'en suis. Est-ce à cause de mon amour pour toi que je ne peux plus m'attacher ? Accepterais-tu qu'un homme vive à mes côtés ? Jamais personne ne te remplacera dans mon cœur mais, tu sais, un peu de tendresse me réchaufferait. Guide-moi, s'il te plaît. »

Alors que toujours assaillie de questions, elle laisse voluptueusement glisser l'eau chaude de la douche sur son corps, elle décide de consulter son amie Agathe, dont la réputation de voyante dépasse les frontières de Chessines. Les gens affirment qu'elle ne se trompe jamais. Quant à son mari médecin, très cartésien, il en sourit, indulgent pour la femme qu'il aime mais sans livrer le fond de ses pensées. Pour sa part, Pervenche, bien qu'encline à croire que certains possèdent des dons que la science n'explique pas, n'a jamais testé ceux de la jeune femme. C'est l'occasion.

Ses tâches de fermière terminées, elle téléphone à Agathe pour lui demander un rendez-vous.

— Viens cet après-midi, je serai contente de te voir. Mais que t'arrive-t-il ? Rien de grave, j'espère ?

— Non. Cependant je m'interroge sur mon avenir. Comme c'est ton domaine, je compte sur toi pour m'éclairer.

— Hum, je ferai mon possible. Mais tu sais que, si je vois des choses, j'ai du mal à les définir dans le temps...

— Oui, nous en discuterons. À cet après-midi.

Pervenche raccroche, mi-amusée, mi-inquiète de sa décision et commence à passer l'aspirateur dans sa maison, songeuse. Soudain, elle sursaute, le facteur passe sa tête casquée par l'entrebâillement de la porte.

— J'ai frappé, mais comme je n'entendais que le bruit du moteur, je me suis permis d'ouvrir, annonce le préposé en s'essuyant les pieds.

— Tu as bien fait, Manuel, finis donc d'entrer, répond la ménagère en débranchant son appareil. Ah, c'est pour le calendrier, j'ai déjà accroché celui des pompiers ! s'exclame-t-elle en voyant le facteur sortir une pile d'almanachs aux couleurs vives.

— Tu vas choisir, ma fille. C'est varié. Tu veux un simple ou un double ?

— Un double, tant qu'à faire. Six mois d'un côté. Six mois de l'autre. Ça change ! Allez, dispose-les sur la table et je désignerai mon préféré.

L'homme retire son casque, le pose sur une chaise et s'exécute.

— Voyons, dit Pervenche, montagne enneigée ou fleurie, port de pêche, chiots, chevaux au pré, enfants, paysage champêtre... Ah tiens, celui-ci est original. On dirait un manoir enchanté. Ça ressemble à Silvabelle... sourit-elle en regardant l'image sur laquelle un château coiffé de tuiles sombres émerge d'une forêt.

— Oui, un peu, sauf que le domaine est plutôt hanté, à ce qu'on raconte, répond le facteur en se caressant le menton.

Pervenche feuillette distraitement les pages fines enfermées entre les images cartonnées. Cartes du département, de Troyes, les fêtes à souhaiter, etc.

— Y paraît qu'il est à nouveau habité, le château.

— Oui, un homme va lui redonner vie, il semble sous le charme du lieu, je l'ai rencontré, sourit Pervenche en sortant un billet de son porte-monnaie.

— Ah bon ? Et elle aussi, tu l'as vue ?

La jeune femme s'étonne.

— Non. Seulement lui.

— Y paraît qu'il vit avec une dame. Mais elle ne sort pas souvent. Il fait les courses tout seul à Chessines. Il a peut-être peur qu'on lui prenne. Il la cache ! rit Manuel, pas mécontent de sa plaisanterie.

— Va savoir, tiens, prends tes sous. Tu es allé chez Hélène ?

— Non, j'y vais. Allez ma fille, à demain.

Après le départ de Manuel, Pervenche a bien du mal à se concentrer sur ses tâches ménagères. Elle défroisse du linge machinalement et l'humidifie avec un petit pulvérisateur. Son esprit, embarrassé de soucis, va de Silvabelle à Jean-Noël, de Flore à Isora, sans oublier Hélène, toujours aussi mauvaise.

Ainsi, sans répit, les idées de la veuve de Champbrise se bousculent tandis qu'elle fait glisser le fer sur les torchons blancs imprégnés de vapeur. Elle les aplatit de la main, les plie soigneusement puis les empile à côté des serviettes de toilette d'où s'échappe un léger parfum de lavande.

Elle continue avec les jeans de ses filles. L'opération demande davantage d'attention. Pas question de laisser un faux pli. Les demoiselles sont exigeantes ! Elle retourne le premier pantalon afin de le repasser à l'envers et préserver ainsi le tissu aux fibres cassantes. Elle sursaute soudain et se retourne vivement. Jean-Noël frappe à l'entrée. Contrariée car elle craint de ne savoir que lui dire, elle lui ouvre néanmoins en esquissant un sourire.

Il est vêtu d'un pantalon en feutre noir et un pull à col roulé bleu ciel. Il est sorti sans manteau et semble frigorifié. Elle ne peut s'empêcher de le trouver très séduisant. Ses amies ont raison, Jean-Noël est bel homme.

— Quel temps ! lance-t-il en s'essuyant les pieds soigneusement sur le tapis.

— Fermez vite la porte, que la chaleur ne sorte pas. Voulez-vous un café ? demande Pervenche en jetant des coups d'œil furtifs sur celui qu'elle ne réussit plus à considérer comme un ouvrier, ce qui la trouble et l'ennuie en même temps.

Elle lui tend une chaise et, fébrilement, prépare le café. Quatre dosettes de poudre noire, de l'eau dans le réservoir de la cafetière et l'affaire est faite. Bientôt l'odeur engageante se répand dans la cuisine.

— Je voulais te dire, enfin vous dire, Pervenche,

que je suis prêt à vous attendre. Je comprends les sentiments contradictoires qui vous animent. Je connaissais Luc. Ce n'est pas facile de rivaliser avec lui. Laissez-moi continuer, reprend-il en voyant Pervenche prête à s'exprimer. Moi, je vous aime depuis longtemps. Depuis le jour de mon arrivée, il y a huit ans, je rêve de vous. Mais depuis quelques mois, mes rêves sont devenus obsession. Pourtant, je n'ai jamais rien laissé paraître. Je n'osais pas.

Il se tait un instant, s'éclaircit la voix et confie doucement :

— J'ai été si heureux, hier...

Il fixe la jeune femme qui rougit, embarrassée, et baisse les yeux en sortant les tasses tandis qu'il poursuit :

— J'ai cru que vous l'étiez aussi mais, ensuite, j'ai vite compris que ce n'était qu'un feu de paille. Il me semble que vous gardez les émotions en vous, de peur qu'elles vous échappent, que vous repoussez le bonheur.

Elle sourit, attendrie.

— C'est un peu ça, Jean-Noël. Je vous sais gré de ne pas insister, de me laisser le temps. Une partie de moi me pousse dans vos bras, c'est vrai. Une autre me conseille de ne rien précipiter. Et puis, convenez que ce n'est pas facile. Les filles, la vieille...

Il soupire et affirme que ces raisons ne sont pas valables.

— La vieille, vous vous en moquez, n'est-ce pas ? Quant aux filles, elles aimeraient sans doute voir leur maman épanouie.

Pervenche hoche la tête en servant la boisson

chaude. Certes, Jean-Noël ne manque pas de bon sens et peut-être qu'en effet elle trouverait près de lui une épaule réconfortante. Elle sait que la vie ne l'a pas gâté non plus. Sa femme est partie pour un autre, emmenant leur fils âgé alors de six ans au Canada. Il le voit peu. Il en souffre.

L'homme boit son café, pensif. Il n'a pas l'habitude de livrer ses sentiments et il s'étonne de son audace.

— Excusez-moi. Toutes ces choses que je vous ai dites... Fallait que ça sorte, résume-t-il en posant sa tasse.

L'ambiance se détend. La gêne s'efface. L'homme et la femme se sentent en confiance, presque en communion. Un instant de partage, fugitif.

Tempo gratte à la porte avec insistance. Le quotidien reprend ses droits.

— Il vous a flairé, il veut vous saluer, remarque sa maîtresse en ouvrant la porte.

Pourquoi ne pas dire oui à Jean-Noël tout de suite ? Pourquoi ne pas se laisser aller enfin, rompre cette solitude pesante ? Pourquoi ? Pourquoi ? se demande-t-elle. Puisque de toute façon elle sait que le véritable amour ne se rencontre qu'une fois. Le reste, c'est de la tendresse, une attirance... Une consolation, au plus. Mais n'est-ce pas mieux que rien ? Que ce vide qui se creuse comme un puits sans fond ?

— Vous n'avez pas eu de chance, moi non plus. Alors peut-être que si nous mettions notre misère en commun nous pourrions en faire un bonheur ? Enfin, cette idée me trotte dans la tête. Réfléchissez, mais pas trop longtemps quand même... poursuit le visiteur en se levant, son visage tendu dans l'attente d'une réponse.

— Je vous promets. Laissons passer l'hiver.

Il la détaille de la tête aux pieds.

— Vous êtes belle, habillée en femme.

Pervenche rit. C'est vrai qu'aujourd'hui elle a quitté le pantalon, si pratique pour les travaux de la ferme, pour une robe en jersey écru soulignée par une ceinture noire. Mince, elle ne manque pourtant pas d'avantages, comme disait Pauline, et le vêtement à peine moulant laisse deviner des formes rondes, n'ayant rien à envier aux jambes longues gainées de collants noirs.

Et puis cette masse de cheveux dégringolant en mèches sombres et frisées sur ses épaules... Jean-Noël se retient d'y glisser les doigts. Pervenche a saisi son regard d'envie. Elle rit à nouveau en convenant qu'une robe change une femme. Il aime ce rire frais qui découvre des dents blanches de petite fille. Il aime tout en elle. Son corps, son visage et sa façon d'être. Mélange de courage et de fragilité.

Mais il a promis d'attendre. Il attendra. Pourtant, qu'il serait bon de vivre près de cette femme-là. Une femme qui cuisine si bien que l'odeur de son miroton se répand jusqu'à l'étable. Une ménagère parfaite dont l'intérieur, confortable et joliment agencé, sent la lavande et le bien-être. Une femme belle, dont la sensualité ne demande qu'à ressusciter...

S'arrachant à ses pensées, il se lève brusquement. Elle l'accompagne jusqu'à la porte.

— Vous m'en voulez ? demande-t-elle.

— Mais non. À ce soir, pour la traite, patronne.

Ainsi, de lui-même il a remis les choses à leur place.

— Au fait, je serai en retard, ce soir. Je passe voir une amie.

— Alors, je commencerai sans vous. Prenez votre temps, madame Fontaine.

Tempo aboie deux fois, en signe d'assentiment.

Pervenche sourit en s'installant dans sa voiture. Cette Agathe, tout de même... Une mèche de cheveux bleue, aujourd'hui. Parfois, c'est mauve, ou rose, ou vert. La femme du docteur adore glisser de la fantaisie dans ses cheveux. Elle ose. Et si certains la qualifient de clown, elle s'en moque bien. « Je n'aime pas ressembler à tout le monde », répète-t-elle à l'envi.

Ça, elle ne risque pas... pense Pervenche en démarrant, riant toute seule de l'excentricité de son amie. Mais chez celle-ci, c'est la maison du bon Dieu. Il y défile tant de monde... Car, bien qu'elle s'en défende et affirme que c'est à la portée de tous, elle possède le don de sentir les choses avant qu'elles n'arrivent. Souvent. « C'est seulement de l'intuition que je cultive car j'y suis attentive et puis je crois au destin et sais interpréter les signes », explique-t-elle. Ainsi, depuis quelques années, de nombreuses personnes lui demandent conseil. Elle se concentre sur les cartes et annonce les événements comme elle les voit ou comme elle les ressent.

Pervenche, tout en appréciant l'amitié de cette jeune femme spirituelle et gaie, et bien qu'elle ne doutât pas de sa bonne foi, n'avait encore jamais osé franchir le seuil du petit salon feutré. C'est fait. Et Agathe l'a assurée que sa vie changerait en mieux, c'est certain, prochainement.

— Je vois un homme très grand. Un homme intéressant, protecteur, très mûr. Peut-être plus âgé que toi. Il t'espère depuis longtemps.

— La rencontre est pour bientôt ? a demandé Pervenche, de l'espoir plein la voix.

La voyante a fermé les yeux et, après un long silence, a annoncé que l'événement heureux aboutirait, selon elle, au cours de l'année prochaine mais qu'elle devrait encore s'attendre à franchir des turbulences.

— Ça ne sera pas facile. Cet homme cherche ton chemin et les pistes se brouillent parfois. Patience... C'est un être exceptionnel qui va te surprendre et faire éclore des sentiments enfouis. Ah, je distingue une marque sur le bras. Comme un tatouage. Je vois aussi une étoile. Je ne comprends pas trop. C'est étrange. Mais...

— Oui ?

— C'est vraiment curieux. Quelqu'un d'autre apparaît. Un homme plus jeune. Il a quelque chose de bizarre dans le regard. Je ne distingue pas bien mais c'est un être attachant. Je vois aussi des animaux. Des tas d'animaux.

Pervenche avait ri.

— En fait, tu vois deux hommes autour de moi ! Ça fait beaucoup.

Agathe lui a expliqué que leur rôle lui semblait très différent mais que tous les deux semblaient inspirer l'amour.

Pervenche a pris congé plutôt rassurée – sa vie

allait changer – mais fort intriguée. Qui sont ces deux hommes décrits par la voyante ?

En conduisant doucement sur le chemin de Champbrise, elle revit mentalement cette séance qui l'a chamboulée plus qu'elle ne veut l'admettre. Jean-Noël ? Certaines choses concordent, c'est sûr. Un homme qui l'espère depuis longtemps. Les pistes qui se brouillent, sans doute à cause de ses hésitations, à elle. Les difficultés. Ça, elle sait bien lesquelles. La vieille à mater, les filles à convaincre, sa culpabilité à étouffer. Agathe a même vu le grain de beauté de Jean-Noël dont la forme évoque un peu une étoile. C'est insensé une telle précision ! « Un être exceptionnel », a annoncé Agathe. Pervenche, certaine que son ouvrier gagne à être connu, sourit. C'est vrai que ce matin il a fait preuve d'une délicatesse inattendue. « Protecteur », a ajouté la voyante. Certes, les bras puissants qui l'ont entourée hier peuvent servir de rempart aux déceptions de la vie. Pas de véritable amour en ce qui la concerne, non, pas encore, mais la tendresse n'est-elle pas aussi un cadeau du ciel ? Et cet homme au regard étrange ? Oh là là... Elle évoque furtivement Mehiel dont les yeux de jade se cachent derrière des lunettes, mais chasse cette idée saugrenue. Trop différent. Trop rêveur. Non, Jean-Noël est davantage conforme à l'idée qu'elle se fait d'un compagnon de route.

Elle se sent légère tout d'un coup, apte désormais à aller de l'avant, sans pour autant enterrer ses souvenirs. Elle a, tout près, un homme à aimer. Un homme bien. Un homme de la terre qui plairait à Luc.

Une grosse goutte s'écrase sur le pare-brise. Le ciel prend la couleur de l'encre et tout le paysage s'assombrit, prisonnier de ce voile gris. Et l'humeur de Pervenche, si claire l'instant d'avant, se ternit, au diapason avec les nuages qui s'amoncellent en volutes menaçantes.

Le premier moment d'euphorie passé, comme hier dans l'abri des poneys, quelque chose en elle freine son enthousiasme. Est-ce la culpabilité ou bien la crainte de commettre une erreur ? Et puis, Agathe a parlé d'un homme plus âgé. Or Jean-Noël est du même âge qu'elle. Mais la voyante n'est pas infaillible et peut se tromper de quelques mois ! Une désagréable impression de marcher à côté du chemin l'envahit pourtant. Une sensation qu'elle rejette et balaie d'un grand coup d'accélérateur. Elle roule vite maintenant, décidée à arracher à la vie sa part de bonheur.

Il est 18 heures. La nuit est tombée depuis un moment quand elle entre dans l'étable vêtue en fermière mais le cœur en émoi. Elle ferme les yeux et s'imprègne de l'odeur de paille et des bêtes tandis que les bruits familiers la rassurent. Le souffle des vaches, leurs meuglements, le piétinement de Tempo qui va de l'une à l'autre. Un tintement de bidon ou de seau.

Jean-Noël a presque terminé l'ouvrage.

Comme s'il ne s'était rien passé entre eux, il confirme que la Prunelle va bientôt vêler. Demain ou après-demain. Que la Doucine est toujours généreuse et que la Blandine est partie pour l'abattoir, comme prévu, puisqu'elle était tarie.

Le sang de Pervenche ne fait qu'un tour. Elle laisse tomber le seau qu'elle tenait à la main. Le récipient rebondit sur le ciment dans un bruit de ferraille écorchant les oreilles.

— Vous n'avez pas fait ça ? Jean-Noël ? Vous n'avez pas laissé partir la Blandine ?

— Mais...

— Je vous l'ai dit, n'est-ce pas, que je ne voulais pas qu'on touche à la vache de Luc ! hurle-t-elle. Je ne vous le pardonnerai jamais.

La jeune femme se met à pleurer. De gros sanglots achevant de bouleverser l'ouvrier maladroit qui reste les bras pendants, ne sachant pas quelle attitude adopter. Il tente pourtant de se disculper.

— Mais enfin, Pervenche, le boucher est venu sur votre ordre. Demande de Mme Fontaine, le 28 novembre. C'était hier, il est venu aujourd'hui. J'ai pensé que vous aviez changé d'avis. Vous changez toujours d'avis en ce moment, comment voulez-vous que je m'y retrouve ?

Est-ce une idée ? Pervenche croit lire une lueur d'agacement dans les yeux de Jeannot.

— Mais vous auriez dû m'appeler, me demander confirmation. L'idée ne vous est pas venue ?

Le regard mauvais, les mains sur les hanches telle une mégère, la veuve Fontaine ne se ressemble plus.

— Vous appeler où ? Je ne savais pas où vous étiez, moi, se défend l'ouvrier de plus en plus mal à l'aise.

— Alors il fallait renvoyer le camion. Vous êtes très sot, Nono. Je vous en voudrai toujours pour cela, continue-t-elle en lui tournant le dos, prête à quitter l'étable.

Le pauvre Jean-Noël accuse le coup, davantage blessé par le surnom employé que par l'évocation de sa sottise. Il tente pourtant de l'approcher. Elle le chasse d'un bras impatient tandis qu'il poursuit :

— Alors, c'est la vieille ?

Elle se retourne vivement, le visage encore tout chiffonné de contrariété.

— Qui d'autre ? C'est elle qui a appelé le boucher, à mon insu. Elle sait que je profite de mes après-midi pour faire des courses ou voir mes amies. Elle a exploité la situation pour me nuire. Et vous êtes tombé dans le panneau. Bêtement.

L'ouvrier serre les dents. Voilà deux fois que sa patronne le rabaisse en mettant en doute son intelligence, c'est trop.

— Ben si je suis si borné, je vous donne mon mois. Comme ça, on n'aura pas besoin d'attendre le printemps pour se décider, n'est-ce pas ? Faut pas forcer la nature. Je vais pas me languir en attendant le bon vouloir de madame. Quand on éprouve des sentiments, on n'a pas besoin d'attendre. Ça ressemble à quoi, tout ça ? Hein ?

Interdite, Pervenche le regarde, les bras ballants. La colère s'imprime sur le visage de l'homme comme dans ses gestes brusques. Il range les récipients sans précaution, les cogne, lance le balai qui vient échoir aux pieds de la patronne. Celle-ci le ramasse doucement, consciente qu'elle a peut-être exagéré. Jean-Noël n'est pas responsable de la méchanceté de la vieille Fontaine, après tout.

Il lui en coûte pourtant de s'excuser. Blandine, c'était leur bête, à elle et Luc, un lien en quelque sorte, et il l'a laissée partir.

Elle hésite, partagée. Il a raison, certes. Elle joue avec ses nerfs. Hier, elle se donne à lui. Ce matin, elle lui propose d'attendre. Cet après-midi, elle le blesse. Mais que fera-t-elle sans lui ? Il a commis une erreur certes, mais personne n'est parfait. Finalement, elle ravale sa fierté :

— Restez Nono, pardon, Jean-Noël... s'il vous plaît. Je me suis emportée, c'est vrai. Vous ne pouviez pas savoir. Et moi, avec tout ça et le reste, je ne sais plus où j'en suis.

Plusieurs bêtes se mettent à meugler. Dehors, la basse-cour caquette et s'agite de toutes ses ailes impatientes, en attente de la volée de graines.

Pervenche retire son foulard, laissant s'évader ses cheveux fous, sachant bien que ce geste finirait d'attendrir l'homme amoureux. Celui-ci lutte pour ne pas la prendre dans ses bras, pour ne pas la coucher, là, sur la paille et revivre les sensations de la veille. Mais il se domine et prononce froidement :

— Alors, à demain, patronne.

Désemparée, elle le laisse partir sans un mot.

Malgré sa rancœur, elle n'ira pas se plaindre à la vieille d'avoir envoyé la vache de Luc à la boucherie. Elle serait trop contente de sa peine. Non, elle lui portera sa soupe comme si de rien n'était et elle en sera pour ses frais, Folcoche.

Mais le soir, seule devant son potage, Pervenche laisse ruisseler des larmes. La mort de Blandine ravive une fois de plus la blessure. Luc, la vache, la vieille, Isora... C'est trop pour ce soir.

Elle repousse son bol, se roule en boule sur le

canapé et crie sa peine dans le silence de la pièce, inquiétant Tempo qui vient se lover contre elle.

La radio, qu'elle avait branchée machinalement en rentrant, diffuse en sourdine *L'Hymne à l'amour*. La voix de Piaf la bouleverse, les paroles brûlantes la portent jusqu'à l'univers de lumière où l'attend Luc. Puis elle s'apaise. La crise de désespoir s'estompe, les larmes s'épuisent, le calme revient dans sa tête et dans son corps. Agathe lui a promis des jours meilleurs. Comme affirmait Pauline : « Le printemps, même s'il se fait attendre, finit toujours par arriver. »

Le châtelain

À Silvabelle, l'homme apprivoise les lieux. Ce petit château représente tout ce dont il rêvait. Loin de l'agitation du village, planté au milieu d'une forêt dense et grouillante de vie, il semble sorti d'un conte, avec sa façade percée de fenêtres hautes qui regardent le monde en souriant. En tout cas, Mehiel le voit ainsi, avec ses yeux d'artiste sensible. Il aime la porte aux battants lourds, patinée par les intempéries, fermée sur son mystère, le perron romantique et les chiens-assis qui animent le toit, clins d'œil dans l'austérité de la pente ardoisée. Pourtant, la demeure pleure encore de tous ses murs lézardés et grelotte aux endroits ouverts aux quatre vents. Des ardoises s'envolent à la moindre bise, des vitres cassées laissent passer le froid, certains murs, couverts de salpêtre, témoignent d'une humidité persistante. La maison souffre d'abandon et se venge, certes, mais Mehiel le sent, elle ne demande qu'à guérir, réchauffée par un feu de bois et le souffle des habitants.

Déjà, la grande pièce à usage de salle à manger a retrouvé son âme grâce à la cheminée qui avale d'énormes rondins, aux tapis douillets et aux meubles anciens achetés chez un brocanteur du coin, cirés et astiqués. La cuisine d'un autre âge remplit son rôle comme elle peut à l'aide d'une antique cuisinière à bois, et deux chambres, bien que sans chauffage, sont relativement habitables. Il aime ce lit à baldaquin datant sans doute des belles heures de Silvabelle. Un lit retrouvé dans la cave, qu'il a restauré et qui accueille son sommeil plein de rêves.

Pour l'instant, c'est suffisant. Paris ne s'est pas construit en un jour, se dit Mehiel en allumant le petit poêle de son atelier. Il a installé son repaire dans un bâtiment attenant à l'habitation principale et là, en retrait, dans ce cocon douillet aux murs habillés de bois, il construit des violons. Luthier. Un métier qui le rend heureux, l'aidant à supporter une existence dont il n'a pas toujours apprécié les mauvais coups.

Voilà, la chaleur se répand dans l'atelier tandis que le bois embaume en se consumant. Le luthier a déjà installé son établi, accroché ses outils, reçu son bois de châtaignier et d'érable, téléphoné à des amis. Il attend la première commande. Il sait qu'elle viendra. Il a confiance. C'est sa force. Ici, il se sent en connivence avec les choses. Malgré le passé tragique de Silvabelle, l'accueil frileux des habitants du village, les réflexions désobligeantes, ce vaste chantier de rénovation, il éprouve le sentiment rassurant d'être arrivé au port après une tempête.

— Faudra aller acheter des provisions. Je peux pas faire à manger avec rien !

Lucie se tient dans l'encadrement de la porte, les mains sur les hanches.

Mehiel sourit. Brave Lucie. Elle aurait pu rester dans sa Bretagne natale, elle en avait l'âge et les moyens, mais elle avait tenu à suivre celui qu'elle considérait un peu comme un fils, un frère ou un ami. Un patron aussi. Dame ! À Paris, recommandée par les parents de Mehiel, elle avait fait office de femme à tout faire. Après, elle avait continué dans l'ombre, veillant à son bien-être, souffrant de sa tristesse, espérant du meilleur.

Et la voilà maintenant installée au domaine de Silvabelle où elle s'habitue en continuant de veiller sur le musicien, de le seconder, s'étant approprié le titre de gouvernante. Mazette... Une situation qui ne manque pas d'intriguer les bonnes gens. Une femme à la soixantaine généreuse qui garde les traces d'une certaine beauté, dotée d'une énergie infaillible et d'une admiration pour son maître qu'elle ne cherche pas à cacher, il y a là matière à jaser...

— J'irai au village cet après-midi, assure Mehiel. Il nous faut en effet pas mal de provisions. Et comme la neige risque de tomber à nouveau, mieux vaut être prudent.

Lucie, plantée sur le pas de la porte, ronchonne qu'on n'a pas idée d'habiter un trou pareil.

— Je me suis habituée à la vie parisienne et c'était pas de la tarte pour une Bretonne, mais ici c'est le pompon. Cinq kilomètres de la première habitation. On n'a pas intérêt à oublier le pain !

Le luthier s'amuse de la tête qu'affiche la brave femme.

— Allez, Lucie, nous avons une automobile, n'est-ce pas ? Le téléphone aussi, un piano, un violon, des disques et des tas de livres. Alors nous ne sommes pas aussi isolés que vous le dites. Et regardez ce paysage...

— Mouais... Bon, je vais faire cuire un pot-au-feu. Vous mangerez bien un peu de bœuf, hein ? Pour vous donner des forces ?

— Oui, un peu. Je vous promets.

La gouvernante s'approche de la porte en marmonnant qu'il serait temps qu'il retrouve une femme. Ne serait-ce que pour lui tenir compagnie.

— Mais je vous ai, Lucie. C'est bien suffisant, assure Mehiel en rangeant les pots de vernis sur des étagères.

Elle hausse les épaules.

— Vous m'avez pour la cuisine, le ménage et parfois pour la conversation mais pour le reste, hein ? La tendresse et tout ce qui va avec. Vous n'avez pas quarante ans, c'est trop jeune pour vivre cloîtré.

— Allez, chaque chose en son temps, Lucie.

— Mouais... C'est pas en restant dans ce trou que vous trouverez une dulcinée. Bon, à tout à l'heure.

— C'est ça.

Mehiel soupire. Elle ne manque pas de bon sens, Lucie, et il l'apprécie, même si parfois elle se mêle de ce qui ne la regarde pas...

Ses yeux se posent machinalement sur le calendrier. Bientôt Noël. Il déteste cette fête qui l'enchantait lors de son enfance, puis au temps d'Isabelle et de la musique.

Mais, cette année, il se forcera. Pour ressusciter Silvabelle. Ainsi, il installera un sapin qu'il garnira de boules multicolores et de guirlandes dorées. Un arbre immense qui étonnera par sa taille et sa majesté. Et il invitera des amis. C'est ça, ses amis champenois. Et la Lucie cuisinera une dinde aux marrons, grasse et ferme. Elle se remettra à la pâtisserie pour réussir cette bûche au chocolat dont elle a le secret.

Sur cette belle idée, Mehiel sort à la rencontre des ânes. Ils appellent.

***

Les vacances de Noël ont ramené les demoiselles Fontaine à la maison. Pervenche se réjouit de les dorloter. Flore se laisse faire comme un bébé, mais Isora soumet sa mère au régime de la douche écossaise. Parfois enjouée comme une fille amoureuse. Parfois fermée comme une porte de prison. C'est toujours si aléatoire que sa mère s'inquiète au moindre changement de ton. Quand son regard se perd dans un mirage. Quand ses yeux brillent d'une fièvre mauvaise. Elle guette alors toutes les réactions de sa fille, se torture pour trouver les mots justes et s'en veut parfois de ne pas réussir.

Aujourd'hui, Isora penche plutôt vers la bonne humeur. Nicolas, dont elle semble toujours très éprise, l'invite chez son père pour dîner. David Meurville, récemment divorcé, séducteur notoire menant grand train, organise souvent des réceptions. Il y aura du beau monde et de l'effervescence chez les Meurville. Isora prendra plaisir à s'étourdir. Elle en a tellement besoin.

Fière, Pervenche admire son aînée. Elle est si

belle, sa fille. Celle-ci a revêtu une robe noire dont la coupe souligne sa minceur. Elle sort maintenant sa trousse de maquillage.

— N'en mets pas trop, murmure Pervenche en souriant.

— Je fais ce qui me plaît, provoque Isora en traçant un trait noir sur sa paupière.

— Je veux seulement te rappeler que tu n'as pas besoin d'artifice.

— Ce n'est pas mon avis. Ni celui de Nicolas, d'ailleurs. Il apprécie le maquillage de mes yeux.

Pervenche se tait un instant, observe la coquette qui applique avec soin du mascara sur ses longs cils.

— Dis-moi, c'est sérieux, alors, avec ce jeune homme ? Que fait-il dans la vie ? Est-il toujours étudiant ?

Isora hausse les épaules.

— C'est l'interrogatoire ! Nicolas prépare un joli métier. Paysagiste. Son père a de quoi. Tu verrais leur maison... Mais ne te fais pas d'idées, maman. Ce n'est pas une présentation officielle. Il n'a pas envie de se caser et, pour ma part, je ne veux pas de fil à la patte.

— Mais vous vous aimez, non ?

— Peut-être. Mais l'amour, ça va, ça vient, non ?

Pervenche répond qu'elle ne pense pas. Ou qu'alors ce n'est pas de l'amour mais une amourette.

Isora la toise de ses yeux charbonneux et sa mère regrette de la voir ainsi transformée.

— Le père de Nicolas adore faire la fête. Il invite une dizaine de joyeux drilles. Ils veulent tous me connaître, c'est l'occasion, continue Isora en se coiffant. Elle ramasse sa longue chevelure dorée en un chignon haut, un peu fouillis, d'où s'échappent des mèches folles.

— Tu ressembles à Irina, souffle Pervenche. Et à ton père aussi. Un beau mélange.

— Merci maman. C'est un compliment. Au fait, je crois que je dormirai chez Nicolas.

— Comme tu voudras, mais demain soir, c'est le réveillon. Tu reviendras, n'est-ce pas ? Ta sœur serait tellement déçue. Elle a si joliment décoré l'arbre de Noël.

— Je verrai. Ce n'est pas bien gai ici, malgré le sapin. Reconnais-le.

Le cœur de Pervenche se serre. Non, ce n'est pas toujours très gai, mais quand elles sont toutes les trois réunies, c'est quand même une forme de bonheur. Elle l'explique doucement à sa fille. Celle-ci s'attendrit un instant, lui caresse la joue.

— Excuse-moi, maman. Tu fais ce que tu peux, je sais. Mais par moments j'ai besoin de voir des gens, de danser, de rire.

— Je comprends, répond doucement Pervenche en croisant son gilet sur sa poitrine.

Isora se parfume, un peu trop, applique du rouge à lèvres, un peu vif, puis sourit à l'image, très sophistiquée, que lui renvoie le miroir. Elle enfile un manteau, garnit son joli cou d'une écharpe, attrape son sac à main et se presse, alertée par un coup de Klaxon.

— Le voilà. À demain, maman. Embrasse la puce pour moi.

Pervenche hoche la tête, perplexe, et tente d'apercevoir l'amoureux de sa fille. En vain. Il a déjà démarré, entraînant sa belle vers la lumière, le bruit et les paillettes.

En face, le rideau de la vieille bouge encore.

— Elle est déjà partie ? demande Flore en entrant.

— À l'instant, répond sa mère, avec un petit sourire triste.

La petite, qui revient de chez son amie Laurence, retire gants et manteau qu'elle jette sur une chaise et se réchauffe les mains sur le radiateur.

— Ça fait loin, en vélo. L'été, ça va, mais par ce temps...

— Je sais. Deux kilomètres. Moi aussi ça me coûte parfois de vivre dans cette ferme au bout du village.

Pervenche demande à Flore de l'aider à fabriquer la bûche pour demain soir.

— Tu sais, celle que vous aimez, avec de la crème de marrons.

Flore hausse les épaules. Elle n'a pas envie.

— Tu parles ! Une bûche pour deux !

— Comment pour deux ?

— Ben puisque Isora réveillonne chez Nicolas.

Pervenche sursaute.

— Mais elle ne m'a pas dit cela.

— Elle n'a pas osé. Tu verras, demain, elle téléphonera et te mettra devant le fait accompli. Je la comprends. Noël, c'est pour les gens heureux. Les autres, ceux qui ont perdu un être cher, sont encore plus tristes ce jour-là. Alors elle se sauve. Mais elle exagère. Elle pourrait faire un effort quand même. Moi j'étais invitée chez Laurence, j'ai refusé pour ne pas te laisser seule maman.

Celle-ci sent les larmes monter. Elle les retient au maximum mais ne peut empêcher le brouillard. Il voile ses yeux et tout devient flou. Le salon, Flore, Tempo couché en rond sur le tapis, tout s'éloigne. Un abîme se creuse et Pervenche, glacée, ressent un vide immense. Celui sans doute qui a poussé Luc à en finir.

Elle se laisse glisser sur une chaise et sa pâleur alerte Flore.

— Maman, tu vas bien ? Maman ?

Pervenche se reprend peu à peu. Elle ne doit pas baisser les bras. Sa petite est là, si vivante et affectueuse. Quant à l'autre, elle sait bien qu'elle s'étourdit pour ne pas souffrir mais qu'elle l'aime aussi. Alors, elle s'arme de courage et reprend son visage de maman.

— Ça va, ma puce. Je suis déçue que ta sœur préfère une autre famille que la nôtre pour passer Noël, mais je comprends. D'ailleurs, je t'autorise à aller chez Laurence si ça te fait plaisir. Je demanderai à Agathe de m'accueillir, histoire de ne pas être seule.

Pervenche ne veut pas montrer sa déception. Dire qu'elle a refusé l'invitation de Jean-Noël pour réveillonner avec ses filles ! Jean-Noël, elle y pense tous les jours en se demandant si cette histoire aboutira. Pourtant, quand elle analyse ses sentiments, elle est bien obligée d'admettre que cet homme la trouble, qu'il ne manque pas de qualités et fait preuve d'un savoir-faire et d'un courage exemplaires. De savoir-vivre aussi... Ainsi, il n'a rien tenté depuis leur explication. Il lui en coûte sûrement. Alors pourquoi cette retenue qu'elle ne peut expliquer ? Dilemme.

— À quoi songes-tu maman ? demande Flore.

Pervenche rougit imperceptiblement. Inutile de se confier à sa cadette puisqu'elle n'a pas pris de décision. Elle comprendrait sans doute, elle. Mais l'aînée... sûrement pas. Chaque chose en son temps, se dit-elle en se levant pour embrasser sa fille.

— Je me souvenais des Noëls heureux au temps de votre papa et votre joie en déballant les paquets.

La petite tente de consoler sa mère :

— Je resterai avec toi, maman, et on déposera les cadeaux sous le sapin, comme d'habitude. Folcoche a invité sa copine Henriette ?

— Mais oui. Elles vont médire ensemble en fêtant la naissance de Jésus...

Pervenche sourit en regardant par la fenêtre. Le ciel est bas, menaçant de tomber en flocons.

— Je crois que nous aurons un Noël blanc, constate-t-elle.

— Ah, tant mieux, répond la gamine. Tiens, de la visite, annonce-t-elle en apercevant une 4 L se garer dans la cour.

Un homme en descend. Il regarde autour de lui, ne sachant s'il doit se diriger vers la grande maison dont le rideau se lève ou vers la petite, plus accueillante, avec sa couronne de Noël scintillante accrochée à la porte en signe de bienvenue. Il fait quelques pas dans cette direction.

— Maman, c'est un monsieur que je ne connais pas !

Pervenche ouvre la fenêtre.

— Vous vouliez quelque chose ?

Elle éprouve, en disant ces mots, l'impression d'avoir déjà vécu cette scène, mais en sens inverse.

Mais oui. Elle se rappelle : l'homme de Silvabelle l'avait accueillie ainsi. Or c'est lui, là. C'est étrange. Elle le reconnaît malgré son grand manteau et ce bonnet enfoncé jusqu'aux yeux. Elle sort sur le pas de la porte.

— Bonjour, je suis heureuse de vous accueillir. C'est mon tour. Entrez donc.

Derrière elle, Flore demande tout bas :

— C'est qui ?

Sa maman lui murmure que c'est le propriétaire du château.

Il entre, retire son bonnet qui libère des cheveux en bataille. Ses yeux de jade lancent des éclairs de malice.

— Quelle coïncidence ! J'ai demandé au village de m'indiquer une ferme, je ne m'attendais pas à tomber sur la vôtre. Voilà, il me faudrait une dinde pour demain. J'organise un réveillon avec des amis. L'occasion aussi de pendre la crémaillère. Ah, bonjour mademoiselle, lance-t-il en apercevant Flore qui l'observe à la dérobée.

Un peu intimidée, Pervenche fait les présentations : Flore, sa cadette. Mehiel, nouveau châtelain.

— Châtelain, c'est un peu pompeux, non ? s'amuse-t-il.

— Mais non. C'est le terme qui convient, non ?

— Si on veut, répond-il en souriant.

Elle lui explique qu'il est bien tard pour tuer une volaille et la préparer.

— D'ailleurs, c'est plutôt le domaine de ma belle-mère. Elle se charge de la basse-cour. Je n'aime pas tuer les bêtes.

Il feint de s'étonner.

— Pourtant, c'est dans l'ordre des choses, on élève des animaux pour qu'ils nourrissent les hommes, c'est ainsi depuis la nuit des temps, non ? Il me semble que quelqu'un, il n'y a pas si longtemps, m'a expliqué cela.

Elle sourit.

Le regard de Flore va de l'un à l'autre. Elle devine une certaine complicité et cela l'intrigue.

— Veux-tu que j'aille demander à Folcoche de faire le nécessaire ? C'est son boulot, après tout.

— Oui. Va vite, ma grande, encourage Pervenche, je prépare une boisson chaude.

— Chocolat pour moi ! lance la jeune fille en sortant.

La maîtresse de maison demande au visiteur ce qu'il prendra : thé, café ou autre chose ?

— Le thé me convient. Vous fêtez Noël en famille ?

— Oui. Mais en fait, c'est assez restreint, chez nous.

— Je me rappelle en effet. Vous vivez seule avec vos filles. Divorcée ?

— Non, veuve.

Un silence les sépare un instant. Pervenche approche une chaise de Mehiel. Il se débarrasse de son manteau, le pose sur le dossier et s'assied. Elle prépare le chocolat et le thé en silence, cherchant quelque chose à dire. En vain.

C'est lui qui reprend la conversation :

— Si j'osais, je vous inviterais à Silvabelle, vous et vos demoiselles. Mes amis d'Ervy seront là, accompagnés de leur fille Amandine dont l'âge doit correspondre à peu près à celui de Flore. La maison demande de la vie, de la jeunesse. Oui, je vous invite, à condition bien sûr que madame votre belle-mère consente à préparer notre volaille...

Le cœur de Pervenche bat très vite. Un repas de Noël au château ! Elle en ressent une émotion qui lui colore les joues. Mais en quel honneur ? Ils ne se connaissent pas. Elle lui dit. Il s'en moque. Elle souffle un « oui », timide.

— Elle accepte ! lance Flore en s'engouffrant dans la maison. La dinde sera prête demain matin.

Mehiel applaudit. Flore interroge sa mère de son regard azur.

— Nous sommes invitées toutes les deux à réveillonner à Silvabelle.

La jeune fille ne cache pas sa joie. Enfin elle va entrer dans la maison du mystère.

— Quelle bonne idée ! Et bien fait pour Isora. C'est ma sœur, explique-t-elle au visiteur. Elle va bien regretter de ne pas être là. Oui, elle a préféré la famille de son amoureux. Que voulez-vous, elle s'ennuie avec nous, continue-t-elle avec, visiblement, l'envie de plaire au châtelain. Dame, réveillonner dans un château n'est pas donné à tout le monde. Ça va épater les copines !

Pervenche sert les boissons et des petits gâteaux secs. Tempo se frotte contre les jambes de Mehiel qui le caresse doucement.

— Il vous a adopté, remarque Flore.

Soudain la sonnerie du téléphone retentit et tous les trois, surpris, lèvent la tête.

— C'est sans doute Isora, subodore Pervenche.

C'est elle. La jeune fille prévient sa mère qu'elle restera demain chez Nicolas.

— C'est bien, ma grande. Amuse-toi. Mais ne t'inquiète pas si nous ne répondons pas au téléphone. Flore et moi sommes invitées à Silvabelle.

Un silence. Pervenche sourit. Flore attend, curieuse. Mehiel continue de flatter le chien. Puis Isora répond, d'un air détaché, qu'elle espère que la soirée sera agréable mais qu'elle ne comprend pas.

— Réveillonner chez des inconnus !

— C'est mieux que de rester seules, non ? Je t'expliquerai, ma grande. Viendras-tu le lendemain, jour de Noël ?

— Oui.

— Alors à bientôt, ma chérie.

— Oui.

Isora raccroche et Pervenche n'est pas mécontente de son petit effet.

— Je n'ai pas écouté, mais j'ai entendu que votre fille vous confirmait son absence.

— En effet. Elle n'avait pas encore osé me l'avouer, commente la jeune femme en repoussant ses mèches crêpées dans un geste gracieux.

— Vous frisez naturellement ? s'enquiert le visiteur dont les yeux verts traduisent une admiration teintée d'une certaine timidité.

— Oui, sourit-elle. Je me demande d'ailleurs d'où me viennent ces boucles si difficiles à discipliner.

Flore caresse la tête de sa maman en affirmant que même emmêlés ses cheveux sont magnifiques et font ressortir ses yeux.

— N'est-ce pas qu'elle est belle et typée, maman ? sourit-elle en s'adressant au visiteur.

Pris au dépourvu, il hoche la tête puis se lève pour

prendre congé. Il reviendra demain matin pour la dinde. Il doit encore passer chez ses amis.

Il enfile son manteau, enfonce son bonnet et salue les deux femmes en leur disant à demain.

— Voulez-vous que je vienne plus tôt ? Pour vous aider à préparer la table ou le repas ? demande Pervenche alors qu'il ouvre déjà la porte sur le jour qui tombe.

Il se retourne et répond calmement :

— Oh non ! Vous êtes invitées. Lucie se chargera de tout. Elle fera ça très bien. Elle a l'habitude.

— Lucie ? s'étonne Pervenche.

— Ben oui, Lucie. Elle partage la maison avec moi. Je ne peux pas me passer d'elle.

Les deux femmes hochent la tête, intriguées. L'homme surprend leur regard étonné, s'en amuse et part sur son secret.

Noël

Pervenche se félicite d'avoir prévu un châle de laine. Elle se doutait bien que, malgré la cheminée, la chaleur ne serait pas suffisante. Les plafonds sont tellement hauts à Silvabelle. La salle à manger si vaste. Si majestueuse aussi, avec cet immense sapin enguirlandé d'or et d'argent.

Elle mange, elle boit, elle parle, avec l'impression d'évoluer dans un rêve. Est-ce bien elle attablée au château comme si elle ne l'avait jamais quitté ? Elle ne savait pas que les odeurs de la maison étaient si fortement imprimées en elle. Elle les retrouve et les hume en secret, étonnée de ne pas les avoir reconnues lors de sa première visite. C'est sans doute, aujourd'hui, les effluves de cuisine mêlés à ceux des bougies. Irina allumait toujours des bougies. Elle se rappelle qu'elle regardait danser les petites flammes. Et puis la grande pièce exhale un parfum particulier, mélange de suie, de plâtre, de tapis râpés et de parquets cirés.

— À quoi pensez-vous, Pervenche ? demande Mehiel.

Elle secoue la tête, redescend sur terre, à table, en face de son hôte, entre son ami Eugène et son fils Bertrand. La femme de celui-ci, Diane, placée près de Mehiel, se montre d'une exubérance presque exagérée. C'est une femme aux longs cheveux de jais qui se balancent en souplesse à chaque mouvement de tête.

— À quoi pensez-vous ? insiste Mehiel.

— Mais à rien de particulier, j'écoute, murmure Pervenche.

— C'est vrai qu'il est beaucoup question de musique, ce soir. J'espère qu'on ne vous lasse pas, reprend le châtelain.

Le châtelain, elle aime le nommer ainsi, comme on appelait Guillaume Lamotte d'après les souvenirs de Pauline, lui explique que Diane était chanteuse lyrique au temps où lui-même jouait du violon.

— Nous nous sommes connus au temps de notre gloire, confirme la dame, le regard lointain posé sur des souvenirs souriants.

— Et vous êtes venus vous enterrer ici ? À Ervy ?

Diane lâche une cascade de rires. Son mari répond, amusé :

— Que voulez-vous, elle a épousé un agriculteur. Un admirateur. Il fallait bien le suivre. Ce n'était pas toujours facile, mais nous avons réussi à tout concilier.

— Oui, mais j'étais souvent seule, murmure la petite voix d'Amandine.

La jeune fille un peu timorée tripote nerveusement sa serviette et soupire en croisant le regard de Flore, sa voisine de table.

— Je sais, chérie, mais c'est souvent ainsi pour

les enfants d'artistes. On les aime malgré tout, on compense, reprend Diane.

Flore lui sourit, espérant la complicité de cette demoiselle qui, assurément, souffre d'un sentiment d'infériorité par rapport à sa mère. Grande et maigre, d'une blondeur sans éclat, elle semble aussi timide que fragile. Mais la fraîcheur de sa voisine, sa spontanéité l'encouragent à braver sa retenue. Pervenche remarque que les deux filles entament une conversation. Elle-même, un peu réservée au début du repas, commence à se sentir plus loquace.

— Ainsi vous êtes agriculteur ? Alors nous allons aussi pouvoir parler métier, décide Pervenche en s'adressant à Bertrand. Je serai plus à l'aise. Vous savez, je suis comme une intruse, ici. Pensez donc, je ne connais rien de Mehiel.

— C'est vrai, avoue celui-ci qui a entendu. Nous nous connaissons peu.

Il sert le champagne, se lève pour débarrasser les assiettes en pestant que cette Lucie ait choisi le réveillon pour être clouée au lit avec un lumbago.

— Pas de chance en effet, renchérit Diane. Vous ne la ménagez pas assez, Mehiel. Que de travail avec ce domaine !

— Heureusement, elle a eu le temps de préparer le repas, plaisante le maître de maison en emportant un plateau de vaisselle à la cuisine tandis que Diane se lève pour l'aider.

— Votre femme est souffrante ? demande innocemment Pervenche.

Un silence. Les invités se regardent, se raclent la gorge, gênés. Amandine parle tout bas à sa voisine de table.

Mehiel, stoppé dans son élan, s'immobilise. Les verres s'entrechoquent sur le plateau. Diane le lui prend des mains et s'éclipse. Une bûche s'écroule dans la cheminée provoquant un léger sifflement. Eugène se lève pour remuer la braise avec le tisonnier. Il dépose un gros rondin dans le foyer qui tombe dans un jet d'étincelles.

Pervenche, consciente d'avoir créé une situation embarrassante, grignote un morceau de pain, appelant Mehiel au secours de ses yeux suppliants. Embarrassé, celui-ci confie que Lucie est sa gouvernante et, pour finir, prend le parti de rire de ce quiproquo.

— Vous ne pouviez pas savoir, dame de Champbrise. C'était à moi de m'expliquer.

— Lucie, la femme de Mehiel ! C'est trop drôle, s'esclaffe Diane en se tordant de rire. Surtout quand on a connu Isabelle !

— J'avais évoqué Lucie, sans explication. Pervenche ne pouvait pas deviner. Allez, ce n'est pas grave. Je vais chercher la bûche.

— Confectionnée par l'inimitable Lucie, raille la femme de Bertrand.

Pervenche se mord les lèvres. La magie s'estompe. Elle n'est plus à sa place parmi ces gens qui se moquent gentiment de son impair. Mais elle ne veut pas vexer son hôte et décide de rester encore un peu, au moins jusqu'à minuit.

Eugène tente de la mettre à l'aise, il ajoute que Lucie accompagne Mehiel depuis de longues années.

— C'est un peu sa nounou, sa cuisinière, sa

femme de ménage, sa gouvernante. Elle était déjà à ses côtés du temps d'Isabelle, la femme de Mehiel. Une violoncelliste. Elle est morte subitement.

— Je ne savais pas, balbutie Pervenche.

Eugène se caresse le menton, pensif.

— Vous êtes la fermière de Champbrise, la veuve de Luc Fontaine ?

— Oui.

Il la regarde, intrigué.

— Alors vous êtes aussi la fille de la jeune femme polonaise, disparue tragiquement pendant la guerre avec le maître d'ici. Vous vous rappelez des lieux ?

— Vaguement. Des impressions floues, fugitives.

Alors qu'il posait le plat sur la table, Mehiel a entendu et fixe la jeune femme d'un regard de jade plein d'interrogations, mais se tait. Diane découpe la bûche, son mari sert les invités. Sans attendre, les filles goûtent au gâteau et proclament qu'il est absolument délicieux. Elles semblent s'entendre comme larrons en foire, pense Pervenche.

Puis Diane ressasse ses souvenirs d'artiste. Mehiel continue, tout excité. Bertrand sourit avec indulgence. Il a l'habitude.

— Et dire qu'il est luthier, maintenant ! ironise gentiment la chanteuse.

— C'est encore de la musique, commente Bertrand.

Pervenche n'en perd pas une miette. Ainsi, il fabrique des instruments de musique. Mais pourquoi s'installer ici, loin de tout ? Bien consciente que ce n'est pas le jour propice aux questions, elle se promet de revenir bientôt, seule, et regarde machinalement le sapin. À ses pieds, quelques paquets, enveloppés dans du papier doré, lui rappellent qu'elle a laissé son cadeau dans la Simca. Discrètement, elle fait signe à sa fille d'aller le chercher. Flore se lève et rejoint sa mère.

— Non, j'ai peur dans le noir.

Pervenche soupire et se lève.

— J'ai oublié quelque chose dans ma voiture, dit-elle à Eugène, son voisin de table.

Celui-ci lui conseille d'allumer la cour.

— On ne sait jamais. Mehiel affirme avoir vu des rôdeurs.

Elle n'a pas peur, elle a l'habitude de sortir seule dans la nuit. Elle commence à descendre les marches quand elle aperçoit une ombre, tout près, contre le mur du petit bâtiment. Elle se fige, glacée. L'ombre hésite puis disparaît très vite, avalée par la nuit. Elle franchit les quelques pas la séparant de sa voiture, s'empare vivement du paquet et rentre tout aussi vite, le cœur battant. Le dira-t-elle ? Oui, mais pas ce soir. Elle a été assez ridicule. Et puis, elle n'entend pas gâcher la soirée.

La comtoise scande les douze coups de minuit. Diane se lève, lisse ses cheveux et adresse un petit signe de tête à Mehiel. Il se dirige vers la grande armoire, au fond de la pièce, et revient avec son violon. Et là, dans la salle à manger d'un autre âge, la magie de Noël prend toute sa dimension, portée par la voix et la musique dont les notes chantent *Douce nuit*. Flore se tait, béate. Amandine, qui ne cache pas sa fierté, ne quitte pas sa mère des yeux. Bertrand et Eugène sourient, admiratifs. Quant à

Pervenche, elle flotte sur un nuage, oubliant le quotidien ordinaire de sa vie. La ferme, la vieille, les bêtes... Et Jean-Noël.

Elle n'y a pas pensé de toute la soirée. Elle culpabilise. Elle a refusé un repas avec lui alors qu'elle en a accepté un autre. Chez un homme qu'elle ne connaît pas. Un musicien. Un être étrange et secret. Mais c'est le maître de Silvabelle, ce lieu rempli de bonheur et de maléfices qui la hante depuis son enfance. Alors elle s'accorde de l'indulgence.

La chanteuse se tait, le violon s'éteint dans un dernier soupir. Les artistes se sourient, complices. Pendant un moment, ils sont montés jusqu'aux étoiles et c'est un privilège que Pervenche leur envie.

Maintenant, les invités applaudissent et les bruits de la table reprennent, signe que tout le monde est redescendu sur terre. On échange des petits présents. Chocolats, parfums, livres, cigares... Pervenche reçoit une écharpe en soie de Mehiel. Une écharpe couleur d'océan qui, dit-il, fera ressortir l'outremer de ses yeux. Elle rougit, remercie et hésite à présenter son cadeau.

— Ce n'est pas grand-chose mais je l'ai confectionné moi-même, prévient-elle en lui tendant le paquet.

Il s'en empare doucement, s'énerve un peu sur le petit nœud serré, dénoue le ruban avec précaution, retire le papier de Cellophane qui se recroqueville en crissant et en sort un pot de verre ventru, étiqueté d'une écriture penchée : gelée de pétales de rose. Le contenu, transparent, hésite entre le carmin et la couleur de la poudre de riz.

— Mais c'est de l'art, ça ! s'exclame le maître de maison.

— C'est si peu de chose.

Diane en demande la recette, son mari complimente. Eugène confie que sa femme aussi la réussissait. Flore sourit à Amandine, heureuse : sa maman aussi est félicitée. Elles ont toutes les deux reçu un ouvrage finement relié qui les ravit : les *Contes et nouvelles* de Maupassant.

Les conversations s'animent encore un peu, naviguant entre la musique, la littérature et la nature puis se calment peu à peu. Le rythme s'essouffle. Les voix fatiguent, les esprits s'endorment, les bruits de la table s'éteignent. Même les bougies, épuisées, rendent l'âme. « Il est temps de partir », pense Pervenche.

Elle adresse un signe à sa fille. C'est le signal. Les autres convives se lèvent à leur tour. On s'embrasse. On s'habille. Mehiel raccompagne Pervenche jusqu'à la porte et, pendant que Flore dit au revoir à Amandine, lui demande si elle n'est pas trop déçue.

— Mais de quoi, grands dieux ?

— De ces échanges axés sur la musique.

Pervenche assure qu'au contraire elle a aimé plonger dans cet univers, mais qu'elle regrette seulement une chose.

— Laquelle ?

— Je ne sais toujours pas pourquoi certains aigles ont du mal à franchir les quarante ans.

Il sourit, mystérieux.

Elle hésite un peu et lui confie qu'il lui semble avoir aperçu quelqu'un contre le mur de l'appentis. Il n'a pas l'air surpris.

— C'est un des fantômes de Silvabelle. Il y en a

quelques-uns. Ils viennent parfois nous épier. Oh, ils sont inoffensifs. Ils veulent juste savoir qui est l'homme qui vient les déranger.

Intriguée, Pervenche arrondit la bouche pour questionner mais déjà Flore la rejoint. Elle bâille en remontant le col de son manteau. La mère et la fille sortent en se donnant la main tandis que le maître des lieux les accompagne d'un « Bonsoir jolies dames de Champbrise ». L'étoile du berger brille de tous ses feux. Le ciel, finalement, a renoncé à la neige, lui préférant le givre qui recouvre maintenant les arbres et les maisons comme du sucre glace.

***

Le jour de Noël, Pervenche se lève à l'heure habituelle pour assumer la traite des vaches. Elle accomplit les gestes machinalement, encore sous l'emprise de la soirée magique, puis se dit que la trêve est bel et bien passée. Il s'agit maintenant de reprendre la routine, de s'occuper des filles, de supporter la belle-mère et de se décider pour Jean-Noël. Le printemps sera vite arrivé. Elle lui doit une réponse, mais elle hésite encore.

Flore se lève à 10 heures, la voix ensommeillée et le regard encore plein des étoiles de la nuit.

— C'était bien, hein maman ?

— Oui, ma chérie, c'était bien. Allez, va vite te préparer, tu vas m'aider à confectionner un gâteau au chocolat. Tu iras aussi voir ta grand-mère. Tu l'inviteras, elle refusera et j'en serai fort aise.

Flore soupire.

— Pourquoi n'est-elle pas comme les autres

grands-mères ? J'aurais tant voulu avoir des grands-parents.

Le cœur de sa maman se serre. Que répondre ? On ne peut pas lutter contre le destin ni contre la méchanceté.

— Je sais, ma fille. Allez, tu n'es pas seule au monde.

Flore l'embrasse et se dirige vers la salle de bains tandis que Pervenche sort la farine et les œufs.

Un claquement de portière l'arrête dans son élan. Isora sort rapidement d'une voiture de luxe, fait signe à son conducteur et entre dans la maison comme un tourbillon.

— Me voilà. J'avais promis. Bonjour maman.

Celle-ci prend sa fille dans ses bras, respire l'odeur de ses cheveux, mélange de parfum et de fumée.

— Merci d'être là. Alors, c'était bien ta soirée ?

Isora grimace un petit oui. Elle est fatiguée.

— Hum, je vais déjeuner avec vous et, ensuite, je crois que je vais dormir un peu. Mais avant, tu vas me raconter Silvabelle. À Chaource comme à Ervy, tout le monde parle de ce luthier. On prétend qu'il cherche le trésor du château. Il creuse... il tente de déboucher le souterrain.

Pervenche sursaute.

— Tu ne vas pas écouter ces racontars. C'est un homme très bien. Un musicien, veuf...

— Ça vous rapproche, alors ? lance Isora.

Sa mère hausse les épaules, navrée.

— Je te préviens, on raconte aussi qu'il couche avec sa gouvernante, une certaine Lucie... continue la jeune fille.

— On dit surtout beaucoup de mal. Comme à chaque fois qu'un nouveau propriétaire s'installe à Silvabelle. C'est à croire que les gens de Chessines craignent de voir le château habité.

Isora se sert un café et découpe un morceau de brioche, la tête ailleurs.

C'est alors que Pervenche remarque le peigne en ivoire incrusté de diamants qui retient une mèche des cheveux d'Isora, accentuant son air de princesse romantique. Elle s'approche et le caresse, étonnée par sa finesse. Surprise aussi que sa fille utilise cet accessoire démodé. Raffiné, et de valeur sans doute, mais démodé.

Isora se laisse faire, le visage fendu d'un sourire mutin.

— C'est un cadeau de Folcoche. Je ne l'avais jamais porté. Il est beau, non ?

Pervenche acquiesce. Il est superbe, reconnaît-elle tandis qu'une impression désagréable l'envahit. Une nostalgie immense qui la submerge comme une lame de fond. Ce bijou, dans les cheveux de sa fille, lui en rappelle un autre dans les cheveux d'Irina et cette découverte l'émeut. Elle ne guérira donc jamais ?

Isora, enjouée, ne remarque pas le trouble de sa mère.

— La puce était contente, hier ?

— Très, crie Flore en sortant de la salle de bains, des gouttelettes ruisselant sur les joues, quelques mèches mouillées plaquées sur le front.

Elle embrasse sa grande sœur et l'entraîne dans sa chambre pour lui raconter. Isora se laisse faire. Elle semble de bonne humeur et Pervenche se détend en continuant de préparer son dessert. Seule, puisque les filles papotent dans leur chambre.

Le gâteau est à peine enfourné que la tête de Jean-Noël apparaît au carreau et cette vision lui déplaît.

— Entrez, crie-t-elle malgré tout.

Il entre, un peu embarrassé, délivre son cou de son écharpe et, dansant d'un pied sur l'autre, propose à sa patronne de traire à sa place, ce soir. Elle est touchée. Décidément, il ne manque pas de prévenance. Et pourtant, elle ne l'encourage pas vraiment !

— C'est gentil à vous.

Il s'approche un peu, tente de lui attraper la main. Elle esquive.

— Les filles sont dans la chambre.

Il affiche un petit air déçu. Une moue enfantine. Pervenche se reproche son geste de refus. Pour un peu, elle aurait envie de se caler contre sa poitrine. Il est tellement rassurant. Décidément, elle n'a jamais été si lunatique.

Les filles entrent dans la pièce en riant et s'arrêtent à la vue de l'ouvrier.

— Jean-Noël se chargera de la traite ce soir. C'est gentil.

— C'est sympa, en effet. Mais il n'a qu'à rester déjeuner s'il n'a rien d'autre de prévu, propose Isora dans un large sourire.

Il commence par refuser, assure qu'il ne veut pas s'imposer dans un repas de famille.

— Oh, la famille, vous savez, elle est si restreinte... continue la jeune fille.

Pervenche ne sait trop à quel saint se vouer. Quelle idée !

— Quand il y en a pour trois il y en a pour quatre, ajoute Flore, hein maman ?

Celle-ci hoche la tête, mal à l'aise. Ne va-t-il pas croire que cette invitation vaut un assentiment pour le reste ?

— Jean-Noël a peut-être autre chose de prévu, chez des proches.

— Ah non. J'étais seul hier, je suis seul aujourd'hui.

— Maman et moi étions invitées à Silvabelle, vous vous rendez compte ?

Le regard de l'homme croise celui de Pervenche. Un regard de reproche qui la dérange.

— Restez, c'est Noël. Il faut toujours prévoir un couvert pour les invités surprises, ajoute Flore.

Il se fait un peu prier puis finit par accepter. Il a tellement besoin d'une famille. Et dans celle-ci, il aimerait par-dessus tout y entrer.

Il ferme les yeux pour mieux apprécier l'atmosphère chargée des effluves du rôti, du rire des filles et du parfum, léger, de la maîtresse de maison. Un cocon douillet comme il en rêve depuis toujours. Quand il lève enfin les paupières, le regard attendri de Pervenche est posé sur lui.

De l'autre côté de la cour, Hélène observe. Le Nono est resté déjeuner. Un jour de fête ! Pour sûr qu'il y a anguille sous roche. Elle regrette presque d'avoir décliné l'invitation de Flore. Elle sait bien que tout le monde s'attendait à ce qu'elle refuse, ce qu'elle a fait, mais elle regrette. Ils en auraient fait une tête, tous !

Décidément, sa belle-fille a le feu au cul. Hier, chez un veuf, un fouille-merde à la réputation douteuse. Aujourd'hui avec l'ouvrier qui ne vaut pas mieux. Un arriviste, tout le monde le sait. Et elle qui doit minauder. Et des Jean-Noël par-ci et des Nono par-là. Ah çà, elle cache bien son jeu. Demain, elle lui dira ses quatre vérités.

Elle repense à sa soirée d'hier où avec Henriette elles ont parlé d'avant, de leurs secrets ravivés par l'arrivée du musicien. Elle s'attable, noue sa serviette autour du cou, renifle la portion de viande et de légumes, du veau Orloff et des champignons, que Flore lui a apportée, et savoure. C'est bon. Elle a des défauts, la Pervenche, mais elle sait cuisiner. On ne peut pas lui retirer ça.

Le soir dans son lit, Pervenche repense à ce Noël étrange. Un Noël comme elle n'en avait pas passé depuis longtemps. Le réveillon d'abord, digne de ses rêves les plus fous. Aux côtés de personnages hors du commun dans un lieu de légende. Les belles images défilent, comme si elle tournait les pages d'un livre de contes. Tout y est. Le château, le décor, la musique et le prince...

Mehiel. De cet homme émane tant de mystère qu'elle en est confusément troublée. Pas comme avec Jean-Noël, non. C'est plus subtil, moins terre à terre. Avec des souvenirs d'enfance liés au château dont l'odeur se mélange au présent. Cocktail ensorcelant.

À Silvabelle, elle y retournera. Pour visiter l'ensemble. Redécouvrir les lieux, frôler les âmes de ses précédents habitants.

Elle s'agite dans son lit, en proie à mille idées folles. Puis elle repasse en boucle le repas de midi. Autre chose, mais bien convivial. Les filles ont apprécié le cadeau qu'elle leur avait choisi. Un sac à main pour Isora. Un bracelet fantaisie pour Flore.

À table, Jean-Noël a coupé la viande et assuré le service. Il s'est montré d'agréable compagnie. Prévenant avec Pervenche, il a étonné les filles par son humour et ses connaissances de cinéphile. L'ambiance fut assez détendue. Ensuite, ils ont joué au Monopoly tous ensemble. Ils ont ri. C'était bon comme du pain chaud quand le ventre crie famine.

Elle imagine que cet homme-là ferait un bon compagnon. Sans doute. Mais auparavant, elle doit savoir pourquoi Luc s'est suicidé. Cette évidence vient de la traverser. C'est ça qui l'empêche d'avancer. Elle l'expliquera à Jean-Noël. Peut-être qu'il l'aidera. Oh, elle a déjà cherché, interrogé, mais elle n'a peut-être pas épuisé toutes les pistes.

Le sommeil peu à peu s'immisce dans ses pensées qui deviennent plus floues, incohérentes parfois, tenant déjà du songe. Mais au milieu du brouillard, un petit peigne en ivoire incrusté de diamants danse la farandole. Un petit peigne avec lequel elle jouait, enfant, en passant la main dans les cheveux de sa maman.

Un sursaut la réveille. A-t-elle rêvé ? Peu à peu la réalité s'installe sur les jardins secrets du sommeil. Le petit peigne grossit, grossit, elle distingue maintenant clairement le motif. Un trèfle à quatre feuilles. Un porte-bonheur... chante la voix d'Irina. C'est ça. Ce charmant accessoire a jadis orné les cheveux d'Irina. Mais où donc est le second ? Ces peignes vont toujours par deux. Peut-être que la vieille offrira l'autre à Flore dans un élan de générosité inattendu.

Complètement réveillée, Pervenche, fébrile, ouvre un livre pour se calmer. Son cœur bat la chamade. Elle sait qu'elle ne se rendormira pas.

***

Janvier fait ses premiers pas sur une terre gelée éclairée d'un soleil pâle. C'est encore l'hiver certes, mais l'air, imperceptiblement, change d'odeur et les jours commencent à voler des minutes à la nuit. Les merles ne s'y trompent pas. Ils ont changé de ton. Plus enjoué, plus clair. Ils savent que la nature se prépare aux beaux jours. Pervenche espère beaucoup de cette nouvelle année. Mais elle attend avec une certaine appréhension, avec la crainte toujours diffuse mais bien présente de se tromper. Pourtant, quand au 1er janvier elle a dansé avec Jean-Noël, elle a aimé se blottir contre son épaule. C'était un bal au village. Il avait insisté, elle s'était laissé faire. Juste pour danser.

Les gens les observaient avec sympathie, pensant sans doute qu'ils formaient un beau couple. C'est vrai. Mais elle a ressenti cette impression de jouer faux sur la partition des émotions.

Son cavalier s'est conduit en galant homme, respectant leur accord, mais depuis une semaine, elle sent bien qu'il bout d'impatience. Ses soupirs en disent long sur ses états d'âme, ses gestes traduisent un certain agacement. Les points de suspension ponctuent ses phrases à double sens et son regard se fait plus appuyé. Bientôt, il la voudra, Pervenche. Complètement. Peut-elle lui en vouloir ?

Aujourd'hui, elle marche à sa rencontre dans le grand champ où le blé commence à poindre en pousses vert tendre. Elle a besoin qu'il change un pneu à sa voiture et s'en veut d'être trop maladroite pour le faire.

Il examine les plantations. S'arrête de temps à autre, arrache un plant, l'observe, le tâte. Comme le faisait Luc. Ce souvenir freine l'élan de Pervenche. Quand elle le voit sillonner les chemins au volant de la Renault de l'exploitation, c'est plus fort qu'elle, à ce moment-là elle en veut à Jean-Noël. Pourquoi est-il là, lui, alors que Luc n'y est plus ?

Elle se domine pourtant, se forge un visage avenant, lui fait signe. Il l'aperçoit alors qu'il s'apprêtait à monter dans la camionnette et vient à sa rencontre.

— J'ai crevé et je ne sais pas comment m'y prendre pour changer ma roue...

Le visage de l'homme s'illumine. Ses habits sentent la terre et l'air frais.

— J'aime quand vous avez besoin de moi, patronne. Je vais vous dépanner, bien sûr. Vous voyez, ça sert aussi à ça, un homme. Allez, montez, je dois passer prendre ma boîte à outils à la maison. Je préfère les miens. D'ailleurs, vous n'avez jamais celui qu'il faut.

— Mais...

— Allez, montez.

Pervenche n'avait pas prévu ce détour mais ne trouve pas d'excuse pour refuser. Ils s'installent. Elle retrouve l'odeur et les bruits de la voiture des champs et sent sa gorge se nouer. Un peu de boue, de l'herbe, quelques noix dans un panier. Un seau qui brimbale à l'arrière. Une bouteille d'eau roulant de droite à gauche. Rien n'a changé dans la vieille camionnette. Sauf le chauffeur.

Ils roulent en silence jusqu'à la maison Morel, une habitation modeste achetée juste après son mariage. Il gare le véhicule dans la cour et ouvre la marche. L'extérieur est bien tenu. Il ouvre la porte sur une entrée dont les losanges de briques étincellent.

Elle le suit quand il entre dans le salon. Gauche, il lui propose un café. Elle refuse. Le temps presse.

— Vous avez bien cinq minutes, non ? s'agace-t-il.

Elle s'excuse.

— Je ne bois pas de café à cette heure-ci. Je ne dormirais plus.

Elle se lève. Il lui attrape la main. Elle n'ose pas refuser. Encouragé, il cherche sa bouche. Elle ne refuse pas non plus, se laisse gagner par une douce euphorie, s'abandonne un instant, puis se reprend.

— Non, j'avais dit au printemps et vous étiez d'accord.

Penaud, il quitte la pièce sans un mot.

Pervenche se reproche cette situation. Elle n'aurait pas dû venir. C'est de la provocation pure. Elle regarde autour d'elle. Les meubles rustiques dégagent un parfum de cire. Ce buffet à trois tiroirs, quelle belle pièce. Du merisier, pense-t-elle. Et cette horloge, dont le tour sculpté représente une scène de vendange, de quelle époque est-elle ? Il y avait la même à Silvabelle. Elle s'en rappelle bien. Même qu'un personnage était bancal à cause d'une jambe cassée. Tiens, celui-ci aussi... La même jambe. C'est étrange.

Et voilà que la pendule du château émerge du brouillard. Elle était placée sur la grande cheminée. Mais alors...

« La curée », avait dit Pauline. Oui, la curée. Pervenche entend les paroles de sa marraine et se demande si le passé va la tourmenter encore longtemps. L'autre jour le peigne d'Irina. Aujourd'hui la pendule de Guillaume. Va-t-elle retrouver tous les objets qui peuplaient le château ?

Quand Jean-Noël revient avec sa boîte à outils, il remarque Pervenche en arrêt devant la pendule.

— Elle vous plaît ? Je l'ai achetée avec la maison. Henriette, qui me l'a vendue, ne voulait plus de cette antiquité.

— Elle est belle pourtant.

— Oui. Allons-y. J'ai cru comprendre que vous étiez pressée.

Est-ce une impression ? Il a durci le ton, déroutant Pervenche qui répond vivement.

— Oui, vous savez bien. Les vaches n'attendent pas. D'ailleurs, je me demande si je vais tenir le coup encore longtemps. Les vaches, toujours les vaches. J'en ai marre de la ferme.

Il la contemple, navré.

— Mais que feriez-vous ? Vous n'allez pas vendre l'exploitation de Luc, tout de même !

Pervenche, les joues en feu, s'énerve. Et pourquoi pas ? Elle y pense depuis des jours.

— Ça serait peut-être l'occasion de tourner vraiment la page. Changer de métier, de village, de région même.

Elle hésite, le regarde de ses grands yeux marine et murmure :

— Et de mari aussi...

Elle attend qu'il la prenne dans ses bras. Pourquoi espérer un prince charmant à la venue improbable ? Oui, à quoi bon repousser au printemps ? Elle est prête, là maintenant, envahie d'un trouble délicieux. Tant pis pour les vaches, la vieille et les gens. Il est temps...

Dehors, des cris d'enfants annoncent la fin de la classe. L'autocar klaxonne dans le grand virage. Le cœur de Pervenche bat très fort. Le rouge ne quitte pas ses joues. Mais Jean-Noël n'a rien perçu du changement opéré sur la femme en attente. Il lève les bras au ciel. Vendre un cheptel et des terres ! On aura tout entendu...

— Un domaine agricole comme le vôtre, ça ne se vend pas, ça se transmet. Franchement, patronne, je ne vous comprends plus. Vous ne vouliez rien changer et, maintenant, vous voulez vous débarrasser de l'héritage de Luc !

Il se radoucit en s'approchant de la femme qu'il aime.

— Mais vous pouvez compter sur un mari. Vous savez bien.

L'histoire de la ferme a rompu le charme. Elle s'éloigne, referme sa veste, sort sans un mot et s'installe dans la voiture. Décidément, il ne comprend rien. C'est à croire qu'Hélène a raison et que son soi-disant amour est bien intéressé.

Il charge ses outils et démarre. La gêne s'installe. Il ne comprend pas sa colère. Elle n'accepte pas son point de vue.

En arrivant dans la cour de Champbrise, il propose de se charger de la traite, si elle est fatiguée.

— Je peux admettre que ce travail soit difficile pour une femme. Mais à deux pour tout assumer, ça irait, non ? Moi, j'en rêve de cette exploitation, avec vous à mes côtés bien sûr.

Comme elle ne répond pas, regardant obstinément ses chaussures, il descend de la camionnette et lui ouvre sa portière.

— Pervenche, vous jouez avec mes nerfs, là. Il va bientôt falloir me dire oui ou non.

Elle descend à son tour, avance de quelques pas, puis se retourne vivement, les yeux lançant des flammes.

— Alors aidez-moi à comprendre les raisons du suicide de Luc. Vous devez bien avoir une idée.

— On n'en sortira jamais, hein ? Qu'allez-vous trouver le mois prochain, pour vous dérober à nouveau ? Luc était malade, vous le savez bien. Il était dépressif depuis l'enfance. Vous me l'avez assez répété.

Elle le fixe méchamment, puis lui tourne le dos et entre dans sa maison. Lui, reste un instant les bras ballants, sans se résoudre à la quitter comme ça. Il hésite. Va-t-il la suivre et demander une explication ? Non. Elle risquerait de reconduire froidement. D'ailleurs, elle ferme les volets.

De colère, il shoote dans la balle de Tempo qui rebondit sur la fenêtre de la vieille. Celle-ci sort sur le pas de la porte, l'œil malin.

— Alors, mon gars, on dirait que ça va pas comme vous voulez ? Pas facile, la Pervenche, hein ?

Il hausse les épaules, rageur et bien décidé à précipiter les choses. En attendant, il change la roue de sa patronne. Lui n'est qu'un ouvrier, pour l'instant.

Les vaches, il s'en chargera tout seul, ce soir. C'est mieux ainsi.

De mauvaise humeur, Pervenche s'est enfermée à clé. Alors qu'elle pend sa veste au portemanteau, elle marche sur une enveloppe. Serait-elle tombée de son sac ? Elle se baisse pour la ramasser. Une lettre à son nom, sans timbre, le messager est donc venu la déposer sous sa porte. Elle s'interroge sur l'expéditeur. Elle ne connaît pas cette écriture à hauts jambages qui occupe toute la place sur le pli bleu. Elle le déchire fébrilement, en retire une carte et, tandis qu'elle la parcourt, un frisson rampe sur tout son corps. Elle relit à voix haute, la phrase qui l'enchante :

— Dame de Champbrise, si vous voulez connaître le secret des aigles qui réussissent à survivre au-delà de quarante ans, venez quand vous voulez un après-midi de cette semaine. Il y a du feu dans la cheminée. Mehiel Descharme.

Elle s'interroge, perplexe, en s'éventant avec le papier, touchée par cette invitation non conventionnelle. Et soudain son cœur s'allège. L'air se fait plus doux, chargé des odeurs de jacinthes. Le jour s'enfuit dans une poésie mauve. Elle regarde l'horizon disparaître en avalant des lambeaux de nuages et cette sensation lui procure un sentiment étrange. Comme si elle revenait à la vie après un long sommeil. Elle a l'impression d'exister en tant que femme et non plus seulement en fermière.

Cette réflexion la ramène à Jean-Noël. Le pauvre, comme elle le malmène. Bah, tout à l'heure, elle s'excusera. Sans pour cela en démordre. Il doit l'aider à enquêter sur le suicide de son mari. Au début du mois, elle a déjà interrogé ses copains, ceux qui avaient côtoyé Luc juste avant le drame. Ils affirment ne rien savoir. C'est possible, son mari ne s'épanchait pas beaucoup. Pervenche boit son thé, l'esprit bouillonnant de mille pensées contradictoires. Jean-Noël. Mehiel. Luc. La ferme... Sa vie, si calme depuis neuf ans, réclame sa part d'agitation, de projets. Elle n'ose pas penser au bonheur. C'est trop. Mais un peu de douceur ne serait pas pour lui déplaire.

Mais l'heure passe. Jean-Noël a assuré la traite tout seul. Elle ne s'est pas décidée à le rejoindre. Maintenant, il est parti et Folcoche ne va pas tarder à réclamer sa scupe. Quand ça la prend, elle sort sur le pas de sa porte et frappe sur une casserole avec sa cuillère, signe qu'il est temps que sa bru apporte sa pitance...

Celle-ci épluche une tranche de potiron et peste contre la peau épaisse emprisonnant la chair orangée. Elle s'arme du grand couteau et parvient enfin à détacher la carapace, retire fibres et pépins, coupe le légume en petits morceaux qu'elle dépose dans une casserole et recouvre d'eau. Elle ajoute quelques pommes de terre. Il ne faudra pas longtemps pour que le potage soit prêt. Elle ajoutera du lait et de la crème pour obtenir un délicieux velouté.

— Qu'est-ce que vous faites dans la pénombre ? demande Pervenche à Folcoche.

Celle-ci, enfoncée dans son vieux fauteuil près de la cuisinière, ronchonne qu'elle attend.

— Vous attendez quoi ? La soupe ? La voici.

La vieille ricane en se levant. Elle traîne la patte jusqu'à son buffet, en tire une assiette, un verre et des couverts qu'elle pose bruyamment sur la table.

— J'attends que la vie finisse. J'en ai marre.

Elle noue sa serviette autour de son cou ridé, regarde sa belle-fille, pas mécontente de son effet.

Pervenche s'attendrit malgré elle.

— Mais il ne tient qu'à vous de vivre plus agréablement. Si vous étiez plus sociable, votre famille et vos amis seraient plus prompts à vous entourer. Quand on donne, on reçoit.

— Quand on donne, on reçoit, reprend la vieille en mimant sa belle-fille.

Celle-ci soupire et répète encore une fois qu'elle ne lui a jamais voulu de mal.

— C'est vous qui m'avez toujours rejetée, ajoute Pervenche en versant doucement le potage onctueux dans l'assiette.

Sans attendre, Hélène touille un peu, souffle sur la première cuillerée pour ne pas se brûler la langue et aspire bruyamment le liquide. Elle avale quelques gorgées, s'essuie la bouche avec sa serviette et s'arrête subitement en fixant sa belle-fille.

— Je veux pas que tu ailles à Silvabelle. T'as rien à foutre là-bas.

Pervenche, qui s'apprêtait à sortir pour remplir un panier de bois, se retourne les sourcils froncés.

— Pardon ?

— Silvabelle porte malheur. Tout le monde le sait.

— Et comment savez-vous que j'y suis allée ?

La vieille lui jette au visage son venin de sorcière :

— Mais ma fille, je connais tous tes faits et gestes. Ça m'amuse. Ainsi, je sais que tu trompes Luc avec l'ouvrier.

Sur ces paroles, elle essuie son assiette avec un morceau de pain, guettant la réaction de Pervenche. Celle-ci manque de repartie. La vieille sait toujours frapper où ça fait mal. Elle remue avec un plaisir sadique le couteau dans la plaie pour envenimer la blessure.

Sans un mot, la jeune femme sort dans la cour, va jusqu'au hangar pour remplir le panier de bois. Tout en chargeant les bûches, elle fulmine contre cette méchanceté et s'interroge une fois de plus sur ses causes. Pourquoi ? Mais pourquoi tant de haine ? Elle rentre, dépose un rondin dans le foyer de la cuisinière et pousse les autres dans un coin. Elle a retrouvé ses esprits et tente de remettre les choses à l'endroit.

— On ne trompe pas quelqu'un qui est mort. Votre fils, je l'aimerai toujours mais si le cœur me dit de vivre à nouveau avec un homme, cela ne vous regarde pas.

Sur ces derniers mots prononcés sèchement, à la limite de la colère, Pervenche attrape la poignée de la porte pour sortir et rejoindre sa maison. Une phrase assassine l'arrête dans son élan.

— Le Jean-Noël, y veut ta ferme.

Pervenche hésite, hausse les épaules et quitte la cuisine de la vieille. Mais ne réussit pas à gommer complètement les paroles d'Hélène.

Doutes

Pervenche a attendu trois jours avant de se rendre à Silvabelle. Elle s'est efforcée de freiner son impatience. S'y précipiter n'aurait pas été convenable.

Drapée dans une large veste de laine sombre, elle hésite maintenant devant le portail. La demeure semble déserte. Il n'y a pas de sonnette. Les ânes, eux, sont fidèles au poste. Ils viennent à sa rencontre d'un pas lourd, s'immobilisent et l'observent en silence.

La visiteuse passe sous la corde et avance de quelques pas. La pluie des derniers jours a ramolli la terre. Ses pieds s'accrochent au sol telles des ventouses. Un rayon de soleil, posé sur les ardoises du château, les fait miroiter comme des bijoux d'argent. Elle grattouille la tête de Bambou, Galipette rapplique et demande sa part de caresse. Pervenche partage, leur parle comme elle parle à ses vaches, doucement, sans s'embarrasser de phrases, juste avec des mots : braves, beaux, tout doux... Leurs gros yeux la fixent, étonnés.

— C'est privé, ici ! lance une voix forte.

Une femme plantée devant le hangar interpelle

l'intruse, le visage peu avenant, le chignon en bataille,

Surprise, Pervenche quitte les ânes et s'approche.

— Excusez-moi, je voudrais voir Mehiel, enfin, M. Descharme...

La dame, Lucie sans doute, pense la fermière de Champbrise, affiche un air méfiant, détaille la visiteuse des pieds à la tête, la jauge.

— M. Descharme est dans son atelier. Il travaille.

— Alors, dites-lui que Mme Fontaine est là, s'il vous plaît. Il me connaît.

Lucie la toise.

— C'est qu'il n'aime pas être dérangé. C'est un artiste. Quand l'inspiration est là, vous comprenez, il est dans un autre monde. Plus rien ne compte.

Pervenche ne sait plus sur quel pied danser. Lucie se prend pour la maîtresse des lieux.

— Dites-lui quand même que je suis là. Des fois qu'il m'invite à entrer dans son monde, glisse-t-elle malicieusement. Je suis venue au réveillon de Noël avec ma fille. Je crois que vous étiez souffrante.

Le visage de Lucie s'illumine. Elle s'excuse.

— La dame de Champbrise ! Oui, il m'a parlé de vous. Bon, ben je vais le chercher.

— Je suis là, crie le luthier en ouvrant la porte de son atelier. J'ai entendu des voix. Entrez, Pervenche. Vous pouvez rester, Lucie.

Celle-ci prétexte divers travaux à faire et s'éclipse, discrète.

La visiteuse entre dans l'antre de l'artiste. La température est douce, une odeur de copeaux emplit la pièce, Mehiel confie qu'il se sent bien, au milieu de ses plans, des outils et des lamelles de bois.

— Je n'aurais pas cru que je m'y mettrais aussi facilement. J'étais concertiste.

— Je sais. Eugène m'a raconté en deux mots, l'autre jour. Mais je ne comprends pas pourquoi vous avez abandonné la musique. J'ai l'impression qu'elle aurait pu vous aider à survivre.

Il l'invite à s'asseoir dans un vieux fauteuil rouge. Lui se pose sur un siège haut, derrière son établi.

— Oui... la musique. Mais le goût des concerts et de la scène s'en est allé quand j'ai enterré ma femme. Jouer, me produire sans elle n'avait plus aucun sens. Nous partagions tout.

Il s'appuie sur ses avant-bras, les mains croisées, les yeux dans le vague puis reprend. Hésitant au début, il s'enhardit, encouragé par le regard profond de la femme assise en face de lui. Une femme qui peut tout comprendre puisqu'elle a connu une blessure semblable.

Il raconte qu'il a parcouru le monde, jouant dans des orchestres à Berlin, Londres ou New York aux côtés d'Isabelle, la violoncelliste qui partageait sa vie et la musique. Tout avait basculé le jour où le cœur de cette lumineuse jeune femme avait cessé de battre, comme ça. À trente ans. Un jour noir de décembre où ils rentraient à Paris tous les deux, épuisés d'émotion, d'un concert à Bruxelles.

— Pendant des mois je me suis fermé aux autres, refusant la musique et les gens, la gloire et l'argent, cloîtré dans la maisonnette bretonne léguée par mes parents. Puis, quelques années après, bien que mon chagrin fût toujours présent, titillé par l'ange de la création, j'ai construit mon premier violon.

— Mais vous aviez appris ?

— Fils de luthier, j'ai toujours vu travailler mon père quand j'étais enfant, l'aidant quand je pouvais, ébloui par cette connivence que je sentais entre l'homme et l'instrument. « Au-delà de l'objet, on œuvre sur l'humain », affirmait-il, lui qui travaillait sur commande, pour des musiciens précis, guettant leurs sensations, devançant leurs désirs afin qu'ils atteignent la communion avec leur violon. Le luthier aurait aimé que son fils prenne la relève mais, à l'époque, l'adolescent que j'étais devenu voulait vivre sa vie. Ainsi, j'ai quitté l'atelier familial sans rompre avec la musique, et, après quelques années de félicité où mon art me portait aussi haut que mon amour, la chute a été cruelle.

— Je connais cela, soupire Pervenche. Le monde qui s'écroule. Le goût de vivre qui s'en va. Mais moi, je devais continuer pour mes filles, sinon...

Elle s'étire en croisant les doigts, jette un regard par la fenêtre. Les nuages courent, découvrant par endroits des traces de ciel bleu. Les moineaux se chamaillent sur la pelouse mouillée.

Mehiel assure que la pluie s'épuise.

Pervenche l'encourage à continuer.

— Et alors ? Vous avez rebondi, n'est-ce pas ?

Il sourit, lointain.

— Oui. Il faut croire que la vie est la plus forte. Peu à peu, les gestes et les mots de mon père me revinrent en mémoire, s'inscrivirent dans mon esprit, agissant comme un baume sur ma blessure. Ma survie dépendait de cette nouvelle façon d'approcher la musique. Cette évidence s'imposait tandis que je rêvais de réhabiliter une demeure de maître, une fermette ou une vaste longère, histoire de poser mon empreinte en l'arrangeant à mon idée, de recommencer quelque chose.

— Je vous envie d'avoir eu ce courage, murmure Pervenche en nouant son foulard.

— Vous avez froid ?

— Je suis frileuse.

Il se lève pour garnir le poêle de bois sec. La braise aussitôt ravive la chaleur dans un ronflement régulier tandis que l'homme reprend sa place, rêveur.

— Je crains de vous lasser, madame Fontaine.

— Pas du tout. D'ailleurs, vous racontez bien. Alors, pourquoi ce château ?

Il explique qu'il a vendu l'appartement parisien et le penty breton, cherchant pour s'installer une propriété vaste et solitaire. Et Silvabelle, un jour qu'il séjournait en Champagne chez des amis, lui a tendu les bras.

Depuis, il arrange son nid, s'organise, renaît à la vie, persuadé que le ciel lui envoie ce cadeau pour adoucir ses jours. Créer, caresser, faire vibrer l'instrument, en tirer des sonorités claires ou plus sombres, autant de sensations qu'il entend retrouver tandis qu'une nature sauvage et généreuse l'entoure, lui procurant un bien-être qu'il ne soupçonnait pas.

— Cette maison produit des miracles. Depuis que j'habite ici, je suis gagné par un sentiment de paix. Construire des violons ou des violoncelles, c'est une autre manière de vibrer avec la musique.

Pervenche lui demande si ce travail permet de vivre.

— Ça ne devrait pas tarder. Je connais les musiciens et leurs attentes. Je sais que je ne manquerai pas de travail. Tenez, regardez ce violon, je le destine à une soliste roumaine. C'est une belle pièce, élégante et sensuelle. Je l'ai patinée pour lui donner cet aspect vieilli.

— Vous utilisez quel bois ? demande la jeune femme en s'approchant.

Il caresse l'instrument, passe les doigts sur le galbe, fait vibrer les cordes.

— Je travaille l'érable pour le dos, les éclisses et le manche, l'épicéa pour la table d'harmonie. Il faut quelque quatre-vingts pièces pour composer l'objet magique.

Pervenche admire et se dit fascinée par la métamorphose.

— Créer des sonorités pareilles à partir d'un simple morceau de bois !

Mehiel sourit.

— C'est un petit miracle, c'est vrai. Je façonne l'âme du violon en fonction de celle de l'artiste, de son ressenti, de sa sensibilité. « De toute cette alchimie dépend l'harmonie », répétait mon père.

La porte s'ouvre brusquement. Lucie demande si les artistes veulent une boisson chaude.

— Préparez-nous du thé, Lucie. Nous le prendrons dans la salle à manger.

— Y va encore pleuvoir ! Quel pays ! Je crois bien que c'est pire qu'en Bretagne !

Sur ces paroles, elle repart à grands pas après avoir fait claquer la porte.

— C'est un ouragan breton, mais je ne peux me passer d'elle, confie Mehiel en soupirant.

Pervenche fait remarquer qu'elle se comporte envers lui en ange gardien. Il sourit, énigmatique, en caressant sa barbe de deux jours.

— Ah non, l'ange gardien, c'est forcément moi... Je vous expliquerai. Allons boire notre thé et je vous parlerai des aigles.

Pervenche le suit, intimidée. Ses connaissances en musique impressionnent la néophyte qu'elle est. Elle s'étonne même qu'il prenne le temps de lui expliquer son métier. À elle, une fermière qui élève des vaches et ne connaît Mozart ou Chopin que de nom. Sans jamais avoir écouté une sonate ou un concerto.

Elle aura même du mal à lui avouer. Elle aurait honte. Luc, lui, aimait, il n'y connaissait pas grand-chose mais il affirmait que la musique l'apaisait. Quant à Samuel, son père, il paraît, d'après ce que Pauline savait, qu'il jouait du piano.

— Asseyons-nous près de la cheminée. Lucie ne va pas tarder. Je l'entends fourgonner dans la cuisine.

Des bruits de vaisselle viennent en effet jusqu'à leurs oreilles. Lucie arrive avec le plateau garni de la théière ventrue, d'un sucrier, de deux tasses et de quelques gâteaux secs.

— Monsieur est servi, annonce-t-elle pompeusement.

— Mais restez donc avec nous, à la fin. Vous ne nous dérangez pas.

Elle hausse les épaules et affirme qu'on ne mélange pas les torchons avec les serviettes. Qu'elle est têtue comme la Bretonne qu'elle est, et monte l'escalier d'un pas lourd.

— Je vais terminer la peinture de la chambre bleue.

— Elle peint ?

Mehiel acquiesce.

— C'est la femme à tout faire. Vous comprenez combien elle m'est précieuse. Et vous ?

— Moi ?

— Avez-vous quelqu'un pour vous aider ?

Pervenche rougit et s'en veut. L'image de Jean-Noël vient gâcher l'heure du thé. Elle ne sait plus où elle en est avec lui. Depuis deux jours, ils s'évitent.

— J'emploie un ouvrier, bien sûr. Et un autre à temps partiel, l'été. Je ne pourrais pas assumer l'ouvrage toute seule. C'est si ingrat, ce travail. Mon mari en était bien conscient.

— J'imagine, répond Mehiel, en servant le thé.

Le liquide ambré, parfumé au jasmin, diffuse sa fumée. Ils ajoutent un sucre et remuent ensemble.

— Alors, ces aigles ? demande la jeune femme.

Il boit deux gorgées, repose sa tasse et commence son histoire.

— Ce rapace peut vivre jusqu'à soixante-dix ans ou plus, à condition qu'il dépasse le cap des quarante ans. Car, à cet âge, ses ailes trop lourdes en raison des anciennes plumes épaisses rendent le vol plus difficile, ses griffes ramollies et flexibles ont du mal à saisir les proies. Enfin, son long bec devient plus dur et coudé. Il ne peut plus se nourrir. S'il veut vivre, il doit passer par une épreuve difficile, un processus de métamorphose qui dure près de cinq mois.

Mehiel sert une nouvelle rasade de thé à Pervenche et continue.

— Alors, s'il veut survivre, l'oiseau doit voler jusqu'à une hauteur. Colline ou montagne où il frappe son bec contre la roche jusqu'à ce qu'elle l'érode. Il attend la repousse d'une corne neuve qui formera un nouveau bec. Il tente ensuite d'arracher et d'user ses griffes afin que de nouvelles serres se développent. Enfin, l'aigle arrache ses vieilles plumes pour laisser la place à de nouvelles, plus légères et plus souples. S'il réussit cette opération douloureuse, c'est comme une renaissance. Il peut alors prétendre à vivre encore une trentaine d'années.

— C'est une belle histoire, sourit Pervenche.

Mehiel se cale au fond de son fauteuil, croise les jambes et déclare que c'est une leçon d'espoir.

— Il faut parfois avoir le courage de changer, de se libérer du passé afin de profiter du présent. Je crois que je suis en passe d'y réussir, murmure-t-il en essuyant ses verres de lunettes. Quand on a la chance d'être en vie, il ne faut pas bouder les plaisirs qu'elle nous offre.

— Mais c'est tellement difficile, murmure Pervenche. Je voudrais bien, moi aussi, mais je ne suis pas sûre d'y arriver. Je suis tellement accrochée à mes souvenirs. Tourner la page, c'est oublier. Or je ne veux pas oublier Luc.

Mehiel se lève subitement, regarde par la fenêtre, lointain.

« À quoi pense-t-il ? » se demande la jeune femme. Elle s'éclaircit la voix et reprend :

— Je dois donner une réponse à un homme prochainement, mais je ne me décide pas. J'ai l'impression que je n'ai pas le droit.

Comme le luthier, le regard toujours posé sur l'extérieur, ne répond pas, elle continue :

— C'est un homme bien. Travailleur et honnête. Il a des sentiments forts pour moi.

Ces mots sonnent creux dans cet endroit, après les confidences romantiques de Mehiel, pense-t-elle, consternée de paraître si bêtement terre à terre.

Le luthier se retourne enfin :

— Et vous ?

— Quoi, moi ?

— Si vous l'aimez aussi, vous devez dépasser vos préjugés et votre culpabilité. Il ne faut pas repousser la nostalgie certes, mais il est malsain, à mon avis, de trop la cultiver.

Dehors, la pluie a repris. Elle tombe dans un léger clapotis tandis que les gouttières dégorgent contre le mur du hangar.

Pervenche hésite à répondre. Quoi dire d'ailleurs ? Elle hausse les épaules en signe d'impuissance ou de perplexité.

— On ne peut pas aimer deux fois de la même façon. J'aimais éperdument mon mari. Cet homme, Jean-Noël, qui m'attire pourtant, ne m'inspire pas les mêmes sentiments, mais j'éprouve une certaine tendresse pour lui. C'est mieux que rien, non ?

Elle a parlé presque tout bas, comme à confesse, les yeux baissés.

— Si ça vous suffit... murmure-t-il en la scrutant de ses yeux de jade.

Elle se sent devinée jusque dans ses pensées les plus secrètes.

— Enfin, je ne sais pas. Je suis perdue. J'ai

promis de lui donner une réponse mais je ne me décide pas.

— Je ne voudrais pas être à votre place, ajoute Mehiel. Mais si j'y étais, dame de Champbrise, je ne ferais que ce que guide mon cœur sans m'occuper de la raison. Mais cela n'engage que moi. J'aime les émotions fortes, dans tous les domaines. L'amour, les arts, l'amitié, la nature... Sans passion, la vie ne vaut pas d'être vécue. C'est trop fade...

Un peu sonnée, Pervenche pince les lèvres et reprend ses esprits.

— Il n'y a pas que les aigles qui donnent des leçons de vie, à ce que je vois. Bon, je vais prendre congé. Nous n'évoluons pas dans les mêmes sphères, je comprends.

Elle attrape son imperméable et s'approche de la sortie. Il la rejoint en riant.

— Mais ne vous fâchez pas. Je suis agaçant avec ma quête de perfection. Je dois même vous paraître prétentieux. Excusez-moi, Pervenche. Allez, je suis sûr que votre Jean-Noël vous rendra heureuse s'il est doté de tant de qualités.

Elle n'en est plus si sûre tout à coup, mais se garde bien de le dire.

Courtois, l'artiste l'aide à enfiler son vêtement de pluie. Elle avance en silence et s'arrête dans le grand vestibule, troublée. La vue des grandes dalles de pierre aux contours asymétriques et ce grand escalier desservant l'étage remuent ses souvenirs. Elle s'approche pour caresser la rampe. Une envie de pleurer la démange. Elle a tant de mélancolie, de tristesse en elle. C'est à cet endroit qu'Irina et Guillaume ont été tués.

— Ma mère a perdu la vie ici, en 1944. J'avais quatre ans et je m'en souviens.

Elle sort précipitamment. Il tente de la retenir par la manche mais elle le repousse d'un geste brusque. Elle court maintenant. Vite sa voiture. Sa maison. Son refuge.

— Pervenche ! Ne partez pas comme ça ! crie Mehiel.

La portière claque. Elle démarre. Elle est partie.

⁂

Depuis sa visite à Silvabelle, deux jours auparavant, le fossé se creuse entre Pervenche et Jean-Noël. Les mots de Mehiel résonnent à son esprit comme un écho persistant. « Sans passion la vie ne vaut d'être vécue, c'est trop fade. » Et la phrase empoisonnée de la vieille la taraude sans répit. « Le Jean-Noël, y veut ta ferme. » Jamais cette idée ne lui était venue auparavant mais maintenant c'est devenu une obsession. Elle s'en veut car, tant qu'il ne s'était pas déclaré, l'ouvrier restait à sa place et elle l'appréciait pour cela. Désormais, elle s'interroge. Pourquoi cet emportement la semaine dernière quand elle a évoqué la vente de sa ferme ? Se pourrait-il qu'il soit intéressé ? C'est impossible. Il éprouve de l'amour pour elle. Son attachement ne peut être guidé par l'intérêt. Ainsi, naviguant entre ses sentiments et les hypothèses les plus terre à terre, elle s'égare et ne réussit plus à se conduire avec naturel auprès de son employé. Celui-ci, d'ailleurs, lui bat froid depuis leur dernière conversation, mais elle a bien remarqué son regard malheureux.

Il attend un mot gentil, un encouragement. Elle se tait. Mais de plus en plus, l'idée de quitter Champbrise lui vient à l'esprit, certaine que Luc ne lui en voudrait pas. Luc. Jusqu'ici elle ne voulait rien changer de ce qui l'avait attachée à son mari. Maintenant, une petite musique nouvelle et insistante s'incruste dans sa tête. Voir de nouveaux horizons. Partir. Revivre. Il faudra qu'elle aborde le sujet avec les filles.

Demain, c'est samedi.

En attendant, elle doit s'armer de courage pour aller nettoyer la maison d'Hélène. Celle-ci refuse les services de Marie et des autres femmes de ménage pour des prétextes divers et non crédibles. Trop jeune. Trop bavarde. Trop curieuse. Trop nonchalante. Pervenche est certaine que c'est pour la contrarier. La vieille sait bien que sa belle-fille ne la laissera pas vivre dans la crasse.

— C'est la dernière fois que j'assure le ménage chez vous. J'ai assez à faire avec le mien. Il faut demander à Marie ou vous accommoder d'une autre employée, tempête Pervenche en entrant.

Surprise, la vieille bougonne tout en chargeant sa cuisinière de bois. Puis elle rejoint son fauteuil, près de la fenêtre, en regardant sa belle-fille en coin.

— T'es pas obligée de venir. C'est pas si sale ici.

— C'est pas très net non plus. Allez, je vais nettoyer votre chambre.

— Pas ma chambre, crie vivement la vieille. C'est personnel. Je veux que personne n'y entre.

Pervenche, qui jusqu'ici n'avait jamais osé violer le sanctuaire, prend un malin plaisir aujourd'hui à désobéir. Elle entrouvre la porte de la pièce, jette un coup d'œil circulaire et déclare que c'est impensable de dormir dans un tel désordre. Des piles de linge. Des boîtes à chaussures. Des sacs en plastique, des bouteilles d'eau minérale vides, d'autres pleines. Le tout s'entasse sur une table ronde, contre le mur.

— Il y a même des toiles d'araignées ici, constate Pervenche en scrutant le plafond.

Elle avance près du lit mais n'a pas le temps de terminer son inspection car Hélène se lève et, malgré sa patte folle, rejoint prestement sa belle-fille, la bouscule, lui ordonne de sortir et referme sèchement la porte en affirmant qu'elle ne veut personne dans sa chambre.

Elle n'a pas remarqué que Pervenche, prise d'une pulsion subite, avait eu le temps de saisir la pochette « souvenirs » qui ne quitte pas la table de nuit et qu'elle l'avait glissée dans sa poche.

— Comme vous voudrez, concède celle-ci. Mais si un jour vous avez besoin du médecin, vous n'oserez pas le faire entrer.

La vieille marmotte quelques mots et court se rasseoir en traînant la jambe. Ses yeux de souris lancent des étincelles et son esprit malin cherche quelque chose de blessant à dire à la femme de Luc.

— Alors, tu couches toujours avec le Jean-Noël ? Tu vois donc pas qu'il en veut à ta ferme ?

À ce moment, Pervenche la déteste de toutes ses forces et elle ne peut s'empêcher de la remettre vertement à sa place.

— Ma ferme ? Mais je vais la vendre, ma ferme. Qui m'en empêchera ?

Hélène blêmit.

— Moi vivante, jamais !

La vieille Fontaine et la jeune s'affrontent du regard, un silence lourd de reproches entre elles.

— Alors, j'attendrai que vous soyez morte. Ça ne devrait pas trop tarder, tant de méchanceté ça use avant l'heure à mon avis, menace enfin la jeune femme.

Sur ces mots qu'elle regrette déjà, Pervenche sort de la maison de la vieille, la main dans sa poche, serrant précieusement les souvenirs d'Hélène. Des photographies, d'après l'aspect de la pochette.

Le cœur battant, car ces attaques l'épuisent, elle s'installe sur son canapé pour regarder tranquillement les photos, s'attendant à voir Luc enfant, adolescent, jeune marié ou militaire. Son cœur se serre à chaque fois mais elle ne renonce jamais à détailler ces images de lui. Non, que des portraits anciens. Des dames avec des chignons hauts, des caracos sombres égayés de plastrons blancs, des hommes à moustache en costumes sévères, des enfants rieurs qu'elle ne connaît pas. La dernière, cependant, l'interpelle. Une femme au regard déluré tient un homme par le cou. Elle a les cheveux en désordre, porte un chemisier échancré, une jupe courte et des socquettes. Son compagnon affiche une élégance raffinée. La chemise claire et large, le pantalon à plis souples, la chevelure bouclée lui confèrent une allure d'aristocrate.

Elle ne reconnaît pas le couple amoureux mais quelque chose, dans l'attitude des personnages, lui semble familier. Elle sort une loupe du tiroir du buffet et cherche en vain à déchiffrer l'énigme. Et soudain la vérité lui saute aux yeux. Hélène, oui, c'est elle. Ce regard provocant, cette façon de pencher la tête. Mais qui est l'homme à ses côtés ? Ce n'est pas André. Et pourtant, elle était déjà mariée, la date inscrite derrière au crayon de papier en témoigne : *1940*.

Un malaise diffus l'envahit. Ses jambes ramollissent, ses mains tremblent. Elle vient de reconnaître Guillaume Lamotte dont elle a déjà vu le portrait chez Pauline.

Hélène et Guillaume, c'est insensé. Personne ne lui a jamais parlé de ça. Et pourtant...

Roulée en boule dans son canapé, Pervenche ne maîtrise plus ses idées qui s'emmêlent, formant une pelote serrée dont elle ne trouve pas le bout. Elle le cherche désespérément, certaine qu'il suffira d'un indice pour que tout se déroule.

Elle sursaute quand Jean-Noël frappe à la porte. Il est revêtu de sa combinaison bleue fermée par une fermeture Éclair, celle qu'il porte pour traire les vaches.

— Entrez.

Elle se lève, étonnée qu'il se manifeste à sa porte après trois jours de bouderie. Il entre timidement.

— Je m'inquiétais. C'est l'heure des vaches. Et comme je ne vous voyais pas sortir...

Elle regarde vivement la pendule. 17 h 30. Elle n'a pas vu le temps passer.

— Je peux vous remplacer si vous êtes fatiguée. Vous n'avez pas bonne mine. On dirait même que vous avez pleuré.

La jeune femme se reprend. Elle ira traire ses

vaches. Elle est cependant touchée par la prévenance de son ouvrier. Elle lui sourit.

— Je ne sais plus où j'en suis. Tenez, regardez cette photo. Ça vous dit quelque chose ?

Elle se déplace pour lui montrer et attend sa réaction.

— Elle, c'est Hélène Fontaine, c'est sûr. Lui, je ne sais pas. Connais pas. Mais c'est pas André.

— Non, c'est Guillaume Lamotte, le châtelain de Silvabelle.

Il siffle d'étonnement.

— Et ça vous tourmente ?

Elle hoche la tête, les larmes aux yeux.

Il la réconforte en affirmant qu'il y a sûrement une explication et qu'il veut bien l'aider à la trouver. Il lui caresse la joue d'un geste tendre. Pour un peu elle se jetterait dans ses bras. Mais elle se retient, il va encore y croire alors que les doutes l'assaillent.

— Le printemps sera bientôt là, murmure-t-il. Je me ronge les sangs, moi.

— Le 1er avril. Je te jure Jean-Noël. Le 1er avril, et ce n'est pas un poisson, je te donnerai ma réponse. J'ai trop de tourments et de questions en moi actuellement pour y voir clair.

Il la regarde avec un air de chien battu.

— Reposez-vous, patronne. J'assumerai les bêtes, ce soir.

— Merci.

Il sort tout énamouré. Pervenche l'a tutoyé tout naturellement et cette preuve d'intimité, à ses yeux, vaut une promesse.

Découvertes

— Maman, je crois que je n'aime plus Nicolas.

Isora, les yeux brillants, annonce la nouvelle d'un ton anodin comme si elle déclarait qu'elle est lassée d'un vêtement ou d'un plat qu'elle appréciait auparavant.

Pervenche soupire en déposant le gratin sur la table. Sa fille serait-elle incapable d'aimer ? Elle papillonne de droite à gauche, s'enflamme parfois, décide que c'est le grand amour, vit une période passionnée, puis la chandelle s'éteint, trop vite usée. Isora traîne alors lamentablement sa détresse, en quête de nouvelles émotions. Sa mère redoute ces périodes où, fragile, elle cherche désespérément à planer au-dessus des nuages, vers un pays où lui sourit son père.

— Tu lui as dit ? demande Flore, toujours friande des histoires de cœur de sa sœur.

— Oui. Mais il insiste pour me voir. Il veut que je lui rende les boucles d'oreilles qu'il m'a offertes pour mon anniversaire. Il n'en est pas question.

— Tu as raison. Donner c'est donner, reprendre c'est voler, chantonne sa sœur. Mais pourquoi as-tu rompu ? Il est beau, Nicolas Meurville.

— Tu le connais ? demande sa mère.

La cadette se sert des pommes de terre et, tout en avalant avec gourmandise, déclare que toutes les filles de Chaource sont amoureuses de lui.

— Tu verrais, maman. Il ressemble à Gérard Lanvin.

Pervenche mange en silence. Inquiète de ce nouveau revirement de son aînée. Elle présente encore le plat à ses filles. Isora refuse, ce midi, elle chipote, mastique interminablement avant d'avaler. Elle se force. Quant à Flore, elle se ressert largement. Son appétit fait plaisir à voir, pense sa maman. Tempo, assis au pied de sa jeune maîtresse, gémit comme un enfant, à l'affût du moindre morceau de pain ou de fromage.

— Tu devrais trouver une activité qui te plaise, un sport, la peinture ou autre chose, propose Pervenche en s'adressant à sa grande.

— Oh oui c'est une bonne idée. Amandine m'a dit que sa mère allait donner des cours de chant. Peut-être à Silvabelle. T'aimerais pas ? demande sa sœur.

Isora hausse les épaules.

— Je ne sais pas. En fait, je crois que j'aurais aimé jouer du piano mais je suis trop âgée.

Pervenche saute sur l'occasion.

— Arrête, ma chérie. Tu as encore l'âge des choix. Tu peux très bien apprendre la musique pour le plaisir. Tu réussissais bien en solfège, au collège.

— Tu parles ! J'ai dit ça comme ça. En fait, je n'ai pas envie de grand-chose.

Loquace, sa sœur évoque ses compétitions à la piscine où elle arrive souvent en tête.

— Tu es une vraie sirène, sourit sa mère.

Elle sert le fromage, la tarte aux pommes, puis Isora se lève pour préparer le café.

— Où est le journal ? demande-t-elle tout en dosant la poudre noire.

— Sur la table du salon.

Isora appuie sur le bouton de la cafetière. Bientôt le goutte-à-goutte ambré répand son odeur dans toute la cuisine. La jeune fille s'empare du quotidien et le parcourt distraitement.

— Tiens, ton ami le châtelain donne des cours de violon. Il cherche des élèves. Dommage qu'il ne soit pas pianiste.

Curieuse, Pervenche arrache le journal des mains de sa fille et lit : *Violoniste donne cours de musique. S'adresser à Mehiel Descharme. Domaine de Silvabelle. Chessines.* Le numéro de téléphone est inscrit en bas.

— Il est gentil, Mehiel, remarque Flore en servant le café.

Sa mère acquiesce, pensive.

— Tu as l'air soucieuse, maman, s'inquiète Isora.

— J'ai beaucoup de problèmes en effet. Le travail de la ferme me coûte maintenant. Que diriez-vous si je vendais la propriété ? On pourrait recommencer quelque chose ailleurs. J'y pense de plus en plus. Je ne toucherais pas à votre part, naturellement. Votre père a pensé à tout.

Les filles se regardent en remuant machinalement leur cuillère dans la tasse. Leur mine renfrognée en dit long sur leur avis. Leur mère est folle.

— Tu ne ferais pas ça, c'est la ferme de papa ! s'énerve l'aînée.

— Maman, j'ai pas envie de déménager, pleurniche la cadette.

Pervenche se lève et débarrasse la table à grands gestes.

— Eh bien, nous verrons. Mais vous êtes en âge de comprendre que pour une femme seule, c'est très difficile.

Elles comprennent, mais elles aussi sont accrochées à leurs souvenirs, admet Pervenche, résignée.

La sonnerie du téléphone les surprend. Isora se lève. C'est Nicolas. Pervenche et Flore comprennent qu'il est encore question des boucles d'oreilles. Elle ne veut pas les rendre, raccroche en lui criant qu'il aille se faire voir. Qu'il est superficiel et imbu de sa personne.

— Il peut toujours attendre. Les clips ne sont plus à lui.

Tremblante de colère ou de déception, elle se ronge les ongles en rejoignant la table.

— Ma mère portait de jolis bijoux aussi. Je ne sais pas ce qu'ils sont devenus. Peut-être que des habitants d'ici en profitent.

— Tu crois que les boucles d'oreilles... ?

— Je n'en ai pas souvenir. En revanche, le peigne que Folcoche t'a offert, je l'ai bien reconnu. C'était à Irina. J'en suis certaine.

Les filles se regardent, interdites.

— Qu'est-ce que ça veut dire, maman ? demande Flore.

Pervenche s'assied sur le canapé et attire ses filles près d'elle, la cadette à gauche, l'aînée à droite. Elle entoure leur cou de ses bras et leur confie qu'elle jouait avec le peigne quand elle était enfant.

— Je ne sais pas comment il est arrivé chez Hélène. Mais il n'y a pas que cela. Chez Jean-Noël, j'ai reconnu la pendule du château. Lui aussi a hérité d'un objet qui ne lui appartient pas. C'est ainsi. Il y a prescription maintenant. Les descendants ne sont pas responsables des actes de leurs parents ou de leurs grands-parents.

Les sœurs, écœurées, en perdent la parole. Elles ruminent le drame qui a tant marqué leur mère et qui les poursuit encore toutes les trois. Le silence dure, seulement troublé par les bruits extérieurs qui parviennent atténués dans le salon. Un tracteur dans le champ voisin. Un chien aboyant au loin. Des automobiles qui freinent au carrefour et redémarrent en trombe.

— Et Mehiel Descharme ? Tu crois qu'il joue un rôle dans cette histoire ? J'ai du mal à imaginer que son installation à Silvabelle tient du hasard. D'après les gens, c'est un ours solitaire, il se balade des heures dans la forêt comme s'il cherchait quelque chose, commente Isora.

Pervenche et Flore le soutiennent. Il aime la solitude et la musique, il ne semble pas préoccupé par le passé de son château. Isora revient sur l'affaire du coffre qui n'a jamais été retrouvé.

— Peut-être qu'il est bien caché et qu'il contient ton héritage, maman, susurre Flore.

Pervenche sourit.

— Même si on le retrouvait, il ne m'appartiendrait pas. Irina n'était pas mariée à Guillaume.

Tentée de parler de la photographie, elle s'abstient

pourtant. Ses filles sont assez perturbées comme cela. C'est à elle de résoudre l'énigme et elle a bien l'intention de s'y employer prochainement. Parallèlement à l'enquête qu'elle continue de mener sur le suicide de Luc. S'il les a abandonnées toutes les trois, c'est qu'il s'est passé quelque chose. Elle n'en démord pas. Sa sérénité, son engagement dépendent de ce qu'elle va trouver. Elle n'a sans doute pas exploré toutes les pistes.

— Allez, mes chéries, vous pouvez disposer de votre après-midi.

— Laurence m'attend, on va écouter des disques, annonce Flore.

— Je vais jusqu'à Ervy en vélo voir deux copains de fac, on ira boire un verre au *Bar de l'Étoile* et échanger nos idées au sujet d'un exposé sur un romancier allemand. S'il me reste du temps, je passerai peut-être à Silvabelle afin de me renseigner sur les cours de musique, prévient Isora.

Pervenche se rassure. Son aînée semble moins affectée par la rupture qu'elle ne le craignait. Enfin, elle espère. Avec sa grande fille, rien n'est jamais gagné. Mais peut-être que le contact de Mehiel Descharme lui sera bénéfique.

***

Mehiel Descharme regarde avec consternation les vitres brisées de son atelier. Heureusement que le bruit a alerté Lucie. Sinon, le voyou aurait eu le temps de saccager son travail, ses outils et son repaire entier pendant qu'il était à Ervy, pour les provisions.

Mais la brave femme n'a pas eu peur. Elle a chargé le fusil de chasse de son père, une arme qu'elle tient absolument à garder à portée, dans sa chambre – ce qui lui vaut les sarcasmes du luthier –, et, de la fenêtre, a tiré en l'air. Le bandit n'a pas mis longtemps à s'esbigner.

— Vous voyez, heureusement que je l'ai gardé, le fusil, et que je sais m'en servir, hein ? claironne la gouvernante en s'approchant du bâtiment.

Mehiel reconnaît qu'elle n'a pas manqué de sang-froid.

— Je suis quand même navré que quelqu'un s'introduise au domaine pour le saccager. Que pouvait-il chercher ? Je ne roule par sur l'or et n'affiche pas de signe extérieur de richesse. Je me déplace dans une auto qui date de Mathusalem. La demeure est meublée de bric et de broc et je n'ai pas encore réhabilité tous les bâtiments.

Les mains sur les hanches, Lucie ne cache pas son exaspération.

— Vous voyez, vos fantômes soi-disant inoffensifs, ils deviennent mauvais. Mais que vous êtes donc têtu ! Vous savez pourtant que personne, jamais, n'a réussi à s'installer ici. Vous n'avez rien voulu entendre mais le notaire vous a prévenu aussi pourtant. Le lieu semble attirer le malheur. Moi, je joue la fanfaronne mais je suis pas tellement rassurée, avoue-t-elle en montant les marches du perron.

— Je ne crois pas aux maléfices. Nous apporterons la lumière ici. Il suffit d'un peu de temps pour créer une nouvelle harmonie et rétablir les énergies. La musique nous aidera.

— C'est ça, les aigles aussi nous épauleront et les fées mettront la main à la pâte, peut-être, hein ?

Mehiel sourit, indulgent, murmure : « Qui sait », tandis que Lucie entre dans la maison en annonçant qu'elle va continuer de tapisser la chambre.

Le luthier regarde sa montre. 15 heures. Il a le temps de se rendre chez le menuisier du coin pour lui demander de passer au château. Mais avant il marchera quelques pas dans le parc pour surprendre les premiers éclats de février. Quelques bourgeons précoces commencent à habiller les branches en vert tendre. Un forsythia, protégé des vents froids, lance des flammes contre le mur du pavillon de chasse. Mehiel cligne des yeux pour mieux mesurer la richesse de ce tableau impressionniste. Ce n'est que le début, bientôt la végétation explosera dans un festival de chants et de couleurs. Et on voudrait le faire partir d'ici ? Non. C'est son havre. C'est là qu'il retrouvera la paix à défaut de bonheur. Il en est convaincu.

Soudain, au bord de la mare, une apparition le tire de ses pensées. Il fronce les sourcils. Un rêve ? Une jeune fille aux longs cheveux dorés a stoppé sa marche et l'observe. Elle ne semble pas gênée. Surprise, tout au plus. Le cœur de l'homme bat la chamade. Le fantôme d'Isabelle serait-il revenu lui tendre la main, comme dans ses songes ?

La jeune fille s'avance, l'illusion s'estompe mais la magie reste. Elle rit. Elle a les pommettes hautes, un regard profond, pailleté d'or et un air déluré.

— Vous êtes une fée ? Ou la Sainte Vierge peut-être ? demande-t-il, amusé.

Elle avance d'un pas, dégage une branche

accrochée à ses cheveux et répond hardiment, en entrant dans le jeu, qu'en effet elle est l'elfe de Silvabelle.

— Mais je ne vous ai jamais vue, continue le musicien.

Elle sourit, lointaine.

— Je ne me montre pas à tout bout de champ. Mais je sais qui vous êtes.

Il avance aussi d'un pas. Deux mètres les séparent. Et un petit ru qui sillonne entre les feuillages. Elle sait à qui elle a affaire.

— Je sais que vous êtes l'ange gardien du domaine. En fait, je connais pas mal de choses sur vous.

Lui s'interroge, les sourcils froncés. Une amie de Diane ? D'Amandine ?

— Que savez-vous encore, belle apparition ?

— Que vous jouez du violon comme un ange et que vous fabriquez aussi des boîtes à musique d'où sortent des sons à envoûter le diable, comme un magicien. Car vous êtes bien Mehiel Descharme de Silvabelle ? demande-t-elle, malicieuse.

Il se prend au jeu.

— Et la fée se nomme...

— Isora Fontaine de Champbrise...

Il met la main sur son cœur et opère un petit salut mondain. Elle rit, découvrant de petites dents blanches. « Comme elle est belle ! » pense-t-il. Une allure de princesse. Des yeux en coucher de soleil. Et des airs d'Isabelle quand elle dessine ce sourire mutin qui l'enchante.

Il lui attrape la main pour l'aider à traverser le petit ruisseau. Elle saute en riant, remet de l'ordre dans sa coiffure et reprend la conversation en marchant dans l'allée.

— Vous connaissez ma mère et ma sœur. Elles ne parlent que de vous depuis le réveillon. J'avoue que je les ai enviées.

Il comprend. Il rit et ses yeux verts pétillent de malice.

— Flore est charmante et votre maman cache, je crois, sous une apparence austère, une âme bien sensible. Elle est très belle aussi.

— Oui, ses yeux marine ne sont pas ordinaires.

— Vous n'êtes pas des femmes ordinaires, dames de Champbrise. Voulez-vous visiter ? C'est la raison de votre...

— Intrusion ?

— Disons de votre curiosité. Je suppose que vous vouliez voir de près le pauvre malheureux qui fait fi des menaces et des malédictions.

— C'est un peu ça. Mais pas seulement, j'ai lu votre annonce sur le journal. Je suis tentée. Maman affirme que la musique me calmerait. Vous savez, je ne suis pas facile.

— Voyez-vous ça...

— Je suis instable depuis la mort de mon père. Je collectionne les garçons, me maquille comme une fille de joie ainsi que l'affirme ma mère et fume des pétards à l'occasion. Pervenche vous l'a sans doute raconté.

— Non. Elle n'a vanté que votre beauté et vos qualités littéraires.

Isora se tait. Lui aussi. Ils marchent en silence jusqu'au portail. Les ânes lèvent la tête. Elle bat des mains.

— Oh qu'ils sont beaux ! J'adore les animaux. À la ferme, nous avons deux poneys, Patou et Patinette.

Mehiel la dévore des yeux, cherchant en elle des reflets d'Isabelle, ces petits riens qui la lui rappellent. Il aime sa fraîcheur, sa blondeur, et cette sensualité innée dont elle joue avec innocence.

Isora sent le regard de l'homme posé sur elle et rougit.

— Alors vous pourriez m'apprendre la musique ?

— Quel instrument voulez-vous ?

— Le piano.

— C'est possible. Je joue du violon et du piano. Je n'avais pas envisagé de devenir professeur, mais devant l'ampleur des travaux à effectuer ici, je me suis décidé à faire entrer un peu d'argent. Venez voir, quelqu'un a fracturé les fenêtres de mon atelier.

Ils se dirigent vers le bâtiment.

— Quelle désolation ! Ainsi, ils vont recommencer.

— Qui ?

— Mais tous les gens qui refusent de voir le château habité. Ils ne vous laisseront pas en paix, je le crains.

Mehiel lisse machinalement ses mèches cendrées, une lueur contrariée dans les yeux. Elle pense qu'il doit avoir le même âge que son père et se demande si lui aussi aurait déjà quelques cheveux blancs.

— Je ne me laisserai pas faire, affirme-t-il, décidé.

Isora aperçoit une tête féminine à la fenêtre.

— C'est votre gouvernante ?

Il se retourne et aperçoit Lucie qui lui fait un signe.

— Oui, c'est la Bretonne qui me suit depuis toujours.

Isora sourit avec malice.

— Vous savez que ça fait jaser au village. On prétend qu'elle est votre maîtresse.

— Qu'en pensez-vous, mademoiselle la fée ?

— Je pense que les mauvaises langues se trompent.

— Et vous avez raison. Voyez-vous, j'étais marié à Isabelle. Une musicienne comme moi. Elle est morte à trente ans et, depuis ce départ précipité, il y a six ans, je l'aime toujours.

Isora garde le silence. Il est si attendrissant en évoquant son amour perdu. Sa mère a le même regard quand elle parle de Luc. Elle aussi l'aime toujours. C'est beau, des sentiments si forts qui perdurent par-delà l'absence. Longtemps. Éternellement. Elle aimerait tant, elle, vibrer de toute son âme pour un homme. À cet instant, elle les envie car même si ça s'est arrêté, au moins ils ont vécu quelque chose d'unique et de fort.

— À quoi pensez-vous Isora Fontaine de Champbrise ?

Elle reprend ses esprits et répond qu'elle n'ose pas lui confier l'idée qui vient de lui passer par la tête. Il l'encourage. Elle se lance.

— Je pense que vous seriez bien assorti, avec maman. Vous avez des points communs.

Il rit carrément.

— Seriez-vous une fée entremetteuse ?

Très sérieuse, elle répond que, jusqu'à maintenant, elle n'imaginait pas sa mère avec un homme mais que depuis peu sa vision des choses évolue.

— Maman a besoin d'une épaule masculine. Or, dans son entourage, il n'y en a pas. À part Jean-Noël, c'est l'ouvrier. Et franchement, je ne la vois pas avec lui.

Mehiel a enregistré. Il se rappelle bien que Pervenche avait évoqué ce prénom. Un prénom qui lui déplaît.

La température rafraîchit. Le vent se lève, se glisse entre les hautes branches en les malmenant. Isora serre son écharpe autour de son cou. Il propose un café, au chaud. Elle refuse. Ils prennent rendez-vous pour samedi prochain. Elle reviendra. Il lui apprendra la musique salvatrice.

Elle prend congé et s'éloigne, légère, presque évanescente. Comme une fée. Elle est bien belle, la fille de Pervenche Fontaine.

***

5 heures du matin. Champbrise est encore plongée dans la nuit quand Pervenche se lève. Elle a l'habitude mais la corvée de traite est encore plus ingrate l'hiver. Elle se surprend à appeler cette tâche une corvée alors que jusqu'ici elle l'accomplissait sans se poser de questions. Que lui arrive-t-il ? Va-t-elle, comme les aigles, recommencer une autre vie ?

Peut-être. Mais plus tard. Après.

Quand elle saura pour Luc.

Quand elle saura pour la vieille.

Quand elle saura pour qui battra son cœur.

Les raisons du suicide. Le lien entre Hélène et Guillaume. Son avenir avec Jean-Noël. Tant de questions qui la rongent encore...

Ces pensées l'assaillent alors que, sous la douche, elle laisse couler l'eau chaude avec volupté, longtemps. Elle se savonne enfin et se rince. Le jet bouillant la stimule et lui remet les idées en place. Elle s'essuie soigneusement, s'habille et attache ses cheveux avec un élastique. Pas de maquillage, juste un peu de crème pour adoucir la peau.

Isis réclame sa pitance avec insistance, lâchant des petits « miaous » de plus en plus fort. Elle se frotte aux jambes de sa maîtresse et, dès qu'elle aperçoit la boîte de pâtée, se met à ronronner très fort. Pervenche n'a pas encore fini de la servir qu'elle commence déjà à avaler avec voracité.

— Quelle gourmande tu fais !

Tempo, qui ne mange que le soir, attend, assis sur son derrière, nourrissant l'espoir que la chatte lui laissera un peu de nourriture. Elle avale tout mais il lèche quand même l'assiette avec application, puis vient près de la table, en attente d'une friandise. Pervenche lui tend un gâteau sec qu'il croque lentement, pour se délecter de ce goût sucré dont il raffole et elle s'installe pour boire son café, toujours pensive.

Le week-end s'est bien passé. Isora ne s'est pas égarée dans ses chimères. Elle a même été rencontrer Mehiel. Il lui apprendra le piano. Il a su la convaincre, elle semble ravie. Flore en est même un peu jalouse. Le maître de Silvabelle dégage une telle aura qu'il ne laisse personne insensible. Elle-même se surprend à penser au luthier un peu plus que de raison. Pourtant, c'est un homme du ciel. Or elle est une femme de la terre. C'est comme le soleil et la lune, ils ne pourront jamais se rencontrer vraiment.

L'important, c'est Isora. Si seulement sa grande fille pouvait trouver un peu de stabilité ! Elle espère. L'année débute plutôt mieux que les précédentes, avec un peu d'espoir.

Elle jette un coup d'œil sur le calendrier. Déjà le 15 février. La date fatidique sera vite arrivée... Une petite angoisse lui chatouille l'estomac. Une appréhension... Mais Pervenche se réconforte en pensant que beaucoup de choses peuvent se passer en un mois et demi.

Pour commencer, dès la traite terminée, elle se rendra chez la vieille avec la photo. Il faudra bien qu'elle lui réponde.

Hélène a gardé son habitude de fermière. Elle se lève tôt, attentive aux bruits de la ferme qui se réveille. La basse-cour, les meuglements, les aboiements de Tempo et des autres, au loin, tous ces sons qui lui parviennent atténués, attisent en elle les souvenirs du bon temps, quand elle était seule patronne.

Il est 7 heures. Elle boit une gorgée de café au lait, trempe une tartine de beurre et mastique lentement, pestant contre ses dents qui ne sont plus en très bon état.

Elle termine son petit déjeuner, se lève et se traîne jusqu'à l'évier pour laver sa vaisselle. Aujourd'hui, elle est partagée. Elle a constaté la disparition d'une enveloppe de photos et se doute que c'est Pervenche qui l'a subtilisée. Elle va forcément s'interroger sur celle où elle tient Guillaume par le cou. Elle éprouve une certaine jubilation à l'idée de lui avouer qu'elle a été la maîtresse passionnée du beau Guillaume. Mais elle craint que sa belle-fille, encouragée par cette révélation, ne se mette à fouiner dans sa vie. Elle se rassure pourtant. Personne, jamais, n'a su ce qui s'était passé. Et maintenant, ça fait quarante ans que l'affaire est ensevelie.

Pervenche entre sans frapper. Ses yeux lancent des éclairs.

— Vous pouvez m'expliquer, Hélène ? demande-t-elle en brandissant la photo.

Celle-ci se retourne, un sourire narquois au bord des lèvres. Elle s'attendait à cette question mais ne s'en formalise pas.

— Ah, tu l'as trouvée. Pas la peine d'en faire un drame. C'est du passé.

Elle finit de rincer son bol, l'essuie lentement, prenant un malin plaisir à faire languir sa belle-fille.

— Alors ? insiste celle-ci.

La vieille tire à elle une chaise qui grince sur le carrelage. Elle s'assied lourdement.

— Y a pas grand-chose à dire. Guillaume a été mon amant. Un point, c'est tout. On s'est beaucoup aimés et je ne regrette rien.

— Mais il était marié.

— Non, c'était à la mort de sa femme.

Hélène croise et décroise ses mains, signe de nervosité, et regarde sa belle-fille en coin.

Celle-ci hésite quelques secondes, puis attaque :

— Mais vous, vous étiez mariée ?

La vieille rit.

— Oui, j'étais mariée. Luc était même déjà de ce monde. J'ai fauté. Voilà. Je suis pas la première et sûrement pas la dernière.

Pervenche a du mal à imaginer Hélène en jeune femme amoureuse. C'est vrai que sur la photo elle ne manque pas d'allure avec, dans son regard et son attitude, ce mélange de provocation et d'abandon.

— L'histoire a duré combien de temps ?

— Qu'est-ce que ça peut te faire ?

— J'ai besoin de savoir.

La vieille regarde par la fenêtre, lointaine, affiche une moue dubitative, lisse machinalement son tablier, puis lâche dans un souffle malfaisant :

— C'est Irina qui me l'a pris. La saloperie. Je leur ai jamais pardonné, ni à elle, ni à lui.

Pervenche reste sans voix tandis que petit à petit une lumière filtre à travers ses souvenirs, les éclairant d'une évidence douloureuse. Ainsi la vieille la déteste parce qu'elle est la fille d'Irina.

— André a su ? demande-t-elle la gorge nouée.

— Non. Personne.

— Luc non plus ? Il n'a jamais appris ?

La vieille se lève d'un coup, comme un ressort.

— Bien sûr que non. C'est pas des choses à raconter. C'est mon secret. Mais ce que j'ai vécu avec Guillaume Lamotte, personne ne pourra me le prendre. C'est le soleil de ma vie.

La jeune femme tremble maintenant, serait-il possible que l'état de Luc ait un rapport avec cette histoire ?

La vieille, qui a lu dans ses pensées, s'emporte.

— Non. Luc n'a jamais rien su.

— On dit que tout se sait un jour ou l'autre.

Hélène ricane :

— Nous, on était plus malins que toi avec le Jean-Noël.

Pervenche sursaute, blessée.

— Que voulez-vous dire ?

— Que vous avez été bien longtemps dans l'écurie aux poneys, un certain jour, avant Noël. T'as ça dans le sang, t'es comme ta mère. Quant à ton père...

La jeune femme se retient de ne pas gifler la vieille. Tout en elle se révolte. Elle ne supporte pas qu'on salisse le souvenir de sa maman. Le souvenir, c'est tout ce qui lui reste. Elle se domine pourtant et sort sans un mot, fermant la porte sur cette femme frustrée qui se complaît dans la haine, salissant tout ce qu'elle approche. Non, décidément, elle ne réussit pas à éprouver de la pitié.

***

Le dernier mardi de février, Pervenche décide de se rendre au marché d'Ervy. La petite ville, située à quelques kilomètres de Chessines, est célèbre pour sa porte médiévale et sa halle construite au milieu du XIXe siècle. Cette construction, à l'ossature en bois, se différencie des autres bâtiments de ce type, nombreux dans l'Aube, par son architecture originale, notamment sa rotonde centrale de six mètres de diamètre que couronne une impressionnante clé sur pendentif. Le torchis au premier niveau et la brique aux étages supérieurs sont utilisés en guise de remplissage ainsi que le grès dont les blocs servent de soubassement. C'est une curiosité dans le département.

Autour, tous les mardis, se tiennent les étals des producteurs et divers commerçants qui vendent leurs produits sur le marché dans une effervescence jamais démentie. Pervenche, bien pourvue en légumes et volailles grâce à la ferme, s'y rend surtout pour acheter des fromages, quelques fruits et des articles de confection. Mais aussi pour rencontrer du monde. Lieu convivial, le marché met de l'animation toutes les semaines dans le chef-lieu de canton. On y achète certes, mais on discute aussi, on boit un coup, on échange les nouvelles... On cancane même un peu. Parfois beaucoup.

— Alors, ma petite dame, on se décide pour du chèvre de Lantages ou du chaource ?

Pervenche, devant la vitrine du camion, hésite.

— Mettez-moi les deux. Les filles raffolent des produits du terroir.

Le commerçant, les joues rougies par l'air vif, le corps enveloppé dans un large tablier pied-de-poule bleu et blanc, emballe les deux fromages dans un papier blanc et annonce le prix.

— Cinquante-deux francs. Le chaource crémeux, vous m'en direz des nouvelles.

Elle paie, dépose le paquet dans son panier d'osier et se dirige vers un grand étalage de vêtements.

— Ah, Pervenche, comment vas-tu ?

Claudine l'interpelle. C'est son amie d'enfance, enseignante à Ervy. Elle a épousé un agriculteur dont la ferme se situe à la sortie du village, du côté ouest, alors que Champbrise est plantée à l'est. Les deux femmes papotent un peu.

— Tu ne fais pas classe aujourd'hui ? demande Pervenche.

— Mais il est midi passé, ma chère, rit Claudine.

Elles parlent de leurs enfants. Isora, Flore et Fabrice. Le fils de l'institutrice est en seconde depuis la rentrée dans un lycée de Troyes.

Claudine change son panier de bras puis finit par le poser. Pervenche en fait autant et propose à son amie d'aller prendre une boisson au *Bar de l'Étoile.*

— Oui, mais vite fait. Claude va bientôt rentrer des champs.

Elles reprennent leurs provisions et, après quelques pas entrent dans le café dont la façade pimpante peinte en vert céladon et percée de deux larges baies est bien accueillante. D'ailleurs, la foule se presse à l'intérieur où règne une belle cacophonie. Trois hommes, installés au comptoir, discutent fort. Quatre têtes blanches, installées autour d'une table carrée, jouent à la belote et se fâchent un peu. Pour rire. À côté, deux jeunes femmes se racontent des histoires si drôles qu'elles sont pliées en deux.

Claudine repère une petite table dans un coin. Là, un peu à l'écart, elles vont pouvoir deviser tranquillement. Pervenche tousse et fulmine contre ces fumeurs de pipe ou de gauloises qui plongent la salle dans un brouillard tenace et s'installe. Son amie s'assoit en face d'elle en remarquant que tous les bars exhalent la même odeur. Mélange de tabac, de bière et de café. Elles se décident pour un jus de fruit. Claudine hèle le serveur en échangeant un regard complice avec son amie. La clientèle éclectique les amuse.

— Alors, rien de neuf chez toi ? demande l'institutrice.

Les yeux de Pervenche répondent à sa place. Est-ce ce rai de lumière qui les éclaire ? En tout cas, ils sont plus bavards que d'habitude, traduisant une exaltation inaccoutumée qui n'échappe pas à Claudine.

— Oh, toi, tu changes, ma belle. Tu dégages un je-ne-sais-quoi de nouveau.

Son amie sourit :

— Peut-être. En tout cas, je sors d'une longue léthargie, c'est vrai.

Elle explique Silvabelle. Son propriétaire. Le réveillon. Les cours d'Isora...

— Il fait jaser cet homme, murmure Claudine. Tout le monde s'interroge. Que vient-il faire ici ?

Pervenche s'emporte.

— C'est un luthier. Il fabrique des instruments, ça ne dérange personne.

Elle a parlé fort, s'en rend compte et baisse le ton. D'ailleurs, le serveur s'approche et note leur commande. C'est un célibataire, grand et mince, qui a toujours trouvé la veuve Fontaine à son goût. Il lui adresse un sourire charmeur. Elle demande un jus de pamplemousse. Claudine préfère un jus d'orange.

— Tu lui plais au Fabien, ça se voit, mais tu préfères peut-être ton Jean-Noël, c'est vrai qu'il est bel homme. Un jour il faudra bien que tu refasses ta vie.

Pervenche se crispe.

— Ne parle pas comme ça. Pas toi, Claudine. Tu connais mon histoire et mon point de vue. On ne refait pas sa vie. On la continue comme on peut. Et parfois, peut-être qu'elle nous offre un lot de tendresse.

Le serveur dépose bouteilles et verres sur la table, sert les dames et repart prestement. On l'appelle dans tous les coins.

Pervenche s'est radoucie.

— Pour Jean-Noël, je ne sais pas. Il ne me laisse pas indifférente. Mais j'ai parfois envie de changer carrément de vie. Partir.

Claudine arrondit ses yeux noirs.

— Alors toi ! Tu ne bouges pas pendant des années et maintenant tu veux partir ! C'est radical. Mais ta ferme ? Je croyais que tu voulais racheter les champs du père Collot, pour t'agrandir. Les héritiers vendent.

— Il n'en est pas question. Qui colporte ça ?

Claudine boit une gorgée de son jus d'orange, pose son verre, hésite avant de répondre.

— Je crois que c'est Jean-Noël, justement. Il a même laissé entendre à Claude que tu allais acheter un nouveau tracteur. Mon mari ne s'en est pas étonné. Il a pensé qu'il y avait anguille sous roche avec ton ouvrier et que vous envisagiez de renouveler le matériel. Une ferme, à deux, c'est mieux.

Pervenche avale son jus de fruit d'une traite, se lève pour aller payer au comptoir et revient. Ses yeux ont changé de nuance. Ils ont la couleur de la mer en colère.

— Mais de quoi il se mêle, le Jean-Noël ? Il se prend pour le patron, ma parole !

— Ben, je ne sais pas, j'aurais peut-être pas dû te dire ça.

— Oh si. Tu as bien fait.

— Je ne comprends pas. C'est un honnête homme, ton employé. Il est apprécié partout. Courageux et discret. Claude l'emploie souvent en coup de main quand il n'est pas chez toi.

Pervenche enfile sa veste. Claudine en fait autant et elles sortent toutes les deux, la dame de Champbrise sentant le regard de Fabien lui brûler le dos.

— Je suis désolée si j'ai fait une gaffe, soupire l'institutrice en embrassant son amie.

Celle-ci répond que ce n'est pas grave et se dirige vers sa voiture, avec moins d'entrain d'un seul coup.

« Le Nono, y veut ta ferme. » La phrase de la vieille tourne en boucle dans sa tête maintenant. Elle ne pense plus qu'à cela. Voilà un leitmotiv qui vient empoisonner sa vie comme les mots assassins visant à la blesser, maintes fois distillés après son mariage avec Luc. « Une fille sans père. »

C'est vrai, elle n'a jamais eu de père à ses côtés et ne saura jamais d'où elle vient puisqu'il n'y a personne pour lui parler de lui. Elle a réussi à vivre avec ce manque mais, aujourd'hui, ce vide l'obsède comme les interrogations relatives au suicide de son mari. Ces questions, ajoutées à ses responsabilités et à ses hésitations, balaient l'éclaircie qui pointait dans son esprit barbouillé.

Dehors aussi, le ciel s'assombrit, menaçant de

s'ouvrir sur une averse. Elle se dépêche. L'après-midi, elle doit aller au domaine pour se renseigner sur les conditions des leçons de musique. Cette idée lui met un peu de baume au cœur. En rentrant à Champbrise, elle aperçoit la vieille sortir de l'écurie aux poneys. Qu'a-t-elle encore à fouiner par là ?

La musique

— Je voulais vous remercier pour ma fille. Je ne vais pas vous déranger longtemps.

Pervenche s'est offert le plaisir d'une visite à Silvabelle. Mais le luthier travaille et elle n'entend pas le distraire de sa tâche. Elle a frappé à la porte de l'atelier, s'étonnant elle-même de cette familiarité mais n'a pu s'en empêcher. Elle avait envie d'entendre des paroles apaisantes, de savoir comment s'était comportée Isora et de voir à nouveau le château émerger de l'hiver.

— C'est vrai que je suis assez pressé. Regardez, je dois terminer ce violon. Le musicien l'attend comme un enfant espère un nouveau jouet le jour de Noël.

Assis devant son établi, Mehiel travaille sur la tête de l'instrument, s'appliquant à sculpter la coquille d'escargot qui sera encastrée dans la caisse.

— Quelle patience, admire Pervenche.

— Ah ça, il en faut, certes. C'est dans l'harmonie des courbes que l'on retrouve la patte du luthier, sa personnalité.

La visiteuse s'interroge sur son âge. Son visage, tout en rondeur, garde des restes d'enfance mais les cheveux zébrés de blanc, les rides qui sillonnent du nez au menton témoignent de sa maturité. Mais à cet instant, penché sur son ouvrage, et tout à sa création, l'artiste, comme enveloppé d'un halo lumineux, semble oublier le monde qui l'entoure. Pervenche l'envie. C'est une chance de pouvoir s'évader ainsi.

Il lève enfin la tête.

— Excusez-moi, je voulais juste finir cette courbe, là, vous voyez ?

Il redescend dans le monde ordinaire et montre son œuvre à Pervenche.

— Je n'aurais jamais cru que j'aurais pris tant de plaisir à accomplir ce métier. Je prends de plus en plus de bonheur à me dépasser. Construire, c'est une quête. L'instrument est un miroir. On se trouve à travers ça. Mais je vous ennuie.

De la tête, qu'elle tourne de gauche à droite, Pervenche fait comprendre à son hôte que non. Au contraire, ses yeux agrandis de questions l'encouragent même à continuer.

— Ne me remerciez pas pour Isora. Elle connaît déjà le solfège qu'elle a appris au collège. Je l'ai trouvée très à l'aise, votre fille. Mais je pense qu'elle prendrait davantage de plaisir à travailler sa voix. Vous savez, Diane envisage d'ouvrir un atelier chant à Silvabelle. Je vais parler de cette opportunité à mon élève.

— Vous croyez ?

Il hoche la tête en affirmant qu'il en est certain.

— C'est très bon pour les douleurs de l'âme, le chant. Ça porte très haut. À cause des vibrations.

Pervenche lève les yeux au ciel.

— Vous avez devant vous une néophyte. Mais je ne demande qu'à vous croire. Si seulement mon aînée retrouvait sa joie de vivre et qu'elle la garde surtout.

— Elle la retrouvera, vous verrez. Vous savez, on peut chanter à tout âge. Vous pourriez venir aussi.

Rougissante, la fermière répond qu'elle ne se sent pas capable. Elle n'est pas habituée à tout ça.

— Il n'y a qu'un pas à franchir. C'est à la portée de tout le monde. Et puis, ça vous distrairait. Ça vous changerait de vos vaches.

Pervenche pince les lèvres, blessée.

— Excusez-moi. Je suis maladroit. Vous savez, ce n'est pas péjoratif. J'ai du respect pour votre travail. Mais il ne faut pas qu'il vous empêche de vous évader vers des choses plus plaisantes.

La fermière dit qu'elle va y réfléchir et veut régler le cours de piano de sa fille. Mehiel lève les deux bras dans un geste large.

— Nous verrons plus tard. Isora est en phase d'observation. Si elle décide de continuer, nous fixerons un tarif.

— Entendu. Bon, je vais rentrer. Les vaches m'attendent.

— Je ne vous ai pas vexée, au moins ?

Elle sourit.

— Un peu, mais vous vous êtes racheté. De toute façon, je les aime mes bêtes et elles m'apportent aussi beaucoup. Comme mon chien, mon chat et les poneys. Quand on vit entourée d'animaux, on apprend un tas de choses sur la nature et l'amour. Ils aiment sans condition.

Le luthier la regarde, impressionné.

— Vous avez raison. C'est une autre façon d'entrer en lien avec l'univers.

— Je ne sais pas dire les choses comme vous, mais je les sens. Au revoir monsieur le luthier.

— À bientôt dame de Champbrise.

***

— C'est quoi cette histoire de tracteur neuf ? Et ce bruit qui court sur mon projet d'acquérir le champ du père Collot ?

Sans dire bonjour, Pervenche entre dans la salle de traite et plante ses bottes devant Jean-Noël.

— Alors ?

Surpris, l'ouvrier dont le visage prend la couleur d'une tomate en laisse tomber le balai qu'il tenait à la main. La patronne remarque que les vaches sont tirées, prêtes à repartir dans la stabulation. Déjà, Tempo aboie.

— Mais, je ne suis pas au courant...

— C'est pas ce qu'on m'a dit... D'ailleurs, il n'y a pas de fumée sans feu.

Pervenche, dont la pupille dilatée avale le bleu de ses yeux, a du mal à contenir sa colère. Elle continue :

— Vous vous prenez pour le patron de Champbrise, c'est ça ? Vous anticipez, mon cher. Et ce n'est pas en agissant ainsi que vous me ferez faiblir.

Les vaches s'impatientent. Tempo aussi. Un bruissement confus envahit la salle. Sans un mot, l'homme, aidé du chien, fait sortir le troupeau. Pervenche le suit, les mains sur les hanches.

— J'exige des explications sinon...

L'ouvrier se retourne, piqué au vif.

— Sinon ?

Elle se mord les joues, hésite, hausse les épaules et s'apprête à sortir mais l'homme revient et lui attrape les poignets. Il les serre à lui faire mal.

— Sinon quoi, Pervenche ? Vous me donnez mon compte ? C'est ça ? C'est peut-être mieux en effet. À quoi bon attendre, hein ? À quoi ça rime, tout ça. Attendre le 1er avril. N'importe quoi. Et moi, pauvre pomme, j'avale tout. J'y crois. Je patiente. J'attends le bon vouloir de madame qui, je le crains, me mène en bateau. Madame qui, je crois bien, en pince pour le luthier. C'est ce qu'on dit.

Pervenche se secoue pour libérer ses poignets, mais il les tient serrés. Ils s'affrontent un instant en silence, puis il la lâche. Elle respire fort, se calme enfin et répond que ce sont des racontars.

— Il n'y a pas de fumée sans feu.

Pervenche sourit. Il a retrouvé sa repartie.

— Mehiel Descharme donne des cours de musique à Isora. J'espère que la musique l'aidera à surmonter son instabilité. Voilà.

— Et l'idée vous est venue lors du réveillon ?

Un regain de colère met le feu à ses joues.

— Mais comment savez-vous ?

— Je vous ai suivie. C'est mal et je le regrette. Mais je ne comprenais pas pourquoi vous ne vouliez pas dîner avec moi alors que...

— L'ombre, c'était vous ?

— Oui. Bon, pour les terres et le tracteur, c'est la vérité. C'est pour moi. Car si votre réponse est négative, il me faudra bien partir. Alors j'aurai besoin de matériel et de terres. Je me renseigne. Moi, je n'envisage pas de faire un autre métier et, franchement, j'en ai assez de travailler pour les autres.

Tout en parlant, Jean-Noël s'est dirigé vers la pièce à usage de vestiaire et de bureau. Pervenche le suit, penaude tout à coup. Il enlève ses bottes, fait descendre la fermeture de sa combinaison de travail et l'ôte lentement, faisant apparaître un pantalon de velours noir et un pull de la même couleur. Il est carré, son visage a retrouvé cette sagesse bon enfant et, cette fois encore, l'envie la titille de se rendre enfin, de se laisser aller contre sa poitrine. Mais non.

Jean-Noël a senti le trouble de sa patronne mais, habitué à la douche écossaise qu'elle lui fait subir depuis quelque temps, reste sur ses gardes. Il entend cependant lui faire comprendre qu'il s'intéresse à sa quête.

— Vous savez, j'ai repensé à la photo. Hélène et Lamotte. Si votre mari l'a vue, il s'est peut-être fait des idées sur la relation entre sa mère et le châtelain. Il aurait pu en souffrir.

La jeune femme lève sur lui des yeux incrédules.

— Vous croyez ?

— C'est peut-être une piste. Peut-être pas. Mais ça vaut le coup de chercher à mon avis.

— J'ai déjà interrogé la vieille. Elle affirme que personne n'en a jamais rien su. J'attendrai une occasion propice et je la relancerai.

Pervenche frissonne. Il attrape un vieux gilet pendu au portemanteau et lui pose sur les épaules.

— Vous allez prendre froid, patronne.

Elle serre le vêtement autour de sa poitrine et plante son regard dans le sien.

— Merci d'avoir assumé l'ouvrage tout seul.

Il retrouve un peu de cette bonne humeur qui fait partie de sa séduction.

— Je voulais vous soulager.

— Excusez-moi pour tout à l'heure.

Il soupire.

— Vous m'avez surpris. Ce comportement ne vous ressemble pas. Vous faites toujours fi des ragots, d'habitude.

La vieille passe lentement, sa gamelle de graines à la main. Elle se dirige en clopinant vers la basse-cour et tente de regarder par la fenêtre du bureau. Jean-Noël se plaque contre le mur pour ne pas être vu et attire Pervenche vers lui. Comme elle ne bouge pas, il lui dépose un baiser chaste sur les cheveux. Elle se retourne et lui décroche un sourire réconcilié. Puis elle sort de la pièce après s'être assurée que la vieille n'est plus à portée de regard.

Pervenche se couche tôt en espérant oublier ses soucis, ses questions et ses doutes dans un sommeil réparateur. Elle ouvre un polar avec l'espoir de voir les lignes se brouiller au bout de quelques pages de lecture, signe qu'il est temps d'éteindre la lumière pour s'enfoncer dans l'oubli. Un chapitre. Deux. Trois.

Elle ne comprend rien, revient en arrière, se concentre davantage. En vain. Le sommeil fuit, chassé par des images troublantes. Hélène avec Guillaume. Luc qui l'apprend, en souffre, se fait des idées. Elle soupire, s'agite, referme le livre, le balance au pied du lit. Isis sursaute et vient près de sa maîtresse, surprise par ce geste qui trouble son rituel. Réveillée, la chatte « fait son pain » et laboure avec application les cheveux de sa maîtresse, la berçant d'un ronron très doux en signe d'amitié.

— Tu me griffes, Isis. Dors.

La chatte hésite, respire l'odeur de la chevelure, la lèche, éternue puis retourne au pied du lit où elle se blottit en rond.

Sur la descente de lit, Tempo rêve en poussant de petits cris.

— Chut, fait Pervenche.

Elle allume, constate qu'il est bientôt minuit et qu'elle n'a pas encore fermé l'œil. Tentée d'avaler un somnifère, elle résiste pourtant.

« Je ne veux pas m'habituer à ce truc », pense-t-elle en éteignant la lampe.

Elle ferme les yeux, tente de faire le vide dans son esprit. Pas facile. Et soudain la photo revient la hanter. Pourquoi ne pas tourner la page enfin, ainsi que l'encourage Mehiel ? Pourquoi cet homme lui inspire-t-il une telle confiance ? Elle ne saurait dire. Peut-être parce qu'il applique une certaine philosophie de vie.

Elle s'interroge. Quel rapport entre le suicide de Luc et le crime de Silvabelle ? Aucun. Pourtant son intuition lui souffle le contraire. Elle soupire, s'assied sur le bord du lit, ouvre le tiroir de la table de nuit d'où elle en sort une boîte de somnifères. Elle avale la moitié d'un comprimé avec un verre d'eau. Elle doit absolument dormir. Demain, le travail l'attend. Ça commence à 5 heures et c'est tous les jours comme ça.

Il est 6 heures quand elle se lève, vaseuse. Elle est en retard. Le médicament a tardé à produire son effet. Elle ouvre les volets sur la cour où pointe déjà le jour. Un parfum de printemps flotte dans l'air, qui se mélange subtilement aux odeurs des bêtes.

Mais... là-bas, cette lumière dans la salle de traite ? Elle s'habille à la hâte, inquiète. La vieille ? Un voleur ?

La jeune femme sort et aperçoit la camionnette de son ouvrier. Elle court le rejoindre. Il est en train de nettoyer. Les vaches sont tirées. Il l'accueille avec un sourire bienveillant.

— J'ai pensé que nous pourrions changer notre fusil d'épaule. Je pourrais traire le matin. Je sais que c'est plus long, puisque les vaches ont davantage de lait que le soir. Vous assurerez le service à 17 heures. Il me semble que cela vous faciliterait la vie, non ?

Pervenche est partagée. D'un côté, c'est une attention qui la touche. Sans compter que la traite du matin la rebute. Mais d'un autre, n'est-ce pas le signe que son ouvrier se prend déjà pour le patron ? Cette idée lui déplaît. Elle l'observe, sans savoir quelle attitude adopter. Lui, qui attendait qu'elle applaudisse, se referme soudain, alerté par son œil furieux. Un œil qui en dit long sur son état d'esprit. Elle n'apprécie pas l'initiative.

— Vous auriez préféré que l'idée vienne de vous, n'est-ce pas ? C'est ça ? Vous savez, moi, ça ne me dérange pas de me lever tôt. Je dors mal. Surtout actuellement. Toutes ces questions sans réponses...

— Ça m'arrange bien pour aujourd'hui. Moi aussi j'ai mal dormi. Pour les autres jours, je ne change rien. De toute façon, je finirai par les vendre, les vaches. Bon, je retourne m'allonger puisque le travail est fait. À ce soir.

Jean-Noël pose son balai, s'avance vers elle et répond calmement, un sourire moqueur aux lèvres :

— Mais non, madame Fontaine. Puisque j'étais là ce matin, je n'y serai pas ce soir. Donc, à demain, pour la traite de 17 heures. Et bon courage pour celle de demain matin.

— J'ai l'habitude.

— Alors, c'est parfait.

Sur ces mots, il passe à côté d'elle et sort d'un pas vif. Pervenche le connaît assez pour comprendre qu'elle l'a blessé et qu'il se retient pour ne pas s'emporter. Par amour ? Par intérêt ? Voilà que la mauvaise voix du doute s'immisce à nouveau en elle, la perturbe et lui met l'humeur à l'envers. Elle pourrait s'excuser mais s'abstient. Elle attend que la voiture s'éloigne pour sortir.

La vieille revient de la basse-cour avec un panier d'œufs frais. Elle traîne la jambe aujourd'hui. Fagotée comme l'as de pique, avec une veste informe et une jupe qui gondole, elle arbore un sourire narquois. Pervenche pense qu'elle s'y prend de bonne heure pour distiller sa méchanceté.

— Alors, ça y est. T'as fait entrer le loup dans la bergerie ?

— Que voulez-vous dire ?

— T'as bien compris. Le Jean-Noël, y vient le matin maintenant, pendant que madame dort. Il a sûrement couché ici.

La belle-fille lève les yeux au ciel.

— Vous avez fini ? Je sais ce que j'ai à faire. Est-ce que je me mêle de vos affaires, moi ? Et si j'allais chanter sur les toits que vous avez été la maîtresse de Guillaume Lamotte, hein ? Et que vous cachez peut-être d'autres choses...

La vieille se referme une seconde puis change de ton.

— Bon. C'est ta vie. Tu pourrais-t-y me conduire chez l'Henriette, cet après-midi ? Elle est malade.

— Si vous voulez.

— Mais faudra revenir me chercher. Avec ma patte, je peux pas marcher.

— Alors nous partirons après déjeuner et je vous ramènerai pour l'heure de la traite.

— Ça ira.

Elle repart avec ses œufs, en marmonnant. Pervenche la regarde s'éloigner, pensive. Et si Hélène avait quelque chose à voir avec le drame de Silvabelle ? Elle devait nourrir tant de haine envers Lamotte et Irina... Une haine qu'elle a reportée sur la fille sans père.

Voilà de nouveaux tourments. Peut-être des soupçons sans fondement, se dit Pervenche en se reprochant de lire trop de polars aux intrigues embrouillées et machiavéliques.

Elle traverse la cour en direction de sa maison. Elle aime quand la nuit s'enfuit, subrepticement, laissant sa place à la lumière. Quand il fait jour, les idées sont plus claires. Les obsessions perdent de leur épaisseur.

Pervenche déteste se rendre chez Henriette. C'est la même vipère que sa belle-mère. Elle lui ressemble physiquement et s'habille comme elle, par mimétisme. Elle a toujours été en admiration devant Hélène, appuyant ses médisances et disant amen à tout.

Quand elle entre dans la maison pour ramener Hélène, les deux vieilles se regardent une seconde et la dame de Champbrise, qui déteste cet air chafouin qu'elles ont aussi en commun, se maîtrise pour garder son calme. Sûr qu'elles ont encore parlé d'elle.

« Ah çà, elles sont bien assorties », pense-t-elle en attendant que sa belle-mère se décide à se lever pour enfiler son manteau.

— Bon, on y va ?

— T'es pas à cinq minutes, le Jean-Noël, y t'aide, lance sournoisement Henriette en échangeant un regard complice avec sa copine.

— Il ne viendra pas ce soir. Il a à faire ailleurs, répond Pervenche.

Hélène se lève, fait quelques pas en se tenant la hanche, attrape son vêtement que sa belle-fille lui tend et ajoute :

— Ben oui. Il aide aussi à la ferme des Chardonnets. Le patron est malade et la Sophie a besoin de bras.

— Qu'est-ce qu'il a, Hubert ?

— Le cœur. Y paraît qu'y pourra plus travailler, à ce qu'on dit, poursuit Henriette en fixant la visiteuse de son regard de corbeau.

Pervenche se tait. L'idée que Jean-Noël travaille chez les Collin lui déplaît. La plantureuse Sophie est une aguicheuse. Elle aime les hommes et ne s'en cache pas.

— À mon avis, y sait ce qu'y fait, le Nono. Il a toujours remplacé les patrons. En tout, glousse Hélène.

Henriette ricane en écho et ajoute que, depuis que sa femme est partie, il cherche à se glisser dans le nid d'un autre, comme les coucous, et que sa réputation est faite jusqu'à l'autre bout du département. Du côté de Brienne, où il a travaillé deux ans.

— Allez, on y va, coupe Pervenche agacée. Je constate que vous allez mieux, Henriette. Vous avez retrouvé votre verve.

Celle-ci rétorque qu'elle a du mal à se remettre d'une mauvaise grippe et qu'elle attend avec impatience le printemps.

— Au fait, y paraît que tu fréquentes Silvabelle ? On dit que le château abrite une secte, maintenant. Fais attention, ma fille.

— Mais on raconte n'importe quoi. C'est un luthier qui l'habite. Un homme charmant.

— Jean-Noël aussi, il est charmant, n'empêche qu'y veut ta ferme, glisse Hélène.

Pervenche hausse les épaules et sort, en intimant à sa belle-mère de se dépêcher. Puis elle se ravise et demande :

— Mais qu'est-ce que vous lui reprochez donc à Jean-Noël ?

— C'est le fils d'Honorine, répondent-elles en chœur.

La jeune femme lève les yeux au ciel et sort, Hélène sur les talons, tout en s'interrogeant sur cette haine envers la mère de Nono. Honorine qui, paraît-il, au temps de sa jeunesse, menait pourtant belle vie avec les deux autres.

Elle organise son travail machinalement, la tête ailleurs. Elle a beau savoir que la vieille et sa copine prennent plaisir à colporter des ragots, elle s'interroge de plus en plus sur Jean-Noël et s'en veut pour cette méfiance. N'a-t-il pas toujours été droit et honnête ?

Voilà, l'ouvrage du soir est terminé. Tempo sur ses talons, elle entre dans sa maison. La sonnerie du téléphone la tire de ses réflexions. C'est Isora. Elle rentre demain vendredi. Une semaine avant les vacances. Ce n'était pas prévu. Elle a sa petite voix éteinte. Celle qui précède ses crises dépressives et Pervenche sent son estomac se nouer.

— Veux-tu que j'aille te chercher ?

— Non, ça ira. Je prendrai le car.

— Ne fais pas de bêtise.

— Non. À demain.

— À demain, ma chérie.

Pervenche raccroche, rongée par l'angoisse. Au diable Jean-Noël, la ferme et la vieille. Sa fille a besoin d'elle.

***

C'est samedi. Flore, surprise de trouver sa sœur à la maison à son retour du collège, comprend vite la situation. Recroquevillée sur le canapé, Isora regarde la télévision mais ne la voit pas. Son regard vague en dit long sur son état. Emmitouflée d'un grand châle noir, elle paraît fragile, perdue.

— Elle a recommencé ? demande la cadette à sa mère, en lançant son sac dans un coin et son manteau dans l'autre.

— Oui, murmure Pervenche en dressant la table.

Flore s'approche de sa sœur, l'embrasse et la tire de sa léthargie.

— Allez, Isora, reprends-toi. Tu n'as pas leçon de musique, cet après-midi ?

— Bonjour ma puce. Non, je n'ai pas envie.

— Mais tu le trouvais génial, Mehiel.

— C'est vrai. Mais il n'est pas magicien pour autant. Je ne m'en sortirai jamais.

Pervenche s'approche et encourage sa fille :

— Fais encore un essai. La semaine prochaine, il veut bien te recevoir tous les jours puisque ce sont les vacances. Diane sera là aussi. Ils ont carrément installé un local pour les élèves. C'est super.

— Ma copine Laurence va apprendre à chanter, annonce Flore.

Isora sourit tristement.

— Vous ne pouvez pas savoir ce que j'éprouve. Je voudrais faire des choses mais je n'en ai pas l'énergie. Je suis comme papa.

— Ben justement, ton papa trouvait réconfort dans la musique.

Une étincelle surgit dans le regard jaune d'Isora, encourageant sa mère à poursuivre.

— Tu sais bien qu'à l'hôpital, à Reims, il avait apprécié la musique qu'on lui faisait écouter. Il en tirait un certain bien-être.

— Tu vois, ça n'a pas duré. C'est bien un mois après son retour qu'il s'est pendu, non ?

Flore éclate en sanglots. Pervenche se retient.

Entendre sa fille exprimer si crûment les choses lui fait tellement mal. Elle ravale ses larmes pour répondre calmement.

— C'est vrai. Mais je suis persuadée qu'il s'est passé quelque chose.

— Mais maman, tu nous rabâches ça depuis huit ans. Il a pété les plombs, c'est tout. Et ça me pend au nez.

Flore redouble de sanglots. Pervenche berce sa fille comme un bébé.

— Ma chérie. Pense à moi, à ta sœur. Je t'en prie. Tu t'en sortiras. Aie confiance. Mehiel affirme qu'il faut avoir confiance. C'est la clé du bonheur.

Isora sourit tristement en se dégageant.

— Alors il t'a ensorcelée ?

Confuse, sa mère répond qu'elle est impressionnée par sa façon d'être, de regarder l'avenir.

Flore se sèche les yeux, embrasse sa sœur et lui caresse les cheveux.

— Il te faudrait un amoureux comme ça. Quelqu'un de sage, qui t'apaise. Mais en plus jeune, quand même.

— Ça viendra bien un jour, renchérit leur mère. Allez, les filles, à table ! Le poulet et les frites sont prêts.

— Chouette, se réjouit la cadette.

— J'ai pas faim, se plaint l'aînée en se levant malgré tout.

Elles s'attablent toutes les trois. Flore, qui a retrouvé son entrain, bavarde à n'en plus finir. Les profs, les copines, la piscine. Ce qui ne l'empêche pas d'engloutir son repas avec appétit, tandis qu'Isora, comme d'habitude, chipote.

— Force-toi un peu, encourage Pervenche.

La jeune fille avale quelques bouchées de viande et une dizaine de frites, distraite par les propos de sa sœur qui affirme vouloir arrêter ses études.

— Tu dois passer ton bac, rétorque sèchement sa mère. Je ne reviendrai pas là-dessus.

Flore boude un peu, hésite puis annonce qu'elle veut bien continuer ses études, à condition de suivre une filière agricole.

— Mais pour quoi faire ? demande Pervenche, ahurie.

— Pour reprendre la ferme. Puisque toi t'as plus envie. Moi, ça me plaît. J'y pense tous les jours depuis que tu nous as annoncé ton désir de vendre.

Isora et Pervenche se regardent, incrédules. Flore n'est pas mécontente de son effet.

— Puisque ça me plaît, insiste-t-elle en regardant sa mère d'un air suppliant.

— Ben, voilà autre chose ! Allez, tu as encore le temps de réfléchir, ma fille, tranche la maman en lavant les assiettes.

Un rayon de soleil entre par la fenêtre, éclaire la cuisine et fait chatoyer les cheveux d'Isora.

— Mais c'est tout réfléchi, reprend la cadette, butée.

— Tu te vois au cul des vaches toute ta vie ? plaisante sa sœur.

— Et pourquoi pas ? J'ai des tas d'idées. Je ferais des fromages et je les vendrais. Mon mari se chargerait du troupeau et des terres. J'en trouverai bien un. Dans les écoles d'agriculture, il y a beaucoup de garçons ! Moi, je conduirais le tracteur. Et puis, on emploierait moins de pesticides, ça abîme la terre.

Pervenche sourit avec indulgence. Sa fille

manque encore de maturité mais, au moins, elle nourrit des projets.

Cette conversation amuse Isora qui se requinque un peu. Elle se lève pour essuyer la table et annonce qu'elle se rendra à Silvabelle pendant les vacances, mais qu'elle n'est pas encore tout à fait décidée à tenter le hobby musical.

— Je suis sûre que Mehiel... commence Pervenche.

— Tiens, quand on parle du loup, lance Flore en s'approchant de la fenêtre.

La vieille auto du luthier s'arrête devant la porte en grinçant. L'homme en descend. Il n'a pas le temps de frapper que les trois femmes se présentent dans l'encadrement.

— Quel accueil de rêve ! taquine-t-il.

Il entre en apportant sur ses vêtements l'air frais du dehors. Flore prend son manteau. Isora lui tend un fauteuil. Pervenche lui propose un café. Il accepte en se disant flatté de tant de prévenances, puis annonce qu'il a besoin de leur avis. La mère et ses filles sont pendues à ses lèvres.

— Je voulais vous demander si vous connaissiez Nicolas Meurville. Ce jeune monsieur s'est présenté comme apprenti jardinier en me demandant si j'avais besoin de quelqu'un pour deux mois, dans le cadre de son stage. J'avoue que je suis tenté. J'aime les arbres et les fleurs, mais je ne sais pas trop comment les soigner, alors si je pouvais compter sur quelqu'un de compétent...

Flore regarde Isora en roulant de grands yeux. Cette dernière répond d'une voix atone qu'elle le connaît en effet. C'est le petit ami dont elle vient de se séparer. Mehiel secoue la tête, dubitatif.

— Alors je suppose que madame la fée n'a pas envie de le rencontrer à chaque fois qu'elle viendra apprendre la musique à Silvabelle.

Isora se mord les lèvres et semble réfléchir tandis que Flore interroge, curieuse :

— Pourquoi l'appelez-vous madame la fée ?

— Ah ça, c'est un secret entre votre sœur et moi, sourit le luthier.

Pervenche s'étonne une seconde de cette connivence, puis déclare en bloc que la décision appartient à l'intéressée, qu'il n'a pas à se soucier des amourettes de sa fille et que d'ailleurs celle-ci n'est pas encore complètement sûre d'elle pour la musique.

Isora lui lance un regard furibond, s'éclaircit la voix et, tout en servant le café, déclare que, finalement, si, elle a bien envie de jouer du piano et même de chanter.

— Quant à Nicolas Meurville, je m'en moque comme de l'an quarante !

Flore rit, contente. Pervenche se dit heureuse de cette décision, certaine que cette distraction lui sera bénéfique.

— Alors c'est parfait. Viendrez-vous dès lundi ? Diane sera là, pour votre voix. Vous savez, c'est tout à fait amical. Ce n'est pas une école. Diane conseille, apprend à respirer, à placer la voix. Quant à moi, je m'adapte aux élèves pour les leçons de piano : les initiés, les débutants, ou ceux qui veulent apprendre juste pour le plaisir...

Isora passe la main dans ses cheveux de soleil.

Elle tremble un peu, mais sa mère ne s'inquiète pas, cette fois. Elle sent qu'une sensation agréable vient d'envahir sa fille. Une touche légère, fragile aussi, mais un frémissement qui sent un peu l'espoir.

— J'irai lundi. J'en ai très envie, finalement.

Le regard de Pervenche croise celui de Mehiel. Un regard humide de reconnaissance. Il sourit en s'approchant d'Isora.

— Vous avez un bien joli peigne, dans vos cheveux. Un peigne de fée qui scintille, dit-il en revêtant son manteau.

— Cadeau de ma grand-mère. Je crois qu'elle n'est pas étrangère à la curée. Vous savez, lors du triple crime, dans votre château.

Mehiel sursaute imperceptiblement et fronce les sourcils.

— Je sais que le château a été pillé en effet et par nombre de gens du pays. Une espèce de folie collective, paraît-il. Mais comment savez-vous, pour votre grand-mère ?

— À cause du peigne, justement. Maman prétend qu'il appartenait à Irina, répond Isora en brandissant l'objet en question.

Il le saisit et l'observe tandis qu'envahi d'un léger trouble il cherche ce que cet objet lui rappelle. Rien de précis. Mais tout de même, il ressent une impression bizarre. Isabelle ? Non, elle n'en portait pas.

— C'est précieux, je crois que ce sont de vrais diamants. Ça coûte une fortune, avance-t-il.

— C'est vrai, confirme Pervenche. Je crois qu'il a de la valeur, aussi je m'étonne que ta grand-mère te l'ait donné, ma fille.

— Et l'autre ? demande Flore, les yeux pétillants. Ces objets vont toujours par deux.

— Alors tu l'auras peut-être un jour. Ça fait partie de notre héritage, affirme Isora en demandant ensuite quand Nicolas prendrait ses fonctions.

— Dès lundi. Il y a encore de la taille à faire. Mais je peux encore refuser si ça vous dérange.

Isora hausse les épaules.

— Non, après tout, je ne vais pas le rencontrer à chaque détour de chemin, n'est-ce pas ? Vous avez le droit d'employer qui vous voulez.

L'homme de Silvabelle approuve d'un mouvement de tête et prend congé en se disant très heureux de la décision d'Isora.

— Et toi, petite ? Tu n'es pas tentée ? demande-t-il en se retournant.

Flore secoue ses cheveux raides. Non. Elle préfère le sport. Cheval et piscine.

— Vous savez, je vais reprendre la ferme familiale après mes études.

Mehiel regarde Pervenche, étonné. Celle-ci soupire en levant les yeux au ciel.

— On verra.

Il est sorti. Mais il a laissé dans l'atmosphère un petit quelque chose de léger. Une note apaisante. Les trois femmes restent un moment silencieuses, puis retournent à leurs occupations. Les filles à leurs devoirs. La mère à l'entretien de la maison.

Espoir

Les vacances d'hiver se terminent en même temps que février. Pervenche est détendue. Isora a retrouvé une certaine joie de vivre. Elle s'entend bien avec Diane, et Mehiel, apparemment, la fascine. En tout cas, elle s'est montrée plus enjouée. Elle a même décidé de revenir toutes les semaines de Reims. C'est bon signe. Ce n'est peut-être qu'une trêve, mais quelle bouffée d'oxygène pour Pervenche.

Elle peut réfléchir à son sort avec davantage de calme. La gêne subsiste entre Jean-Noël et elle car elle sent bien qu'il s'impatiente. Et elle, petit à petit, se laisse séduire par l'idée de lui donner la réponse qu'il attend. Elle s'est renseignée pour Sophie. Il n'avait rien à cacher. Il a aidé à semer le blé, vu qu'Hubert était couché, mais c'est tout. Ce sont encore les langues de vipère qui ont lancé leur venin.

Pervenche se dirige vers la salle de traite. Les jours s'étirent maintenant, repoussant la nuit d'une bonne heure et tout semble plus facile. Elle aperçoit Jean-Noël penché sur le bureau. Il travaille. C'est vrai qu'il prend les tâches à cœur, pense la fermière avec une certaine admiration. Les murs sont couverts de graphiques et de statistiques. Tout est à jour. Les inséminations, les naissances, les maladies, les traitements administrés, les rations...

Elle frappe et entre en souriant.

— Vous savez Nono, pardon, Jean-Noël, j'apprécie votre organisation. Toutes ces paperasses obligatoires, maintenant... je m'y perdrais...

Il lève la tête. Elle remarque une étincelle dans ses yeux bleus. Il est flatté.

— C'est vrai que le métier d'agriculteur devient compliqué. Faut être un peu bureaucrate aussi...

— Allons-y, dit-il en se levant. Ces dames brunes appellent. Il est temps de les traire.

L'homme siffle Tempo et le chien se tient prêt.

Pervenche et Jean-Noël travaillent en silence, se regardant parfois du coin de l'œil. Quand l'ouvrage est terminé, elle lui demande s'il peut passer à la maison.

— Le siphon de l'évier est bouché, je n'arrive pas à le dévisser. Vous pourriez m'aider ?

Demander de l'aide pour les soucis domestiques n'est pas dans ses habitudes, elle préfère se débrouiller toute seule, mais dans ce domaine-là, ses compétences sont limitées. Nono ne cache pas sa satisfaction. Il aime quand elle a besoin de lui.

— Je me change et j'arrive.

Pervenche se dépêche d'aller dans sa maison. Elle aussi doit se changer. Elle retire sa blouse, ses bottes et son foulard, détache ses cheveux, se lave les mains et se parfume légèrement, se surprenant à déployer tant de coquetterie.

Il frappe deux coups et entre sur la pointe des pieds.

— Je ne voudrais pas salir.

— Je vous en prie, ce n'est pas grave, le carrelage se lave. Tenez, voici les pinces pour dévisser le siphon.

Il lui prend des mains, s'agenouille sous l'évier, tâtonne un peu et finalement réussit son affaire sans barguigner.

— Voilà, patronne, sourit-il en se relevant.

— Merci.

Un instant de gêne, puis elle propose un apéritif ou une bière. Il refuse. Il ne boit pas d'alcool ou juste un verre de vin au cours du repas.

— Vous avez beaucoup de qualités.

Il soupire en la fixant.

— Pas assez à vos yeux, semble-t-il.

Elle prend le parti de rire.

— Ne soyez pas impatient. Au 1er mai, je saurai où j'en suis. Plus tôt si je découvre pourquoi mon mari s'est suicidé. J'ai besoin de me libérer, vous comprenez ?

L'ouvrier sursaute.

— Mais vous aviez promis pour le 1er avril ! Vous allez me mener longtemps en bateau, reculant à chaque fois votre réponse d'un mois ?

Pervenche lui décroche un sourire irrésistible.

— Non. C'est le dernier délai. Comprenez, je ne pense pas avoir toutes les réponses à mes questions d'ici un mois. Or j'ai besoin d'avoir l'esprit lavé de toutes ses scories, pour enfin passer à autre chose comme on dit. Et le temps passe si vite.

Jean-Noël serre les dents et se retient de prendre

ses cliques et ses claques en fermant la porte au nez de sa belle. Elle exagère !

— Et si vous ne trouvez rien ? Hein ? Cela fait neuf ans que vous vous tourmentez.

— Alors je me déciderai. Il n'y a personne d'autre, vous savez.

Elle a dit cela très doucement, presque amoureusement et il n'en faut pas plus pour que la colère de l'homme fonde comme neige au soleil. Il s'approche et tente de lui prendre la main. Elle se dérobe. Il cherche son regard.

— J'ai peur Pervenche. Peur d'attendre pour rien. Vous me paraissez de plus en plus inaccessible. Tenez, vous me refusez votre main, ce n'est pourtant pas grand-chose.

Touchée par son air malheureux, elle se reproche sa froideur, se rapproche un peu et pose la main sur son épaule.

— Excusez-moi, Jean-Noël. J'ai la tête à l'envers actuellement. Indécise pour la ferme, je...

Il se détourne en haussant les épaules.

— Ne cherchez pas d'excuse. Je ne suis pas dupe.

— Je n'ai pas la tête à ça, vous pouvez comprendre, non ? s'énerve la jeune femme.

Il soupire à nouveau tandis qu'elle l'accompagne à la porte.

— Et Isora, va-t-elle mieux ?

— Actuellement, oui. Vous savez, elle adore se rendre chez Mehiel Descharme, le luthier de Silvabelle. Il vient d'ouvrir un atelier musique et chant. Il sait comment s'y prendre avec les gens. C'est un être exceptionnel, dit-elle, rêveuse.

Jean-Noël n'aime pas les étoiles qui dansent dans

l'outremer des yeux de sa patronne à ce moment. Il éprouve un sentiment confus d'envie et d'impuissance. Si elle s'entiche de cet homme, ce qui n'est pas impossible, comment pourrait-il rivaliser avec lui ? Il peut se passer tellement de choses en deux mois !

Il serre les dents et sort brusquement en lançant sèchement : « À demain », la laissant pantoise. Serait-il si jaloux ? C'est flatteur, certes, mais alors il n'a pas toutes les qualités, se dit-elle en fermant la porte.

Tout en épluchant les légumes pour la soupe, elle tente d'imaginer sa vie aux côtés de ce Jean-Noël mais n'y parvient pas. Elle aime se blottir dans ses bras, certes, et elle apprécierait de se reposer sur lui, mais elle craint le quotidien. D'abord, il ne serait pas question de vivre dans la maison de Luc. Elle n'aime pas quand il lui parle d'amour dans le cocon où elle a vécu heureuse avec son mari. Elle a l'impression de commettre un sacrilège. Pourra-t-il comprendre cela ?

« C'est fou de ne pouvoir se décider. Quel méli-mélo dans ma tête ! » songe-t-elle en se défoulant sur le lavage du carrelage. Demain, elle commencera son nettoyage de printemps, en espérant purifier son esprit en même temps que son habitation.

Mal à l'aise, Jean-Noël remonte dans sa voiture. Il craint de retourner à sa solitude qui devient de plus en plus pesante. Ainsi, ce soir il va encore passer la soirée à ruminer des pensées sombres. Il a la désagréable impression que Pervenche lui échappe. En novembre, il la sentait presque prête, mais elle recule. Oui, il vient de prendre conscience qu'elle fait machine arrière et il en souffre, lui qui crève d'amour pour elle.

Quand il ouvre la porte de sa maisonnette, son cœur se serre. Il ne supporte plus le silence et le vide des soirées sans femme. Jamais de fricot sur le feu, pas d'odeur de gâteau ni de parfum de rose ou de lavande. Aucun rire ni le moindre écho de vie. De plus, la cuisinière s'est éteinte et l'humidité règne maintenant de la cuisine à la chambre. C'est froid, désert, silencieux et ce tout lui tombe sur les épaules comme un poids de plomb.

Sur la commode, la photo de son fils, un gamin de trois ans, lui sourit. Âgé de treize ans maintenant, il ne vient chez son père que pour les grandes vacances. Sa mère l'a emmené au Canada. Il ne le voit pas grandir et, quand il vient, ils ne savent pas quoi se dire. Le dialogue est rompu. L'amour subsiste, certes, mais se fige dans la froideur des convenances et de la gêne. La complicité n'existe pas. Il en a beaucoup souffert puis, subrepticement, s'est résigné et se le reproche. C'est le même désert du côté de ses parents. Il n'a pas revu Honorine depuis qu'elle a décidé de placer Mathieu, un an auparavant. Il n'était pas d'accord. Même si le pauvre homme s'égare dans ses chimères, perdant l'esprit et ses repères, il aurait pu rester à la maison. Jean-Noël accroche ses vêtements au portemanteau, enfile ses chaussons, se lave les mains et s'installe devant la télé, machinalement.

L'homme se sert un whisky. Ce n'est pas son

habitude mais ce soir il a besoin d'oublier un peu ses soucis. L'alcool va l'aider. Oui, les deux premières gorgées le détendent déjà. Il finit son verre, s'en ressert un nouveau. Une idée se faufile dans les méandres de son esprit tourmenté. Pervenche, qui ne s'en tient pas à la seule hypothèse de la maladie, cherche une raison concrète au suicide de son mari et cette quête, qu'elle mène depuis neuf ans, semble conditionner sa réponse définitive. Comment sortir de l'impasse ? Car il a bien une idée, lui, mais comment en parler sans ouvrir la boîte de Pandore ? Pas la peine de remuer la boue qui, depuis quarante ans, commence à sécher, mais tout de même, il se pourrait bien que les Fontaine aient quelque chose à voir dans le pillage du château. Car cette fortune tombée du ciel est bien louche. Pourtant, personne n'aborde jamais le sujet. Trop de gens impliqués. Mais si Luc a appris, lui si fragile a pu en concevoir un dégoût, une désillusion. Quoi qu'il en soit, ce n'est pas une piste à indiquer à Pervenche. Il en a bien une autre...

Quelqu'un frappe à la porte. Il se lève lourdement, se cogne dans la table basse, jure. L'alcool entrave ses mouvements. Il devient maladroit mais ouvre néanmoins à la visiteuse.

C'est Sophie.

— Jeannot, pourriez-vous venir à la maison demain ? Hubert est très essoufflé et peine à se lever. Or il y a la vigne à tailler. Je ne peux compter que sur vous, supplie-t-elle.

L'homme l'observe de la tête aux pieds, l'œil allumé d'une lueur salace, inhabituelle, qui alerte la jeune femme.

— Tu as bu, ma parole ! Qu'est-ce qui t'a pris ?

Il hausse les épaules.

— Oh, deux verres, c'est tout. J'avais besoin de ça.

Sophie ne sait trop quelle attitude adopter. Le Nono, elle en a souvent rêvé et elle n'est pas farouche. Mais elle le sait épris de Pervenche Fontaine. Elle ne peut pas lutter contre une telle femme.

L'homme s'approche et passe la main dans l'échancrure de son corsage. Elle frissonne.

— Oui, j'irai aider ton mari. Demain, dit-il en accentuant sa caresse.

Elle lui saisit la main et le regarde dans les yeux, frémissante.

— Je ne suis pas Pervenche. Ne confonds pas.

Il s'éloigne à regret en murmurant, désabusé :

— Oh, Pervenche...

Alertée par le ton, la jeune femme demande :

— Elle ne se décide pas ?

— Non. Et je crois bien qu'elle ne se décidera jamais. Viens, toi, invite-t-il en s'asseyant sur le canapé.

Sophie rajuste son corsage, troublée malgré tout par la caresse de Jean-Noël, ses larges épaules, son regard clair, sa virilité.

— Ne me prends pas par dépit, s'il te plaît.

— Tu es belle aussi, madame Collin. Plus blonde, plus ronde et gourmande à ce qu'il paraît.

Il la détaille, amusé et tout chamboulé. C'est une femme au minois rond et gracieux, aux formes pulpeuses qui ne laissent pas les hommes indifférents. Taille fine, jambes longues et seins pointant toujours effrontément sous les polos. Elle se rapproche en tentant de le raisonner.

— Tu le regretterais demain.

— Sans doute, mais en attendant, j'ai très envie de toi, Sophie.

Sa main remonte le long des jambes nues de la jeune femme et celle-ci ne la retire pas. Le désir monte en elle, tant pis pour demain. Cet homme, elle le veut depuis si longtemps. Lui, la sent faiblir et accentue sa caresse, lui donne un baiser sur sa bouche charnue, la déshabille fébrilement. Elle le dévêt à son tour prestement et s'abandonne, le corps en feu. Elle n'est pas femme à faire des manières. Elle est femme à profiter des bons moments de la vie.

C'est plaisant une maîtresse sans histoire qui se donne et sait donner, pense l'homme en balayant ses derniers scrupules. Alors il la prend avec fougue, presque brutalement. C'est un moment d'ardent partage et d'oubli. Mais un moment seulement. Après, c'est moins bien.

— On ne fait de mal à personne, n'est-ce pas ? rit Sophie en accrochant les boutons de son corsage fleuri.

Ses cheveux en bataille, le rose de ses joues et la flamme de ses yeux lui confèrent un air coquin que son amant remarque sans s'attendrir pour autant. Il a honte. Câline, elle insiste :

— Nous en avions envie tous les deux, n'est-ce pas ?

Il ne répond pas. L'alcool est évaporé, le désir assouvi. Reste seulement un sentiment confus de culpabilité. Que vaut son amour pour Pervenche s'il cède à la moindre tentation ?

La jeune femme comprend les sentiments qui animent l'homme qui vient de la prendre dans ses bras et tente de le rassurer :

— Personne ne saura. Ce sera notre secret. Ne crains rien.

Jean-Noël se trouve bien quinaud, maintenant que l'affaire est faite. Rhabillé prestement, embarrassé, il se lève et regarde le jour disparaître peu à peu. Entre chien et loup, la campagne change d'apparence. Les arbres s'évanouissent. Les volets se referment sur l'intimité des gens, laissant juste filtrer un rai de lumière jaune.

— Personne ne t'a vue ? demande sourdement l'homme inquiet.

— Non. Je ne crois pas. Dis-moi, il n'y aura pas de lendemain, n'est-ce pas ?

Elle s'est approchée mais reste en retrait, derrière lui, confuse. Et consciente qu'il n'est pas bien fier de lui. Il se retourne et lui sourit tristement.

— Merci Sophie, tu m'as rappelé que j'étais un homme. Ça m'a fait du bien. J'avais tendance à me prendre seulement pour un ouvrier depuis quelque temps. Tu es belle et douce.

— Alors, tu ne regrettes pas trop ?

Jean-Noël observe la jeune femme avec bienveillance.

— Non, je ne regrette pas. Nous ne recommencerons pas mais je ne regrette pas. Après tout, c'est la faute à Pervenche, elle me fait trop languir. Elle veut maintenant savoir pourquoi Luc s'est suicidé. Elle affirme qu'elle ne sera pas libérée sans cela.

Sophie s'énerve.

— C'est une emmerdeuse, ta Pervenche. Son mari était malade depuis l'enfance. Il portait ça en lui. Toujours dépressif. Il paraît qu'elle redoutait ce qui est arrivé.

D'un geste tendre, elle rabat le col de la chemise de son compagnon, le lisse pour le défroisser.

— T'as qu'à inventer un truc, dit-elle en posant la tête contre sa poitrine.

Il la repousse avec précaution, retourne s'asseoir en soupirant.

— Mais quel truc ?

— Je ne sais pas. Cherche une raison valable pour un suicide. Imagine un scénario.

Il se tait, songeur. Il n'ose pas avouer que l'idée a déjà égratigné sa conscience il n'y a pas une heure.

— Je dois partir maintenant. À demain.

Il lui effleure les lèvres.

— À demain, ma Sophie. Et pardonne-moi.

— C'est déjà fait, monsieur le séducteur. Et si tu souffres du mal d'amour, rappelle-toi que je sais consoler.

Il lui caresse les cheveux. Elle enfile sa veste, lui adresse un dernier petit signe complice et sort dans la nuit pour rejoindre sa ferme, au centre du village.

À l'étage de la maison d'en face, un rideau se lève. La vieille Henriette veille...

Le soir, Jean-Noël regarde la télévision sans comprendre le film. Ses idées vont et viennent comme le flux et le reflux, charriant des roses et des épines dans un tourbillon houleux. Va-t-il suivre les conseils de Sophie qui n'ont fait qu'encourager ses desseins ? Cette solution lui déplaît. Mais il n'en peut plus d'attendre. Si encore il était sûr...

⁂

Fidèle à lui-même, mars explose en giboulées. Mais elles sont si nombreuses et drues que les prés gorgés d'eau, refusant d'en absorber davantage, se transforment en étangs. À peine praticable, le chemin forestier menant à Silvabelle est si boueux que Pervenche, malgré ses bottes, manque plusieurs fois de glisser. Elle se rattrape aux branches qui s'égouttent sur elle, saute par-dessus les flaques d'eau, tente de marcher sur le bord du fossé en espérant trouver un tapis d'herbe plus accueillant. En vain. Tout est détrempé.

La voici enfin arrivée, accueillie par un arc-en-ciel, comme Mehiel quand il avait visité la maison, pense-t-elle. Elle lui apporte des œufs et une volaille qu'il a commandés hier par téléphone. Elle ne s'est pas fait prier pour le contenter. Venir à Silvabelle est toujours source de mille sensations agréables, plus fortes que les souvenirs tristes qui s'y rapportent.

Le châtelain est occupé à la réfection d'une grande pièce, près de l'atelier. Il lève la tête à son arrivée. Son front est tout blanc de plâtre.

— Je dois consolider les poutres, agrandir l'ouverture et enduire les murs d'une couche de chaux.

— Mais vous savez faire cela ?

— Ce n'est pas très difficile. Ah, vous m'apportez ma commande. Vous savez, j'aurais pu me déranger.

— Je sais, mais je prends plaisir à venir ici, dit-elle en rougissant. C'est tellement...

— Magique ?

— Oui. Dans le vrai sens du terme. On a l'impression d'être en dehors du temps.

Mehiel sourit, sa fossette se creuse, lui conférant un air juvénile tandis que ses yeux malicieux illuminent son visage. Émouvant. C'est le mot qui vient à l'esprit de la promeneuse. L'artiste s'essuie les mains soigneusement dans un vieux drap.

— Oseriez-vous une promenade dans le parc ? J'ai besoin de prendre une pause. La pluie a cessé et, sous les grands arbres, le sol est moins boueux.

Comme pour les encourager, un rayon de soleil perce les nuages, posant une lumière diaphane sur les feuillages et les bâtiments. Mehiel la prend par le bras et lui présente le marronnier centenaire, près du pavillon de chasse, les grands chênes qui évoquent l'énergie et la force. Tout près, sur les douves, un héron s'envole dans un grand claquement d'ailes. Des pervenches pointent leur tête bleue à travers le lierre.

— Chaque jour qui passe m'apporte une raison supplémentaire de me féliciter d'avoir acheté ce domaine. Il y a la maison, le parc, cet atelier que je crée et qui me passionne et puis les gens que je croise.

Il s'est arrêté sur le dernier mot, les yeux levés vers le ciel.

— Après la mort d'Isabelle, je n'espérais plus de telles sensations. Or elles reviennent depuis que je suis ici. Je prends ça comme un cadeau. Faites comme moi, Pervenche, ne regardez plus en arrière. Ou alors seulement avec un sourire attendri sur ce qui vous a rendue heureuse et qui n'est plus.

Chassez les mauvais souvenirs et vivez au présent, en savourant les petits bonheurs simples.

Comme elle le regarde, interrogative, il poursuit :

— Mais oui. La nature, un sourire, un mot gentil, une caresse, un rayon de soleil, une rencontre...

Il reprend sa marche. Elle le suit, agrippée à son bras en lui disant qu'elle aime sa façon de présenter la vie.

— Vous êtes l'homme que Silvabelle attendait.

Il s'arrête de marcher, remonte une mèche rebelle et la regarde, pensif.

— Vous croyez ? En tout cas, cela me plaît que vous le pensiez.

— Vous chassez les ombres qui planaient ici et vous les remplacez par la lumière.

— Non. Par la musique et c'est déjà pas mal.

— Ça va ensemble, non ?

Il en convient.

Arrivés devant le pavillon de chasse, ils s'arrêtent.

— Je n'ai pas la clé sur moi. Mais regardez par la fenêtre. C'est encore en bon état. Parfois, je m'y glisse pour observer les oiseaux.

Elle s'approche, les mains autour des yeux pour mieux distinguer l'intérieur. Quelques meubles mal en point se partagent l'espace.

— Je suppose que les meubles d'origine ont été pillés aussi. Mais tant pis. Lucie a proposé de remettre en état ceux que j'ai achetés dans une brocante, à Ervy.

Il s'assied sur un banc de pierre, devant le bâtiment. Elle en fait autant, riant de l'humidité qui traverse son pantalon. Elle a l'impression d'être dans une forêt enchantée aux côtés d'un prince, comme dans une légende de son enfance.

— Vous faites partie de ma métamorphose, dame de Champbrise.

Pervenche, caressée par son regard vert, se trouble, ne trouve rien à répondre et se trouve sotte. Du coup, elle oriente la conversation sur Isora, confie que sa fille traverse une période faste, et qu'il n'est pas étranger à ce changement.

— Ça me fait tellement plaisir d'entendre cela, répond-il. Votre fille est si intelligente, si fine. Et ce romantisme exacerbé, émanant de ce charme slave, dont elle joue... Elle ressemble à votre mère, sans doute. J'ai entendu parler de l'histoire d'amour entre une jeune femme d'origine polonaise et le châtelain d'alors, Guillaume Lamotte. Vous ne m'aviez pas renseigné, alors je me suis informé. Mais les gens ne sont pas loquaces. Ils restent vagues, éludent le sujet... ou avouent ne rien savoir du tout.

Pervenche resserre son écharpe autour de son cou et confie, d'une voix un peu rauque, que le peu de choses apprises sur sa mère lui a été rapporté par Pauline, la marraine qui l'a recueillie.

— Irina avait fui Paris avec moi pendant la guerre. Mon père, Samuel Lennembaum, était juif. Il a été déporté. Elle a rencontré Guillaume Lamotte dans le train, alors qu'elle arrivait en Champagne où elle espérait trouver refuge chez des amis. Elle me tenait dans ses bras. J'avais deux ans. Séduit par sa fragilité et sa beauté, il lui avait laissé son numéro de téléphone, au cas où... Et elle l'a appelé quand elle s'est retrouvée seule. Ses amis n'habitaient plus l'adresse indiquée. Elle était complètement paumée. Il nous a accueillies. Il paraît qu'il lui vouait un amour sans bornes. Elle éprouvait pour lui une grande reconnaissance. Le reste, vous connaissez...

— Vous n'avez jamais eu de nouvelles de votre père ?

— Jamais. Et je n'ai rien de lui. Pas une photo. Pas une lettre. Rien. Je suppose que mes souvenirs ont disparu lors du pillage. D'après Pauline, ma mère affirmait que je lui ressemblais. Parfois, je tente d'imaginer son visage. Je le vois brun avec des cheveux frisés. Je crois que je lui ressemble. Enfin, je m'en suis toujours persuadée, c'est un besoin.

Un ramier caracoule dans le gros marronnier, se tait quelques secondes et s'envole bruyamment, faisant sursauter Pervenche. Mehiel pose sa main sur son bras.

— Excusez-moi si j'ai ravivé des souvenirs douloureux.

— Oh, ne vous excusez pas. Parler des gens disparus les fait revivre un peu. C'est pareil pour mon mari. Les gens évitent le sujet, souvent, alors qu'au contraire j'aime entendre son nom, qu'on évoque ses goûts ou ses paroles, ou qu'on rappelle des anecdotes.

— Je vous comprends. Pourtant, moi, je parle rarement d'Isabelle aux autres. Je veux la garder pour moi tout seul. C'est sans doute de l'égoïsme.

Pervenche se lève. La fraîcheur, plus vive maintenant, la fait frissonner.

— Vous savez, dit-elle, devant le malheur chacun se défend comme il peut. Question de survie.

Il hoche la tête, puis lui presse le bras à nouveau en signe d'amitié, de connivence peut-être. Il perçoit sa nostalgie, s'en veut d'avoir abordé le sujet en ce jour de premier soleil.

— Mais nous sommes encore jeunes, n'est-ce pas ? Avec dans la tête des jolies lumières, non ? Et des bourgeons d'amour enfermés dans le cœur... Alors, retrouvez votre bonne humeur et l'éclat de vos yeux dont la couleur s'accorde avec votre prénom.

Elle rougit, s'arrête de marcher et le gratifie d'un sourire. À cet instant-là, elle irradie de lumière et il en est ému.

Ils sont arrivés près du portail. Lucie les regarde de loin, leur fait un signe et rentre dans la maison. Les ânes viennent à leur rencontre en espérant une caresse ou une gourmandise. Mehiel leur distribue les deux. Pervenche prend congé. Il est temps de rentrer à Champbrise.

— Voulez-vous que je vous raccompagne ? Il est tard.

Elle accepte et s'excuse de lui avoir volé deux heures de son temps.

— Le temps consacré aux échanges et à l'amitié n'est jamais perdu.

Ils roulent maintenant en silence. Sans gêne. À cet instant, pas besoin de mots. Chacun puisant l'apaisement dans la présence de l'autre.

La vieille voiture cabossée s'arrête dans la cour de Champbrise dans un bruit de moteur malade. Un rideau se lève dans la grande maison. Une ombre se dessine à l'entrée de l'étable.

— Votre fille m'a parlé de sa grand-mère. Elle vous en fait voir ! Ce n'est pas pensable.

— Oh, elle n'a jamais accepté notre mariage. Vous pensez, son fils avec l'orpheline sans le sou de Silvabelle ! Avec Luc, nous pensions partir un jour ou l'autre pour nous installer ailleurs. Une autre ferme, peut-être, ou bien tenter notre chance dans un autre métier. La restauration par exemple. Nous évoquions même des terres lointaines. Les Antilles ou l'Afrique, pour mettre de la distance entre les parents et nous. Pour découvrir d'autres cultures, de nouveaux horizons, connaître un peu le monde.

Pervenche, perdue dans ses souvenirs, sursaute quand son compagnon lui demande pourquoi les projets n'ont pas abouti.

— J'y croyais, si vous saviez. Je supportais le caractère acariâtre d'Hélène en me réjouissant de lui annoncer notre départ. Ça me donnait des ailes. Puis il y a eu l'Algérie, l'attente. Les confrontations journalières avec la mégère. Et le retour, en 1963. Luc ne parlait plus de partir. « Pour aller où ? » souriait-il tristement, de plus en plus lointain. Je ne désespérais pourtant pas de le décider un jour. Il fallait du temps, j'en étais consciente. Mais les mois se succédaient sans changement. Nous sommes restés travailler à la ferme. J'ai quand même réussi à obtenir que nous nous installions dans la petite maison que nous avons réhabilitée. Luc, partagé entre sa mère et moi, tentait désespérément d'aplanir les angles. Mais la dépression le minait. Et puis, ce fut le drame.

— Isora m'a raconté.

— Je suis persuadée qu'un événement a provoqué son suicide. Car il luttait, vous savez. Il nous aimait tellement toutes les trois.

— Et depuis, vous vous rongez, n'est-ce pas ?

Pervenche hoche la tête en silence.

— C'est comme si j'étais dans un labyrinthe. Parfois j'entrevois une piste, mais c'est à chaque fois un leurre et je reste enfermée, à tourner en rond, à me cogner la tête contre des suppositions.

Mehiel lui caresse doucement les cheveux, impuissant.

— Pervenche, j'ai l'impression qu'il va se passer quelque chose de bien dans votre vie. Appelez ça un pressentiment si vous voulez, ou une intuition. Je me trompe rarement.

Elle lève la tête vers lui, le regard plein de reconnaissance. Il a le don d'apaiser les gens. Elle lui dit en descendant de la voiture. Mehiel la retient par la main.

— Merci de m'avoir envoyé votre fille. Je trouve en elle des airs d'Isabelle.

Il redémarre, maintenant. Elle le regarde partir et rentre dans sa maison. Il lui faut quelques minutes avant de retrouver la vraie vie. Celle d'une fermière, veuve, mère et belle-fille et bientôt, peut-être, compagne de Jean-Noël Morel.

Mensonge

Le printemps s'est installé avant la date officielle balayant les dernières gelées. L'air, chargé de douceur et de parfums fleuris, caresse agréablement les narines de Pervenche alors qu'elle passe en revue le potager, comme le faisait son mari. Le renouveau de la terre la remue toujours et attise sa peine. Courageusement, elle chasse sa nostalgie et s'intéresse au jardin. Près du compost, elle plantera des citrouilles. Contre le mur de l'écurie aux poneys qui emmagasine le soleil du midi, elle installera les tomates. Près du grillage pousseront les haricots verts. Mais il faut attendre juin pour ces plantations. Pour l'heure, elle s'apprête à semer quelques radis dans le châssis. Elle trace deux sillons et, avec précaution, dépose les graines fines qu'elle recouvre ensuite de terre, tasse avec son râteau et arrose abondamment. Si le soleil persiste, la germination, activée par la chaleur du verre, devrait se faire rapidement.

Elle se redresse pour offrir son visage aux premiers rayons. Une agréable sensation. Elle se sentirait bien, si elle n'était pas angoissée par l'approche de cette date qu'elle a fixée elle-même.

Dans quelques semaines, il lui faudra bien donner sa réponse à Jean-Noël. Or elle doute de plus en plus, gardant ce secret pour elle. Les filles ne sont pas au courant.

— Alors, ma grande, tu jardines ?

C'est Honorine Morel, justement. Une femme de belle allure, autoritaire et toujours coquette. Elle porte aujourd'hui une jupe droite et un gilet « vieux rose ». Ses cheveux, récemment colorés, hésitent entre le gris et le bleu, avec des reflets argent. Ils bouclent un peu. Quant à son regard noir, il a gardé quelques reflets d'impertinence. Plantureuse et le verbe haut, Honorine en a toujours imposé, remettant les mauvaises langues à leur place quand on lui rappelait, à demi-mot, que Jean-Noël était né bien prématurément. L'Honorine, qui n'avait pas froid aux yeux, avait fait tourner les têtes, entre vingt et trente ans. Mais celui qu'elle convoitait l'a abandonnée, lui laissant un fruit d'amour en cadeau d'adieu. Le petit Jean-Noël est né sept mois après son mariage avec Mathieu. Car celui-ci, sans faire le difficile et bien aise de rentrer à son tour dans le lit de la belle qui ne lui avait pas caché sa situation embarrassante, avait adopté les deux. Il ne l'a regretté qu'à moitié. Le fils de l'autre lui a rendu plus d'amour que la femme. « On ne peut pas tout avoir », riait-il, quand on le chahutait sur le Nono et le caractère d'Honorine qui menait son monde à la baguette.

Non, il n'a pas été trop heureux en ménage, Mathieu. Et dès que son esprit s'est mis à faire des caprices, sa femme ne le supportant plus et prétextant la fatigue, l'a placé dans un établissement spécialisé. « Honorine s'est débarrassée du Mathieu », dit-on au village.

Depuis cette décision, Jean-Noël l'évite. Fière et peut-être consciente d'avoir été vite en besogne, elle ne se plaint pas. Elle assume. Mais ce qui l'intrigue, c'est cette rumeur. Son fils aurait des vues sur l'orpheline de Silvabelle. Il ne ferait pas une mauvaise affaire. Mais sûr que ça ne plairait pas à la vieille Hélène. Son ennemie de toujours, enfin depuis le drame, avec Henriette.

— Te fatigue pas trop, ma fille. Tu connais le dicton, « année en "un", année de rien ». 81 ne vaudra pas tripette.

— Je ne m'occupe pas de ces choses-là. Je plante, je sème et ça pousse si ça veut.

Honorine rit.

— Je parle pour le jardin. Pour le reste, l'année te réserve peut-être de bonnes surprises. Un amoureux, non ? Personne ne trouverait à redire. Tu es seule depuis neuf ans.

Pervenche la voit venir mais ne tient pas à se confier à Honorine. Aussi sourit-elle, énigmatique.

— Qui vivra verra. Allez.

— Bon. Et mon Nono, il va bien ? Je ne le vois guère.

— Je pense que oui. Mais vous savez, il ne me fait pas de confidences.

— Ah bon ? s'étonne Honorine, désappointée.

— On travaille ensemble, on échange des banalités, ça s'arrête là, vous savez.

Honorine fronce les sourcils, s'essuie le visage avec son mouchoir et marmonne qu'elle va continuer son chemin. Elle est restée sur sa faim.

Elle aurait aimé que son fils fasse d'une pierre deux coups. Épouser la veuve et entrer dans la ferme. Une revanche pour elle qui n'a pas profité, comme tant d'autres l'ont fait, des richesses de Silvabelle.

— Alors, bonne fin de promenade, Honorine, lance Pervenche en retournant vers son potager, amusée par la mine déçue de la mère de Jean-Noël.

Elle range ses outils sous le petit abri attenant à l'écurie, se lave les mains au robinet qui goutte près du mur et s'apprête à rentrer préparer le repas. En passant près du pré, elle caresse les poneys, sort un morceau de sucre de sa poche et le leur offre en les gratifiant de mots gentils. Un bruit de pas la surprend. Elle tourne la tête et aperçoit Jean-Noël qui se dirige ostensiblement vers l'écurie. Elle comprend bien son manège. Il compte sur sa faiblesse, comme la dernière fois...

Cette idée la contrarie. Que faire ? L'ignorer ? Il sait bien qu'elle l'a vu. Elle ne s'en sortira pas comme ça. Elle ira donc le saluer, sans entrer dans le refuge des animaux.

— Bonjour. Je ne vous attendais pas ce matin, dit-elle en se postant dans l'entrée.

L'ouvrier est en train de changer la paille.

— Je voulais m'avancer et mettre de la litière sèche aux chevaux, explique-t-il en se retournant.

Pervenche remarque qu'il ne porte pas de vêtement adapté pour ce genre de travail. Vêtu d'un jean et d'une chemisette claire, il est habillé « en dimanche ». Ou presque.

— Vous allez vous salir.

— Je sais. En fait, je voulais vous voir en dehors du travail, Pervenche, et je ne sais pas comment m'y prendre. La compagnie des vaches ne s'y prête pas. Vous hésitez à me faire entrer chez vous et rechignez à venir chez moi. Ailleurs, ce n'est pas possible. Alors j'ai pensé que dans ce petit coin douillet qui nous a accueillis un jour...

— Vous vouliez me voir pour quoi ? coupe sèchement Pervenche.

Le ton le désarçonne. Il pose sa fourche contre le mur, passe la main dans ses cheveux et s'avance, contrit.

— N'ayez crainte. Je ne vais pas vous forcer. Je voulais juste vous apprendre quelque chose, sur le suicide de votre mari. Enfin, c'est peut-être une piste.

Intriguée, la jeune femme hésite. Va-t-elle le suivre dans l'écurie ? Non. Elle l'invite à boire un café dans sa cuisine. Ils marchent côte à côte en silence pendant une minute, puis elle demande si l'hypothèse est fiable. Il suppose que oui.

Tempo arrive de l'étable en remuant la queue. La vieille lorgne à la fenêtre. Ils haussent les épaules. Tous les trois entrent dans la cuisine. Elle invite l'homme à s'asseoir tandis qu'elle prépare le café. Gêné, il se pose sur le bord de la chaise en regrettant que sa patronne soit si distante aujourd'hui. Il s'éclaircit la gorge et commence sa confession d'une voix morne :

— Écoutez, je ne sais pas ce que cela vaut, mais Luc aurait dit à Hubert Collin...

— Oui, le mari de Sophie.

Il baisse la tête en triturant le pan de sa chemisette comme un gamin pris en faute.

— Il aurait dit qu'il était foutu. Une maladie

grave, quoi. Et qu'il craignait la souffrance et la déchéance. Et, surtout, qu'il refusait d'imposer ça à ses proches.

Pervenche accuse le coup. Son esprit tente d'avaler l'information, de la digérer. Ça fait mal. L'idée l'avait déjà effleurée, bien sûr, et elle en avait parlé au mari d'Agathe. Il avait réfuté cette idée. Mais savait-il tout ? Luc n'a-t-il pas été consulté ailleurs ? Et il aurait vécu cette épreuve tout seul, sans en parler à sa femme ? Elle réfléchit et demande :

— De quand daterait cette révélation ?

— En janvier. Un mois avant le drame. Oui, pour le réveillon. Vous aviez bien fêté la nouvelle année au restaurant des Cordeliers, non ? Les Collin étaient vos voisins de table. Rappelez-vous.

— En effet. Mais je ne vois pas pourquoi cet homme-là aurait reçu les confidences de Luc Fontaine.

Jean-Noël hésite, se gratte le menton et finit par lâcher que Luc, ce soir-là, avait peut-être un peu forcé sur l'alcool.

— Pour un réveillon, c'est normal.

— Non. Mon mari ne buvait jamais. Je parlerai à Hubert.

— C'est le mieux, reconnaît Jean-Noël.

Tandis qu'elle sert le café dans les tasses, il lui serre le poignet, manquant de la faire verser à côté.

— Je n'en puis plus d'attendre. Je vous aime, moi. Je ferai tout ce que vous voudrez. Vendez les vaches, la maison, allez je ne sais où, je vous suivrai. Je crève de solitude. Vous vous enfermez dans la vôtre. À moins que...

— À moins que quoi ? demande sa patronne en secouant son poignet pour lui faire lâcher prise.

— À moins que votre cœur batte pour un autre ? Un châtelain, par exemple...

Pervenche se crispe.

— Taisez-vous. Si vous écoutez les racontars, nous n'en sortirons jamais. La vérité, c'est que je ne sais pas où j'en suis. Avec la ferme et tout.

— Ne cherchez pas d'excuse, va, j'ai compris. Si vous aviez le moindre sentiment, vous seriez déjà dans mes bras. Bon, j'attends jusqu'au 1er mai. Moi, j'ai rempli mon contrat. Je vous ai dit ce que j'avais appris sur le geste de votre mari.

— Un contrat ? Vous parlez de contrat ? Décidément, nous ne sommes pas sur la même longueur d'onde.

L'homme se lève et hausse les épaules en signe d'impuissance.

— Mais je ne sais plus comment faire avec vous. Je crois que vous vous jouez de moi, c'est tout, et ça, je ne le supporte pas. Il ne fallait pas me laisser espérer. Quand vous avez consenti à vous laisser aller, cette fameuse fois que je n'oublierai jamais, vous étiez si passionnée, si lumineuse que je me demande si je n'ai pas inventé cette scène. Regardez-vous, maintenant. Vous vous étiolez. Toujours à attendre, à craindre les autres, à culpabiliser, à refuser d'exister...

Elle le regarde sans trouver de repartie, tandis que lui continue :

— Et pourtant, je sais que vous n'êtes pas de bois.

— Non, je suis une femme blessée, et paumée,

c'est vrai, admet-elle d'une toute petite voix en le regardant dans les yeux.

Ému, il s'avance et lui effleure les lèvres, lui caresse les cheveux, lui murmure à l'oreille qu'il saura la rendre heureuse et s'éloigne doucement. Elle secoue la tête. Un voile atténue l'outremer de ses yeux. Elle regrette ces pensées contradictoires qui l'empêchent d'être naturelle et objective.

Il est sorti. « Digne », pense-t-elle. Et elle éclate en sanglots.

***

Dans la salle d'attente du Dr Philippe Vannier, Pervenche observe les patients. Le père Masson, vieux barbu aux cheveux blancs, tente d'enfermer sa toux dans un grand mouchoir à carreaux. En vain, la quinte monte et monte encore, lui arrachant un juron :

— Saloperie !

Ses voisins sourient. Mme Poupard, jeune femme d'une trentaine d'années, tient son rejeton sur les genoux en lui caressant les joues rouges de fièvre.

— Je crois que c'est une angine, dit-elle en s'adressant à Pervenche. Il ne peut plus avaler.

— Y a des grippes qui courent, l'hiver n'est pas fini, soupire la boulangère en feuilletant une vieille revue.

— Il faudrait dire au docteur qu'il renouvelle les magazines. Ils commencent à dater, ajoute sa voisine, la mère Pautrat, en serrant son sac à main sur ses genoux de ses petites mains nerveuses.

Pervenche balaie le décor des yeux. La salle, trop

exiguë pour les six chaises et la table qu'elle contient, sent le renfermé et l'eucalyptus. Un aquarium, intégré dans le mur, offre un spectacle apaisant, avec ses poissons aux couleurs d'arc-en-ciel qui traînent leur ennui entre les cailloux et les plantes en plastique. Quelques bulles viennent se briser à la surface. L'enfant au visage écarlate, les cheveux collés par la transpiration, fixe le spectacle aquatique en silence. Au mur, quelques toiles d'Agathe, des paysages bucoliques aux couleurs rieuses, rafraîchissent l'atmosphère.

On entend des bruits de voix et la porte se refermer sur une patiente qu'on aperçoit de dos, la tête rentrée dans son paletot. Le docteur apparaît. Taille moyenne, svelte, petite moustache, regard et cheveux sombres, le mari de son amie affiche un visage avenant.

— Entrez, Pervenche.

D'une santé insolente, Pervenche ne vient pas souvent le consulter mais il a soigné les filles et son mari.

— Je ne suis pas malade mais quelque chose me tracasse, Philippe. Voilà, savez-vous si Luc souffrait d'une maladie incurable ? Je me dis que c'est peut-être la raison de son suicide.

Le docteur l'observe, ennuyé.

— Vous vous torturez encore, n'est-ce pas ?

Elle hoche la tête en silence, avalant sa salive et réprimant l'envie de pleurer qui commence à monter.

— Vous pensez bien que si j'avais su, je vous en aurais fait part. Luc était malade, certes, mais psychiquement et...

— Pas de cancer ou autre maladie grave ?

Il la regarde, étonné.

— Mais non. Pas à ma connaissance.

— Et pensez-vous qu'il aurait pu aller consulter ailleurs ?

Il se tait un instant, réfléchit, puis répond :

— Franchement, non. Rappelez-vous. Il avait passé un tas d'examens par sécurité, quand il avait maigri. Rien d'anormal n'avait été décelé. C'est la dépression qui le rongeait. Physiquement, il allait bien.

La sonnerie du téléphone les dérange un moment. Le docteur répond, raccroche rapidement et reprend :

— Et vous ? Comment allez-vous ? Vous avez une petite mine. Je vais prendre votre tension.

Il dispose l'appareil autour de son bras, attend quelques secondes et annonce « 12.6, c'est parfait ». Elle sourit. Il questionne :

— Vous m'avez l'air contrariée.

Alors elle raconte tout. Jean-Noël, sa promesse, ses hésitations et le reste.

— Je ne sais pas où j'en suis, confie la jeune femme en rejetant sa masse de cheveux bouclés en arrière.

Il la regarde longuement sans rien dire et elle se sent devinée, percée à jour.

— Vous avez des sentiments pour cet homme ?

Elle baisse la tête.

— Je crois. Mais quelque chose me retient. J'hésite à m'engager...

— Prenez votre temps.

— C'est que je lui dois une réponse au 1er mai. Il s'impatiente.

Il soupire en rédigeant une ordonnance.

— Voilà, je vous ai prescrit un léger tranquillisant à base de plantes. Deux le matin et deux le soir, ça va vous détendre. Et Isora ?

En rangeant l'ordonnance dans son sac, elle lui explique que sa fille va plutôt mieux depuis qu'elle prend des cours de chant et de musique. Il estime que c'est une chance en effet et qu'elle est sur la bonne voie pour s'en sortir.

— Pensez un peu à vous, maintenant. Vivez et arrachez la culpabilité de votre tête. Dites-moi, qu'en pense Agathe, de votre Jean-Noël ? Vous l'avez consultée, au moins ?

Sa patiente arrondit les yeux.

— Ainsi, mon médecin encourage la voyance...

Il rit :

— Il faut savoir reconnaître ses limites. La science n'a pas réponse à tout. Elle a quand même un don, ma femme, c'est incontestable.

— Je sais bien. Alors si je l'écoute, je crois qu'un homme va bientôt croiser mon chemin. Un homme grand et beau, protecteur.

— C'est le fils Morel tout craché, ça !

— Oui, Agathe a même vu son grain de beauté ! déclare-t-elle en posant le chèque sur le bureau.

Philippe Vannier le range dans un tiroir tout en reconnaissant que sa femme est vraiment très forte. Il raccompagne sa patiente à la porte en lui tapotant l'épaule.

— Vous avez le droit de vivre, Pervenche.

Elle sort, le cœur un peu plus léger. En rentrant chez elle, pourtant, le doute la reprend. Luc craignait-il vraiment un mal incurable ? Il faudra qu'elle interroge Hubert Collin. Pourquoi aurait-il inventé cette histoire ? Quel intérêt ? À moins que ce soit Jean-Noël. Lui pourrait en tirer avantage.

La semaine se passe avec une humeur jouant au Yo-Yo... Tantôt claire, tantôt sombre avec, au milieu, une avalanche de questions. Jean-Noël, lui, ne laisse rien paraître et accomplit l'ouvrage comme à l'habitude.

Invitée par le propriétaire du domaine à profiter du parc et de la forêt au gré de ses envies, elle est allée deux fois se promener autour du château, se grisant des parfums printaniers, éblouie par cette vie qui fourmille dans les arbres et les bosquets. Les insectes, les oiseaux, et autres petits animaux de la terre, frémissent de plaisir, produisant un bruit de fond mélodieux. Mehiel assure que c'est le souffle de l'univers et qu'il faut s'en imprégner pour être en communion avec lui. Il sait tellement parler de ces choses. De l'invisible qui nous entoure et de l'amour universel.

Sans vouloir le déranger, Pervenche l'a rencontré à chaque fois, au détour du chemin menant au pavillon de chasse. Elle n'a pas voulu abuser de son temps mais a échangé quelques mots, dont elle s'imprègne après dans la solitude de ses soirées. Ils ont aussi parlé d'Isora qui reprend goût à la vie. Mehiel semble si sincèrement heureux de ce résultat obtenu par la musique que ses yeux lancent des petites flammes et que Pervenche, depuis, en est tourneboulée. Et dans le secret de son cœur, elle s'avoue que seul un homme comme ça pourrait la faire vibrer à nouveau. Mais il est encore tout entier à Isabelle. Et elle, fidèle à Luc, malgré la tentation de mettre fin à sa vie de femme solitaire. Jean-Noël ? Elle ne sait plus. À moins qu'elle doive attendre l'homme au regard étrange annoncé par Agathe. Elle l'avait oublié, celui-là.

***

Le lendemain après-midi, Pervenche invite ses filles à se balader le long du lac d'Orient.

— Il fait déjà bon. On marchera au bord de l'eau, on ira boire un chocolat et manger une crêpe au *Marianna*, ça vous va mes chéries ? demande Pervenche en finissant de ranger la vaisselle tandis que ses filles, assises sur le canapé, regardent un feuilleton à la télé.

Isora se lève et déclare, avec un air mystérieux qui n'échappe pas à sa sœur, qu'elle préfère se rendre à Silvabelle.

— Il n'y a pas cours de chant le dimanche ! Tu revois ton Nicolas ? C'est ça ? demande malicieusement Flore.

Son aînée sourit, énigmatique. Ses cheveux flottent sur ses épaules. Pas de trait noir sur ses yeux. Elle a revêtu un pull en cachemire rose et un pantalon de la même couleur.

— On dirait un bonbon fondant, plaisante Flore.

— Tu n'aimes pas ?

— Oh si ! Tu es encore plus belle au naturel. J'aimerais te ressembler.

Leur mère lance un coup d'œil furtif à sa grande fille dont la métamorphose continue de la surprendre. Calme, simple et rayonnante.

— Mais tu es très jolie aussi ma puce, avec ton

minois de chatte éclairé de deux billes vertes... rassure l'aînée en souriant à sa cadette.

Flore dessine une moue de petite fille.

— Je ne suis pas trop mal, mais je n'ai pas la même allure que toi. Toi, on dirait une princesse.

Pervenche ébouriffe les cheveux de la petite, lui assure qu'elle ne manque pas de grâce et l'invite à se préparer pour la promenade.

— C'est que... j'ai rendez-vous avec Laurence sur la place de Chessines. On ira à Ervy en vélo. Il y a une représentation théâtrale.

Sa mère et sa sœur arrondissent les yeux.

— Ah bon ? lancent-elles en chœur.

— Tu nous annonces ça au dernier moment, constate Pervenche.

Rougissante, Flore supplie sa mère. Celle-ci se fait tirer l'oreille. D'habitude, le dimanche est consacré à la famille.

— Allez, maman, dis oui.

Elle cède.

— Bon, d'accord. À condition que tu partes avec ta sœur et que tu reviennes avec elle. Mettez-vous d'accord. Je vous prête la Simca.

— Et toi ? s'inquiète Flore.

— Je me baladerai à pied. Ne vous en faites pas pour moi.

— Tu pourrais prendre la camionnette de la ferme pour aller au lac, non ? propose Isora.

— Ou alors téléphoner à Jean-Noël, suggère sa sœur d'un air faussement innocent qui alerte sa mère.

— Mais pourquoi ?

Les deux filles se regardent, indécises. Flore tournicote le bouton de son gilet, signe d'hésitation et de trouble, puis finit par lâcher, en baissant les yeux :

— Ben, il n'y a pas que Folcoche qui affirme que c'est ton amant. Tout le monde en parle au village.

Isora confirme, soucieuse.

La boule au ventre, Pervenche hésite à se confier. Est-ce le moment ? Elle tergiverse.

— Vous savez bien qu'on raconte n'importe quoi.

Les filles se regardent à nouveau en soupirant.

— Mais maman, tu prétends toujours qu'il n'y a pas de fumée sans feu. Et puis, il te regarde comme si tu étais la Sainte Vierge, avec adoration. Ainsi, pour Noël...

— Mes chéries, le jour où je ferai entrer quelqu'un dans ma vie, je vous préviendrai. Il n'en est rien pour l'instant... mais...

— Mais ? demandent les filles.

— Mais il n'est pas impossible que ça arrive un jour. Dans un sens, je suis contente que vous abordiez le sujet. Vous savez, votre papa je l'aimerai toujours et si je partage un jour la vie d'un homme, ce sera différent.

Isora sourit. Elle ne s'insurge plus, elle semble comprendre, ce qui étonne sa maman. Flore affirme que Jean-Noël est l'homme qu'il faut à sa mère. Celle-ci s'amuse :

— Mais comment le sais-tu ?

— Il connaît la ferme. Il est pas mal. Gentil en plus.

— Tu as du bon sens, ma puce. On en reparlera.

Allez, profitez de votre après-midi, mes chéries. Ne vous en faites pas pour moi.

Elles ne se font pas prier, enfilent leur manteau et s'éclipsent joyeusement. Pervenche appelle son chien, se drape dans un grand châle en laine rouge et sort d'un pas décidé. Elle se promènera seule, pour mettre de l'ordre dans ses idées.

Tempo sur les talons, elle musarde dans les rues de Chessines en regardant les maisons. Le village se transforme. Plus coquet, plus fleuri, il s'agrandit de nouvelles constructions et s'enorgueillit de toutes ces bâtisses rénovées qui retrouvent une identité.

Mais les petits commerces disparaissent, soufflés par les supermarchés. Plus de boucher. L'épicier a fermé sa porte. Reste le boulanger. Pour combien de temps ? Quant aux artisans, ils ont changé d'enseigne. Plus de maréchal-ferrant. Plus de bourrelier et encore moins de cordonnier. Mais les maçons, les peintres et les plombiers essaiment. Les nouvelles constructions, les lotissements et autres rénovations réclament des bras compétents.

Chemin faisant, la voici arrivée devant la maison au crépi vert de son ouvrier. Les fenêtres sont garnies de pensées jaunes et bleues. La Peugeot est stationnée devant la grille. Il est là. Que fait-il, seul, un dimanche ?

Elle est tentée de frapper, d'entrer dans son intimité, de le surprendre. De lui faire comprendre qu'il ne lui est pas indifférent, qu'elle hésite, à cause de ses principes intangibles, à franchir le pas, mais que ses filles l'encouragent.

Des voix, près du garage. Curieuse, la promeneuse s'arrête et se blottit contre le mur en tenant

Tempo par le collier. C'est Sophie ! Que fait-elle ici ? Le cœur de Pervenche se serre. Elle tend l'oreille.

— Tu lui as parlé ? interroge la voix de femme.

— Oui. J'ai dit que Luc s'était confié à Hubert, pour le réveillon. Faudra qu'il me couvre, au cas où elle l'interrogerait.

— T'inquiète pas. Il est prévenu. Alors, c'est dans la poche ? glousse la femme.

— Je ne sais pas. Je ne suis pas à l'aise avec ça. Je n'aime pas mentir, répond l'homme d'une voix sourde.

— Allez, reprends-toi, c'est pour la bonne cause. Après tout, elle t'a poussé à bout, ta Pervenche.

Un soupir. Les voix se rapprochent. Pervenche se sauve, abasourdie.

Ainsi, c'est un complot. Jean-Noël a trahi sa confiance. Il a inventé toute cette histoire pour faire activer les choses. Eh bien, il se trompe. La colère, la déception l'oppressent. La promenade est finie. Tout semble terne et gris maintenant. Ce village, elle le déteste. Sa ferme, elle n'en veut plus et d'amoureux encore moins. Voilà au moins une histoire de réglée. Plus besoin de tergiverser.

Elle marche la tête basse sans apercevoir Laurence qui, aux côtés de deux autres jeunes filles, papote devant la mairie. L'amie de Flore l'interpelle :

— Bonjour, madame Fontaine.

— Ah, c'est toi, bonjour ma fille. Mais... Flore n'est pas avec toi ? Vous n'êtes pas au théâtre à Ervy ?

Laurence rougit, ne sachant visiblement pas quoi répondre.

— Moi non. Papa n'a pas voulu. Flore a dû y aller toute seule.

Pervenche s'étonne, puis repart en courant presque. Sale journée. Son amoureux ment. Sa fille aussi. Que va-t-elle apprendre maintenant ?

La voici arrivée. Essoufflée, elle se déshabille et se laisse tomber sur une chaise et son trop-plein de peine s'échappe en sanglots. Elle pleure longtemps. Impuissant, Tempo s'approche d'elle et lui lèche les mains pour la consoler avec ses moyens de chien. Cette marque d'amitié la réchauffe. Au moins, les animaux aiment sans condition et ne savent pas faire mal.

Il est l'heure d'aller traire. Elle accomplit son travail machinalement, seule, comme tous les dimanches. Quand elle a terminé, les filles sont rentrées. Elle ne les a pas entendues arriver.

— Où étais-tu et avec qui ? demande Pervenche à Flore.

La petite s'empourpre jusqu'aux oreilles.

— Mais au théâtre avec Laurence, je t'ai prévenue.

Elle a à peine terminé sa phrase qu'elle reçoit une gifle bien sonnée.

— Menteuse, va dans ta chambre.

Flore pleure à grosses larmes maintenant, implore sa sœur des yeux et obéit à sa mère. La porte claque. Pervenche, qui n'est pas habituée à corriger ses filles, tremble en accrochant son tablier. Isora la prend par le cou.

— Maman, elle n'a rien fait de mal. Elle a été au théâtre avec un petit copain.

— Quoi ?

— Elle a quinze ans. Ça va commencer, il faudra bien te faire à cette idée.

Pervenche pèle les pommes de terre sans répondre. Ce n'est vraiment pas le moment. Mais l'aînée continue :

— Elle n'a pas osé t'en parler. C'est un gamin de sa classe. Le fils du pharmacien d'Ervy.

— Ce grand dadais de Damien Paillet ? Il est moche.

Isora rit franchement.

— Mais non. Il est un peu embarrassé de sa carcasse, gauche et boutonneux mais ça s'arrangera, c'est un ado.

Pervenche coupe les pommes de terre, les plonge dans l'huile chaude, ajoute une pincée de gros sel et se retourne vers sa fille.

— Flore est trop jeune.

— Mais maman, tu avais quel âge quand tu flirtais avec papa ? Vous avez commencé à l'école, paraît-il.

— C'est pas pareil.

Isora soupire en affirmant que si, c'est pareil depuis que le monde est monde.

— Épluche la salade, et va dire à ta sœur qu'elle sorte la poubelle. Et vite fait.

Pervenche a du mal à se calmer. Ça fait beaucoup de choses à gérer, tout ça.

En lavant la laitue, Isora se confie, rayonnante, qu'elle revit depuis que Mehiel lui apprend le piano.

— Il est tellement... étrange et doux. Tout

semble facile avec lui. Il n'éprouve pas de rancune contre la vie. Pourtant, il a souffert aussi.

Comme sa mère ne répond pas, elle la prend par les épaules, la regardant dans les yeux.

— Tu n'es pas de mon avis ?

Pervenche hoche la tête. Si. Mehiel Descharme a le don du bonheur. Il irradie la sagesse et la bonté. Elle a remarqué aussi, reconnaît-elle. Mais elle ignorait que sa fille y serait si sensible et cette idée la dérange un peu. Elle la garde pour elle.

Flore a quitté sa chambre, s'approche timidement et l'embrasse.

— Pardon, maman.

Pervenche éclate soudain en sanglots, en caressant les cheveux de ses deux amours.

— Ça va passer, ça va passer. Je suis tellement émotive actuellement.

Elles restent un instant silencieuses, en osmose toutes les trois, puis Pervenche se dégage doucement.

— Moi aussi j'ai des choses à vous révéler. Je voulais vous protéger, mais je vois que vous avez grandi et j'en suis toute chamboulée.

Et elle leur confirme son histoire avec Jean-Noël, leur raconte tout. Enfin, presque tout. Son attirance, ses doutes, le délai, les conditions... et ce vilain mensonge.

— Tu comprends ma puce ? Deux mensonges dans la même journée, c'est beaucoup.

Flore s'indigne contre l'ouvrier. Isora, plus indulgente, estime qu'il a des excuses.

— Tu le fais languir. À mon sens, c'est plutôt une preuve d'amour.

— Une histoire bâtie sur un mensonge, merci bien. Non. C'est fini.

Pensive, Isora dresse la table. Pervenche remue les pommes de terre dont l'odeur allèche les gourmandes. Puis elle leur confie la prédiction d'Agathe dont elle doute de plus en plus.

— Ne sois pas impatiente, maman. La vie réserve parfois des surprises et l'amour peut jaillir là où on ne l'attend pas, murmure Isora. On dit que Mme Vannier se trompe rarement. À ta place, j'essaierais de mettre de l'ordre dans mon cœur et dans mon esprit.

Pervenche soupire. Sa fille a raison.

Le lendemain, elle passe l'après-midi à ruminer ses tourments. Tentée de se rendre à Silvabelle, elle se retient pourtant, estimant que ses soucis ne regardent qu'elle. Mais elle n'en peut plus. La vieille ne changera jamais et l'homme, sur qui elle pensait pouvoir compter, complote derrière son dos. Jean-Noël, elle le déteste et le lui dira tout à l'heure. Finalement, c'est presque un soulagement. Et son comportement donne raison à cette intuition qui, confusément, la retenait de donner son consentement. Elle a aimé être dans ses bras. Et alors ? Le plaisir n'est pas toujours synonyme d'amour.

Remontée comme une pendule, Pervenche est prise d'une envie qu'elle ne peut réprimer. Faire insérer une annonce dans le journal pour la vente de la ferme. Même si une petite voix lui susurre que la colère est mauvaise conseillère, elle a besoin de prendre une décision radicale. Elle cherche fébrilement un exemplaire de *L'Est Éclair*, le trouve sur la commode et feuillette avec rage. Voilà. Il suffit de remplir la grille. Une lettre dans chaque case. *Vends ferme polyculture élevage laitier. S'adresser chez Pervenche Fontaine. Hameau de Champbrise. Chessines (Aube).* Elle ajoute le numéro de téléphone, joint un chèque et enferme le tout dans une enveloppe, la cachette, rédige l'adresse du quotidien et colle le timbre avec rage. Dans quelques jours, tout le canton saura qu'elle vend la ferme. Tant pis, pense-t-elle.

Elle a besoin de changer de vie. Les filles comprendront. Elle doit pourtant se rendre chez le notaire de famille, maître Granger, pour savoir quels sont exactement ses droits. Elle n'a jamais eu le courage d'approfondir cette histoire d'héritage.

La ferme

— Maître Granger n'est plus en activité, lui annonce à l'étude une jeune femme brune, installée derrière une machine à écrire.

— Mais...

Pervenche se traite de sotte. Elle avait oublié que le père de Nicolas avait repris l'affaire.

— Ne vous en faites pas. Maître Meurville va vous recevoir. Il succède à votre notaire et prendra votre dossier en charge, si vous le désirez.

Pervenche se contient. Elle n'a pas été consultée et n'est pas sûre d'avoir envie de traiter ses histoires d'argent avec le père de Nicolas. En attendant, elle patiente dans la salle d'attente sombre et défraîchie, mal éclairée par deux fenêtres aux vitres opaques.

La porte s'ouvre énergiquement.

— Ah, madame Fontaine ! Entrez donc, je suis content de vous connaître.

— Bonjour maître, je voulais voir, pour la succession de mon mari... explique Pervenche, intimidée par cet homme aimable et sûr de lui.

De grands yeux noirs et vifs, un teint mat et un sourire charmeur, l'homme est assurément conscient de son effet. « Un séducteur », pense Pervenche en le suivant dans son bureau.

Il s'excuse du désordre, l'invite à s'asseoir dans un large fauteuil de cuir marron et cherche le dossier Fontaine, tandis qu'elle observe cette pièce triste et sombre. Pour rien au monde elle ne travaillerait ici. Ça sent trop la poussière, la mort et les secrets.

Maître Meurville parle bien, clairement, avec chaleur. Il comprend son problème. Cette ferme qui lui pèse. Ses hésitations à vendre par respect pour Luc, par crainte de faire une bêtise ou de déplaire à ses filles. Il lui conseille d'attendre un peu. Ce n'est pas une décision à prendre à la légère.

— J'ai fait passer une annonce dans le journal. Pour me rendre compte.

— À vous de voir, mais ne précipitez rien. Vous pouvez vendre le cheptel et les terres qui vous appartiennent en pleine propriété, même la part de votre fille aînée si elle accepte.

Pervenche ne sait plus.

Il referme le dossier, confie avoir beaucoup apprécié Isora et ajoute que c'est dommage qu'elle ait rompu avec Nicolas.

— Il était fou amoureux d'elle et je le comprends.

— Je pense qu'ils se voient à nouveau, à Silvabelle.

Il confie qu'il le souhaite et continue :

— Ah, Silvabelle ! En voilà un beau domaine. Dommage qu'il tombe toujours dans les mains de gens incapables. Ainsi, ce luthier n'a pas les pieds sur terre. Enfin, cela ne nous regarde pas, n'est-ce pas ?

— En effet.

La dame de Champbrise se lève pour prendre congé, défroisse son pantalon, passe machinalement la main dans ses cheveux et surprend le regard admiratif du notaire.

— Vous êtes encore plus belle que votre fille.

Pervenche rougit jusqu'aux oreilles, murmure un petit merci gêné et, en se pressant de sortir, bute sur un carton mal rangé et manque de s'étaler. Maître Meurville la rattrape et la tient contre lui plus que de raison.

— Excusez-moi, je n'ai pas encore réussi à venir à bout du désordre laissé par mon prédécesseur... dit-il en la relâchant à regret.

— Ce n'est pas grave. Au revoir, maître.

— Attendez. Je... Enfin non, rien.

Pervenche, qui a retrouvé ses esprits, le toise, amusée, avant de sortir fièrement, emportant sur sa veste un parfum d'homme raffiné. Elle est flattée. Un peu choquée mais flattée. Du coup, sa féminité prenant le pas sur sa modestie, elle éprouve le besoin de se faire belle. Elle consulte sa montre. 15 heures. Elle a le temps de se rendre chez la coiffeuse qui soignera sa chevelure et même d'aller jusqu'à Troyes. Elle a envie de folie.

L'agitation du centre-ville lui tourne un peu la tête. Elle, la solitaire de Champbrise, n'a pas l'habitude de ce fourmillement incessant. Des automobiles en tous sens. Des piétons pressés. Des enseignes clignotantes. Des vélos et des cyclomoteurs. « Que de cyclomoteurs ! » pense-t-elle.

Elle sillonne la rue Émile-Zola, artère principale

de Troyes dont les filles adorent lécher les vitrines. Presque intimidée aujourd'hui qu'elle est seule, ce qui n'est pas coutume, elle hésite à entrer dans les magasins. Surtout qu'elle n'a pas d'idée précise.

Une glace, dans une vitrine, lui renvoie une image qui l'étonne. Est-ce bien elle cette femme aux cheveux bouclés dégringolant dans une fausse anarchie sur ses épaules ? Elle se trouve belle et ce sentiment, au lieu de la réconforter, lui serre le cœur. Pour qui est-elle belle ? Personne. Non, chez elle, l'amour se conjuguera éternellement au passé. Le présent la déçoit bien trop souvent. Il a le goût des trahisons et des amours de raison.

Elle se force à marcher lentement, à prendre le temps. Des hommes la détaillent avec un œil admiratif, c'est furtif mais agréable et cela lui donne du courage. Elle entre chez *Prime-rose.* Timide, elle parcourt des yeux, sans les voir, les habits sur les portants quand une vendeuse l'interpelle. La quarantaine sage, elle est vêtue d'un tailleur gris et chic. Ses cheveux blonds noués en chignon sur la nuque.

— Puis-je vous aider ? sourit-elle en bonne professionnelle.

— Je regarde pour l'instant. En vérité, je ne sais pas trop. Je voudrais quelque chose de coloré, de gai. Taille quarante.

La vendeuse la toise de ses yeux ardoise dont l'étincelle soudaine traduit un intérêt évident. Elle a perçu la vulnérabilité de cette belle cliente, encline, elle le sent, à acheter.

— Vous désirez une robe ou un pantalon ?

Pervenche s'approche d'une jupe, tâte le tissu, lit

l'étiquette avec attention et relâche le vêtement. Trop classique.

— Je veux une tenue à la mode. Je ne suis pas fixée.

La vendeuse affiche une moue sceptique.

— Oh, vous savez, la mode, on s'y perd un peu actuellement. C'est un festival baroque. Des pois ou des rayures. Des combinaisons fluo. Des fuseaux. Des jeans clairs. Que diriez-vous de ce pull ample et coloré ?

Pervenche s'approche du comptoir où la dame étale la tunique aux damiers multicolores.

— Je vous imagine bien dans ce vêtement à la fois chic et décontracté. Voulez-vous l'essayer ?

Pervenche accepte. Elle s'isole dans une cabine, enfile le pull et sort pour se mirer dans la glace. C'est seyant. La vendeuse s'exclame que cette tenue lui convient à merveille.

— Vous êtes typée, ce vêtement original vous mettra en valeur.

— Ce n'est pas un peu excentrique ? hasarde la cliente.

— Vous êtes superbe, s'exclame la patronne qui, d'une voix sûre, appuie l'avis de sa vendeuse en s'approchant.

En un tournemain, elle s'empare de plusieurs pantalons dont les couleurs sont assorties au pull qu'elle place contre Pervenche.

— Essayez le rouge, juste pour apprécier le confort. Ensuite vous choisirez la couleur.

Pervenche procède à un nouvel essayage. Le pantalon, conçu dans un tissu légèrement élastique, la moule un peu, juste ce qu'il faut. Avec le pull, c'est franchement beau.

— Ces vêtements sont faits pour vous, affirme la patronne.

La vendeuse renchérit :

— C'est ce qu'il vous faut.

Sa cliente rougit, regarde aussi le jaune et le bleu, mais décide de garder le pourpre. C'est la couleur de l'énergie.

— Vous avez raison. Avec le pull, c'est magnifique. Donc vous prenez l'ensemble ? demande la vendeuse tandis que sa patronne retrouve sa place derrière le tiroir-caisse.

— Oui.

La commerçante fourre prestement le tout dans un joli sac à l'enseigne du magasin et annonce le prix.

— Six cents francs.

Pervenche rédige son chèque, le tend en souriant et repart avec son précieux bagage. Elle sera belle ce soir pour rompre avec Jean-Noël.

Curieusement, sa colère se dissipe au profit d'une certaine légèreté. Elle marche allégrement dans les artères du centre-ville, s'arrête un instant dans la rue François-Gentil où foisonnent les pans de bois, symboles de la vieille cité. Elle admire les façades dont les encorbellements, les huisseries et tout cet ordonnancement vertical et harmonieux coupé de croisillons sont mis en valeur par la lumière de cette journée printanière. Elle se dit que, décidément, Troyes est une bien belle ville et qu'elle y viendra plus souvent.

— J'ai besoin de vous voir, tout à l'heure. Aurez-vous cinq minutes pour venir à la maison ? demande Pervenche en enfilant ses bottes dans la salle de traite.

Jean-Noël ne sait s'il doit se réjouir car le ton de la patronne contient comme un brin d'ironie, une petite menace. A-t-elle encore un souci ? La vieille a-t-elle encore sévi ? À moins qu'elle ne se décide enfin et que ce projet la tourmente.

— J'ai tout mon temps, répond-il en commençant à brancher la trayeuse.

Ils travaillent en silence. Elle, en se répétant les paroles qu'elle lui dira bientôt. Lui, en s'interrogeant sur le sens de l'entretien.

— Voulez-vous terminer, s'il vous plaît ? J'ai quelque chose à faire à la maison.

— Bien sûr, sourit-il, de plus en plus angoissé.

Un quart d'heure après, il frappe discrètement à la porte, débarrassé de ses vêtements de travail.

— Entrez, invite Pervenche.

Il ouvre doucement et se fige, intimidé. Sa patronne affiche un je-ne-sais-quoi de provocant dans le regard comme dans la tenue.

— Ouah... vous êtes magnifique ! Vos cheveux... cette tunique colorée...

La jeune femme sourit.

— J'avais besoin de ça pour me remonter le moral. Et puis, je suis lasse de mon métier, ça se confirme, vous savez. Seule, c'est trop compliqué. J'ai envie de changer d'air, besoin de métamorphose, lance-t-elle en fanfaronnant.

Adossée au buffet, elle entortille machinalement une mèche de cheveux sur son index, la relâche et recommence en le regardant froidement. L'homme sent bien que quelque chose cloche. Son cœur se serre. Elle lui échappe, c'est sûr. À vouloir trop tout de suite, il risque de la perdre. Comme elle ne l'invite pas à s'asseoir, il reste planté dans l'entrée, ne sachant sur quel pied danser.

— Mais vous vouliez attendre, ne rien précipiter, je ne comprends pas...

— Eh bien, mon cher, j'ai changé d'avis. Je vous donne ma réponse aujourd'hui. C'est non. Je ne vivrai pas avec vous, Jean-Noël.

Celui-ci déglutit, glisse ses mains dans ses poches, les sort en se croisant les doigts.

— Mais pourquoi ? J'ai fait quelque chose de mal ?

— Vous m'avez menti. La pseudo-confession de mon mari à Hubert, c'est une invention pour me faire fléchir plus vite. C'est raté. Je vous ai entendu parler hier avec votre complice Sophie.

Le sang de Jean-Noël se glace. Ainsi, elle sait. Compte tenu de son tempérament, elle ne reviendra pas sur sa décision. Il avance d'un pas.

— C'est vrai, j'ai mal agi. Je le regrette mais c'était pour vous tranquilliser, pour vous aider dans votre décision. Pervenche, ne me jugez pas sur cette erreur. Je vous en prie. Je vous aime sincèrement.

— Quand on aime, on n'est pas à un mois près. Comment voulez-vous construire quelque chose sur un mensonge, hein ?

Ses yeux marine foncé flamboient. Ses lèvres tremblent mais elle reste hautaine, méprisante même.

— J'ai mis ma ferme en vente.

Un coup de poignard dans le cœur de l'homme. Le regard embué, il avance d'un pas, puis d'un autre et tente de lui saisir la main. Elle recule tandis qu'il argumente :

— Vous ne pouvez pas faire ça. C'est la ferme de Luc. Vous le regretteriez toute votre vie. Je vous connais. Je comprends tous les sentiments qui vous animent. Je suis prêt à vous aider à surmonter vos peurs. Alors, Pervenche, réfléchissez. J'ai fauté, certes. Qui peut se vanter de ne jamais le faire ? Une faute n'est pas un crime, tout de même. Et c'était par amour.

— Cela n'excuse pas le mensonge à mes yeux. Comment pourrais-je vous croire désormais ? Non, ce complot restera toujours entre nous.

En prononçant ces paroles, son regard se pose sur l'avant-bras de Jean-Noël dont la manche retroussée laisse apparaître le grain de beauté. La marque évoquée par Agathe. Est-elle en train de passer à côté de son destin ? Elle regarde encore le bras de l'homme. Pas d'étoile. Un grain de beauté banal.

L'homme a senti une faiblesse chez Pervenche dont le regard s'adoucit peu à peu. Va-t-elle rendre les armes enfin ? Pardonner ? Vivre enfin ? Il le souhaite tellement. Il espère encore. Mais la sentence tombe. Dure et sans appel.

— Je vendrai ma ferme si ça me chante. Et vous n'entrerez jamais dans ma vie. Voilà. Nos relations resteront uniquement professionnelles.

L'homme serre les dents. L'horloge fend le silence en égrenant ses sept coups. L'ambiance est tendue, chacun sentant que tout se joue à l'instant. Jean-Noël se tâte. Va-t-il oser la prendre dans ses bras pour la sentir fléchir ? Le regard de la femme l'en dissuade. Il a repris sa couleur sans douceur. Alors l'ouvrier déçu tourne le dos en déclarant qu'il quittera la ferme dans un mois. Il sort sans un mot de plus. Elle ne le rappelle pas. Quand elle entend la voiture démarrer et s'éloigner, elle laisse couler ses larmes.

Pervenche pleure longtemps, ce soir-là, avec l'impression encore plus profonde de ne pouvoir sortir du tunnel. À peine aperçoit-elle une lueur qu'il s'obscurcit à nouveau pour se fermer complètement. Elle s'enfonce avec le sentiment de se tromper sur toute la ligne, mais s'obstine dans sa détermination. Plus de Jean-Noël. Plus de ferme. Mais alors quoi ?

Elle imagine tous les scénarios possibles, craint le lendemain où, dans le journal, son annonce va surprendre, scandaliser peut-être, les gens de Chessines. Ensuite, ils viendront tous, les vautours, les gros fermiers qui, flairant la bonne affaire, se diront intéressés par l'achat de l'exploitation. Cette idée lui déplaît. Les paroles de Flore la taraudent. Pauvre petite. Elle voulait la ferme pour continuer dans le sillage de son papa.

Elle avale les pilules du Dr Vannier avec une tisane et, après un bain chaud qui la détend un peu, se met à choisir un livre. La bibliothèque en regorge. Elle lit tellement depuis qu'elle est enfant. Ses filles lui en offrent, ses amies aussi. Ainsi, elle a constitué une belle réserve d'avance.

Voyons, un livre de terroir ? Non, pas ce soir. Un roman historique ? Pas envie. Proust ? Trop nostalgique aujourd'hui. Finalement, c'est encore un polar qui, par son intrigue à suspense, risque de l'aider à s'évader un peu. Voyons celui-ci. Elle ne l'a pas lu. La jaquette l'interpelle. Le titre l'intrigue. *Le Dix de pique*. Elle feuillette, lit la quatrième de couverture, parcourt quelques passages et finalement se décide. Elle a besoin d'échapper à ses soucis.

Elle se plonge dans l'histoire, lit une bonne partie de la nuit, emportée par les péripéties du commissaire Boulard qu'une enquête conduit sur les traces d'une secte, dont les membres se donnent la mort par revolver. Ils ont tous à la main une carte. Un dix de pique. Et tous une bonne raison d'en finir. Son personnage préféré, Julien, un père de famille de quarante ans, se tue après avoir appris une terrible nouvelle.

La lectrice lutte contre le sommeil, intriguée par ce mystère qui se corse et soudain son sang se glace. Le fameux Julien venait d'apprendre que sa mère était mêlée à une sombre histoire. *Comment vivre avec pour héritage la faute de ma mère ?* Ce n'est pas cette phrase qui trouble Pervenche, c'est le trait qui la ponctue au crayon de papier. Luc avait pour habitude de souligner les passages qu'il aimait, séduit par la tournure des phrases, la psychologie des héros, l'humour de l'auteur ou des pensées exprimées qu'il partageait, Cette fois, rien de transcendant dans la phrase, sauf le sens qui la trouble profondément. Il est bien tard quand elle s'endort, l'âme à nouveau torturée.

Le lendemain matin, elle attend fébrilement le passage du facteur qui déposera le journal dans la boîte aux lettres. 11 heures, le voilà. Elle l'aperçoit qui gare sa Mobylette, fouille dans sa sacoche et glisse le quotidien par la fente de la boîte.

Elle attend qu'il reparte et se précipite pour s'emparer du courrier. Deux lettres pour Hélène qu'elle dépose en passant. Maintenant, elle s'installe sur une chaise de la cuisine et tourne fébrilement les pages. Voilà. L'annonce y est, encadrée d'un trait épais. Elle en a le cœur à l'envers.

« Bah, ce n'est pas encore fait », s'encourage-t-elle. Elle redoute aussi la réaction de la vieille quand elle lui portera le quotidien tout à l'heure après l'avoir lu. Elle se sent bien coupable, d'un seul coup. Elle parcourt distraitement les autres pages de la gazette, prépare le repas et porte la portion à sa belle-mère.

— Je vous préviens, j'ai mis une annonce pour la vente de la ferme, annonce froidement Pervenche en tendant *L'Est Éclair*.

La vieille blêmit, se lève sur des jambes flageolantes et attrape le bras de sa belle-fille qui dépose le fricot au chaud sur la cuisinière.

— Tu n'as pas fait ça ?

— Si. Voyez l'annonce.

— Mon pauvre Luc va se retourner dans sa tombe. André aussi. Quelle garce tu fais. Tu es encore pire que je l'imaginais.

Pervenche la regarde droit dans les yeux.

— Vous m'y avez poussée, Hélène. Vous m'avez toujours enfoncée au lieu de m'aider. Je ne sais d'où vient cette haine, mais maintenant je ne supporte plus. Alors tant pis.

Hélène lit l'annonce en tremblant. Visiblement

accablée, elle peine à puiser dans sa méchanceté pour y trouver les mots qui font mal, roule le journal en boule, se lève et le jette dans la cuisinière.

— Tu me le paieras très cher, prévient-elle en se retournant.

Pervenche hausse les épaules et sort d'un pas sec pour marquer sa détermination. Pourtant, elle qui se réjouissait d'avance à l'idée d'annoncer une telle nouvelle à la vieille ne se sent pas bien fière.

Assise devant la télé, un plateau sur les genoux, elle grignote sans faim, tend plusieurs bouchées de viande à Tempo qui, sentant le moment propice à la générosité, reste au garde-à-vous, le museau et la gueule en alerte.

La sonnerie du téléphone la fait sursauter. Elle se lève vivement pour répondre. C'est René Simonnet, un cultivateur de Villeneuve-le-Petit, qui se dit intéressé par l'annonce. Il voudrait discuter. Pervenche l'invite à venir l'après-midi, bien que l'idée de parler affaire avec cet homme lui déplaise. « Les Simonnet, ils n'en ont jamais assez », répétait Luc. C'est vrai que le père, comme le fils, toujours à l'affût des champs à acheter, profitent souvent de la misère des gens ou de leur gêne financière pour acquérir à bas prix. On prétend aussi qu'ils n'étaient pas en reste le jour de la curée et que leur fortune a fait la culbute du bon côté, après la guerre.

Les Simonnet, Pervenche Fontaine les attend de pied ferme. Mais quand elle entend le moteur de la voiture, son cœur bat à se rompre. Elle se sent démunie face à l'affaire à mener. La boule au ventre, elle les regarde descendre de leur Mercedes.

René Simonnet est accompagné de son fils Denis. Ils tiennent chacun une petite sacoche à la main et balaient la cour et les bâtiments des yeux. Le père et son garçon se ressemblent. De petite taille, presque chauves, ils ont le même visage patelin, la même façon de se tenir, le buste un peu en avant. Et la lippe tombante qui leur confère, malgré eux, une sorte d'avidité. L'ancien montre la stabulation de la main. Le jeune s'avance jusqu'à l'entrée, jette un œil, puis se dirige vers l'écurie des poneys dont il ouvre la porte. Le père le suit.

« Ils se croient déjà chez eux », se dit Pervenche dont le cœur soudain se serre et que l'énormité de son projet l'écœure. Voir les Simonnet lorgner la ferme de Luc avec autant d'indécence lui est insupportable. Les mains moites, elle cherche désespérément des arguments pour les décourager. Rouge d'émotion et de colère, elle sort de sa maison.

— C'est mieux de visiter avec la propriétaire, non ? lance-t-elle, les mains sur les hanches.

Ils s'arrêtent, surpris. Le fils se tait. Le père tente d'amadouer la patronne :

— On jetait un coup d'œil. Vous avez un meuble de valeur contre le mur.

Pervenche, alors, perd ses moyens.

— Ne gaspillez pas votre temps, messieurs Simonnet. La propriété est presque vendue.

Le vieux sursaute.

— On n'était pas les premiers ?

— Non. Quelqu'un est venu avant vous. Un Parisien fou de campagne, avec des projets plein la tête. Il est emballé.

Denis se gratte le crâne en regardant, sceptique,

la veuve Fontaine au regard fier, puis il revient près de sa voiture, René sur les talons. Ce dernier tente d'émouvoir la fermière :

— Vous n'allez pas vendre à un étranger. Nous, on est d'ici. Je suis certain que votre mari aurait préféré. On peut discuter du prix, si vous voulez. On fera un effort, dit-il en lançant un coup d'œil à son fils.

— On peut vous offrir davantage que le Parisien, en effet, continue celui-ci.

Pervenche se contient malgré l'irritation qui la gagne et colore son visage.

— Vous n'avez pas compris. Mon acheteur s'est engagé. Il a versé des arrhes de la main à la main. Vous pensez, une exploitation pareille, moderne, avec trois cents hectares de bon rendement. Je n'en reviens pas d'avoir trouvé le bon client tout de suite. C'est inespéré.

Le vieux se gratte la tête, bien ennuyé. Le jeune change sa sacoche de main et tente une dernière approche :

— Tant que c'est pas signé, on peut s'arranger, non ?

— Vous savez bien que je n'ai qu'une parole. Bon, mais si le Parisien se dédit, on ne sait jamais, je penserai à vous. Promis.

— Qu'est-ce qu'elle en dit ? demande René Simonnet en montrant la maison de la vieille.

— Elle n'a rien à dire.

Le père et le fils se regardent, leur visage affichant la même déconvenue mêlée de doute. La Pervenche serait bien capable de leur raconter des histoires. C'est vrai que les Fontaine n'ont pas toujours été au mieux avec les Simonnet. Mais tout de même, vendre à un étranger !

Comme si elle lisait dans leurs pensées, la fermière de Champbrise s'amuse de leur mine déconfite, lève les bras au ciel en signe d'impuissance et fait mine de rentrer pour qu'ils décampent au plus vite. Après un dernier regard circulaire, ils s'engouffrent dans leur voiture, tassant leur déception dans leur petite sacoche.

Le cahier bleu

Ce premier vendredi de mars, Pervenche se ronge d'hésitation et de culpabilité. Vendre la ferme ? C'est une monstruosité mais, si elle renonce à ce projet, il lui faudra continuer sans Jean-Noël et elle ignore si cette décision est judicieuse. Elle s'enlise et se sent de plus en plus mal. À qui parler de ses angoisses ? Elle ne va tout de même pas aller ennuyer Mehiel Descharme... À moins que... Si elle lui portait des œufs frais ? Voilà une belle entrée en matière. Une excuse pour se rendre à Silvabelle en ce début d'après-midi et peut-être la possibilité de se confier et de recevoir des conseils.

Elle chasse ses soucis et ne pense plus qu'à paraître à son avantage. Ainsi, dans sa salle de bains, elle soigne sa tenue plus qu'à l'accoutumée. Un léger trait de khôl sur ses paupières, un soupçon de rouge sur les lèvres, la chevelure dénouée tombant sur cette tunique colorée et c'est une autre femme qu'elle découvre dans la glace. Elle enfile le pantalon rouge, juste moulant pour laisser apparaître ses formes, se couvre d'un poncho noir et chausse des mocassins assortis, confortables pour la marche.

Et la voilà partie sur la route de Silvabelle, une douzaine d'œufs dans son panier et le cœur plus alerte.

Il fait doux. Quelques nuages moutonneux s'étirent dans le ciel, promesse d'une belle journée. La forêt bruisse de mille signes de renouveau. Une musaraigne, un ver entre ses petites dents, se faufile sous les feuilles. Les mésanges s'affairent à leur nid. Une odeur de feuilles mouillées agitées par le vent vient flatter les narines de la promeneuse qui se ressource au contact de la nature, vibrant de sensations multiples, avec une confiance qui s'installe au rythme de ses pas. Est-ce la magie de Silvabelle ? Son appartenance à un univers hors du commun ? Pervenche se sent presque en accord avec elle-même. Elle gardera la ferme de Luc. Elle continuera. Sans Jean-Noël. Voilà qui est presque décidé. Agathe s'est trompée.

Cette idée la fait sourire. Elle se détend, pense à Isora qui va de mieux en mieux, le visage illuminé par le bonheur de chanter. Pour rien au monde, sa fille ne raterait ses leçons au château. Elle y retourne même parfois le dimanche où, avec le maître de maison et quelques amis, ils écoutent de la musique. « Mehiel est vraiment le sauveur d'Isora », pense Pervenche en entrant dans la cour du château.

Elle remarque aussitôt l'absence de la vieille voiture. Le châtelain n'est pas ici. La déception ne l'empêche pas d'avancer jusqu'à la porte. Elle doit remettre les œufs à Lucie. Celle-ci passe la tête par la fenêtre et l'invite à entrer. Les deux femmes s'embrassent.

— Je vous ai apporté des œufs frais, annonce Pervenche en tendant la boîte alvéolée en carton.

— Oh, c'est gentil ! Je voulais justement préparer des beignets. Mehiel en raffole.

Lucie porte un pantalon noir et un pull assorti, dont la couleur, autant que les mailles tirées, témoignent de son ancienneté. Surprenant le regard de Pervenche, la gouvernante reconnaît qu'ici elle oublie la coquetterie.

— J'ai tellement à faire. Et puis, dans ce trou, pas besoin de toilette.

— Vous ne vous plaisez pas ici ? C'est pourtant enchanteur.

— Ah çà ! vous êtes bien comme lui. Il revit depuis notre installation. J'en suis heureuse d'ailleurs. Mais le miracle ne vient pas seulement du lieu, aussi enchanteur qu'il soit. Il n'y a qu'une femme pour changer ainsi un homme, croyez-moi.

Lucie lance un regard pétillant de malice à Pervenche qui rougit imperceptiblement, tandis qu'un courant délicieux la parcourt.

— Vous croyez ? demande-t-elle timidement.

— J'en suis sûre, il y a de l'amour dans l'air et je m'y connais.

Un petit silence embarrasse la jeune femme tandis que des pensées joyeuses et tendres envahissent son esprit.

— Mehiel n'est pas ici ?

— Non. Il est parti acheter divers produits à Troyes, mais il ne devrait pas tarder. Vous pouvez l'attendre si vous voulez. Il sera content de vous voir. Il vous estime tellement. Il dit que vous êtes sensible, avec un mélange de pureté et de naïveté et que vous méritez de renaître.

— C'est vrai ?

— Si je vous le dis ! D'ailleurs, il vous prépare une surprise merveilleuse. Quelque chose d'inattendu. Mais c'est encore un secret. Votre fille en est très heureuse.

— Une surprise ? Le cœur de Pervenche bat si fort qu'elle pose ses mains sur sa poitrine pour le calmer un peu.

— Et une belle, oui. Un bonheur qui va changer votre vie, madame Fontaine. Croyez-moi.

Confuse, la dame de Champbrise perd ses moyens. Les paroles de Lucie la chamboulent, mettent le feu à ses joues et du baume dans son cœur. Se pourrait-il que Mehiel éprouve des sentiments pour elle ? Elle n'avait jamais réellement évoqué cette idée. Enfin pas clairement. Comment cet homme qui fait chanter les violons pourrait-il s'intéresser à une fermière qui ne sait pas reconnaître un *do* d'un *fa* ?

— Je... je ne vais pas rester. Le travail m'attend. La ferme, vous comprenez...

— On comprend. Mais pour l'ouvrier, votre Jean-Marc.

— Jean-Noël.

— C'est pareil. Pour votre Jean-Noël, faut pas vous précipiter, d'après mon patron et Isora, il n'est pas fait pour vous.

— Mais... je ne sais pas. En fait, je ne sais plus où j'en suis, murmure Pervenche en sortant.

Lucie la suit, amusée, en attachant ses cheveux avec une barrette tirée de la poche de son pantalon.

— Il a raison, Mehiel. Faut prendre le temps. Réfléchir. Les choses se mettront en place d'ellesmêmes. Tout est écrit, vous savez.

Un troupeau d'oies, mené par un jars arrogant, arrive en écorchant le silence. Pervenche se recule. Lucie rit.

— Elles font plus de bruit que de mal. C'est une lubie de monsieur le luthier. Il veut une basse-cour. Moi, je veux tout ce qu'il veut, du moment qu'il retrouve sa joie de vivre.

— C'est pareil pour ma fille.

— Ne vous inquiétez pas. Elle a trouvé sa place.

Sa mère est bien d'accord. Isora est beaucoup plus rayonnante depuis qu'elle fréquente Silvabelle et c'est une immense joie. Elle se confie à Lucie. Celle-ci acquiesce en souriant.

— Bon, je vous laisse. Donnez le bonjour à Mehiel, sourit la visiteuse.

— Je n'y manquerai pas. Et n'oubliez pas qu'un bonheur se prépare, mais, chut, n'est-ce pas ? Ne me trahissez pas. J'en ai déjà trop dit.

— Je garderai le secret. D'ailleurs, vous m'avez mis l'eau à la bouche sans rien me révéler de concret.

— Chaque chose en son temps. Au revoir, ma belle.

— À bientôt, Lucie, dit Pervenche en regardant machinalement la fenêtre sous les toits dont un rideau, elle en mettrait sa main au feu, vient de bouger.

Encore le fantôme de Silvabelle ? Décidément, son imagination lui joue des tours.

Elle reprend la route, marche en laissant ses pensées errer sur des chemins bordés de roses et sourit aux oiseaux, aux fleurs, aux nuages, à la vie. Envahie d'une émotion de jeune fille, elle franchit les cinq kilomètres sans s'en apercevoir et se retrouve devant le panneau de Chessines, tout étonnée d'être déjà là.

Une surprise, a annoncé Lucie. Et Isora en est heureuse... Elle soupire de bien-être, marche encore et se décide à entrer chez la mercière, la mère Petit. La vieille Marinette résiste à la modernisation et aux grandes surfaces. Les gens se gaussent gentiment de son capharnaüm mais sont bien contents d'y trouver la fusette de fil rouge, le canevas, le ruban, le sous-vêtement, le petit tablier ou autre article de confection qu'ils ont oublié en ville et dont ils ont besoin.

Même la sonnette a résisté à l'électricité. Elle a gardé ses notes cristallines qui se balancent en gaieté dans l'air pour saluer les clients. « Ding, ding... » Pervenche franchit la porte et, instantanément, l'odeur du magasin lui monte aux narines, mélange de textile, de papier et de poussière. Une odeur qui a traversé les ans, sans le moindre changement. Comme la mère Petit, que Pervenche a toujours connue là. Avec un invariable sourire forcé. Toujours arrangée de la même façon avec, été comme hiver, un gilet de laine cachant son buste maigre et une jupe longue et sombre tombant jusqu'aux chevilles. Seule la couleur du chignon a changé. Elle est passée du brun au gris, puis du gris au blanc.

— Bonjour, ma fille. Y a longtemps que t'es pas venue.

— Trop de travail, madame Petit.

— Hum, je me doute. Qu'est-ce qu'il te faut ?

— Je voudrais un assortiment de bobines de fil. J'ai des ourlets à rabattre sur les pantalons des filles.

Mettez-moi du rouge, du bleu, du vert, du noir et du blanc.

Pendant que sa cliente regarde les collants fins et tâte les chemises de nuit, la vieille femme s'affaire, ouvre des petits tiroirs, farfouille avec nervosité, marmonne un peu en cherchant les couleurs, les trouve et glisse le tout dans un petit sac en papier blanc.

— Elle te plaît, hein, cette nuisette rouge ? Y paraît que c'est sexy.

Pervenche s'amuse de ce vocabulaire dans la vieille bouche de la Marinette.

— Oui, c'est joli. Je vais la prendre. J'ai envie de me faire plaisir.

— T'as raison. Si c'est pas toi, qui te fera plaisir, hein ?

— Çà !

La mère Petit étale le sous-vêtement devant Pervenche. C'est soyeux, doux, d'une coupe simple et courte, soulignée d'un volant vaporeux. Elle l'emballe prestement, tout en questionnant :

— Et t'en es où avec le Nono ? Y paraît qu'il y a anguille sous roche. C'est un brave garçon. J'ai jamais compris les allusions des gens. On ne sait pas d'où y sort. Ça change quoi, hein ?

Pervenche se contracte. Ah çà ! les langues vont bon train au village.

— On vous a mal informée, madame Petit. Non, il n'y a rien entre M. Morel et moi, sinon des relations de travail.

La Marinette se frotte le menton, visiblement déçue.

— Ah ? Je croyais. T'as tort. Y ferait un bon mari. Courageux et honnête.

— Mais qu'est-ce que vous en savez, à la fin ?

La commerçante la regarde, désarmée.

— Te fâche pas. C'est ce qui se dit. Et pis, y aurait pas de mal. T'es trop jeune et trop belle pour rester seule. Fais pas comme moi. Depuis la mort de mon pauvre Fernand, je me ratatine. Je crois même que je rétrécis.

Pervenche ne peut s'empêcher de sourire.

— Je n'ai pas dit que je resterai éternellement seule. Mais je n'aime pas Jean-Noël. Les sentiments ne se commandent pas.

— Çà ! Mais dis-moi, j'ai pas rêvé. T'as bien mis ta ferme en vente ?

— Oui.

— À mon avis, les Simonnet ne vont pas tarder à rappliquer, glose la mère Petit en essuyant d'un revers de manche la goutte qui pend comme une stalactite à son nez.

— C'est déjà fait. Mais j'ai déjà promis à un Parisien.

La Marinette en laisse tomber son mouchoir.

— La ferme de Luc Fontaine à un Parisien ! Tu m'en diras tant.

— C'est ainsi. C'est trop difficile. Je vous dois combien ?

— Trois cent deux francs.

La cliente étale trois billets de cent et deux pièces sur le comptoir, met les paquets dans son sac et prend congé. Le son de la petite clochette est moins joyeux que la première fois aux oreilles de Pervenche. Il est chargé d'inquiétude et de doutes.

Pervenche rentre d'un bon pas en pensant aux paroles de la mère Petit. « Elle a raison, si je continue de vivre seule, je vais m'aigrir et me couper du monde. Bientôt, les filles partiront. Que vais-je faire de ma vie ? » Ces questions la taraudent, gommant le bienfait de sa visite à Silvabelle et ses espoirs. Elle craint encore de se bercer d'illusions. Mehiel Descharme a sûrement l'embarras du choix dans ses relations. Il est tellement au-dessus du commun des mortels, si charismatique que même ses filles apprécient sa compagnie. Lucie, Diane, toutes les femmes sont sensibles à sa séduction. Pourtant, il n'en joue pas. C'est inné. Une sorte de grâce.

La marcheuse avance maintenant dans l'allée de tilleuls dont les arbres martyrs, taillés jusqu'à la mutilation, dressent leurs moignons dans le ciel clair, tels des fantômes en souffrance. Pas de fleurs embaumées cette année. Les tilleuls devront lutter pour ressusciter en feuillages verts. « Comme moi », songe Pervenche dont les pensées s'égarent. La prophétie d'Agathe, les Simonnet, Jean-Noël... Ah, celui-là, elle ne lui pardonnera pas de sitôt. Dire qu'elle était prête à se caler dans sa vie. Un menteur. Non, elle n'écoutera pas la petite voix qui s'insinue en elle en prônant l'indulgence. Peut-être que c'est un mensonge d'amour. La crainte de la perdre... Tant pis.

La voici arrivée maintenant. Tempo vient à sa rencontre en lui souhaitant la bienvenue avec démonstration de joie. Il en éternue de contentement. « Lui, au moins, il est sincère », pense sa maîtresse en le caressant et le gratifiant de mots gentils. Un amour de chien, fidèle et toujours content.

Elle entre dans sa maison et interroge la pendule. Bientôt 17 heures. L'employé ne devrait pas tarder. Elle redoute maintenant ces tête-à-tête où ils travaillent en silence, comme des étrangers. Le visage fermé, l'ouvrier fait comme si elle n'existait pas. Elle a bien tenté une approche, ne serait-ce que pour alléger l'atmosphère. En vain. Alors, elle se conduit comme lui, répond par oui ou par non. C'est tout. Plus aucun dialogue ne semble possible et c'est pénible.

Elle revêt son pantalon, enfile son vieux pull et sort en jetant un regard vers la salle de traite. Il n'est pas arrivé. Elle se dirige vers l'écurie aux poneys pour leur distribuer leur ration d'avoine et regarde machinalement la vieille maie poussiéreuse. Les Simonnet ont raison, ils ont l'œil. C'est un beau meuble. Et pourtant, elle n'y a jamais prêté attention. Peut-être qu'elle pourrait l'offrir à Mehiel pour meubler le pavillon de chasse. Elle retire le bric-à-brac qui la recouvre depuis des lustres : un pot en terre, des bocaux, de la ficelle, un panier percé... Elle sort un chiffon du tiroir et commence à essuyer le couvercle. Le meuble, protégé par la poussière, n'est pas abîmé. À peine piqué des vers, là, dans le coin droit. Juste là où on distingue un dessin gravé. Elle frotte plus fort. Les lettres apparaissent. Un S et un B entrelacés. Ce meuble devait appartenir aux parents d'Hélène. Boulard, du nom de son père, Sanson, du nom de sa mère. À moins que... Son sang ne fait qu'un tour. Mais oui, elle a déjà vu cette empreinte, mais pas sur les draps d'Hélène, ni sur ses nappes, ni sur ses mouchoirs où le S et le B se côtoient sagement... Ces lettres emmêlées symbolisent les armes de Silvabelle. Silvabelle dont le nom, d'après les archives, s'écrivait au siècle dernier en deux mots, *silva* signifiant forêt en latin.

C'est ça. Elle a remarqué les armes du château sur la cheminée et sur la porte à vantaux. Ainsi, la vieille maie à laquelle personne ne prêtait attention vient du domaine ? Qui l'a rapportée après la curée ? André ou Hélène ? Leurs parents ? Pervenche n'aime pas l'idée que Champbrise abrite un meuble du château. Elle se félicite de son idée. La maie retournera d'où elle vient.

Elle tente de la déplacer, y parvient sur quelques centimètres seulement, mais c'est assez pour qu'elle remarque une anomalie sur le carrelage. Un dénivelé. Plusieurs carreaux en effet se détachent de la surface des autres. Pervenche se baisse, tâte et comprend qu'ils sont descellés. Elle en retire un, puis deux, puis un autre encore. Six en tout. Et dessous, une cavité. Elle y introduit la main, palpe une boîte en bois et s'efforce de la sortir de sa cachette. Elle n'est pas bien lourde.

Oh, quelle découverte ! Le coffret, de belle taille, est gravé d'une fleur. Un bleuet, reconnaît Pervenche. Contient-il le trésor que tant de gens ont cherché ? Non. Il est bien trop petit. Il n'est même pas fermé à clé. Elle ouvre, le cœur battant. Deux louis d'or et des boucles d'oreilles. Peut-être que les bijoux appartenaient à sa mère. C'est tout. Mais c'est beaucoup tout de même.

Encore tremblante, elle pose le coffret sur la maie,

l'essuie, le caresse. Il a appartenu à Guillaume Lamotte, c'est sûr. À qui d'autre ? Une immense émotion la submerge. Ainsi, les Fontaine ne sont pas étrangers au pillage du château. Quelle honte ! Hélène, qu'elle a surprise plusieurs fois dans l'écurie, n'a pas dû se gêner pour s'approprier les pièces. Car il devait bien en exister d'autres.

Elle en tremble en remettant le meuble à sa place, se demandant si elle osera faire part de sa trouvaille au propriétaire de Silvabelle. C'est si humiliant... Elle en oublie de soigner les poneys et sort avec son trésor. Enfin ce qu'il en reste... Une boîte en bois rectangulaire assez ordinaire. L'intérieur, pourtant, est capitonné de velours, signe que son contenu était, sinon précieux, du moins important pour son propriétaire.

Elle rentre à la maison pour déposer sa découverte. À l'abri des regards, dans sa chambre, elle pourra la détailler encore, ce soir. En attendant, la voix de Jean-Noël, répondant aux aboiements de Tempo et aux meuglements, lui signale que la traite a commencé. Elle se presse pour les rejoindre.

— Bonjour, lance l'ouvrier en dévisageant furtivement sa patronne.

— Bonjour. Vous pourrez aller soigner les poneys, s'il vous plaît ?

— Bien entendu. J'irai avant de partir.

Il branche la trayeuse et semble se concentrer sur son travail, puis se redresse, le regard malheureux.

— Vous avez trouvé quelqu'un pour acheter Champbrise, paraît-il ? Ça n'a pas traîné.

Elle se tait quelques minutes. Lui s'impatiente, craignant que ce silence n'augure rien de bon.

— En effet. Mais je ne suis plus certaine de vendre. Parler est une chose. Agir en est une autre. C'est difficile de franchir le pas. Vous devez le comprendre.

Il soupire en reprenant malgré lui un petit espoir.

— Oh oui ! Et je me dis que tout aurait pu être différent si seulement je n'avais pas agi aussi sottement. Je m'en veux, si vous saviez. J'ignore ce qui m'a pris. Enfin, Pervenche, on travaille ensemble depuis neuf ans. Vous ai-je déjà déçue ?

— Professionnellement, non. D'ailleurs, je ne vous ai pas congédié.

Il s'avance pour lui prendre la main. Elle recule.

— Quel gâchis. Vous ne voulez vraiment pas me donner une nouvelle chance ?

Pervenche doit bien reconnaître que Jean-Noël l'attendrit. Mais le bel homme, malgré ses yeux bleus et sa carrure d'athlète, ne l'émeut plus. C'est un autre visage qui la trouble, des yeux de jade et des mains d'artiste. Elle a beau chasser cette image, elle revient la hanter, évanescente ou plus précise, s'immisçant dans son esprit comme un rêve impossible.

— Non, Jean-Noël. Nous unir serait une erreur. J'ai bien réfléchi. Votre complot, ne sursautez pas, c'est un complot, a précipité les choses, mais je commençais à me rendre compte que nous ne sommes pas faits l'un pour l'autre.

— Vraiment ?

L'ouvrier serre les dents, débranche la tireuse, tape sur le derrière de la vache qu'il vient de traire et se retourne. Ses yeux d'homme bafoué lancent des éclairs.

— Alors, si vous le permettez, je partirai à la fin de la semaine.

En quelques secondes, Pervenche évalue toutes les difficultés que ce départ va engendrer. C'est l'époque des traitements. Comment va-t-elle faire ? Qui va-t-elle embaucher dans l'urgence pour remplacer son ouvrier ?

— Vous pourriez attendre quelque temps tout de même.

— Non. D'ailleurs, je vais acheter une affaire, moi aussi. J'en rêve depuis longtemps, vous savez bien. J'ai de quoi. Avec mes économies et un emprunt, je peux espérer une belle exploitation. Je trouverai. J'ai déjà acheté des champs du père Collot et un tracteur. C'est comme si j'avais eu un pressentiment.

Interdite, Pervenche se mord les lèvres. La voilà bien embarrassée, mais elle ne le suppliera pas.

— Comme vous voulez. Je vais préparer votre compte pour la fin de la semaine. N'oubliez pas les poneys.

Elle sort, hautaine, cachant son désarroi sous cette carapace dont elle s'entoure depuis neuf ans et qu'elle entrouvre seulement de temps en temps en prenant ses filles dans ses bras. Ou, depuis peu, au domaine de Silvabelle.

« Dans quel pétrin me suis-je mise ! » pense-t-elle en prenant sa douche. « Je mets la ferme en vente alors que j'entends la garder. Et je n'ai plus d'ouvrier ! »

L'eau ruisselle sur son corps, l'apaise et la purifie. Le jet emporte ses hésitations et ses doutes. Comme délivrée d'une promesse qu'au fond elle refusait de tenir, elle se sent libre et légère. Pour la ferme, elle trouvera bien une solution. Elle s'essuie soigneusement, enduit son corps de crème parfumée, enfile un pantalon souple et un tee-shirt large et, ainsi à l'aise, s'accorde un moment de détente avant d'aller chez la vieille.

Dans sa chambre, le mystérieux coffret la titille à nouveau. Elle s'installe sur le bord du lit et l'ouvre avec précaution, caresse le velours pourpre, le tâte de tous les côtés avec l'espoir insensé de découvrir un double-fond. Sait-on jamais ? Si la boîte contenait des documents ? Elle retire les louis et les pendentifs, secoue la boîte, l'approche de son oreille. Rien de suspect. Mais, avec entêtement, elle dirige sa main vers les bords, glisse un ongle et là, miracle, elle sent que le fond pivote et devient couvercle pour le petit creux, en dessous, qui contient un paquet ficelé. Elle le dénoue fébrilement. Quelques notes sur les pages à carreaux d'un cahier bleu, comme on en écrit dans un journal intime. Mais pas de signature. Juste un « L. » suivi d'un dessin. Un bleuet. Lamotte, subodore Pervenche en parcourant avidement les papiers. Qui d'autre ?

Aujourd'hui, la petite Pervenche et moi avons fait une jolie promenade. La gamine gambadait en babillant. Je me dis que peut-être un jour je connaîtrai ce bonheur-là. Être père.

Pervenche essuie ses larmes. Ainsi, il espérait un enfant d'Irina. Elle sourit et continue sa lecture.

Quelques brèves par-ci par-là. *Belle journée. Plantations de lauriers. Invasion de limaces.*

L'écriture tremblotante de la dernière page, datée du 5 février 1944, traduit une certaine nervosité.

Nous sommes en danger. Je le sens. J'ai vu dans ses yeux tant de haine, après y avoir lu tant d'amour. Je ne l'ai pas reconnue, cette H qui affirmait qu'elle me dénoncerait s'il le faut. « J'inventerai, affirmerai que tu es un collabo », m'a-t-elle lancé avec hargne. Voilà ses paroles. Je nourris l'espoir de me tromper, mais j'ai peur. H est capable de tout, quand elle se venge.

La nausée. Pervenche se tient l'estomac tandis qu'une montée de bile l'oblige à se plier sur le lavabo. Elle vomit son dégoût, sa souffrance et ses sanglots finissent de malmener sa poitrine. À ses pieds, Tempo, inquiet de cette anomalie, gémit doucement, se lève, tourne en rond comme s'il était en quête de secours, regarde la fenêtre avec espoir et fait la navette entre la porte et sa maîtresse. Ne voyant rien venir à l'horizon, il se calme et lui lèche les mains.

— Oh, mon chien, si tu savais comme j'ai mal.

La brave bête agite sa queue, rassurée par le calme revenu. Pervenche en effet s'allonge sur son lit. Les hoquets sont passés et tout comme la pluie fine et douce suit les trombes de l'orage, les pleurs continuent sans bruit, sillonnant sur ses joues et mouillant l'oreiller.

« Oh, Luc, si tu as découvert ça, je comprends ton désir d'oublier, mais pourquoi as-tu gardé tout cela pour toi ? »

Elle reprend le polar où la phrase soulignée la conforte dans son idée. *Comment vivre avec en héritage la faute de ma mère...* Luc a su et il n'a pas supporté. Rien ne prouve qu'il avait trouvé le document, mais d'une façon ou d'une autre il a appris et ne s'en est pas remis. Elle-même se demande comment elle pourra encore s'occuper de la vieille.

20 heures. Quelques merles s'attardent dans le potager, se répondant en sifflant l'heure du repos. La nuit s'installe et c'est comme un poids qui tombe sur les épaules de la jeune femme. Perdue, seule, ne sachant à qui se confier, elle ferme les yeux avec l'espoir d'oublier un peu dans un sommeil sans rêves. Impossible. Tempo et Isis réclament leur pâtée. Elle allume une petite lampe et se dirige dans la cuisine comme une automate, sert ses animaux qui, eux, n'ont pas perdu l'appétit, et retourne dans sa chambre cassée par le chagrin. Elle n'a pas le courage, ce soir, d'aller affronter sa belle-mère. En fait, indirectement, elle a assassiné son fils. Elle mangera bien ce qu'elle voudra.

C'est sans compter sa tyrannie. La voilà qui tape à la porte.

— Pervenche ! Pervenche ! Tu m'as oubliée ou tu l'as fait exprès ? Pervenche !

Celle-ci se lève comme un ressort. Va-t-elle lui fiche la paix, cette criminelle ?

— Je n'ai rien préparé. Ouvrez une boîte de sardines, lance-t-elle en ouvrant la porte.

Hélène s'engouffrc, lcs yeux exorbités.

— Qu'est-ce qui te prend ? Me laisser tomber comme ça ! Si Luc voyait ça !

— Oh, laissez Luc où il est. Si Luc a choisi de partir, c'est à cause de vous.

— Tu ne vas pas recommencer ?

— Si. Maintenant, je sais pourquoi Luc a choisi de partir. Il a su que vous aviez dénoncé Guillaume.

C'est comme si vous les aviez tués. Jamais je ne vous pardonnerai.

Prise d'une haine transpirant à travers tous les pores de sa peau, Pervenche a parlé calmement, en détachant les syllabes, en fixant Hélène dans les yeux. Elle y lit d'abord le doute, la colère, puis l'effroi.

— Que dis-tu ? demande la vieille en se laissant tomber sur une chaise.

Pervenche la secoue alors d'une violence incontrôlable.

— Je dis la vérité. Vous avez tué Luc. Votre fils n'a pas supporté d'avoir une mère criminelle.

— Tais-toi ! Tais-toi ! Je t'en supplie, tais-toi. J'ai trompé André, mais je n'ai rien fait contre Guillaume. C'est pas moi. Je te jure, c'est pas moi.

La veuve de Luc toise la vieille femme effondrée qui l'implore. On aura tout vu. Elle a perdu sa superbe. Elle crève de peur. Pervenche va alors chercher le coffret, en sort le cahier bleu et lui montre en silence le passage où Guillaume confie ses craintes. Blafarde, la vieille se met à trembler, lit et relit en marmonnant.

— Je ne comprends pas. À cette date-là, c'était fini depuis des mois, avec Guillaume. Il n'a pas pu écrire ça. Il faut me croire, Pervenche. Je ne sais pas ce que cela cache, mais je te jure que je n'y suis pour rien. D'ailleurs, je ne reconnais pas son écriture.

Sa belle-fille la toise, méprisante.

— Arrêtez de mentir, à la fin. Tout est limpide pour moi. Vous avez dénoncé Guillaume Lamotte par jalousie. Parce qu'il vous avait préféré Irina.

La vieille se laisse tomber sur une chaise, essuie une larme avec son tablier.

— Ne t'imagine pas que Luc s'est suicidé à cause de ça.

Elle tourne et tourne encore machinalement le bouton de son gilet, presque hagarde, tandis que sa belle-fille continue :

— Je suis certaine qu'il a appris et qu'il n'a pas supporté.

— Je te jure que non. D'ailleurs, je ne comprends pas ces lignes... Je leur ai souhaité du mal, oui, à Guillaume et à ta mère, mais je n'aurais jamais agi comme ça.

Elle a murmuré ces mots en se tordant les mains, comme une petite fille injustement accusée d'une faute qu'elle n'a pas commise.

— Mais, dans le coffret, il n'y avait que quelques pièces d'or et des pendentifs, dit-elle en reprenant ses esprits, pas de cahier.

— Il se trouvait sous le double-fond. Mais vous êtes en train d'avouer que vous avez participé au pillage.

La vieille se tait, pleure, s'essuie avec son tablier, puis se lève.

— Oui. J'ai mal agi. Je me suis laissé entraîner avec les autres.

— Qui ?

— Oh, les autres. Des gens de Chessines. Tiens, les Bordier, les Meunier... Que veux-tu, le Lamotte et sa Polonaise, on les croyait coupables de trahison, on n'avait pas l'impression de voler. On faisait justice, en quelque sorte.

Pervenche la prend par les épaules et, fermement,

la conduit vers la sortie. Le dos rond, la vieille sort en traînant la jambe plus fort que d'habitude. Pervenche ferme la porte et rabat les volets. Comment vivre après tout ça ? Oh, comme elle comprend le désespoir de son mari !

Pourtant, quelque chose lui dit que la vieille n'a pas menti. Elle n'a pas dénoncé Guillaume. Mais alors qui ? Elle sent un grand froid l'envahir et, pour le combattre, elle retourne s'allonger sous la couverture après s'être prestement dévêtue. Elle n'a pas faim. Elle n'a envie de rien. Juste de penser à son mari et à cette horrible découverte qu'il n'a pas réussi à surmonter, lui si fragile déjà.

L'image d'Isora, si pleine de vie maintenant, la console un peu. Elle, si attachée à son environnement rémois où, avec ses amis de fac, elle s'étourdissait un peu trop dans des soirées agitées et qui ne revenait à Champbrise qu'une fois par mois, réapparaît maintenant toutes les semaines, pressée de se rendre à Silvabelle. Transformée, la jeune fille se montre enjouée, souvent rêveuse, comme une fille amoureuse, et sa mère la soupçonne d'avoir renoué avec Nicolas. Car la musique ne peut pas être la seule cause de cette métamorphose. C'est bien. Il serait temps qu'elle s'attache enfin et qu'elle consolide son équilibre à peu près retrouvé.

Quant à Flore, elle n'en démord pas et insiste pour que sa mère l'inscrive à Saint-Maurice, l'école d'agriculture, à la rentrée.

Alors Pervenche peut-elle vraiment vendre la ferme ? Non, sans doute. Mais alors, rien ne changera jamais dans sa vie ? Elle pense à Mehiel et sourit à cette éclaircie. Un bonheur, a dit Lucie.

« Mais alors qu'il vienne vite ce bonheur, car je ne tiendrai plus longtemps comme ça », pense-t-elle en éteignant la lumière.

Le lendemain après-midi, Pervenche éprouve le besoin de se rendre à Silvabelle. Les mots de Lucie lui redonnent du courage. Elle sait que Mehiel, retenu à Paris pour son travail, ne sera pas au domaine, mais elle aspire à se ressourcer dans la forêt. C'est ainsi depuis toujours, comme si l'âme de sa maman l'appelait afin de l'apaiser.

Les nuages d'encre qui colorent l'horizon depuis le matin l'ont dissuadée de cheminer à pied. Elle a préféré se rendre au château en voiture. Elle y est, se gare sur le bord du chemin et saute allègrement de l'habitacle. Elle respire l'odeur de bois et de terre humide. À terre, les rayons posés sur l'herbe mouillée la font miroiter de reflets transparents.

La promeneuse s'imprègne avec délice de l'environnement. Les arbres, déjà garnis de bourgeons audacieux, l'accueillent. Un écureuil apeuré passe comme un éclair, s'agrippe au tronc d'un gros frêne où se trouve son refuge. Au sol, des insectes émergent des feuilles mortes, leurs petites pattes crissant timidement. Après ce long sommeil, la forêt s'étire, se réveille doucement, livrant des bruits timides et des couleurs pâles. « Mais la métamorphose est en route », se dit Pervenche en jouissant d'un indicible bien-être.

Soudain, elle sursaute. Une branche a craqué, là, tout près. Elle scrute les alentours. Personne. Pourtant, elle sent comme une présence invisible.

Pas une présence inquiétante, non. Plutôt une présence chaleureuse et protectrice. « Quelle imagination », pense-t-elle. Décidément, la forêt enchantée lui remue l'âme et les sens.

Elle marche encore une demi-heure, sort de la forêt pour longer les douves et soudain une averse tombée sans crier gare d'un nuage d'encre s'abat sur la campagne. Une eau glacée mélangée de neige drue pénètre Pervenche. Elle grelotte. Elle court jusqu'au pavillon de chasse. Il est fermé. Elle sera trempée comme une soupe le temps d'arriver jusqu'à sa voiture. Si seulement elle avait pris son imperméable. À ce moment, elle croit rêver. Là, près du banc de pierre, un parapluie rouge semble lui tendre les bras. Elle se précipite, l'ouvre et s'abrite en se demandant d'où vient ce miracle. Lucie, peut-être ? Elle s'approche du portail et se rend compte que tous les volets sont fermés. Lucie a dû accompagner Mehiel à Paris. Elle se retourne, inspecte la cour et les environs sans remarquer d'anomalie. Pourtant, elle en est certaine, le parapluie n'était pas là lors de son premier passage. Elle l'aurait remarqué. À moins que, tout à ses pensées, ce détail lui ait échappé. C'est la seule hypothèse plausible.

Elle se dirige doucement vers sa voiture, tout en regardant furtivement de droite à gauche. Pervenche aime le crépitement de la pluie sur son abri de soie pourpre. Elle se sent en communion complète avec Silvabelle, qui lui offre un petit miracle. Le domaine, une fois de plus, l'a envoûtée.

Promesses

Le lendemain, c'est jour des courses au supermarché de Tonnerre. La petite ville, située au nord du département de l'Yonne, n'est qu'à une quinzaine de kilomètres. En début d'après-midi, Pervenche se fraie un chemin parmi les chariots débordant de victuailles. Elle s'énerve après les clients qui flânent, eux qui trouvent dans ce qu'elle qualifie de corvée une détente. Une distraction. Alors qu'elle, au contraire, est rapidement rebutée par la foule, le bruit des animateurs vantant tel ou tel produit, l'attente aux caisses. La manipulation. Remplir le Caddie, sortir les produits pour les déposer sur le tapis, les fourrer dans des sacs et ranger le tout dans le coffre. Quelle contrainte ! Sans compter que les rayonnages et autres présentoirs incitent à la dépense. Comme elle regrette l'épicerie de la mère Durieux où les villageois se rendaient chaque jour, ou presque, pour s'approvisionner en vue du repas du midi et du soir.

Maintenant, il faut prévoir, remplir le réfrigérateur, consommer. On s'offre du raisin à Noël et des endives en juillet, on achète les boîtes de conserve par deux, les yaourts par quatre, et le jambon sous vide...

Mais les consommateurs, dociles, se prêtent à ces nouvelles habitudes, constate Pervenche en roulant péniblement son chariot grinçant qu'une roue indisciplinée oriente de travers. Non, décidément, elle ne s'y fait pas à ces magasins où on ne croise que des étrangers. Au moins, à l'épicerie du village, on rencontrait des visages connus. On discutait un peu. On échangeait des nouvelles. Ici, les gens se dévisagent sans sourire, seulement concentrés sur leur liste et les rayons gorgés de marchandises. Finalement, elle décide de prendre la chose du bon côté et s'amuse à détailler les clients. Cette dame, là, suivie de sa marmaille, qui remplit son Caddie sans regarder les prix tandis que les gamins ajoutent bonbons et autres confiseries sans qu'elle réagisse. Et l'autre, qui lit tout haut le mode d'emploi écrit sur son sachet de soupe.

Un monsieur flâne, s'arrête devant le rayon des alcools, prend une bouteille, regarde le prix, la repose en affichant une moue contrariée. Une jeune femme pressée lance sans précaution les articles dans son panier. Pervenche s'étonne de l'éclectisme de la clientèle. S'énerve devant les allées encombrées. Et la voilà maintenant devant les gâteaux secs. Que choisir ? Il y a tellement de marques et de produits différents ! Bon, elle s'empare d'un paquet de gaufrettes pour Flore et de biscuits sablés pour Isora.

— On s'offre une gourmandise ? demande une voix masculine.

Pervenche se retourne brusquement. David

Meurville lui sourit. Surprise, elle bafouille qu'il faut bien se nourrir mais qu'elle déteste faire les courses.

— Moi aussi. Mais j'ai des invités ce soir, alors, je dois bien me dévouer. Nicolas travaille, vous savez bien.

Tout en continuant de marcher et de remplir son Caddie, Pervenche observe le père de Nicolas qui la suit en bavardant. Sûr de lui et de son charme sans doute, il affiche une élégance désinvolte, et un sourire d'acteur américain.

— J'y pense, vous pourriez vous joindre à nous, ce soir...

— Mais...

— Ça vous sortirait de votre solitude.

— ...

— Madame Fontaine, j'aimerais vraiment vous connaître davantage.

Pervenche s'arrête et plante son regard dans le sien.

— Ce n'est pas une bonne idée, monsieur Meurville.

Elle pense à la réputation de ce séducteur dont on dit que, depuis son divorce, il collectionne les maîtresses. Pas une ne lui résiste. Il la fixe, amusé, tandis qu'elle empoigne son Caddie et commence à avancer.

— Alors ? insiste-t-il.

— Non. Je ne serais pas à ma place.

— Mais enfin, pourquoi ? Vous êtes seule. Moi aussi. Un repas ne vous engage à rien.

La jeune femme sourit et, en le regardant dans les yeux, réitère son refus. Il lève les yeux au ciel dans un soupir déçu, puis son regard s'illumine à nouveau :

— Alors, accordez-moi juste un moment. Tenez, je vous offre un verre au *Café du Commerce.* En toute amitié. Vous ne pouvez pas me refuser ça, insiste le notaire.

— C'est que je ne tiens pas à être vue, souffle-t-elle en regardant furtivement autour d'elle.

— Je comprends. Mme Fontaine tient à sa réputation et moi, je ne suis pas recommandable. Mais accordons-nous une récréation. Tenez, sous la tonnelle du *Bar des Tilleuls* au bord du canal de Bourgogne. Vous savez, sur le port.

À bout d'arguments pour le contrer, Pervenche finit par accepter. Elle le rejoindra quand la corvée sera terminée.

— Entendu, je me dépêche de terminer mes courses. À tout de suite.

En avançant sous la glycine, Pervenche lorgne à nouveau autour d'elle. Mal à l'aise, elle craint de s'afficher avec le notaire. Si on la voit, les mauvaises langues en feront des gorges chaudes, c'est sûr. David Meurville vient à sa rencontre avec un bouquet de tulipes rouges entouré d'un tulle vaporeux jaune pâle. Il le lui offre en précisant qu'il aurait préféré des roses mais que la fleuriste en manquait. De plus en plus gênée, Pervenche ne trouve pas les mots. Non, elle ne réussit pas à se conduire avec naturel. Cet homme-là lui fait perdre ses moyens.

Il l'entraîne dans l'angle de la pergola et commande deux coupes de champagne. Il lui présente la chaise, elle s'assoit et il s'installe en face d'elle. Le barman essuie les verres derrière le comptoir en les observant du coin de l'œil. Le notaire a encore fait une conquête. Une belle femme, moins sophistiquée que les autres, mais avec une certaine classe dont elle ne semble pas consciente.

— Je crois que nos enfants ont renoué, murmure-t-elle.

— J'en serais heureux, commente David Meurville tandis que le serveur leur dépose les coupes sur la table.

— Votre fils est content de son travail à Silvabelle ? David hausse les épaules.

— Oh, vous savez, ce n'est qu'une lubie. Il fait cela pour me contrarier. Il a arrêté ses études de droit à la dernière rentrée. Cette année, il prétend être attiré par la nature et, l'an prochain, il s'orientera vers autre chose sans doute.

— Il sera peut-être conquis. Silvabelle pourrait bien l'ensorceler.

Il trinque en la regardant dans les yeux. Elle se trouble, trempe ses lèvres dans le verre et avale une petite gorgée.

— Non. À mon avis, c'est votre fille qui l'a ensorcelé. Décidément les femmes Fontaine ont trouvé la corde sensible des Meurville.

Elle rougit.

— Mais ça se passe bien avec le propriétaire du château ?

Le regard du notaire se durcit.

— Oh, il le laisse tailler et planter à sa guise. Il n'y connaît rien en jardin.

Pervenche rit tandis qu'il continue en affirmant qu'en revanche Mehiel Descharme a le don de manipuler les gens. Pervenche sursaute. Elle déteste ces mots.

— Que voulez-vous dire ?

— Mais que cet homme-là n'est pas clair. Oh çà, il sait bercer de jolies formules. On colporte que c'est une sorte de gourou.

Pervenche ressent un désagréable pincement au cœur. Elle refuse qu'on salisse le prince musicien.

— Mais qui prétend cela ?

— Tout le monde. Il paraît que les gendarmes sont venus, l'autre jour. Les gens jasent, évoquent une secte.

— Et vous ne craignez pas qu'il embobine Nicolas ?

David se tait un instant, puis répond que son fils a bien compris les desseins de son patron et qu'il garde ses distances.

— Il partira, je vous dis, ajoute-t-il.

— Mais je ne crois pas. Il se plaît beaucoup à Silvabelle. Vous vous trompez sur cet homme, à mon avis.

— Il partira, je vous répète. Comme les autres. Ce domaine est maudit. Vous devriez le savoir.

Nerveux, David joue avec son briquet en argent, le pose sur la table, le reprend, le caresse.

— Tous les étrangers qui ont tenté d'y vivre ont échoué. Il ne fera pas exception.

L'homme termine sa boisson, tente d'attraper la main de Pervenche qui esquive, en prétextant qu'elle doit se dépêcher.

Mais que fait-elle ici ? Elle s'en veut de sa faiblesse, de sa gaucherie devant cet homme trop beau, trop bavard, trop sûr de lui, qui sème le trouble dans son esprit. Elle a confiance en Mehiel, mais tout de même les paroles du notaire se fraient un chemin dans sa tête. Elle tente de les chasser. En vain.

Elle termine sa coupe, se lève, attrape son sac à main et, tandis qu'il règle la note, elle sort, légèrement euphorique. Il la rattrape vite, lui prend le bras pour la reconduire à sa voiture.

— Pervenche, j'aimerais vous revoir.

— Non, David. Vous séduisez toutes les femmes qui vous approchent, c'est connu. Je refuse de faire partie de votre panoplie.

Il rit et ses yeux pétillent.

— Vous savez bien que les gens se régalent à colporter n'importe quoi. Et puis vous êtes différente. Fière. Typée. Imprenable peut-être ? Mais j'aime les défis, madame Fontaine.

Il lui baise la main. Dieu qu'il est charmeur. Elle s'installe et démarre en le regardant dans le rétro. Il la suit des yeux jusqu'à perte de vue. Pervenche s'en veut d'être flattée par les hommages de cet homme-là. Ah, monsieur aime les défis ? Peut-être mais, à ce jeu, il ne gagnera pas avec elle. Il a réveillé sa coquetterie. Elle n'a pas détesté se faire courtiser. Mais c'est tout. D'ailleurs, ses accusations envers Mehiel ne jouent pas en sa faveur. Le luthier au regard si pur ne peut pas cacher une âme aussi noire que le notaire l'a laissé entendre. Mais alors pourquoi les insinuations de David Meurville sèment-elles ainsi le trouble dans ses pensées ?

***

Isora a le cœur battant en se rendant au château. Elle craint de rencontrer Nicolas et de devoir encore s'expliquer. Elle ne l'aime plus, c'est pourtant simple. Et lui la relance avec obstination.

Elle est venue à bicyclette, ce matin. Le fond de l'air est frais, mais elle s'est habillée chaudement. Jean confortable et pull douillet d'un jaune très pâle. Elle pédale avec plaisir dans le chemin, sans se soucier des creux des bosses qu'elle s'amuse à éviter, tout en s'enivrant des parfums forestiers. Les graviers crissent sous les pneus. Le vent emmêle ses cheveux.

Animée d'une sensation de liberté, elle en oublie son ancien amoureux. Avec Mehiel et Diane, deux heures de plaisir partagé l'attendent. Elle n'aurait pas soupçonné que les arts l'aideraient à surmonter son vague à l'âme et sa souffrance. Car elle n'a plus besoin de drogue pour s'évader. Tout se fait naturellement, avec un nouveau désir de vivre. Elle sent tant de possibilités en elle. Elle sait bien qu'elle ne sera jamais musicienne, mais la musique la transporte et quand elle chante elle se sent en communion avec son papa.

— C'est normal, la musique et le chant sont le fil invisible reliant la terre et le ciel. Enfin, notre vie et l'autre, parallèle, lui a expliqué Mehiel la dernière fois, alors qu'elle osait se confier.

« Il est tellement extraordinaire, cet ange gardien, pense-t-elle. C'est comme s'il avait la clé d'un autre monde. D'une autre dimension. C'est grisant. »

La voilà arrivée en vue de la grille et elle commence à freiner. Soudain, un homme sort d'un buisson. C'est Nicolas. Il lui barre la route, le visage chiffonné d'amertume.

— Isora, tu ne peux pas me laisser comme ça. Tu disais m'aimer. Maintenant, tu m'ignores, tu m'évites. C'est parce que je t'ai réclamé les boucles d'oreilles ? Elles étaient à ma mère, figure-toi. Je te les avais offertes en gage d'amour. J'y tiens encore mais tu peux les garder.

Il tente de lui caresser les cheveux, elle esquive. Il soupire.

— Je veux bien rester ton amie, Nicolas. Mais je n'éprouve plus de sentiments d'amour pour toi. Je suis désolée. Excuse-moi. Je vais prendre mon cours de chant.

Le visage du jeune homme se contracte. Ses yeux vert-de-gris s'assombrissent.

— Je vois qu'il t'a envoûtée aussi. Il paraît que c'est sa spécialité. S'il a quitté la capitale, c'est qu'il a eu les pires ennuis. Des soi-disant élèves ont porté plainte. Je le sais par les parents de mon copain Loïc. Son père est commissaire de police. On dit que Descharme dirige une secte. Pour l'instant, il vous amadoue, vous séduit, vous raconte des choses sur les énergies du ciel et de la terre. Ensuite, il proposera une thérapie de groupe par la musique. Il organisera des stages pour vous transmettre son savoir et il vous fera payer. C'est votre argent qu'il veut. Celui des Fontaine et de tous les autres naïfs. Il sait choisir ses adeptes. Des gens faibles, comme toi.

Isora se défend :

— Je suis moins fragile, justement. La musique me fait du bien.

Nicolas pince les lèvres.

— Tu vois, il t'a déjà endoctrinée.

Le visage d'Isora s'empourpre. Prise d'une ire aussi forte que subite, elle l'invite à partir, lance que sa jalousie l'égare, qu'elle racontera tout à Mehiel Descharme et qu'il portera plainte. Elle tente de repousser le jeune homme mais, gênée par sa bicyclette, elle perd l'équilibre, lâche le guidon et tombe lourdement, une jambe repliée. Elle pousse un cri, se relève mais ne peut pas s'appuyer sur son pied dont la cheville a déjà bleui.

— J'ai mal, se plaint-elle les larmes aux yeux.

Nicolas panique. Isora a peut-être quelque chose de cassé et c'est de sa faute. Il la porte jusqu'à un tronc d'arbre abattu, l'assoit délicatement et lui propose de l'attendre, le temps qu'il aille chercher sa voiture.

— Non. Emmène-moi chez Mehiel.

— Pas question. Qu'est-ce qu'il fera de plus ? Hein ? Non, je vais te conduire chez le Dr Vannier, c'est la meilleure solution.

La douleur est tellement vive que la jeune fille cesse de tergiverser et lui demande de se dépêcher.

— Regarde, ça enfle. Je suis sûre que c'est une entorse. Dépêche-toi !

Le jeune homme la rassure, sa voiture est à deux pas.

— Tu sais, au bord de la clairière.

Elle hoche la tête. Elle n'a plus envie de discuter et le regarde partir en courant, pestant contre cet accident stupide qui la prive de son indépendance. Elle n'a pas d'autre solution que de s'en remettre à Nicolas. Elle scrute autour d'elle avec l'espoir de voir arriver Lucie ou son patron. En vain. En revanche, son regard est attiré par un objet brillant qui se détache sur la terre du chemin. Elle avance le bras, s'étire et réussit à l'attraper. C'est un joli briquet.

Nicolas se presse. Sa belle souffre à cause de lui. Mais il n'est pas mécontent, finalement, qu'elle ait besoin de lui. Il va la dorloter, la cajoler en usant de tous ses pouvoirs de séduction, espérant la faire craquer à nouveau. C'est une jeune fille tellement lumineuse, Isora. Le voilà enfin arrivé. Il démarre sans attendre, exécute un demi-tour pour lancer la voiture dans le chemin. Il y est. Mais l'endroit est désert, le tronc d'arbre se détache, solitaire, sur le fond vert pâle des feuillages. La sirène a disparu et Nicolas enrage.

La jeune fille, allongée sur le sofa, a retrouvé des couleurs. Après avoir massé la cheville d'Isora avec application, Mehiel Descharme sort un tube de sa poche, en fait couler quelques petits granules blancs qu'il glisse entre ses lèvres.

— Ça va vous soulager. C'est de l'homéopathie, vous connaissez ?

— Non.

— Eh bien, c'est une médecine douce, basée sur la loi de la similitude. Autrement dit, pour guérir il faut prendre la substance capable de provoquer expérimentalement, sur des personnes en bonne santé, les mêmes symptômes que ceux dont on souffre. Par exemple, Nux vomica est extrait de la noix vomique, mais en quantité très faible ou infinitésimale, et cela calme les nausées. Ce que je viens de vous administrer est de l'arnica. La plante d'origine est l'arnique des montagnes. C'est miraculeux pour les petits traumatismes.

Isora glisse à son sauveur un regard malicieux.

— En fait, vous êtes un charlatan.

Mehiel lève les yeux au ciel.

— C'est très sérieux, vous savez. Et très ancien. Cette médecine non conventionnelle a été inventée par Samuel Hahnemann en 1796 et, bien que la majorité de la communauté scientifique ne la prenne pas au sérieux, elle fait de plus en plus d'adeptes. Car, même si c'est difficile à comprendre, ça fonctionne ! Vous m'en direz des nouvelles, jolie demoiselle.

Celle-ci l'observe avec intérêt. Mehiel la surprend tous les jours davantage. Il n'est vraiment pas comme les autres. Pas étonnant que les gens du village, méfiants au possible, colportent des ragots sur lui et sa façon de vivre.

— Vous savez ce qu'on dit sur vous, à Chessines ? demande-t-elle en se redressant, posant délicatement son pied malade sur le sol.

— Doucement, Isora. Reposez-vous encore un peu. Pour répondre à votre question, eh bien, sachez que je me moque du qu'en-dira-t-on. Vous savez, les gens ont tendance à critiquer ceux qui ne suivent pas la même route que le commun des mortels.

— On dit que vous recrutez des personnes naïves et fragiles pour leur soutirer de l'argent. Une sorte de secte, quoi !

Mehiel sursaute, ses yeux verts expriment tant de tristesse qu'Isora s'empresse de continuer.

— Mais je ne les crois pas.

— J'en suis heureux. Je suis peiné d'être ainsi jugé sans être connu. Vous savez, je m'accroche, j'y crois tellement à ce domaine, mais j'ai de la misère et parfois je doute d'avoir fait le bon choix.

Isora réagit vivement en attrapant le poignet de l'homme.

— Ne doutez pas. Je sens que vous avez raison. La musique, le chant, la nature... votre métier. Vous êtes dans le vrai.

Le luthier retire ses lunettes, essuie les verres et les remet en fronçant les sourcils.

— J'espère. Comment va votre cheville ?

Isora la remue dans tous les sens. Elle n'a presque plus mal.

— Ici, tout est miraculeux.

— Ah oui ? Et les maléfices, vous n'en parlez pas ? lance Lucie en apportant un jus d'orange à Isora. Ça va vous requinquer.

— Quels maléfices ?

Les bras croisés, la gouvernante explique que des mauvais plaisants lui jouent des tours et tentent de l'impressionner. Les pneus de la voiture crevés. Des lettres anonymes.

— Il ne demande rien, Mehiel. Il ne fait de mal à personne, or il semble qu'il dérange.

Isora serre le briquet dans sa poche tandis que Lucie continue :

— On aperçoit même des visiteurs indésirables qui nous épient et se sauvent quand on les appelle.

— Il ne faut pas dramatiser, Lucie, temporise Mehiel. Des curieux, sans doute.

Isora, complètement remise, esquisse quelques pas.

— Je crois que je suis capable de courir, la douleur s'est évaporée. Mais vous m'intriguez avec vos histoires. Vous devriez porter plainte.

— Comme Guillaume Lamotte ? Ça ne lui a pas porté chance.

Isora le regarde, navrée. Elle voudrait le consoler, lui dire comme elle se sent bien, elle, dans ce cadre chaleureux, à l'écouter jouer du piano, à le voir travailler le bois du violon, à l'écouter parler, tout simplement, avec ce petit accent venu on ne sait d'où, mais assurément pas de Champagne.

— Il faut tenir, monsieur le châtelain. Les méchants finiront bien par se lasser.

Mehiel affirme qu'il espère encore mais qu'il regrette aussi que la banque lui ait refusé son prêt.

— Je voulais transformer le pavillon de chasse en salle de travail pour la musique et le chant. Organiser des stages, aménager l'aile du château en chambres pour accueillir les élèves, mais je n'aurai pas assez d'argent.

— Changez de banque !

— Peut-être. Pourtant, le responsable de la Banque d'Orient, Michel Meurville, vous savez, le frère du notaire, m'avait promis.

Isora se tait. Les Meurville viennent d'entrer par deux fois dans sa vie aujourd'hui. Est-ce un signe ?

— Bon. Je suis prête pour ma leçon de piano, monsieur le professeur. Mais Diane n'est pas là ?

— Non, elle ne viendra pas aujourd'hui. Mais si vous ne craignez pas trop le gourou, je vous invite à venir dans mon antre.

— Je n'ai pas peur, lance-t-elle en le regardant dans les yeux. Maman non plus, d'ailleurs.

— J'espère bien. Comment va-t-elle, Pervenche ?

— Toujours partagée. Où en êtes-vous à son sujet ? Je suis impatiente de voir les choses se concrétiser, maintenant que je sais.

Mehiel lui met un doigt sur la bouche en riant.

— C'est pour très bientôt. Mais, vous savez, l'homme en question est intimidé comme un adolescent. Il éprouve une espèce de crainte indéfinie. Il n'est pas habitué au bonheur.

Isora sourit, les yeux dans le vague.

— Je suis si heureuse pour maman. Lucie, vous n'avez rien dévoilé j'espère, demande-t-elle à la gouvernante qui, en train de ranger les tubes de médicaments, a lancé un œil dans leur direction.

— Non. J'ai juste parlé d'une surprise.

— Mais il ne fallait pas ! s'écrie Mehiel. Vous ne savez pas tenir votre langue, c'est insupportable.

Rougissante, Lucie maugrée qu'une surprise c'est bien vague et que Mme Fontaine n'a rien deviné du tout.

— En effet, je m'en serais aperçue, déclare la jeune fille en suivant son professeur vers l'atelier de musique.

***

Comme tous les ans, à la mi-mars, l'association Remue-village organise aujourd'hui une soirée crêpes. Les responsables s'activent derrière les fourneaux, en tee-shirts, les joues rouges, les yeux brillants et le verbe haut. Il y a Agathe, Claudine et

Claude, son mari. Le fils de la boulangère, Vincent, qui fabrique des litres de pâte avec la farine qu'il a apportée. Comme d'habitude, Pervenche a fourni le lait et les œufs. Lucie, la gouvernante de Silvabelle, vient de proposer ses services pour faire sauter les crêpes.

— Je suis bretonne, vous pensez si je m'y connais.

Elle a revêtu une jupe noire et un chemisier blanc dont l'échancrure laisse voir le haut de son opulente poitrine. Maîtresse femme, elle en impose ici comme au château, avec son bon sens et son franc-parler. Les dames Fontaine ont décidé les gens du château à participer, pensant que c'est pour eux une occasion de s'intégrer à Chessines.

Un peu réticents au début, les bénévoles ont fini par accepter les services de Lucie dont les joues rougissent au rythme des crêpes qui sautent. Quant à Mehiel, il semblait si perdu en entrant dans la salle, si peu à sa place en fait, qu'Isora s'est précipitée à sa rencontre pour le conduire à la table réservée par les dames Fontaine. Ce qui n'a pas manqué de provoquer un léger murmure.

Flore, comme les autres gamines de son âge, assure le service. Vive et aimable, joliment vêtue d'une tunique bleue assortie à ses yeux, elle distribue les assiettes et des sourires à profusion. Mise en joie par l'arrivée du fils du pharmacien qui, intimidé, reste dans son coin, près du portemanteau.

— Va t'asseoir à ma table. J'ai bientôt terminé, lui glisse-t-elle en passant.

— Non. Je t'attends.

Elle rit, heureuse et amoureuse. Damien a soigné sa coiffure, laissant une large mèche descendre sur son front pour recouvrir ses boutons. Il porte un jean et un pull Lacoste noir. Flore le trouve vraiment très séduisant.

Quand Jean-Noël entre dans la salle, pratiquement toutes les places sont occupées. Il balaie la salle du regard, s'arrête sur la table de Pervenche, fixe celle-ci un moment, puis se détourne, hélé par Sophie qui se lève pour quérir une chaise.

Mal à l'aise, la dame de Champbrise a suivi la scène, son regard légèrement méprisant s'attardant sur le tee-shirt collant de la pulpeuse dame Collin. Quant à Mehiel, elle sait qu'il a vu aussi, même si Isora, à sa droite, le berce d'un babillage incessant.

— Votre Lucie a su s'imposer, lui glisse Pervenche à l'oreille.

— Oh, elle est à l'aise partout. Je l'envie.

Isora rit.

— Il y a longtemps que je n'étais pas venue à la soirée crêpes. Ce n'est pas ma tasse de thé. Mais maman a insisté.

— Ça te change sans doute des boîtes de nuit, ma fille.

La jeune fille lance un regard noir à sa mère. Il y avait de la malice dans cette phrase-là.

— Vous allez en boîte de nuit ? lui demande Mehiel.

— J'y suis allée. Que voulez-vous, je me laissais entraîner par mes amis. Mais franchement, je n'ai jamais trop apprécié.

« Ça alors, première nouvelle ! » pense sa mère.

Décidément, Isora subit l'influence de son professeur de musique, ce qui, finalement, n'est pas si mal.

— Moi, je n'y ai jamais mis les pieds, avoue le luthier avec un petit air contrit.

Pervenche assure qu'elle n'est pas étonnée car ce genre d'endroit ne lui correspond pas.

— Je pense d'ailleurs que vous n'êtes pas plus à l'aise à cette soirée.

Il sourit en levant son verre.

— C'est vrai. Mais je suis entouré de femmes extraordinaires, je ne vais tout de même pas me plaindre ! Et puis le cidre du pays d'Othe est presque aussi bon que celui de ma Bretagne. Ne vous inquiétez pas, je passe un bon moment. C'est sympathique, tous ces gens qui se retrouvent dans la bonne humeur.

— Pas tout le monde. Regardez la tête de Jean-Noël. Le pauvre, il espérait sans doute être invité à notre table, avance Isora.

Les yeux de Mehiel croisent ceux de Pervenche et celle-ci rougit.

— Je fais ce que je veux. Et lui aussi. Où est ta sœur ? Je ne la vois plus.

— Je l'ai vue sortir avec son Damien.

— Va la chercher immédiatement.

— Mais maman...

— Va la chercher, je te dis. Elle n'a que quinze ans.

Pervenche a parlé fort pour couvrir le brouhaha ambiant et les cris des enfants énervés qui courent dans tous les sens. Isora se lève de mauvaise grâce. Mehiel et Pervenche la suivent des yeux. Ils ne sont pas les seuls. Comment ne pas remarquer cette demoiselle Fontaine aux yeux presque jaunes parsemés d'étoiles, dont les cheveux se balancent, souples et lisses sur ses épaules ?

Un silence sépare quelques secondes Mehiel et Pervenche. Pour le rompre, celle-ci lui raconte l'histoire du parapluie rouge, lors de sa promenade arrosée à Silvabelle. Elle lui conte en détail, s'exalte un peu, sourit de sa naïveté.

— Je me suis demandé si j'avais rêvé. Ce parapluie m'attendait, je vous assure. C'était comme dans un conte. Vous ne trouvez pas cette aventure étrange ?

— C'est sans doute le bon génie de la forêt. Il n'est pas aussi prévenant avec tout le monde. Vous avez de la chance.

Elle hausse les épaules en riant. Il lui assure qu'il n'a jamais possédé de parapluie rouge. Elle le regarde, sceptique, et ajoute que pour couronner cette énigme elle a vu passer une ombre derrière la fenêtre de l'étage.

— Vous savez, celle de la chambre qui, d'après Lucie, n'est pas encore aménagée.

Mehiel sourit, une lueur d'amusement dans son regard de jade.

— C'est peut-être un des fantômes de Silvabelle, je vous l'ai dit. J'en rencontre quelquefois.

— Ce fut une impression étrange. Quant au parapluie, je l'ai rapporté à Lucie. Elle ne m'a pas semblé étonnée.

Mehiel ouvre la bouche pour répondre mais les décibels l'en empêchent. Il sourit, en signe d'impuissance.

À quelques tables de là, le maire Jacques Raguinet discute à bâtons rompus avec David Meurville. Celui-ci, très élégant comme toujours, ponctue la conversation de gestes théâtraux. Puis il aperçoit Pervenche Fontaine et se calme. Il la fixe maintenant, comme étonné de la découvrir là. Elle a remonté ses cheveux en chignon souple. Des petites mèches folles frisent sur sa nuque. Que cette femme le trouble...

Bientôt il se lève en informant son voisin qu'il va se dégourdir les jambes, passe près des tables, reconnaît des clients, serre des mains, sourit de toutes ses dents, plaisante. En passant près de la dame de ses pensées, il la salue de la tête et réussit à lui glisser un minuscule papier avant de s'éloigner. Surprise, Pervenche le laisse tomber, se baisse pour le rattraper mais Mehiel l'a devancée et le lui tend.

— Je n'ai pas voulu lire, mais j'ai vu. Il a raison d'ailleurs. Vous devriez suivre son conseil, s'amuse-t-il.

Pervenche le regarde interrogative et lit à son tour : *S'il vous plaît, dénouez vos cheveux.*

— Il ne manque pas de culot, chuchote-t-elle. Je le connais à peine.

— Peut-être, mais il a raison.

Pervenche hésite puis, par provocation peut-être, pour plaire à son voisin, qui sait, un peu sans doute pour titiller Jean-Noël, ou parce qu'elle a bu trop de cidre, démonte lentement son chignon, libérant une chevelure de reine qui tombe en cascade sur ses épaules. Mehiel l'enveloppe d'un regard admiratif. David Meurville sourit avec un air de vainqueur.

Jean-Noël tente d'accrocher ses yeux. En vain. Alors il baisse la tête, malheureux.

Isora ramène sa sœur et son amoureux, qui, piteux, s'assoient en silence et commencent à tartiner leurs crêpes de gelée de groseilles.

— Tu restes à l'intérieur, s'il te plaît, intime Pervenche à sa fille.

— On avait chaud.

— Tais-toi.

Le garçon ne pipe pas mais il mange avec gourmandise. Intimidé par la mère de Flore, il ne trouve rien à dire.

Heureusement, la musique détend bientôt l'atmosphère. Flore, la dernière bouchée avalée, tire son copain par la manche et, au milieu de la salle où commencent à se former les couples, elle l'enlace, sans un regard pour sa mère. Les disques, choisis par le mari de Claudine, dans un mélange de genres, font le bonheur des anciens ou des plus jeunes. Isora fredonne : « On va s'aimer... » et tente d'entraîner Mehiel sur la piste. Il refuse. Il ne sait pas danser.

— Excusez-moi. Mes connaissances en variétés sont très limitées et encore davantage en danse de salon. Je crois que je suis un attardé.

Isora hausse les épaules en se rasseyant près de lui, indulgente. Pervenche assure qu'elle comprend, qu'il est sans doute plus à l'aise dans une salle de concert et qu'ici il s'ennuie. Il s'en défend. Trop mollement à son goût.

— Si vous voulez rentrer, nous comprendrons, vous savez, murmure Isora.

— Vraiment ?

La jeune fille hoche la tête, convaincante, et ajoute qu'elle a bien envie de rentrer aussi.

— Maman, voudras-tu bien ramener Lucie ? Je vais raccompagner Mehiel.

— Mais...

— Et j'irai au lit. Il est déjà minuit, tout de même.

Sa mère arrondit les yeux.

— Mais avant...

— J'ai changé.

Pervenche lève les yeux au ciel tandis qu'ils prennent congé, s'habillent et sortent ensemble sous le regard surpris des bonnes gens. Pervenche, elle, en a gros sur le cœur, prenant conscience que sa place est à des années-lumière de celle de Mehiel Descharme. Sa fille est beaucoup plus à l'aise. C'est vrai qu'elle le côtoie plus souvent et entre volontiers dans son monde. Seule à la table maintenant, elle ne sait plus quelle contenance adopter. Elle finit son verre de cidre. Envoie un petit signe amical à Lucie. Lèche machinalement sa cuillère, pensive.

C'est David Meurville qui la tire de sa torpeur. Il lui baise la main comme un seigneur et l'invite à danser. Elle refuse. Il insiste. Elle se lève pour partir, il l'entraîne dans un slow langoureux, murmure :

— Merci pour les cheveux.

Il sent bon. Il est beau. Elle est nostalgique, en manque de tendresse. Elle se laisse porter par la musique et guider par les bras fermes. Une danse. Puis une autre encore.

Tout le monde observe Pervenche Fontaine et David Meurville mais aucune réflexion désagréable ne fuse. C'est de l'étonnement qui anime les visages. Qu'y aurait-il à dire sur ce couple ? Le notaire, divorcé, est aussi libre que la fermière, veuve depuis neuf ans. La vie continue, certes. Mais tout de même, ils ne sont pas vraiment assortis. Lui, le séducteur invétéré. Elle, la femme hautaine et sage, pense Sophie en évoquant l'adage : « Le cœur a ses raisons que la raison ne connaît pas. » Elle jette un coup d'œil à Jean-Noël qui, lui, ne la voit pas. Il n'a d'yeux que pour la femme de sa vie, alanguie dans les bras d'un autre.

Isora et Mehiel roulent en silence, comme s'ils craignaient de rompre le charme de leur intimité. Deux kilomètres séparent la salle des fêtes de la ferme de Champbrise et la jeune fille aimerait ne jamais arriver. Elle se sent tellement près de cet homme-là, devinant combien elle l'émeut en lui rappelant Isabelle. Elle devine aussi que sa jeunesse l'attendrit, que sa beauté le trouble mais qu'il n'est pas prêt encore à se laisser aller. Il n'a pas encore maîtrisé sa nostalgie. Il craint la barrière de l'âge. Très fine et intuitive, elle avance à petits pas sur le chemin qui mène à son cœur, sentant confusément qu'elle ne doit pas brusquer les choses.

La lune, pleine et ronde, éclaire la campagne. Un lièvre, assis au milieu de la route, regarde furtivement de droite à gauche. Le conducteur ralentit tandis que l'animal, surpris, se sauve à grands bonds dans la lumière des phares.

— Vous connaissez Saint-Félix ? interroge subitement Isora.

— Mais non. Je ne connais pas grand-chose ici.

— Eh bien, arrêtez-vous, s'il vous plaît. Je vais vous montrer la chapelle. C'est là, tout près, le lièvre nous a indiqué le chemin.

Mehiel hésite.

— Est-ce bien raisonnable de visiter un monument à minuit passé ?

— Je me moque bien d'être raisonnable, pas vous ?

— Mais votre mère vous a confiée à moi...

— Laissez ma mère où elle est. Venez avec moi découvrir la chapelle au clair de lune. C'est tellement romantique. Je suis certaine que vous serez séduit. Elle porte bonheur. Je vous assure. Elle dégage une sorte de paix.

— Mais elle est sans doute fermée, se défend encore l'homme, inquiet de l'audace de sa passagère.

— Non, monsieur le musicien. Jamais fermée à clé, elle accueille parfois des amoureux, des pèlerins ou autres voyageurs de passage. Personne n'a jamais rien touché. Saint Félix veille.

Convaincu, le luthier descend de la voiture. Isora le précède en sautillant dans le bois éclairé par la lune. Bientôt, l'édifice modeste entouré de gros chênes apparaît, invitant à la pause et à la prière.

— J'ai l'impression de rêver, murmure Mehiel qui, enhardi, ouvre la porte.

Elle grince un peu mais ne résiste pas. Ils avancent avec précaution, par respect pour le lieu, pour ne pas briser l'enchantement. La modeste bâtisse n'a que quelques bancs à offrir aux passants, un autel rustique et une sculpture cassée, mais elle est baignée d'une atmosphère étrange dont l'irréalité accentuée par la lumière de la lune pénètre les visiteurs.

— C'est beau, n'est-ce pas ? murmure Isora en prenant la main de son chevalier.

Celui-ci la presse, puis la rejette, comme si le contact l'avait brûlé. Isora se raidit.

— Pardon, jolie fée. Je... enfin, ne nous laissons pas envoûter par cet endroit. Nous marchons dans un rêve à cet instant.

— Et cela vous déplaît, maître de Silvabelle ?

Il lui caresse les cheveux, rêveur, en avançant doucement.

— Bien sûr que non. Mais je ne voudrais pas qu'ensuite nous tombions de trop haut dans le bain de notre existence. Isora, vous êtes encore une enfant. Je suis un vieux baroudeur. Un solitaire. Un blessé de la vie.

— Vous avez peur ? Peur d'oublier Isabelle ?

Il s'arrête un moment, la scrute de son regard vert, dont l'expression traduit un désir mêlé de crainte. Il relève une mèche qui tombe obstinément sur son front et reprend sa marche à petits pas feutrés.

— Oui, Isora, j'ai peur et je ne m'en cache pas. Oh, je ne crains pas d'oublier ma femme, non, cela n'arrivera pas, son souvenir est toujours si vivace en moi, mais je sens bien que la vie me pousse maintenant vers un nouvel amour et je m'interroge.

La jeune fille se sent rougir et se réjouit que l'obscurité cache son trouble.

— Rentrons, s'il vous plaît. Sinon Pervenche sera

à la maison avant vous et elle s'inquiétera, chuchote Mehiel.

— Que pensez-vous de ma mère ? demande subitement Isora en sortant de la chapelle.

— Vous le savez bien. C'est une femme sensible, dont la nostalgie tenace emprisonne ses sentiments. Un peu comme moi, d'ailleurs. Elle est rare, votre maman. Vous ne vous en rendez pas compte car c'est votre mère, mais elle dégage une telle sensualité. Avec son allure et sa voix légèrement rauque, elle a de quoi affoler tous les hommes.

Isora s'immobilise, paralysée. Puis se reprend :

— C'est vrai. Et elle a pratiquement votre âge, elle.

— Ne soyez pas sotte, Isora, reproche-t-il.

Une chouette hulule au loin. Des chauves-souris s'agitent autour d'Isora qui pousse un cri de petite fille. Un vent frais se lève, secouant les branches du gros chêne qui se rapprochent et s'éloignent comme si elles applaudissaient les héros de cette nuit étrange.

Mehiel referme doucement la porte, chuchote :

— Au revoir saint Félix et merci pour cette hospitalité.

Elle le suit, un peu déçue de la tournure de leur escapade, mais plus amoureuse que jamais. Et lui, complètement perdu dans ses émotions, garde le silence.

En arrivant à Champbrise, il lui demande si elle est prête pour la surprise de Pervenche.

— Oui. Le plus tôt sera le mieux.

La surprise

Mars rit ou pleure, c'est selon, et chacun doit faire avec ses sautes d'humeur, sortir l'imperméable ou la veste légère. Ce matin, la pluie crépite sur le toit dans une jolie musique.

Songeuse, Pervenche range la remise et choisit quelques vieux objets en vue de la prochaine brocante organisée par l'association Remue-village qui a trouvé là une manière originale de gagner quelques sous. C'est pour la fin du mois. Ce genre de manifestation, déjà prisée dans certains départements, commence timidement à fleurir dans l'Aube. À Chessines, c'est la seconde année que la place se prête à ce déballage et déjà les habitants s'en réjouissent. Une belle occasion de se débarrasser des vieilles choses, d'en acheter d'autres, d'échanger parfois des objets et de faire des rencontres.

Voilà. Pervenche vient de dénicher un pot en grès. Elle l'essuie et le range dans un carton. Y ajoute quelques bibelots et une dizaine de napperons dont elle s'est lassée, un vieux lustre, un fer à repasser d'un autre âge, et cherche encore d'autres objets pour compléter son stock. Une bassinoire.

Un plat à asperges... Voilà qui devrait plaire aux chineurs.

Elle monte sur un escabeau pour atteindre l'étagère au fond de la remise et commence à ouvrir des boîtes susceptibles de renfermer des trésors. Un joli réveil attire son attention. Elle commence à l'essuyer en s'interrogeant. À qui a-t-il appartenu ? Soudain, des bruits de voix dans la cour la tirent de sa rêverie. Elle s'approche de la porte, l'entrouvre et aperçoit un homme devant la porte d'Hélène. Celle-ci lui indique la maison d'en face.

« Encore quelqu'un pour la ferme ! Je vais devoir mentir à nouveau », se dit Pervenche. Elle s'essuie les mains sur son vieux pantalon, sort et se dirige vers la maison afin de recevoir ce monsieur qui déjà se rapproche d'elle.

Il s'abrite sous un grand parapluie rouge. Il sourit timidement. Il n'est pas aussi jeune qu'elle aurait cru. Quelques rides et des cheveux gris en témoignent. Des cheveux frisés, presque crépus. Il porte une barbe courte, bien taillée. Il est vêtu d'une chemisette blanche et d'un pantalon noir. Un pull foncé est négligemment posé sur ses épaules. C'est un bel homme, certes. Mais pourquoi ce voile dans ses yeux sombres ? Quelque chose en lui évoque la crainte, le doute aussi. Elle s'y connaît, Pervenche. Elle a toujours tenté d'interpréter le langage des regards. Or celui qu'elle vient de croiser s'accroche au sien, comme une supplique.

Il est là, tout près maintenant, et elle n'a encore rien trouvé à dire. Lui non plus. Elle sait que ce n'est pas un visiteur comme les autres mais que cette présence inattendue est importante. Vitale même. Tandis que cette certitude l'envahit, un frisson lui parcourt le dos, signe d'émotion intense. Elle se rappelle avoir ressenti ce frémissement de tout son être lors de grand désarroi, de tristesse ou de grand bonheur. Mais là, elle hésite entre toutes les sensations. Son âme, en alerte, reste sur la défensive. Que lui veut cet inconnu qui lui semble si familier ? Elle sent au plus profond de son être qu'il fait partie de son histoire. Toutes ces pensées n'ont duré que quelques secondes, bloquant les mots qu'elle s'apprêtait à dire : « Bonjour monsieur. Que puis-je pour vous ? Du lait ou des œufs peut-être ? » Toutes ces banalités restent coincées dans sa gorge tandis qu'elle avale sa salive en attendant qu'il parle, lui. Si ce n'était le bruit de fond de la basse-cour, les ronflements du tracteur de Jean-Noël dans le pré voisin, elle se croirait dans un rêve tant cette scène semble surréaliste. Elle plane. Avec l'impression d'être à côté de son corps. Et soudain lui vient l'idée qu'un fil invisible est tendu entre cet étrange visiteur et elle. Impression fugitive, mais si évidente qu'elle s'inscrit en elle avec une chaleur bienfaisante. Cet homme répond à l'attente qui la taraude depuis son enfance.

Celui-ci prend enfin la parole :

— Pervenche ? Vous êtes bien Pervenche ? Mais oui, vous êtes Pervenche Fontaine. La petite Pervenche. Ma petite Pervenche. Je te reconnais. Oh oui, je te reconnais.

Timide et douce, la voix a monté dans un crescendo ému pour se perdre dans un sanglot. Interdite, Pervenche enregistre le ton, les mots, l'émotion. Et tout naturellement, comme si cela coulait de source, elle murmure à son tour, sur ce ton de l'interrogation valant déjà certitude :

— Papa ? Papa ? Oh mon Dieu, vous êtes mon père ? Samuel ?

Alors doucement il l'attire et la prend dans ses bras. Lui caresse les cheveux tandis qu'elle pleure doucement et qu'il lui confirme en la serrant très fort :

— Oui, je suis ton papa et je t'ai tant cherchée. Ma fille, ma petite...

Le bonheur prend parfois le chemin des écoliers, mais quand il arrive à destination, à l'improviste parfois, quel chamboulement des sens ! Ils restent plusieurs minutes enlacés, n'osant rompre le charme de cette étreinte dont la force est à la mesure du temps perdu. C'est le père qui prend l'initiative de la rompre, doucement, avec précaution, en la conduisant dans la maison.

— Viens, ma fille. Nous avons tant de choses à nous dire.

Ils parlent longtemps, sans souci de l'heure, ni de la vieille qui scrute en vain de sa porte, ni de la chatte qui fait son intéressante, passant et repassant devant eux, la queue en l'air, ni de Manuel qui dépose le courrier en jetant un œil curieux par la porte entrouverte. Ils oublient l'heure du repas. Ils ne prennent pas le temps de boire si ce n'est ces paroles qu'ils déroulent tour à tour. Les paroles qui racontent une vie où chacun a tant manqué à l'autre.

Elle s'imprègne de son odeur, lui caresse le visage, les mains, comme une petite fille en quête de câlins. C'est là qu'elle remarque le numéro, marqué sur son bras. Bien sûr. La marque indélébile de la souffrance, de l'horreur, des camps.

— Je ne croyais pas que le ciel me ferait un jour un tel cadeau, murmure-t-elle.

— Et moi donc. Toute la honte que je ressentais d'être en vie, alors que tant d'autres l'avaient perdue s'efface devant ce bonheur.

Ils parlent de Luc et d'Irina. Pleurent ensemble. Rient quand Pervenche évoque la vision d'Agathe. Une marque sur le bras. L'étoile aux contours confus... Un homme protecteur.

— Elle a tout vu, en fait, mais nous n'avons pas su interpréter, sourit la jeune femme.

— Mais il viendra bien un jour, le nouvel homme de ta vie, ma fille. Tu es si rayonnante.

Alors, après le temps des explications vient celui des confidences.

— Je ne sais pas quoi penser de Jean-Noël. Tu me donneras ton avis, n'est-ce pas ?

— Je tâcherai, mais en matière de cœur je n'y entends pas grand-chose. Le mien bat au ralenti depuis si longtemps. Jusqu'à aujourd'hui, je ne ressentais plus les choses de la même façon. C'est comme si je regardais la vie à travers un verre fumé. Toutes les couleurs et les sensations en étaient atténuées. Seul l'espoir de te retrouver me tenait encore debout. Sinon, je me serais laissé glisser.

— Ainsi, c'est Mehiel Descharme qui t'a contacté, disais-tu ? Cela se confirme, c'est un ange gardien.

— Oui. Quand il m'a téléphoné, j'hésitais à le croire. Mais il s'est rappelé le peigne que ta fille lui a montré. À l'hôpital où il soignait des patients par la musique, je lui avais confié que c'était le seul trésor venant de ma femme que j'avais emporté. Je lui avais décrit le trèfle à quatre feuilles incrusté de diamants. Il a fait le rapprochement et m'a contacté. C'était un peu mince comme piste. Je n'osais y croire. Mais le prénom aussi, Pervenche, ce n'est pas courant, a fini par me décider à venir en Champagne. Je t'observe depuis un mois. Je craignais tellement une déception – je ne m'en serais pas remis – que je menais mon enquête pour être vraiment sûr.

Elle rit, soudain très gaie.

— Le parapluie, c'est toi ?

— Oui. Je n'allais tout de même pas te laisser sous la pluie...

— Et l'ombre derrière la fenêtre, que j'ai aperçue plusieurs fois, c'était toi aussi ?

— Bien sûr. Je ne me rassasiais pas de t'apercevoir. C'était ma façon de t'apprivoiser en silence.

— Et maintenant, que vas-tu faire, papa ? Je ne me lasserai jamais de t'appeler ainsi. Papa. Que c'est doux. Que c'est fort aussi. Je me sens invincible maintenant.

Samuel Lennembaum lui caresse les cheveux.

— Nous allons nous organiser, ma fille. Je vais t'aider. Bien que je n'y connaisse rien en agriculture, je pense que je pourrais te seconder en attendant qu'une nouvelle voie s'impose à toi. Car tu te cherches, n'est-ce pas ?

Elle fait oui de la tête.

— Mehiel Descharme m'a fait comprendre tellement de choses. Il est si extraordinaire.

Samuel remarque combien les yeux de sa fille brillent en évoquant son ami, et il en ressent une certaine gêne. Serait-elle amoureuse du musicien ? Mais alors...

— Quel engouement, dis-moi...

— Il est ainsi, Mehiel. Il enchante tout ce qu'il approche. C'est un magicien. La preuve.

L'après-midi est déjà bien avancé quand le père et la fille reprennent pied dans la vie quotidienne. La ferme attend qu'on s'occupe d'elle. Les vaches s'agitent dans un grondement diffus. La vieille entre et sort, claquant sa porte d'impatience. Et voilà Jean-Noël qui arrive avec la camionnette. Il descend, jette un coup d'œil dans la direction de la maison de Pervenche. La vieille sort à nouveau et le hèle.

— Il y a un homme chez ma belle-fille.

L'ouvrier la regarde, sceptique.

— Depuis ce matin, ajoute-t-elle. Ils n'ont pas mis le nez dehors.

— Le châtelain ?

— Non. Un inconnu. Très grand, avec la peau mate.

Le cœur de Jean-Noël se serre. Serait-ce David Meurville ? Il en crève de dépit, regarde encore en direction de la maison de sa belle, puis entre pour se changer et commencer la traite. Mille pensées encombrent son esprit. Il partira. Il a trop mal de la voir lui échapper.

D'ailleurs, la voilà. Elle arrive au bras de l'homme, radieuse, saute par-dessus les flaques d'eau en gloussant comme une gamine. Elle s'approche. Ses yeux ont la couleur du bonheur.

— Jean-Noël, venez que je vous présente l'homme de ma vie.

L'ouvrier serre les dents, elle ne manque pas d'air, la patronne. Venir ainsi le narguer. Mais... cet homme, bien que de belle allure, n'est plus très jeune. Ils se serrent la main en s'observant à la dérobée.

— Voilà, je vous présente Samuel Lennembaum. Mon père. Papa, voici Jean-Noël, dont je t'ai parlé. Il travaille pour nous depuis neuf ans.

Interdit, l'employé tente d'assimiler les informations afin de répondre quelque chose d'intelligent ou, au moins, de circonstance. En vain.

— Votre père ?

— Oui. C'est un miracle. Je vous expliquerai plus tard. Faites sans moi, ce soir, s'il vous plaît.

— Bien sûr, répond-il d'un ton presque gai car, outre la surprise, il pense que tout n'est peut-être pas perdu.

— Vous vous rendez compte ? C'est le propriétaire de Silvabelle qui l'a retrouvé.

Pourquoi faut-il qu'à chaque fois une bonne nouvelle soit ternie par une mauvaise ? Car Jean-Noël n'aime pas l'étincelle qui allume les yeux de Pervenche quand elle évoque Mehiel Descharme. Il esquisse un sourire, murmure : « À plus tard », et se dirige vers la stabulation à la rencontre du troupeau, Tempo sur les talons.

— Il a un bon regard cet homme-là, dit le père à sa fille, en rentrant dans la maison.

Comment pourrait-elle dormir, Pervenche ? Elle revit avec fébrilité le récit de son père. Son esprit agité sautant du coq à l'âne, avec une fâcheuse tendance à mélanger le passé au présent. L'amour de

Samuel pour Irina, lui, le Juif maudit qui vit dans la peur d'être arrêté, son refus de l'épouser afin de ne pas la mettre en danger. Puis son emprisonnement alors que Pervenche n'avait que deux ans. Sa déportation.

Et voilà que les visages de Mehiel et de Jean-Noël s'interposent. Le premier, entouré d'une aura bleue. Le second, viril et tendre à la fois.

Le sommeil approche et repart, comme le flux et le reflux tandis que son esprit s'habitue à son nouvel état d'enfant. « Je suis l'enfant de quelqu'un de vivant, se dit-elle. J'ai un père. Un père. » Elle se grise de ce mot dont elle a tant de fois appelé la chaleur et la protection. Un père musicien qui a sauvé sa vie grâce au piano, comme on le raconte parfois. Car les nazis, cruels et sans pitié, fondaient devant la musique. Un père qui n'a cessé de les rechercher. Qui se révolte d'avoir réussi à sortir de l'enfer, alors que sa femme, elle, est morte d'une erreur. Quel destin injuste !

« Papa, tu viendras habiter avec nous. On sera heureux, tous les quatre. »

Sur cette douce pensée, Pervenche s'endort. Elle n'est plus seule pour affronter la vie.

À Silvabelle, Samuel Lennembaum ne parvient pas à dormir non plus. Trop d'émotion. Il a retrouvé sa petite. Il n'espérait plus un tel bonheur. Quand Mehiel Descharme lui a téléphoné, après avoir retrouvé son adresse par l'hôpital Sainte-Anne, il doutait. C'était trop beau. Il craignait les coïncidences, les fausses joies. Puis il était venu à

Silvabelle voir le peigne d'Isora. C'était bien le même que celui qu'Irina lui avait laissé en gage d'amour et qu'il avait perdu dans la tourmente. Il l'aurait reconnu entre mille. Tout concordait. L'histoire d'une jeune femme d'origine polonaise, sa description et cette petite Pervenche qui l'accompagnait. Mais qu'il avait donc eu mal en apprenant le drame, lui dont la souffrance et les années avaient, croyait-il, anesthésié les sentiments. Mais il s'était raccroché à sa fille. Celle qui est devenue, envers et contre tout, une belle et courageuse femme. Il a hâte maintenant de connaître Flore, la cadette si pétillante.

Quand il a rencontré Isora, au château, il en a été bouleversé. Elle lui rappelait tant Irina. Sans lui ressembler vraiment, à part les cheveux couleur des blés de Champagne, elle se déplace de la même façon, légère, aérienne et son regard profond, bien que différent par la couleur, traduit le même romantisme exacerbé. Comme c'est étrange, d'ailleurs, pense le grand-père, que leurs prénoms commencent par la même lettre. Encore un clin d'œil du destin. Un destin qui ne les a pas épargnés, mais qui semble vouloir, maintenant, se tourner du bon côté. Il faudrait juste que Pervenche se décide à faire parler son cœur. Cette idée lui procure un désagréable pincement au creux de l'estomac. Il jurerait que Mehiel n'est pas indifférent à Pervenche. Mais il ne faut pas. Oh non, il ne faut pas.

***

Le lendemain, Jean-Noël frappe à la porte de Pervenche pour lui confier combien il est heureux pour elle.

— L'orge de printemps est levée. Je vais aller désherber le grand champ de la Norée. Mais avant, je voulais vous dire que je suis très ému de ce qui vous arrive. C'est merveilleux. Vous voyez, parfois, la vie montre des revers agréables. Il faut avoir confiance.

Pervenche sourit en l'invitant à entrer cinq minutes. Elle passe la main dans ses cheveux en bataille. Il est 8 heures du matin, elle n'est pas encore pomponnée mais il la trouve attendrissante ainsi, au naturel. L'odeur du café finit de le tourneboulеr. C'est comme une provocation. Il associe le parfum à la quiétude du foyer dont il rêve. Un vrai foyer, avec ses soucis et ses petits bonheurs, une femme aimante, des filles vives et affectueuses.

Il se sentait capable de les prendre toutes les trois sous son aile. Et maintenant qu'il y a un homme en plus, tout serait plus facile pour les affaires. Mais la réalité est autre. Pervenche lui a fermé son cœur. Il n'est pas la cause de ce rayonnement qui la transforme. Son père, certes, mais sans doute aussi l'homme de Silvabelle.

— À quoi pensez-vous, Jean-Noël ? Asseyez-vous. Vous boirez bien une tasse de café.

— Non. Je ne suis pas en avance. Je vous envie, Pervenche. Pour votre père. Vous savez bien ce qu'on dit sur le mien. Que Mathieu, le brave homme pour lequel j'ai toujours éprouvé une grande affection, a épousé ma mère alors qu'un autre l'avait engrossée. Il m'a élevé. J'ai appris ça par hasard, il n'y a pas si longtemps, en entendant une dispute entre mes parents. Jusque-là, bien que sachant que ma mère était enceinte lorsque Mathieu l'a épousée, je croyais naïvement qu'il était mon père. Ou je m'acharnais à le croire, car la lueur de moquerie que je lisais dans les yeux de certains quand je m'interrogeais sur ma blondeur et mes yeux clairs me dérangeait. Quand j'ai questionné Honorine, elle s'est mise dans une colère noire, m'accusant de la salir et me traitant de mauvais fils. Elle a toujours su retourner la situation. Je lui en veux pour cela.

Attendrie, Pervenche lui tapote l'épaule en signe d'encouragement et tente de le réconforter :

— À mon avis, elle a honte. Elle craint que vous la jugiez. Vous savez, il y a quarante ans, être enceinte sans mari était un vrai déshonneur. Et Mathieu, vous croyez qu'il savait ?

— Il savait qu'il n'était pas le père. Dame ! Il suffit de savoir compter ! Les dates ne correspondaient pas. Mais je ne pense pas qu'il ait su qui était mon géniteur. Je me demande même si cette histoire n'a pas provoqué sa sénilité précoce. Quand je vais le voir à l'hospice, il me semble si désemparé. On dirait un petit garçon pris en faute. Il a toujours peur de mal faire.

— Il ne regrette plus son carillon ?

— Il n'en parle plus. Mais je me suis promis de le conduire au clocher, un de ces jours. Peut-être que la vue de l'Appoline, de l'Antoinette ou de la Charlotte, lui procurera un déclic. Il les aimait tant ses cloches !

Pervenche ressent de la compassion pour son

ouvrier. Qui pourrait, mieux qu'elle, comprendre son manque ? Elle le lui dit. Il hausse les épaules en se dirigeant vers la sortie.

— C'est comme ça. Chacun porte sa croix. Mais quand on peut la poser, c'est une chance qu'il ne faut pas laisser passer.

Elle approuve avec un petit sourire gêné en le raccompagnant jusqu'à sa camionnette. Il mériterait le bonheur, Jean-Noël, et, en cet instant, elle oublie ses doutes et ses rancunes envers lui et s'en veut de ne pouvoir lui donner ce qu'il attend.

Tiens, il revient sur ses pas et sourit timidement en triturant sa casquette.

— Je voulais vous dire. Je resterai jusqu'au 1er mai. Pervenche sursaute.

— Mais je vous ai déjà donné ma réponse.

— Je sais. Mais je resterai quand même jusqu'au 1er mai. Ça vous laissera le temps de trouver quelqu'un d'autre.

Il part sans lui avouer qu'au fond de lui il espère encore un retournement des choses.

***

Le soleil printanier n'éclaire pas que les cœurs des habitantes de Champbrise. Il rayonne sur la campagne, réchauffe la terre et fait éclore les fleurs. Les tulipes ondulent dans un ballet pourpre tandis que les cerisiers tendent leurs bras fleuris et que le marronnier se lâche dans une débauche de feuilles tendres.

C'est samedi, la famille Fontaine déjeune dans la

cour, sous le regard malveillant de la vieille qui, toujours cloîtrée, n'en tend pas moins l'oreille par la fenêtre. Elle regrette que Pervenche ait retrouvé son père. Elle la devine plus forte. Et elle se sent encore plus seule, renfermée sur ses rancœurs, ses jalousies et sa méchanceté. Elle les entend rire et plaisanter. Ils ont l'air si heureux, tous. Un état qu'elle n'a pas connu longtemps, se laissant trop facilement envahir par des sentiments négatifs qui ont gâché sa vie. Elle les envie, ceux d'en face.

Elle crève à petit feu, ratatinée sur sa pauvre existence tandis que les autres, après avoir été dans l'ombre, semblent inondés de lumière. Pervenche affiche une mine épanouie, Isora semble avoir trouvé son équilibre et Flore, de plus en plus pétillante, n'en finit pas de cajoler son grand-père. Un Juif. Un homme bien, elle le reconnaît. Ne vient-il pas la saluer tous les matins ? Le premier jour, elle est restée sur la défensive. Puis elle a pris l'habitude de ce salut de convenance, certes, mais tout de même, il a quelque chose de bon dans le regard, cet homme-là. Et ça la perturbe car elle ne trouve pas de vraies raisons de lui en vouloir. Or elle a toujours aimé trouver des excuses à sa perfidie. Même de fausses excuses, comme envers sa belle-fille qu'elle accuse de légèreté, de paresse ou d'égoïsme alors qu'elle sait très bien qu'elle a toujours été fidèle, courageuse et dévouée. Un constat qui la dérange. En tout cas, elle ne pourra plus la nommer l'orpheline de Silvabelle.

Tout en mangeant la tranche de gigot et les haricots que celle-ci lui a servis, Hélène tend l'oreille. Ils parlent de la brocante du lendemain et d'un concert que le châtelain va donner à Chaource, avec le Juif, justement, ainsi qu'elle le nomme. Il était musicien avant sa déportation. Il lui a raconté. Ensuite, il est devenu professeur de musique dans une école privée, à Paris. Il n'a jamais refait sa vie. Pas comme sa fille. « Je sens bien que ça la titille, maintenant », pense-t-elle.

Il les a recherchées toutes les deux, en vain. Autant chercher une aiguille dans une botte de foin. Aucune piste.

Hélène sursaute. Samuel vient d'entrer en lui demandant de se joindre à eux pour le dessert. Il a tant de bonté dans les yeux qu'elle baisse les siens, de honte. Car devant ce regard-là, sa propre noirceur prend tant d'épaisseur qu'elle l'étouffe. Car ce regard-là, qui a vu tant de misère, lui fait prendre conscience que sa vie, à elle, aurait pu être plus belle et mieux remplie malgré ses peines. Ce sentiment nouveau lui écorche l'âme.

Non, décidément, la méchanceté ne nourrit pas. Elle détruit le corps et l'esprit. Mais comment revenir en arrière ? Ce qui est fait est fait.

— Alors, madame Hélène ? Vous ne voulez pas profiter de votre famille ? Vos petites-filles sont le prolongement de votre fils, non ? Moi, j'éprouve tant de joie à voir vivre Pervenche et ses filles.

La vieille ne sait quoi répondre. Elle se lève, indécise, se traîne jusqu'à l'évier pour y déposer ses couverts, se retourne et, en baissant les yeux comme si elle faisait mal, répond du bout des lèvres :

— Juste pour le café alors.

Quand Hélène sort au bras de Samuel, les trois femmes se regardent en silence puis, de concert, reprennent leur conversation tandis que l'homme, prévenant, l'installe et va lui quérir une tasse.

Pervenche ne montre rien mais son cœur se serre. Son père n'aurait pas dû. Il ne sait pas combien la vieille est mauvaise. Personne ne peut imaginer ce qu'elle lui a fait endurer. Et il faudrait faire fi de son passé malfaisant ? Elle en est incapable. Aussi, elle ne réussit pas à lui adresser la parole. Isora et Flore, en revanche, surmontent leur appréhension et agrémentent la conversation de petits riens.

— J'espère récolter un peu de sous, demain, dit Flore en se léchant les doigts.

— Je t'aiderai. Je ferai l'article, je m'y connais, tu sais bien que les Juifs ont le sens du commerce, rit le grand-père.

Les filles s'esclaffent. Hélène, tout en buvant quelques gorgées de café, observe la tablée à la dérobée sans trouver la moindre pique à lancer. Ses yeux noirs naviguent de l'un à l'autre, curieux, presque étonnés, comme s'ils découvraient un univers insoupçonné. Elle ne l'avouerait pour rien au monde mais elle se sent presque bien à cet instant. Elle a l'impression que son cœur se fendille un peu et c'est difficile à concevoir, pour elle qui a bâti sa vie avec des remparts épais contre le bonheur. Fatiguée comme une convalescente à sa première sortie, elle finit par annoncer qu'elle va se reposer.

— Amusez-vous bien. Merci monsieur, dit-elle en s'adressant à l'homme de la famille.

Elle toise Pervenche, se redresse et franchit les quelques mètres qui la séparent de sa maison.

— Grand-père a réussi à amadouer le cerbère, je rêve, lance Isora.

— Il ne faut pas s'y fier, grogne sa mère en se levant pour débarrasser la table.

Un nuage voile un instant le soleil, puis un autre. Le temps change. D'ailleurs, les oiseaux chantent la pluie dans un chuchotement moite.

— Il faudra bien que vous fassiez la paix, non ? avance Samuel.

— Ce n'est pas moi qui ai déclaré la guerre, répond Pervenche en secouant la nappe avec rage.

Flore, qui n'aime pas la réflexion de sa mère, tente une diversion en s'adressant à sa sœur.

— Et alors, ce concert, quel programme ?

— Oh, un tas de choses. Chopin, Liszt, Beethoven. Mehiel et grand-père se relaieront. Et puis il y a une surprise, sourit Isora, énigmatique.

— Encore ! s'étonne Pervenche en regardant son père, la « surprise » promise par Mehiel.

Flore tente de savoir. Isora refuse de dévoiler le secret.

— Non. Je ne dirai rien de plus. Oh, j'ai senti une goutte. J'espère qu'il ne pleuvra pas demain.

Le carnet rouge

Dès 6 heures du matin, la place de Chessines est déjà plongée dans l'effervescence. Flore, tout excitée, installe une planche et des tréteaux, pendant que sa mère sort des cartons de sa Simca.

Des antiquaires curieux et intéressés se fraient un chemin parmi remorques et automobiles et, flairant les bonnes affaires, n'hésitent pas à fouiller carrément dans les caisses, marchandant avec aplomb.

— Combien ce vieux plat en porcelaine ? demande un de ces lascars culottés en examinant l'objet sous toutes les coutures, l'œil gourmand.

Les cheveux bruns flottant sur les épaules, grand et barbu, il affiche une allure de marginal un peu moqueur, qui assurément sait négocier. « Sûr qu'il a remarqué que c'est du "Limoges" », songe Pervenche en le lui retirant des mains.

— Il vaut bien quinze francs, à mon avis.

— J'achète, répond l'homme en sortant prestement des billets de sa poche.

Tandis que Flore emballe le plat dans un papier journal, sa mère se dit qu'elle aurait dû vendre plus cher. L'homme n'a point regimbé, preuve qu'il est certain d'avoir fait une affaire. Tant pis. Elle sera davantage vigilante pour les prochaines ventes.

Les dames Fontaine arrangent leur étal de jolie façon. La vaisselle d'un côté, les draps de lin et les napperons de l'autre. Au centre, dans une large corbeille, se cognent des bibelots divers. Flore, qui espère vendre des habits qu'elle estime passés de mode, les a installés sur une grande toile, avec une pancarte : *Tout à 5 francs*.

Claudine, l'amie de Pervenche, a déballé à côté un grand choix de vieux outils, des livres anciens à la couverture rouge, quelques objets en cuivre. Une bassinoire, une louche. Un cache-pot.

— Tu vas faire fortune avec ce nouvel engouement des acheteurs pour les choses anciennes, sourit Pervenche.

— J'espère bien. Moi, ça me débarrasse. J'ai tellement de choses entassées dans le grenier. Les anciens gardaient tout. À la longue, ça prend de la place.

Les deux femmes papotent un peu en attendant les clients qui ne devraient pas tarder à arriver. Flore revient avec deux gobelets de café et des croissants.

— Il faut prendre des forces avant le grand rush, rit-elle en dépliant son siège.

Sa mère enfile une veste de laine. La pluie de la nuit a rafraîchi l'atmosphère et, bien que calmée, elle n'a peut-être pas dit son dernier mot. Les camelots d'occasion scrutent le ciel avec inquiétude. Des nuages menaçants s'amoncellent, hésitent, puis s'effilochent pour laisser passer les premiers rayons de soleil.

— Pourvu que ça tienne la journée, dit Jean-Noël en se plantant devant l'étal de Pervenche.

— Ah, vous êtes là aussi ? Vous vendez ? lui demande-t-elle.

— Non. Je me promène. J'aime fouiner. Regardez. Je crois que j'ai déniché un trésor.

Il sort de sa poche un petit carnet relié de rouge dont les pages manuscrites laissent à penser qu'il s'agit d'un journal. L'écriture appliquée, les phrases élégamment construites témoignent de la culture de l'auteur. Il feuillette les pages et déclare que si rien d'important n'y est relaté, en revanche, on apprend des choses sur le Chessines des années trente. Les mois de canicule. La fête du village. Les inondations. L'inauguration de la salle des fêtes. La mort tragique du curé, empoisonné par sa bonne. La réfection de l'église. Et puis, quelques pages sur l'usine des Trévois. *Mon père a embauché du personnel féminin.* Quelques explications suivent sur l'exportation de chaussettes et l'achat de nouvelles couseuses.

Curieuse, Pervenche s'empare du carnet.

— Il n'est pas signé ?

— Je n'ai rien remarqué, regrette Jean-Noël.

— Ah, mais si. Regardez ce G et ce L enlacés dans un ovale, là sur cette page.

— En effet, je n'avais pas fait attention.

Ils se regardent, intrigués. La même idée vient de leur traverser l'esprit. Guillaume Lamotte.

— L'usine des Trévois, c'était bien celle des Lamotte ? demande Pervenche.

— Je crois bien, d'après ma mère.

— Alors c'est lui l'auteur de ces lignes. C'est

troublant, n'est-ce pas ? Quel âge pouvait-il avoir ? Dans les trente ans, je pense.

Pervenche tente de cacher son trouble. Elle vient de réaliser que l'écriture est bien différente de celle entrevue dans le cahier du coffre. Hélène avait raison. Elle tourne les pages avec fébrilité. Jean-Noël, sentant que cet objet intéresse Pervenche, propose de le lui offrir. Elle refuse.

— Mais si. Il vous appartient plus qu'à moi. Vous avez un lien avec Guillaume Lamotte.

— En quelque sorte, oui. Mais je ne veux pas abuser. C'est votre trouvaille.

— Je vous en prie. Acceptez, vous me ferez plaisir.

— Alors, si vous insistez...

Elle range le précieux document dans son sac à main, se promettant, le soir, de comparer les deux écritures, pressentant que cette découverte risque de bouleverser ses convictions.

— Je vous souhaite une bonne journée. Moi, je vais rendre visite à Mathieu. Je reviendrai faire un tour dans l'après-midi.

Ils se sourient. Pervenche a le sentiment d'avoir signé la paix avec Jean-Noël et ce constat la réconforte.

La foule des chineurs s'épaissit. On marchande, on plaisante, on achète... Pervenche aime cette ambiance festive et conviviale de ces manifestations qui remplacent peu à peu les fêtes de village. Et elle vend ! Le pot en grès a trouvé preneur. Le réveil a séduit un collectionneur. Le vieux fer aussi. Les napperons font le bonheur de l'institutrice... Un bibeloteur s'extasie sur une tasse aux reflets moirés, la retourne, s'aperçoit que c'est du Vallauris et il achète. La petite sacoche de Pervenche se remplit de pièces et de billets. Celle de Flore aussi. Elle jubile, une dame a acheté presque tous ses habits.

— Vous avez épuisé vos vieilleries ? demande Agathe en déposant l'énorme poterie d'Amance qu'elle tenait à la main.

— Ça va, reconnaît Pervenche. Mais tu as trouvé ton bonheur aussi, je vois.

— Ce bel objet servira de porte-parapluie pour la salle d'attente de Philippe, explique la jeune femme dont une mèche bleue s'accorde à ses yeux.

— Philippe est avec toi ?

— Oui, il achète des bouquins. Il ne s'intéresse qu'aux livres, tu sais bien.

Elle sourit, malicieuse.

— Et ma prédiction ? chuchote-t-elle.

Pervenche rit, reconnaît qu'elle avait vu juste. Un homme avec une marque sur le bras... Son père.

— Ah, mais oui, j'ai appris. Ce n'est pas ce que tu attendais, mais c'est une immense joie, non ?

Pervenche hoche la tête, son regard embué traduisant toute son émotion.

— Tu m'avais annoncé un homme protecteur. Tu ne t'es pas trompée. Quant à celui qui devrait faire battre mon cœur, j'attends toujours. Mais je suis moins pressée. On ne peut pas avoir tous les bonheurs en même temps.

— Mais... Jean-Noël ?

Pervenche lui raconte le complot, sa déception et ses doutes. Agathe la scrute quelques secondes en silence, puis lui rappelle sa vision floue d'un homme au regard étrange...

— L'année n'est pas terminée, ma belle. Il faut y croire. Allez, je vais rejoindre mon époux.

La dame excentrique s'éloigne en souriant tandis que son amie, songeuse, se demande si elle a bien regardé les yeux vifs et foncés de David Meurville. Puis le regard vert de Mehiel Descharme revient caresser sa mémoire. Un regard pur et troublant comme un puits sans fond, certes. Mais peut-on le qualifier d'étrange ?

Quand Jean-Noël arrive à l'hospice, un sentiment de culpabilité l'envahit. Mathieu n'est pas à sa place, ici. Comment le pauvre homme pourrait-il y trouver l'apaisement ? Au milieu de ces malheureux qui crient leur détresse, gesticulent, parfois menaçants, bavent, ou s'enfoncent dans la solitude du non-retour ? Il en veut à Honorine qui l'a placé dans cet endroit, estimant qu'elle n'avait plus la force de s'en occuper. C'est vrai que le pauvre homme a tendance à prendre la poudre d'escampette et qu'ensuite, paumé, il erre sans but, apostrophant les gens avec des mots sans queue ni tête. Mais tout de même, n'y aurait-il pas une autre solution ? Une employée à demeure, peut-être. Il se promet d'en parler à sa mère. En attendant, il entend bien sortir Mathieu de son univers, une paire d'heures, pour lui changer les idées et allumer une étincelle dans ses yeux noirs. Ça arrive quelquefois.

L'odeur de soupe, mélangée à celle de l'urine et de l'eau de Javel, écœure le visiteur. Il s'approche cependant du vieil homme qui le reconnaît. Ce constat a toujours étonné Jean-Noël. Malgré le brouillard enfumant ses idées, Mathieu n'a pas oublié le visage des gens aimés.

— Ah, mon garçon. Te voilà. Tu viens me chercher ? Je veux rentrer à la maison.

Une infirmière passe. Elle marche à petits pas pressés, dans le bruissement feutré de ses chaussures à semelles de liège. Elle porte des documents.

— Madame ?

Elle s'arrête en souriant. Jean-Noël remarque son prénom, Lucile, brodé sur sa blouse de piqué blanc.

— Je souhaite sortir mon père quelques heures. J'en prends la responsabilité, naturellement.

— Bien sûr. Mais ne le perturbez pas trop. Quand il revient, il est toujours agité. Allez au bureau pour remplir un papier.

— Entendu.

— Vous allez vous promener, monsieur Morel. Vous êtes content ?

Mathieu sourit. Aux côtés de son fils, il ne peut rien lui arriver de mal.

Jean-Noël, le vieil homme sur les talons, accomplit les formalités puis ils sortent, traversent le parc avant d'atteindre le parking. À la vue de la Peugeot, le malade sourit. Une fois installé, il soupire d'aise. Il ignore où il va, mais il est sorti de sa prison et cet événement l'excite. Il divague.

— Ta mère, c'était une traînée et une feignasse.

— Tais-toi, papa. Ne dis pas des choses pareilles. Maman n'a jamais été paresseuse.

— Bon. Mais tu sais, j'aurais pu la faire emprisonner. Elle a fait des choses. Je connais le président de la République.

Voilà qu'il se remet à divaguer, pense Jean-Noël qui, malgré tout, ne peut s'empêcher de sourire.

— Je t'emmène au clocher, tu vas retrouver l'Appoline, ça te plaît ?

Le conducteur donne un coup de frein un peu sec pour éviter un chat et Mathieu est projeté légèrement en avant. Il rit.

— Appoline, tu dis ?

— Oui. Et les autres cloches. C'est le vide-grenier à Chessines aujourd'hui. Tu te rappelles ? Avant, tu jouais toujours un air pour les fêtes.

— Il y aura Antoinette aussi ? Et la Charlotte ? Et la Geneviève ?

— Oui. Tu te souviens que tu jouais *Le Bon Roi Dagobert* ?

— Peut-être.

Une demi-heure après, ils arrivent au pied du clocher de Chessines. L'église est ouverte. Ils peuvent grimper. C'est haut. Certains barreaux de l'échelle sont cassés. Jean-Noël se demande si son idée est bien judicieuse. S'il arrivait quelque chose à Mathieu ? Mais, à la vue de ce lieu familier, le vieil homme semble avoir retrouvé sa force, son agilité et son esprit.

— On monte ? demande-t-il, le visage rayonnant.

— On monte, répond son fils.

Et les voilà partis à l'assaut du clocher. Ils grimpent un escalier de bois en colimaçon, se fraient un chemin parmi les poutres et les toiles d'araignées et, une fois arrivés, regardent le village de haut, image de carte postale. Tableau naïf et unique. Et puis, ensemble, s'approchent et caressent les quatre cloches qui frémissent. Sûr qu'elles ne demandent qu'à chanter.

— Ça va y aller, dit Mathieu qui revient à lui, à la vue de ses belles.

— Ne te trompe pas, papa. Ne joue pas l'air de l'enterrement.

Une lueur malicieuse ravive l'éclat des yeux du carillonneur.

— Pas de danger. Je vais pas confondre avec le glas. Mais je me rappelle les paroles que je calais sur la musique pour accompagner les défunts : « Ton corps est mort, ton âme s'envole derrière l'autel de Saint-Michel. »

Complices comme larrons en foire, les deux hommes rient. Puis Mathieu tire une corde, un son s'échappe du ventre d'Appoline, puis de ses sœurs qu'il sollicite aussi. Les notes s'égrènent. Tel Quasimodo, le vieil homme va de l'une à l'autre avec adresse, dompte ses dames de cœur et livre aux paroissiens une chanson vieille comme le monde : *Le Bon Roi Dagobert.*

Et ça résonne. Et ça s'envole. *Sol*, *la*, *si*, *do* s'harmonisent en une mélodie joyeuse et entraînante. Les cloches, trop longtemps silencieuses, s'en donnent à cœur joie, envoient leurs saluts mélodieux aux bonnes gens et semblent ne plus vouloir s'arrêter. Jean-Noël imagine les têtes des habitants tournées vers le clocher ; celle de Pervenche, étonnée.

Voilà, les cloches s'essoufflent et le carillonneur aussi. Son fils le prend par le cou en lui disant que c'était vraiment chouette, cette surprise pour les paroissiens. Le vieux rayonne en redescendant avec précaution. Quand ils retrouvent la terre ferme, son visage se rembrunit, quitté par l'embellie.

— Tu joueras, toi, mon Nono ? supplie-t-il. Je t'ai appris. Alors tu joueras après moi ?

Jean-Noël soupire.

— Peut-être.

Des odeurs de frites et de saucisses viennent titiller leurs narines. Le fils est tenté d'emmener le père se restaurer, mais celui-ci semble épuisé.

— Je te ramène, papa ?

— Je suis bien obligé. Mais faut que tu saches. Ta mère, c'est une traînée. Mais je l'ai aimée quand même. Elle a fait des choses, pendant la guerre, mais j'ai jamais rien dit. Pourtant, tu sais, je connais le président de la République. Oui, elle a fait les quatre cents coups avec les haches.

— Les quoi ?

— Les haches.

Jean-Noël secoue la tête, navré. Le vieil homme est reparti dans son délire. Ils roulent depuis un moment quand le fils pose cette question :

— C'est qui mon père ?

Il le regrette aussitôt, car de grosses larmes coulent sur les joues du carillonneur tourmenté.

— Je te sortirai d'ici, promet son fils pour le consoler.

À ces mots, le vieil homme se calme et regarde l'horizon. Puis d'une voix lointaine, venue du plus profond de sa mémoire, il murmure :

— Tu t'appelles comme lui, mais c'est un secret.

Le fils sursaute, tente d'en savoir plus en profitant de cette éclaircie dans le cerveau de Mathieu.

— Il s'appelle Jean-Noël ? Papa, fais un effort, s'il te plaît. Il s'appelle Jean-Noël ?

Mais le vieux replonge dans son brouillard, sourit aux anges, comme un bébé, regarde ce fils qu'il aime et murmure :

— C'est joli, Jean-Noël.

Puis il se tait tout à fait, comme absorbé par une réflexion intérieure intense. Le fils n'insiste pas. Il sait bien que Mathieu n'ouvre la porte de son esprit qu'avec parcimonie et qu'après ce cadeau il la ferme à clé pour une durée indéterminée.

Voilà, tout est remballé. Les vendeurs s'interpellent et, tout en rangeant leur matériel, dressent le bilan de la journée. Tout le monde affiche un air satisfait.

L'air, chargé d'odeurs de viande grillée et de gaufres, est encore lourd, avec des menaces de pluie. Au sol, les restes de la journée s'amoncellent. Papiers, gobelets en plastique, canettes, cartons...

Flore se réjouit d'avoir vendu des livres anciens et de la vieille vaisselle de sa grand-mère. Samuel, qui est venu les rejoindre, la félicite :

— Tu as des qualités de commerçante, ma fille.

Elle rosit de plaisir et éclate de ce rire reconnaissable entre tous. Un rire cristallin et spontané qu'elle distribue volontiers.

— Quand je serai fermière, je fabriquerai mes fromages et vendrai mes produits.

Le grand-père la contemple, attendri. Quelle bonne petite ! Si vivante et courageuse. Non, elle ne ressemble à personne. À part les yeux clairs d'Irina. Il l'aide à ranger avec méthode. Et elle, qui en un tournemain a toujours eu l'art de semer le désordre, s'applique.

Pervenche se presse. Elle en a assez tout d'un coup du bruit et de la foule. Et puis elle a hâte de comparer les écritures. Celle du cahier bleu enfermé dans le coffret, et celle du carnet rouge, la trouvaille de Jean-Noël. Mais aussi, et bien qu'elle s'en défende, elle regrette de ne pas avoir aperçu Mehiel Descharme. Quant à Isora, elle est passée comme un éclair, la tête ailleurs, les gestes fébriles et les yeux trop brillants.

— Maman, tu crois que c'est Jean-Noël qui a carillonné ? demande Flore.

— Sans doute, puisque le pauvre Mathieu perd la tête. Oh ! dépêchons-nous, le ciel s'assombrit.

Sur ces derniers mots, une bourrasque s'abat sur la place, soulevant un nuage de poussière et semant le désordre dans les arbres. Les branches s'emmêlent, les feuilles s'envolent, les oiseaux apeurés volettent dans tous les sens et les robes des dames se lèvent, ce qui attire les commentaires amusés des messieurs.

Et le tonnerre s'en mêle, roule des grondements de plus en plus rapprochés tandis que les éclairs zèbrent le ciel gris et que celui-ci s'ouvre pour déverser une pluie dense. L'orage de printemps a surpris la population qui cherche refuge dans les voitures, sous le préau de l'école ou dans les maisons proches. Un parapluie s'envole, une table se renverse dans un bruit de vaisselle cassée. Des exclamations fusent de tous côtés. Certains jurent. D'autres rient.

La famille Fontaine s'abrite dans la voiture et

attend patiemment l'accalmie. Pervenche aperçoit Jean-Noël s'engouffrer dans celle des Collin. Elle a juste le temps d'entrevoir Sophie que le chemisier mouillé collant à sa poitrine rend plus gironde que jamais. Et cette image lui déplaît.

***

Dès son retour de la brocante, Samuel est retourné directement à Paris, voulant au plus vite régler ses affaires, vendre son appartement pour venir s'installer près de sa famille. Isora, qui devait se rendre à Troyes avec une amie, n'est pas encore rentrée et Flore s'est précipitée chez son amie Laurence pour lui raconter sa journée. Ainsi, Pervenche, bien qu'un peu perdue de se retrouver seule après avoir été entourée toute la journée, se réjouit de pouvoir se pencher sur l'énigme de l'écriture.

Sans prendre le temps de débarrasser la voiture de son chargement, elle se presse de sortir le carnet rouge de son sac à main et relit avec attention. Il semble bien que les textes soient de Guillaume Lamotte. Tout concorde. Le ton. L'activité de bonneterie.

Mais alors, le cahier bleu ? Elle le sort prestement de l'armoire et, tout en s'imprégnant des mots et de l'angoisse de son auteur, s'interroge et se trouble. L'écriture est bien différente de celle du carnet rouge acheté par Jean-Noël. Celui-ci aurait-il appartenu au père de Guillaume Lamotte ? C'est possible, il s'appelait Georges. Les initiales correspondent. Pervenche se promet de demander l'aide de Jean-Noël et de Samuel. Peut-être auront-ils une idée ? À moins qu'elle interroge Hélène. Elle semble mieux disposée à son égard depuis que son père, avec cette diplomatie qui fait partie de son être, arrondit les angles.

En attendant, elle range soigneusement ses précieux indices, se douche et prépare le repas. Son père occupe maintenant ses pensées. Elle regrette de ne pouvoir tout lui révéler. Quelque chose la retient. Une sorte de pudeur qu'elle devine chez lui aussi quand il aborde certains sujets. Malgré la tendresse et la confiance, le fossé creusé par tant d'années d'absence subsiste. « Mais il finira bien par disparaître », se dit-elle.

Flore entre comme un ouragan, diserte et pleine de vie. Isora la suit de quelques minutes, les yeux fiévreux. Elle lance un coup d'œil à sa mère, se laisse tomber sur le canapé puis lâche dans un murmure :

— Je suis passée par Silvabelle. J'avais envie d'écouter Mehiel jouer le dernier morceau qu'il a composé et qu'il jouera pour le concert.

Pervenche se contracte imperceptiblement. Elle n'a jamais entendu parler de cette création.

— On peut connaître le titre ?

— *L'Ode à une fée.* C'est tellement beau. Quand il a joué, sa musique m'a portée très haut, jusqu'au pays des lumières. En fait, j'avais l'impression de naviguer entre deux mondes et c'est à ce moment que j'ai vu papa. Il portait cette chemise bleue que tu lui avais offerte pour son dernier Noël. Il remuait les lèvres, mais je ne comprenais pas.

Le cœur de Pervenche se serre.

— Et... tu t'es confiée au musicien ? Qu'en pense-t-il ? demande-t-elle sourdement.

Isora se redresse.

— Oh ! il n'a pas été étonné. Il affirme que la musique, comme toutes les grandes émotions procurées par les arts, nous relie avec le ciel. Après, j'ai voulu rentrer à pied en tentant désespérément de revivre ces sensations, pensant que la solitude m'aiderait. Je voulais tellement que l'expérience recommence. Mais rien. C'était juste un instant de grâce éphémère.

Elle sourit, passe la main dans ses cheveux.

— Mais que veut-il nous dire, papa ?

Perplexe, Flore hausse les épaules en signe d'incompréhension. Pervenche se tait, certaine que ce message est en rapport avec sa quête éperdue. Le pourquoi de la fuite de Luc.

***

C'est lundi. La vie reprend son cours. Flore a rejoint son collège, Isora est repartie dans la Marne pour passer ses partiels.

Pervenche ne sait plus comment diriger son enquête. Appeler Jean-Noël à l'aide ? Elle en meurt d'envie. Peut-être qu'il aurait une idée au sujet de l'auteur des écrits. Mais, en ces premiers jours d'avril, il reste à sa place et s'en tient au travail de la ferme. Il n'a même pas évoqué le fameux carnet. Il doit pourtant bien se douter que cette trouvaille l'intrigue.

Elle ignore que son ouvrier cherche désespérément quel homme, de l'âge d'être son père, porterait, dans les environs, le prénom de Jean-Noël. Ainsi, dès qu'il a un peu de temps libre, il consulte l'annuaire des villages de l'Aube, encadre les noms suivis du prénom Jean-Noël et constate qu'ils ne sont pas nombreux. « La tâche sera plus facile », pense-t-il en conduisant le tracteur auquel est accrochée la herse, ce matin-là. C'est le moment du second désherbage dans les champs de blé et l'ouvrier accomplit la tâche la tête remplie des paroles de Mathieu. « Tu t'appelles comme lui, mais c'est un secret. »

Il lève les yeux vers le ciel. Le soleil rit entre deux nuages cotonneux. Jean-Noël se sent un peu perdu, mais bien décidé à savoir d'où il vient. Pourquoi a-t-il surpris ce secret ? Il était si tranquille, avant. Oh, il s'était bien interrogé quelquefois, allant jusqu'à imaginer que sa mère avait fauté avec l'ennemi, mais il balayait les hypothèses en se raccrochant à une réalité chaleureuse. Mathieu lui donnait tant, il ne pouvait qu'être son père. Il partageait tant de choses avec lui. Bien davantage qu'avec Honorine qui, sans être vraiment mauvaise, ne distribuait son affection qu'avec parcimonie. Souvent revêche, jamais contente, elle jalousait les autres avec une insatisfaction chronique, rabaissait son mari et ne répondait jamais aux questions de son fils. Le dialogue était rompu depuis longtemps. Bien avant que le placement de Mathieu n'envenime les choses entre Jean-Noël et elle.

Le ronronnement du tracteur engourdit ses idées. Il conduit par habitude, fait tourner son attelage en arrivant au bout du champ. La herse continue de griffer les herbes indésirables dans un nuage de poussière blanche.

À midi, il s'arrêtera pour manger un sandwich.

Pas d'épouse pour lui apporter un vrai repas, comme le font les femmes de ses amis agriculteurs. Pervenche, bien que ralliée à des sentiments plus doux, n'éprouve pas d'amour pour lui, c'est sûr. Compliquée, elle cherche toujours midi à quatorze heures et nourrit des espoirs pour le luthier. Il en mettrait sa main au feu. Au 1er mai, il partira. Il travaillera pour lui. Seul. En attendant, il doit se pencher sur l'énigme que lui a soufflée Mathieu. Comment s'y prendre ? Il s'interroge. Comment aborder les hommes de soixante-dix ans ou plus, prénommés Jean-Noël ?

« Bonjour, je cherche un homme qui porte le même prénom que moi et qui, éventuellement, pourrait être mon père. » Ridicule !

Il sourit à cette idée, découragé. À quoi bon, après tout ? Tout lui apparaît dérisoire maintenant. Et mieux vaut être un bâtard aimé qu'un enfant légitime délaissé. Levant son regard vers l'horizon, il aperçoit la voiture rouge de Sophie. La jeune femme doit aller rejoindre Hubert dans les champs de la Fontaignotte. « Elle le trompe mais elle le soigne, son mari », songe-t-il avec un soupçon d'amertume. Sophie. Quel beau brin de fille. Dire qu'il aurait pu... Mais pourquoi s'est-il entiché d'une femme inaccessible qui le fait mijoter depuis des mois ?

La voiture rouge s'arrête. La conductrice en sort, s'étire et s'appuie sur le capot, attendant que le tracteur de Jean-Noël la rejoigne. Il y est. Il arrête le moteur, descend de son engin et à pas lents se dirige vers elle. Elle porte une robe légère dont le bleu fait ressortir sa peau hâlée. Ils s'embrassent sur les joues. Elle sent la lavande.

— Je porte le casse-croûte à Hubert. Je t'ai aperçu et ne voulais pas passer sans te saluer.

— C'est gentil. Je trouve qu'il a bien de la chance, Hubert, sourit-il, malicieux.

Elle rit en plongeant son regard effronté dans celui de l'homme.

— Pour certaines choses, en effet.

Elle s'approche de Jean-Noël mais celui-ci recule, embarrassé.

— Je vais y retourner, je ne suis pas en avance. Bonne journée, Sophie.

Elle l'attrape par le bras.

— Ne te sauve pas, Nono. Tu meurs d'envie de me prendre dans tes bras mais tu te retiens à cause de ta pimbêche. Mais ouvre les yeux, voyons. Tu la mets sur un piédestal mais c'est une intrigante, ta Pervenche. On dit qu'elle a des vues sur le notaire, maintenant. Hubert les a aperçus l'autre jour à la guinguette du canal, à Tonnerre. Ils se tenaient bien près l'un de l'autre, parlaient à voix basse, comme des amoureux. D'ailleurs, tu les as vus aussi à la soirée crêpes. Enfin, redescends sur terre. Tu crois que son cœur va pencher pour un ouvrier agricole ? Mais tu rêves, mon cher. Elle n'est pas pour toi, ça crève les yeux. Moi, je suis prête, vois-tu. Je ne cherche pas une aventure. J'éprouve des sentiments pour toi. Je n'aime plus Hubert. Il le sait. Nous vivons comme des amis. Nous restons ensemble pour les enfants et pour la ferme.

— Mais voyons, Sophie...

— Je n'attendrai pas indéfiniment. J'ai envie de vivre, moi. Si tu t'accroches à tes chimères, tant pis pour toi, lance-t-elle en remontant dans sa voiture.

Elle claque la portière et démarre vivement dans un nuage de poussière, tandis que lui, les bras ballants, la regarde partir, plus penaud que jamais.

Pervenche et David Meurville ? C'est comme si le rat des villes s'alliait avec le rat des champs.

Insensé !

Isora

C'est samedi, Flore est à la piscine. La mère de son amie Laurence les a conduites en début d'après-midi, elle les reprendra vers 17 heures. Pervenche doit aller chercher Isora à Silvabelle.

Tout en roulant sur la route conduisant au domaine, elle pense à sa fille si rayonnante depuis qu'elle fréquente Mehiel et Diane. Si épanouie qu'il semble que l'amour soit revenu dans son cœur. Il se pourrait que Nicolas et elle... Après tout, pourquoi pas ? Le jeune homme en effet continue son stage à Silvabelle et ils ont bien dû se rencontrer, rallumant la braise qui sommeillait en eux. Mais pourquoi ne se confie-t-elle pas ?

Elle se promet de l'inciter à se libérer, tout à l'heure. Si sa fille accédait enfin à la stabilité, elle-même pourrait peut-être trouver à son tour un certain apaisement. Car pour l'instant... Si c'est vrai que Luc a souffert du comportement de sa mère, pourquoi n'a-t-il pas laissé une explication à sa femme ? Cela ne lui ressemble pas.

La voilà arrivée près du portail. Elle descend, ferme la porte de sa voiture en évitant de la claquer et regarde autour d'elle. Les arbres bourgeonnent en vert tendre. Les primevères courent sur le sol, taches mauves, jaunes ou bleues. Et cette musique... Elle s'échappe de la fenêtre entrouverte du pavillon de chasse. Les notes suaves s'enroulent sur une mélodie caressante et voluptueuse. Elle s'approche doucement, comme aimantée par une force irrésistible, et ce qu'elle voit la stupéfie.

Appliqué, perdu dans une dimension inconnue du commun des mortels, le musicien sourit. À ses pieds, une nymphe aux cheveux dénoués est assise sur un sofa, les mains jointes autour de ses jambes repliées. Fascinée, elle fixe le violoniste. Elle a trouvé la porte de son éden secret et partage ce moment d'extase. Elle vibre à l'unisson, plane au-dessus de la vie ordinaire pour rejoindre l'âme du magicien. D'un regard, il saisit ce doigt de fée invisible, et l'enchantement se poursuit jusqu'à la dernière note. Ensuite, Mehiel et Isora se dévisagent, étonnés du miracle, éblouis. Heureux.

Leur bonheur est tellement ruisselant que Pervenche en frissonne d'émotion. D'envie aussi. Elle vient de comprendre que ce qui unit Mehiel et Isora relève d'une passion rare. De celle qu'on décrit dans les romans. Qu'on joue dans les tragédies, dans les opéras. Son cœur bat à se rompre. Des larmes inondent ses joues. Elle se surprend à souhaiter être à la place d'Isora et s'en veut pour cela. L'orage s'installe et gronde dans sa tête, chamboulant son esprit. Elle attend le moment propice pour quitter l'endroit sans être vue. Voilà, le violoniste reprend une partition, plus échevelée celle-là, joyeuse, comme ce printemps qu'ils portent maintenant en eux, prometteur d'un été bien plus ardent encore.

Elle marche doucement, évitant les graviers et les branches, s'approche de sa voiture, et découvre Lucie, tout près, en train de cueillir des tulipes. Elle se redresse et salue Pervenche.

— Vous les avez vus ?

— Pervenche hoche la tête, incapable de parler.

— Je suis contente que votre fille l'ait ensorcelé. Au début, je croyais que le miracle viendrait de vous. Il parle de la dame de Champbrise en termes tellement élogieux.

— Oui, et alors ? articule Pervenche.

— Ça me plaisait bien aussi. Mehiel est bien trop jeune pour rester seul. Trente-huit ans. Pensez donc. Je ne savais pas que sa métamorphose viendrait d'Isora. Pourtant j'aurais dû m'en douter. Quelque chose en elle ressemble à Isabelle.

— Mais ma fille n'a que vingt et un ans...

— C'est égal. Il a retrouvé sa joie de vivre, c'est ce qui m'importe. Mais... vous pleurez...

La voix de Lucie s'adoucit. Son regard s'inquiète.

— Ne me dites pas que vous...

Pervenche lui coupe la parole :

— Non, non. Enfin je ne sais pas... Je crois bien que j'étais en train de tomber amoureuse, moi aussi. Enfin, comme beaucoup de femmes qui l'approchent, sans doute...

Lucie s'essuie les mains sur son tablier.

— Ah çà... Mais jusqu'ici, il ne les voyait pas. On dirait que Silvabelle l'a sorti de sa torpeur. Qui l'eût cru ? Un lieu marqué par le malheur...

— Il est si étrange, votre musicien. Il dégage une telle aura... Il irradie ceux qu'il approche et apprivoise les lieux, s'émerveille Pervenche.

— Forcément ! C'est un ange gardien...

— Oui ?

— Mehiel est un prénom d'ange gardien. Vous ne saviez pas ?

— Ma foi, non... Alors tout s'explique, sourit tristement Pervenche.

Lucie l'invite à marcher un peu dans le parc. La gouvernante vante tellement son luthier que la jeune femme se demande si elle n'est pas amoureuse de lui elle aussi.

— Il a toujours beaucoup donné aux autres. Vous savez, même quand il était concertiste, il trouvait le temps d'aller dans les hôpitaux psychiatriques et pratiquait une musico quelque chose.

— Musicothérapie, je sais, c'est là qu'il a connu Samuel.

— C'est ça. Il avait de bons résultats avec les malades.

Des bruits de voix. Mehiel et Isora sortent du pavillon de chasse et viennent les rejoindre. La jeune fille observe sa mère et remarque les ombres de la mélancolie, brouillant son joli visage.

— Tu vas bien, maman ?

Pervenche hoche la tête, salue le maître des lieux, prend congé de Lucie et signale d'un ton sec à sa fille qu'elle est pressée, maintenant. Celle-ci adresse un petit signe complice à son professeur, un autre à la Bretonne et s'installe dans la voiture.

Elles roulent en silence. Isora se ronge les ongles. Pervenche se mord les lèvres, cherchant désespérément quelque chose à dire.

— Ça ne va pas, maman ? demande la jeune fille au bout de deux kilomètres.

— Si, si.

— Tu as l'air bizarre.

— Ah bon ? Non. C'était bien, ton cours ?

Isora remonte une mèche folle et explique que Diane a eu un empêchement et que Mehiel lui a offert un miniconcert, en privé.

— C'était beau, si tu savais. Il joue comme un ange.

— Je sais.

Isora regarde sa mère dont le visage se ferme et la vérité apparaît soudain, évidente. Elle les a vus. Elle est jalouse. Comment n'y a-t-elle pas pensé avant ? Elle aussi est attirée par le luthier.

— Arrête la voiture, s'il te plaît.

— Pour quoi faire ?

— Je veux te parler sans que Flore entende.

Pervenche fronce les sourcils mais obéit. Elle roule doucement à la recherche d'un chemin pour stationner. Elle arrête le moteur au premier endroit propice, en bordure d'un pré. Sa fille lui prend la main.

— Maman, je suis amoureuse de Mehiel.

— Il a trente-huit ans, souffle Pervenche sans la regarder.

— Et alors ?

— Il est trop âgé pour toi. Et d'abord es-tu sûre que tes sentiments sont partagés ?

Isora s'exalte.

— Oh oui ! Son âge justement le retenait. Il a lutté un peu, par raison. Mais l'amour a balayé tous les préjugés. Il me l'a avoué tout à l'heure. J'ai l'impression de vivre un conte de fées.

— Mais tu ne le connais que depuis deux mois...

— Les coups de foudre, ça existe. Il est l'homme que j'attendais. Quelqu'un qui m'élève, me transporte. J'ai besoin de ça. Les garçons de mon âge m'ennuient. Ils sont trop terre à terre. Avec Mehiel, tout est magique. La nature, la musique, les êtres aussi...

— Je sais.

— On dirait que tu n'es pas contente pour moi.

Pervenche la regarde enfin. Ses yeux, qui ont pris la couleur de l'acier, glacent Isora.

— Je crains seulement que ce soit un feu de paille, comme d'habitude.

Sa fille s'emporte :

— Alors tu ne comprends rien ? Tu ne sens pas que c'est différent ? Que c'est une attirance irrésistible qui nous bouleverse ? Je te croyais plus fine, maman. Ou alors tu es jalouse. L'idée m'est venue tout à l'heure. Si ça se trouve, toi aussi, tu aimes Mehiel Descharme. C'est vrai que l'âge te correspondrait davantage.

Pervenche regarde sa fille presque méchamment. À cet instant, c'est une rivale. Une femme qui vient de prendre le seul homme qui aurait pu, peut-être, la conduire vers la guérison. Vers l'amour.

Isora ressent cette tempête qui secoue sa mère à cet instant et, soudain, elle craque et éclate en sanglots. Elle tremble. Elle hoquette.

— Maman, je t'en prie, explique-moi. Parle-moi. Ce n'est pas de ma faute. Je l'aime. Ce n'est pas une passade. Il m'a guérie... Tu entends ? Guérie ! J'ai envie de vivre à ses côtés, de regarder les étoiles avec lui, d'écouter sa musique, d'avoir un enfant...

À ces mots, Pervenche faiblit. Jamais Isora n'avait

montré un tel appétit pour la vie et ce constat gomme sa déception. Quoi de plus important que la guérison de sa fille ? Elle baisse la vitre de la voiture. Dehors, la campagne, baignée d'une lumière douce, frémit imperceptiblement sous la brise et diffuse un parfum de prairie. Le cœur de Pervenche se gonfle d'émotion. La rivale s'efface. La maman prend sa place et répond doucement, en caressant les cheveux de son enfant :

— Si tu es heureuse, chérie, je le serai aussi. Tu le sais. Enlève-toi cette idée que je suis amoureuse de Mehiel. Mais non. Je le trouve charmant en effet, troublant, c'est vrai, mais amoureuse, mon Dieu non.

Isora sèche ses larmes et regarde sa mère avec de grands yeux tendres.

— Oh, maman, j'ai eu si peur de te faire mal. Je voudrais tellement que tu sois heureuse. Peut-être que tu rencontreras quelqu'un, toi aussi. Tu sais, ça arrive comme ça, à l'improviste...

Pervenche hoche la tête, l'embrasse et redémarre.

— Ta sœur va nous attendre.

Aimait-elle Mehiel Descharme ? Pas encore. Mais elle en avait bien pris le chemin... Pervenche s'interroge en refermant son livre. Il est 23 heures. Les filles regardent encore la télé. Isora n'a rien avoué à sa sœur. Pour l'instant, ce n'est encore qu'un secret entre sa mère et elle.

— Tu ne regardes pas les variétés avec nous, maman ? avait demandé sa cadette.

Elle a prétexté sa fatigue pour se retirer dans sa chambre et réfléchir à sa vie. Décidément, tout la pousse dans les bras de Jean-Noël. C'est la solution pour continuer la route en se reposant sur quelqu'un de fort. Un homme séduisant et attentionné que beaucoup de femmes trouveraient à leur goût.

C'est vrai que le châtelain de Silvabelle, peu à peu, nourrissait ses rêves les plus fous. Mais à la réflexion, elle se rend bien compte qu'elle aurait dénoté, à côté de lui. Un homme qui lit dans les pensées de l'univers ! Qu'aurait-elle pu lui apporter, elle qui ne connaît même pas la musique ?

Et puis, si sa fille est heureuse, elle le sera aussi.

Elle éteint, ferme les yeux et l'image de Jean-Noël lui apparaît, rassurante. Ses yeux bleus rieurs, son bon sens et sa délicatesse... et sa force. Elle repense à l'ardeur de leur seule étreinte et sent une douce chaleur envahir son corps. Et pour la première fois, elle n'a pas honte. Elle a quarante ans et soif de nouvelles sensations. En glissant sur la pente du sommeil, elle entend la voix de sa fille aînée à sa porte :

— Maman, je ne t'ai pas dit : *L'Ode à une fée*, Mehiel l'a composée pour moi. Maman ?

Maman ne répond pas. Elle en est incapable, elle pleure doucement sous sa couverture. Oh, comme elle aurait aimé qu'un homme compose une ballade pour elle !

Isora se retire sur la pointe des pieds.

Pervenche se calme mais le sommeil la fuit, maintenant. Tout se bouscule dans son esprit. Sa fille est ensorcelée. Complètement sous l'emprise du châtelain de Silvabelle. Emprise. Ce mot la chagrine. Subrepticement, les allusions de David Meurville envahissent son esprit. Et s'il avait raison ? Si, sous des apparences pacifiques, le châtelain manipulait les gens comme un gourou ? Il raconte avec tellement de facilité les choses du ciel, de la terre et les liens qui unissent les deux. Il lit dans les étoiles ? Il croit aux hommes et refuse le mal ? Foutaises.

Complètement réveillée, Pervenche se redresse dans son lit. Mille pensées mauvaises ont entrepris de lui gâcher sa nuit. Et si sa petite était en danger ? Si Mehiel était venu au château dans un but plus vénal ? Chercher le trésor ou embobiner les gens, peut-être afin de leur soutirer de l'argent. Car pour être franc, il n'est pas ordinaire, cet homme-là.

Elle allume la lumière. La maison silencieuse l'oppresse, comme si un danger la menaçait. Et si ses soupçons sur Mehiel Descharme étaient fondés ? On entend tous les jours, à la radio, des histoires de sectes, avec des gourous très doués pour endoctriner des gens équilibrés. Alors Isora, si fragile...

David a raison. Cet homme est trop poli pour être honnête. Demain elle se rendra à la gendarmerie d'Ervy. Ah, non. Elle n'osera pas. Alors que peut-être une lettre non signée... Une lettre anonyme ? « Tu es tombée bien bas, Pervenche Fontaine », pense-t-elle. Mais une force inconnue la pousse. Sa fille est peut-être en danger.

***

En cette année 1981, la fête de Pâques sera célébrée le 19 avril. Les filles, déjà en vacances, mettent de l'animation dans la maison. Flore est inscrite au lycée agricole de Saint-Maurice et en est tout excitée. Elle a visité les lieux, un ancien château planté dans un grand parc dont les dépendances sont aménagées en salles de classe et les communs en étables et autres abris pour les animaux. Le rendez-vous avec le directeur s'est passé au mieux. Pervenche a accompagné sa fille pour un entretien la semaine dernière et celle-ci, bien qu'élève moyenne, ne lui a pas fait honte. Elle a su répondre aux questions de culture générale posées par M. Bernage. Il l'a interrogée sur les capitales d'Europe, quelques rois et écrivains célèbres, il lui a fait convertir des hectares en mètres carrés, etc. Le directeur a souri quand elle a parlé de ses motivations.

— J'aime la terre et les animaux. Je veux exercer le même métier que mon père et prouver qu'une fille peut s'en tirer aussi bien qu'un homme.

En préparant sa morue pour le repas du Vendredi saint, Pervenche laisse vagabonder ses pensées. Sa cadette ne manque pas d'allant et c'est bien réconfortant. Puis elle se concentre sur sa recette, graisse un plat qu'elle garnit d'ail haché, ajoute quelques noix de beurre et dépose le poisson dessalé de la veille sur ce lit odorant. Elle enfourne le tout et, dans un quart d'heure, elle ajoutera de la crème fraîche avant de remettre le tout au chaud. Au repas, elle servira son mets traditionnel avec des pommes de terre. Elle commence à les éplucher quand Isora entre en trombe, décomposée.

— Devine quoi ! Les gendarmes sont venus à Silvabelle. Ils ont tout visité et convoqué Mehiel Descharme pour un interrogatoire en règle.

Le sang de Pervenche ne fait qu'un tour, ses

jambes flageolent. Elle lâche le couteau et le légume qu'elle pelait, et c'est d'une voix mal assurée qu'elle demande :

— Mais pourquoi ? De quoi l'accuse-t-on ?

— D'être le gourou d'une secte ! Tu te rends compte ? Lui si désintéressé, si proche des gens et des choses de la nature, un artiste sensible... Je suis révoltée. Je me demande qui a pu faire une chose pareille. J'ai pensé à Nicolas Meurville.

— Ne t'emballe pas. Il ne faut pas accuser sans preuve, murmure Pervenche de plus en plus mal à l'aise.

— Alors qui peut être aussi mal intentionné et méchant pour faire une chose pareille ? Hein, maman ? Tu le connais, toi, Mehiel, comme moi.

— Oui. Enfin, on ne connaît jamais tout à fait les gens, tu sais bien. On est parfois surpris, hasarde la cuisinière en reprenant sa tâche. On croit connaître et...

Isora marche de long en large dans la cuisine, les bras croisés.

— Comment ça, on croit ? Qui s'est donné le mal de rechercher ton père ? Qui m'a redonné goût à la vie ?

Pervenche baisse la tête.

— Je sais qu'il a beaucoup de qualités. Trop peut-être...

Isora s'arrête net et se plante devant sa mère.

— Ne me dis pas que tu écoutes tous ces ragots colportés sur lui.

— Non, mais...

— Ah, je vois, tu es prête à les croire. Tu es bien frileuse pour le défendre. Je pensais que tu serais outrée, scandalisée. Mais non. Tu es toujours jalouse de moi. Notre amour te dérange, n'est-ce pas ? Tu l'espérais, Mehiel. C'est pourquoi tu ne te décidais pas pour Jean-Noël. Je comprends mieux maintenant.

La gorge serrée, Pervenche continue son épluchage. Elle n'est pas bien fière. Car si elle n'a pas trahi le châtelain de Silvabelle, il s'en est fallu de peu. En vérité, c'est qu'elle a été prise de vitesse... Car elle y pensait chaque jour davantage. Ainsi, peut-être que les gens qui ont dénoncé Guillaume Lamotte étaient aussi persuadés d'agir pour le bien des autres ? Elle ne vaut donc pas mieux qu'eux et cette idée la dérange.

— Et qu'ont déclaré les gendarmes ? demande-t-elle d'une petite voix.

— Après vérification, ce qui a demandé du temps et quelques coups de téléphone, ils se sont excusés. Ils n'ont rien trouvé de louche dans le passé de mon musicien. Mais maintenant, à Chessines, le doute subsistera toujours. La réputation de Mehiel Descharme est entachée. Il ne trouvera plus d'élèves.

— Mais voyons, s'il est innocent, les gens finiront par comprendre.

— On verra. En attendant, Mehiel et moi partons quelques jours pour la Bretagne. On a envie de solitude. Il brûle de se ressourcer sur la terre de son enfance, de voir la mer, de marcher sur la plage et sur les chemins bordés de fougères.

Isora s'est assise et parle, le regard perdu.

La mer.

Pervenche pense à ce voyage à la Baule qu'elle avait fait aux côtés de Luc. Une escapade volée au travail de la ferme et à l'emprise de la mère. Elle en garde encore en elle les odeurs salées et la caresse du vent du large sur sa peau. Émerveillés par cette immense plage festonnée d'écume, ils avaient couru, plongé dans les vagues et s'étaient roulés sur le sable chaud.

— À quoi rêves-tu, maman ? demande Isora, radoucie.

Pervenche, toute remuée au souvenir de cette parenthèse, ne peut retenir quelques larmes.

— À ce voyage, au bord de l'océan, avec ton père. Nous étions comme des enfants devant un sapin de Noël. Tu vois, ça vient de remonter et je ne peux m'empêcher de pleurer, mais ça va passer.

Isora lui prend la main.

— Alors tu me comprends, maman, n'est-ce pas ? J'ai besoin de ton accord, tu sais, pour être complètement sereine.

— Tu l'as, ma fille, dit Pervenche en s'essuyant les yeux. Je ne suis pas jalouse, non, je t'envie, ce n'est pas la même chose.

Isora prend sa mère dans ses bras en lui murmurant qu'il y a forcément quelqu'un, un jour, qui saura lui apporter cette consolation qu'elle attend. Sa mère soupire, sceptique, se dégage doucement des bras de sa fille et se remet à sa cuisine en se traitant de folle d'avoir espéré, ne serait-ce qu'un peu, l'attachement de Mehiel. Mais c'est de la faute de Lucie, aussi, avec son annonce d'une surprise, elle avait fait germer des brins d'amour et ils étaient bien près d'éclore. Mais en matière de surprise, elle n'a pas à se plaindre. Elle était de taille et tellement inespérée.

— Tu sais, à défaut de compagnon, je suis tellement heureuse d'avoir retrouvé mon père, confie-t-elle en se retournant.

Mais Isora est dans l'encadrement de la porte. Elle parle à Jean-Noël qui approche. Pervenche retient un geste d'impatience. Encore lui !

— Nono veut te voir, maman. Je vous laisse, je vais à Silvabelle écouter mon violoniste répéter *L'Ode à une fée.* C'est bouleversant, tu verras. J'en ai pleuré d'émotion.

Sur ces paroles, elle s'éclipse en laissant la place à l'ouvrier. Il revient des champs. Le tracteur est stationné à l'entrée de la cour.

— Bonjour Pervenche. Je voulais vous demander, pour l'écriture. Vous avez eu le temps de réfléchir ?

— Bonjour. Entrez, j'ai regardé, bien sûr, mais le mystère persiste. Car il faut que je vous dise, j'ai retrouvé une partie du trésor, enfin, ce qu'il en reste, de Guillaume Lamotte.

— Quoi ? s'exclame Jean-Noël en se laissant tomber sur une chaise.

Pervenche, un peu gênée, lui avoue sa découverte datant déjà de quelques semaines.

— Il était caché dans l'écurie aux poneys, sous la vieille maie.

L'homme ouvre de grands yeux incrédules.

— Je vais vous le montrer, décide Pervenche en se dirigeant dans sa chambre.

Elle revient une minute plus tard avec la boîte en bois et la dépose devant son ouvrier.

— Voilà ce que j'ai trouvé. C'est peut-être le coffre que les habitants cherchaient.

Le regard amusé de Jean-Noël va de Pervenche

au coffret. Puis il s'empare de celui-ci et se met à rire.

— Mais ce n'est pas ce qu'on appelle un coffre, voyons. Or ce que les gens espéraient trouver, c'était un coffre-fort rempli de lingots. Vous avez entre les mains un joli coffret à bijoux. On peut y déposer quelques pièces, certes, mais c'est tout.

Un peu vexée, Pervenche lui annonce que la boîte en question n'est pas si ordinaire puisqu'elle abrite un secret.

— J'ai découvert des choses étranges à l'intérieur. Regardez ce cahier. Il n'est pas recouvert de la même écriture que votre petit carnet, mais il semble aussi venir d'un habitant du château. Je pensais qu'il émanait de Guillaume, mais je doute maintenant.

Jean-Noël s'empare du cahier et lit avec émotion. Qui avait peur de qui ? Guillaume craignait-il la vengeance d'Hélène Fontaine qu'il avait délaissée ?

— Je ne comprends pas. Les écritures sont si différentes. Mais je pense que, si Luc a lu cela, il a dû s'imaginer que sa mère était responsable de l'horrible crime. C'est terrible. Et il a gardé cela pour lui !

— J'ai pensé la même chose que vous, j'ai interrogé Hélène qui se défend bien d'avoir joué un rôle dans cette affaire.

— Elle ment comme elle respire.

— Oui, mais pour une fois je la crois. Elle avait l'air sincèrement bouleversée.

Pervenche sert un apéritif à Jean-Noël et tous les deux, en le buvant lentement, émettent toutes les hypothèses. Peut-être que le carnet rouge émane du père de Guillaume. Peut-être qu'en 1944 les Lamotte cachaient des Juifs ou autres personnes recherchées et qu'ils craignaient la vengeance de quelqu'un ?

— Mais qui, si ce n'est pas Hélène ?

Ils explorent toutes les pistes, en vain. Et cette enquête les rapproche. Détendu, Jean-Noël confie sa conversation avec Mathieu et ce désir nouveau de connaître son vrai père.

— Il s'appellerait Jean-Noël ?

— D'après Mathieu, oui. « Tu t'appelles comme lui », il m'a dit.

Pervenche réfléchit.

— Vous avez pensé à Morel ? Il y en a plusieurs, dans le département.

Jean-Noël secoue la tête négativement.

— Avouez que ce serait quand même une sacrée coïncidence. Il s'appellerait comme l'homme qui m'a donné son nom. C'est insensé.

Pervenche approuve. L'ouvrier se lève en haussant les épaules.

— Je continue de chercher. Peut-être que la vérité apparaîtra un jour où je ne m'y attends pas. Allez, je vais tâcher de me raisonner. J'ai eu Mathieu. C'était un père formidable. Au fait, vous avez entendu le carillon ? Il était si heureux de retrouver ses cloches. Il m'a demandé de carillonner après lui. J'en étais bouleversé.

— Ah, c'était lui, l'autre jour ! C'est bien de votre part de le sortir de l'hospice. J'aimais bien quand il jouait *L'Eau vive*, j'ai toujours aimé cette chanson, murmure Pervenche, lointaine. Il a raison Mathieu, vous devez prendre la suite.

Jean-Noël se rembrunit.

— Pour l'heure, j'ai un souci plus important à mes yeux. Vous. Et vous savez le pourquoi du suicide de Luc, maintenant.

— Je...

— Ne craignez rien. J'ai compris que vous ne m'aimiez pas mais, que voulez-vous, je garde encore espoir, c'est plus fort que moi.

Pervenche baisse les yeux, aussi embarrassée que troublée.

— Pour l'instant, je voudrais bien résoudre l'énigme des carnets de Silvabelle.

— Mais oui. Aujourd'hui c'est ça, demain vous trouverez autre chose. Vous repoussez toujours. Vous faites et défaites, comme Pénélope, mais je ne suis pas dupe.

Pervenche se tait quelques secondes puis son visage s'illumine.

— Vous avez interrogé le Grand Rouge ?

— Je n'y ai pas pensé.

C'est vrai que le vieil homme, appelé ainsi dans sa jeunesse en raison de sa hauteur impressionnante et de sa barbe aussi rousse que sa tignasse hirsute, se vante de connaître tout sur tout le monde. Et si le blanc a remplacé le rouge sur son crâne, l'ancien fermier a gardé le surnom et ne s'en formalise pas. « Le Grand Rouge est connu comme le loup blanc », a-t-il coutume de plaisanter. Il fait commerce de gibier et de poisson de braconnage, de champignons ou d'asperges sauvages. Invariablement revêtu d'une salopette bleue que gonfle un ventre proéminent, coiffé de son inséparable chapeau de cow-boy, il cogne aux portes et propose sa marchandise. Et ce n'est pas sa seule occupation. Le Grand Rouge manipule le pendule avec adresse, cherche l'eau et la trouve.

Jean-Noël termine son verre et se lève, décidé à poursuivre ses investigations. Mais, avant de sortir, il pose la question qui le turlupine depuis des semaines :

— Et alors, votre ferme ?

Pervenche hausse les épaules en déposant les verres dans l'évier.

— Je ne sais plus. J'ai de moins en moins envie de la vendre. Flore est attirée par l'agriculture. Elle est inscrite à Saint-Maurice.

La jeune femme jette un coup d'œil à son ouvrier et lit sur son visage une satisfaction qu'il ne cherche pas à cacher.

— Je pense que vous avez raison. Et comment va Isora ?

Pervenche lave les verres pour se donner une contenance, se tait quelques secondes et se retourne enfin.

— Elle va très bien. Ma fille vit une belle histoire d'amour avec le châtelain de Silvabelle.

Elle sait que c'est une autre bonne nouvelle pour Jean-Noël. Il avait du mal à cacher sa jalousie quand elle évoquait le luthier.

— Ça alors ! s'exclame-t-il.

— Oui. Ils s'aiment. Il lui a composé une pièce de musique. *L'Ode à une fée.* Comme j'aurais aimé qu'un homme compose une ballade pour moi, murmure-t-elle, rêveuse.

— Je regrette, je ne suis pas musicien, lance Jean-Noël en sortant à grands pas.

Quand Isora rentre du domaine, ses yeux pétillent et son sourire irradie de bonheur. Ses vêtements déposés sur le portemanteau, elle s'étire paresseusement, se sert un verre d'eau et déclare à sa mère qu'elle envisage d'aller vivre au château dès le mois de juin. Après ses examens.

Sa mère ne cache pas ses craintes.

— N'est-ce pas un peu tôt ? Vous vous connaissez si peu.

— Ne sois pas rabat-joie, maman. On en a envie tous les deux. Il revit. Moi aussi. Au fait, que voulait Jean-Noël ?

Pervenche hésite un peu puis lui explique tout. Les écrits. Les différences d'écriture. L'énigme quant au père de son ouvrier. Isora demande à comparer les carnets. Elle feuillette le carnet rouge en suçant son stylo, s'attarde sur une phrase, tourne doucement les pages jaunies, revient en arrière et rend le cahier à sa mère. Elle s'empare du bleu et répète son opération en fronçant les sourcils, s'interroge sur cette femme qui inquiétait l'auteur des lignes angoissées et lit à haute voix :

— Nous sommes en danger. Je le sens. J'ai vu dans ses yeux tant de haine après y avoir lu tant d'amour. Je ne l'ai pas reconnue, cette H qui affirmait qu'elle me dénoncerait s'il le faut. « J'inventerai, affirmerai que tu es un collabo », m'a-t-elle lancé avec hargne. Voilà ses paroles. Je nourris l'espoir de me tromper, mais j'ai peur. H est capable de tout, quand elle se venge.

La jeune fille referme le cahier dans un claquement sec, pensive.

— Le rouge est de Guillaume Lamotte, c'est sûr.

C'est facile à comprendre. Quant au second, c'est forcément à quelqu'un qui habitait le château. Il faut savoir quels étaient les occupants du domaine à cette époque-là. Il devait bien employer des domestiques, Lamotte, avec tout cet entretien. Mais c'est terrible. Cet homme avait peur. Peur d'être dénoncé par une femme.

— Oui, murmure Pervenche. Et tu vois, depuis que j'ai lu ces lignes, je me tourmente. Au début, j'ai cru qu'il s'agissait de Lamotte et Hélène.

— Mais comment...

— Ils ont été amants, au début de la guerre. Oui, elle a trompé André. Guillaume l'a quittée pour Irina. Tu comprends maintenant la raison de sa haine à mon égard...

— Mais comment sais-tu ? demande Isora en arrondissant les yeux.

Pervenche, alors, raconte la photo, les aveux d'Hélène, ses craintes en lisant les mots du cahier bleu.

— Je me suis dit que si ton père avait lu ces lignes, il avait pu penser que sa mère était en effet responsable du drame et qu'il n'avait pas supporté. Hélène aussi m'a semblé horrifiée à cette idée. Et je l'ai crue quand elle m'a affirmé n'être pour rien dans cette histoire. Il y a des regards, des accents qui ne trompent pas. Je la connais tellement.

Isora se tait quelques secondes, bouleversée par cette découverte.

— Mais si papa a lu ça, il a dû être complètement ébranlé. Lui si fragile. C'est insensé cette histoire, dit-elle avec des sanglots dans la voix.

Pervenche lui prend la main.

— Il ne l'a peut-être jamais lu, ce journal.

Elle ne lui parle pas du livre dont les phrases soulignées tendent à prouver qu'au contraire il a pris connaissance de ce cahier. Elle doit protéger ses filles.

— J'ai besoin d'éclaircir cette histoire. Il faut chercher dans l'entourage de Lamotte, déclare-t-elle en s'essuyant les yeux.

— Tu as raison. Je n'ai entendu parler que du jardinier. Léon Jane, mais sans doute que Lamotte employait d'autres personnes ou qu'il en hébergeait.

Flore entre comme un ouragan et s'arrête net en voyant les visages sérieux de sa mère et de sa sœur.

— Il est arrivé quelque chose ? demande-t-elle en accrochant sa veste au portemanteau.

Isora lui explique le mystère des écritures. L'auteur inconnu. La menace qui le terrorisait. La jeune fille s'en empare, les yeux brillants d'excitation.

— J'adore enquêter. Je vais trouver la solution. Je vous assure. Vous avez devant vous l'inspectrice Flore Fontaine, rit-elle.

— C'est grave, tu sais, petite sœur.

Celle-ci se reprend, après avoir lu.

— J'ai bien compris. Car peut-être que papa a trouvé ces horreurs.

— Pas forcément, répond Pervenche.

Flore soupire en se laissant tomber sur le canapé. Elle se ronge les ongles, signe de grande réflexion. Pervenche échange un regard amusé avec l'aînée.

— L'inspectrice Fontaine aurait-elle déjà une piste ? plaisante-t-elle pour détendre l'atmosphère.

Flore sourit.

— Il était connu, ce Léon Jean ?

— Pas Jean. Jane, rectifie Isora.

— C'est pareil. D'ailleurs, ce sont les mêmes lettres.

— Comment ? lance Pervenche.

— Oui. Elle a raison. Ce sont les mêmes lettres, dans le désordre. Mais alors... mais oui... je croîs que j'ai trouvé un indice, s'écrie Isora, triomphante.

— Quoi ? demande Pervenche.

— Parle, s'impatiente la cadette.

— Au jeu des anagrammes, essayez de composer un autre prénom avec les lettres de Léon, encourage la jeune fille.

Flore s'empare d'une feuille et d'un crayon, écrit un nom, puis un autre et brandit sa feuille :

— C'est facile : Noël !

— Alors Léon Jane, ça peut faire Jean-Noël, conclut Isora.

Un grand silence ponctue cette découverte. Coïncidence ? Les trois femmes se regardent, incrédules et cependant troublées, pensant évidemment que le H est sans doute celui d'Honorine. Tout se tient.

— Honorine, dit Pervenche.

— Oui, répondent les filles en chœur.

Tout excitée, Flore se lève vivement pour attraper un verre et fait tomber le sac de sa sœur. Il en tombe un briquet en argent.

— Je croyais que tu ne fumais plus ? remarque sèchement Pervenche.

— En effet, maman. Ce briquet, je l'ai trouvé dans le parc de Silvabelle. Il appartient sans doute à un des rôdeurs qui hantent le domaine.

Pervenche s'en empare vivement et son sang se

glace. Elle a déjà vu cet objet. David Meurville le tripotait sans arrêt, le jour où ils s'étaient retrouvés, au bar du port, à Tonnerre. Elle sait aussi que les Meurville ont toujours convoité Silvabelle. Alors les menaces, les intimidations, les petits méfaits seraient le fait du notaire et de sa famille afin de faire partir Mehiel Descharme ?

Il est trop tôt pour le dire, mais c'est possible.

Révélations

— Alors, le Grand Rouge, tu braconnes toujours ? demande Jean-Noël en s'approchant du vieux.

Celui-ci, assis sur son banc devant sa maison, est en train d'éplucher des asperges.

— Je les vends mieux quand elles sont épluchées. Faut tout leur faire maintenant, aux clients. Bientôt il faudra leur faire cuire, raille-t-il. Quel vent t'amène, mon garçon ?

La toison épaisse, en partie blanchie, garde néanmoins quelques traces « queue de vache » de cette couleur qui lui a valu son surnom. Le teint est au diapason, rubicond. Le cou énorme, la poitrine forte, la moustache tombante et le regard malicieux, toujours par monts et par vaux, le vieil Édouard est une figure du village. Bon vivant, il a toujours une blague à raconter et rit tout seul avant d'en avoir terminé.

Il jette un œil à son visiteur et continue d'éplucher ses légumes. Un chat gris se prélasse sur le bord de la fenêtre, profitant des derniers rayons de soleil. Des piafs se disputent les miettes dispersées dans les graviers.

Jean-Noël ne l'interroge pas tout de suite. Il connaît les préliminaires d'usage. Aussi le questionne-t-il sur son commerce.

— Après les asperges, tu vendras quoi ?

— Ben, du muguet, pardi ! Les bois en sont couverts cette année. Il sera fleuri pour la fête à Chaource. Après, j'irai aux escargots, ensuite aux girolles...

— Et un ou deux lapins par là-dessus, non ?

Le vieux lance un clin d'œil malicieux au jeune.

— Ça se pourrait. Dame, faut bien manger. Qu'est-ce qui t'amène, mon gars ? Tu veux trouver de l'eau pour ta Pervenche ? À quand la noce ?

Jean-Noël se force à sourire.

— Ce n'est pas ma Pervenche. Elle ne veut pas de moi.

Le Grand Rouge sourcille, le couteau en l'air...

— Ben pourtant, au village on dit que vous fricotez.

— On dit tant de choses, vous savez bien. D'ailleurs, vous devez en connaître des secrets, à force d'aller dans toutes les maisons.

— Çà !

— Vous devez recevoir des confidences, non ?

— Çà !

Le vieux a repris son activité d'épluchure. Un vieux mégot au bord des lèvres, il respire fort.

— J'espérais que vous sauriez peut-être m'éclairer sur le mystère du château.

— Ah, je me disais aussi. C'est pas une visite de courtoisie. C'est un interrogatoire. Et ça te prend subitement ? Y a du nouveau à Silvabelle ? On rapporte que le châtelain a été interrogé par les gendarmes et relâché, blanchi.

— Oui. Mme Fontaine m'a raconté.

— C'est rapport à son père, alors ?

— Non. Au mien.

Le vieux émet une sorte de grognement.

— Comment il va, Mathieu ?

— Vous savez bien. Il perd la tête. Il dit connaître le président de la République et n'arrête pas de salir maman. Je sais qu'elle n'est pas une sainte, mais tout de même.

— Il a peut-être ses raisons. Tu sais, le passé, on le croit enterré et parfois il remonte.

— Justement, c'est de mon vrai père dont je voudrais parler. Vous sauriez quelque chose ?

Le Grand Rouge lève la tête, fixe Jean-Noël avec une certaine compassion et secoue la tête.

— Non, mon gars. Honorine a gardé le secret. Mathieu aussi. Pourtant elle lui en a fait voir, sa femme.

— Je sais, et je me demande si c'est pas ça qui lui monte à la tête. Il raconte de plus en plus de bêtises. Tenez, l'autre jour, il divaguait en parlant de haches. Les haches sont dangereuses. Elles apportent le malheur. Et il n'en démordait pas. Parfois il retrouve son esprit et d'autres fois il évoque des choses sans queue ni tête.

Le Grand Rouge se lève, l'œil amusé, puis, secoué d'un grand rire, il s'étrangle et se met à tousser. Il avance de quelques pas, lance un crachat dans l'herbe et revient en riant de plus belle.

— Elle est bien bonne, celle-là. Des haches ! Ah, ah !

Intrigué, Jean-Noël ne sait quelle attitude adopter, hésite et prend le parti de rire aussi.

— Vous vous rendez compte des âneries qui habitent les âmes dérangées ?

Le vieux s'arrête alors et reprend son sérieux.

— Assieds-toi.

— C'est que...

— Assieds-toi, je te dis.

Le ton péremptoire du vieil homme a saisi Jean-Noël qui obéit comme un enfant.

— Écoute-moi bien. Je sais pas quel rôle elles ont joué les drôlesses, mais je sais qu'elles étaient inséparables au début de la guerre. Belles, culottées, elles fréquentaient régulièrement le château. C'était avant la Polonaise. Lamotte menait grand train, invitait des amis pour faire la nouba. Les trois copines fricotaient avec je ne sais qui. On parlait d'elles. Les haches... Les trois haches...

Et le vieux de reprendre son rire devant un Jean-Noël dont l'esprit, peu à peu, s'éclaire.

— H, comme la lettre, n'est-ce pas ?

Le Grand Rouge hoche la tête.

— Comme Hélène ?

— Dame.

— Comme Honorine ?

— Tu y es.

— Comme Henriette ?

— T'as compris.

— Et alors ? demande Jean-Noël.

— C'est tout ce que je sais. Au château, y avait toujours du monde. Je sais pas qui était le bon ami de l'Honorine, mon gars. Mais je sais qu'avec les deux autres, Henriette et Hélène, elles ont pris du bon temps. Du moins jusqu'au moment où la Polonaise est arrivée. Après, il s'est rangé, le châtelain. Les H se sont calmées en rongeant leur frein. On colporte que ce serait l'une d'elles qui aurait dénoncé Lamotte comme collabo, pour se venger. Mais on dit aussi que l'Honorine aurait continué en secret de fréquenter le domaine jusqu'en 1944. En tout cas, au moment du drame, elle avait un petit dans le ventre. Toi. Qu'elle s'estime heureuse qu'il l'ait prise quand même, le Mathieu. Un brave homme.

Le Grand Rouge baisse le ton et murmure pour lui-même que Lamotte était plutôt du côté des bons que des méchants.

— C'était pas un collabo.

Jean-Noël se tait. C'est fichu. Il ne sait pas et ne saura jamais qui est son vrai père. Tant pis. Il se sent las tout à coup. Sa vie semble lui échapper. Pas de père. Plus de femme. Un fils au loin, un amour déçu et quelque chose sur la conscience dont il n'est pas bien fier. Quelque chose qui le rapproche d'Honorine. On commet parfois des actes dont on a honte, après.

— Et pour le pillage, vous savez ?

— Oui.

— Vous ne voulez pas me dire ?

— Non. Mais je les connais, les noms. Dix-sept familles impliquées, tu te rends compte ? Et le maréchal-ferrant qui aurait ouvert le coffre. Ils se sont partagé des lingots. Mais dis-moi. Pourquoi toutes ces questions, tout d'un coup ? À Chessines, si rien n'est oublié, personne n'en parle plus depuis longtemps, c'est tabou.

— C'est par rapport à Pervenche Fontaine. Elle est persuadée que le suicide de son mari est en lien avec le drame. Elle a trouvé un carnet écrit par quelqu'un du château. Et comme ces questions la taraudent, je l'aide à enquêter.

— Ça sert à rien de remuer tout ça. Tu veux-t-y un verre de cidre ? C'est du bon.

Jean-Noël refuse. Il est pressé de rentrer. Il prend congé et marche à pas lourds sur le chemin, les épaules tassées par les questions, les doutes et les remords.

À Silvabelle, le calme est revenu. Plus d'importuns, plus de vandalisme et autres tracasseries. Depuis que Mehiel Descharme s'est expliqué à la gendarmerie, tout est rentré dans l'ordre. Pourtant, il n'a dénoncé personne. Il aurait pu. Il connaît au moins un des visiteurs qui errait parfois cagoulé dans le domaine, pour l'impressionner. Mais à quoi bon mettre de l'huile sur le feu ? Cet homme-là était guidé par la jalousie. Il lui pardonne.

Ce qui le chagrine, c'est l'attitude de Pervenche. Après lui avoir confié tout son bonheur et sa reconnaissance d'avoir retrouvé son père, elle l'évite. Elle boude le château. Ce constat l'attriste car il l'apprécie beaucoup. Il croit même que si Isora n'était pas entrée comme un ouragan dans sa vie, il aurait pu l'aimer. Alors, peut-être qu'elle aussi nourrissait des sentiments tendres à son égard ? Qui sait ? Mais c'est la fille qu'il aime, passionnément. Après quelques semaines d'hésitation où le sentiment de trahir Isabelle le tourmentait, où la jeunesse d'Isora le culpabilisait, il a succombé et en éprouve un immense bonheur. Ils se sont trouvés, comme dit Lucie, et qu'importe l'âge.

Et si Pervenche se fait plus rare, Flore, en revanche, accompagne volontiers sa sœur. Passionnée de nature, elle parcourt le parc aux côtés de Nicolas Meurville qui lui explique les arbres et les plantes. Un intérêt commun qui aide le jeune homme à oublier Isora. La gamine, vive et espiègle, pétillante de vie, est un vrai tourbillon de bonheur.

Bientôt, en juin, Isora viendra s'installer au domaine. Mehiel est aussi impatient que la jeune fille. Ils se complètent, vibrent à l'unisson, rêvent des même choses, ouvrent ensemble les fenêtres sur les mystères du monde, voyagent sur le chemin de la spiritualité.

Toutes ces pensées douces caressent l'âme du luthier qui, installé dans son atelier, travaille sur la réalisation d'un violoncelle. Une belle pièce. Il ne s'était pas trompé. Ce métier, qui requiert une oreille, certes, mais aussi patience, adresse et organisation, lui correspond. Il sait gérer tous les paramètres pour que l'instrument réponde à ses vœux. Car c'est lui qui décide, en façonnant l'âme et le corps de l'objet magique.

La voix de Lucie le tire de ses idées joyeuses.

— Mehiel, venez vite, on vous demande au téléphone. C'est le banquier.

Le luthier soupire. Sûr que Michel Meurville a encore refusé son prêt. Cette histoire de gendarmerie n'a pas dû arranger les choses. Adieu les travaux d'agrandissement, la salle de concert et autres projets de rénovation.

Il se presse cependant, monte les marches d'un

pas vif, tout en remarquant que le rosier grimpant se prépare à fleurir et qu'un épervier survole la maison, se pose sur le gros chêne et tourne encore. Message d'espoir ?

Vite, le téléphone. Il attrape fébrilement le combiné, écoute, fait répéter et n'en croit pas ses oreilles. Sa demande de prêt est acceptée. Il remercie le banquier et tous les êtres disparus qu'il a aimés et qui, pense-t-il, ont œuvré pour que des petits miracles interviennent dans sa vie. Il sourit encore quand Lucie entre, les bras chargés de linge propre portant l'odeur des premiers lilas fleuris.

— J'ai obtenu le prêt !

La gouvernante se libère les bras et applaudit :

— Enfin ! On dirait que le vent tourne du bon côté !

— J'y ai cru. Vous voyez. Il faut avoir confiance.

Lucie hoche la tête, convaincue, puis elle s'enquiert de la date de départ pour la Bretagne.

— Mais vous le savez, vendredi prochain, le 24 avril. Nous serons revenus pour la fête du muguet à Chaource. Isora y tient. Elle a des caprices de petite fille, dit-il en souriant.

— Mais elle était petite fille il n'y a pas si longtemps. Vous n'avez pas remarqué ? Bon, je vous souhaite un agréable séjour pendant que la bonniche s'occupera de tout.

Alerté par le ton, Mehiel fronce les sourcils. Qu'est-ce qui lui prend, à Lucie ?

— Mais...

— Oui, je sais, vous nagez dans le bonheur et moi dans les occupations à ras des pâquerettes. Chacun son monde. Vous m'avez même pas proposé de venir avec vous. Je vous aurais pas dérangés. Je serais allée chez ma sœur, à Roscoff, ça m'aurait fait plaisir.

Le luthier se tait. Mais oui. Égoïstement, il n'a pas prévu Lucie dans son escapade en Bretagne.

— Je voudrais bien, mais qui soignera les animaux ? Vous pourriez y aller cet été, je vous accorderai un ou deux mois, voyons. Mais, puisque ce voyage vous tente, je vais en parler à Isora. Je suis sûr qu'elle en sera contente.

Lucie part d'un grand éclat de rire.

— Mais je plaisantais ! Enfin ! Des amoureux n'ont pas besoin de chaperon, même s'il a des idées larges... Allez, partez heureux, je veillerai sur le château et ses âmes.

***

Pervenche n'ose plus répondre au téléphone. Depuis leur dernière rencontre, David Meurville l'appelle tous les jours pour quémander un nouveau rendez-vous et elle en a le cœur à l'envers. Certes, il est bien séduisant le notaire, mais un océan les sépare. Il est mondain. Elle est simple et solitaire. Il travaille à la ville, brasse des affaires compliquées. Elle vit à la campagne, dans une ferme et ne sort pas souvent. Et puis, elle doit admettre que sa réputation de séducteur la dérange, même s'il affirme qu'il s'est acheté une conduite.

Ce matin-là, elle coiffe ses cheveux en arrière et les attache avec un ruban rose, sans les serrer. Elle se mire dans la glace qui lui renvoie une image romantique. Elle enfile un pull de la même couleur et une jupe en lin marine. C'est jour de marché à Ervy et elle ne le manquerait pour rien au monde.

Flûte ! Il pleut à torrent, elle devra prévoir imper et parapluie. Les gouttières chantent et débordent déjà, versant leur trop-plein dans un bruit de torrent. La jeune femme s'apprête à revêtir son imperméable quand elle entend frapper. David Meurville à sa porte. Chez elle. Quel culot ! Elle se cache en espérant que, la croyant absente, il renoncera. Mais non, il appelle.

— Pervenche !

Elle jette un coup d'œil, discrètement. Il attend sous la pluie. Trempé. Ses cheveux dégoulinent déjà. Son visage ruisselle de gouttelettes. Sa chemise blanche lui colle à la peau. Un amoureux transi. Attendrissant...

— Pervenche !

Elle est bien obligée de lui offrir l'hospitalité. Elle ouvre. Il s'engouffre. Elle lui tend une serviette de toilette. Il s'essuie vigoureusement les cheveux qui se dressent maintenant comme des épines. Ils rient. Il lui prend la main. Elle ne la retire pas, troublée. De son autre main, il détache le ruban.

— Cette coiffure vous va bien, mais je vous préfère avec les cheveux lâchés. Pervenche, je crois que je vous aime. Venez chez moi, ce soir. Je sais ce que vous allez me répondre. Que je manque de sérieux, que je suis infidèle. C'était vrai jusqu'à maintenant. Je m'amusais. Je butinais et ne m'en cache pas. Vous m'avez transformé le jour où vous êtes entrée dans mon étude. Dites oui, madame Fontaine. Je vous en prie. Vous luttez, je le sens. Pourquoi ?

Il la prend par les épaules et cherche son regard.

La jeune femme déglutit, s'éloigne un peu, rougissante. Diantre ! Quelle déclaration. Comment ne pas être touchée ? Mais un malaise l'envahit. La petite voix intérieure lui murmure de faire attention et d'évoquer le briquet. Aura-t-il une explication ?

— Écoutez David, je ne suis pas prête pour une aventure.

Il se braque.

— Qui vous parle d'aventure ? C'est d'amour qu'il s'agit.

— Alors expliquez-moi ce que votre briquet faisait dans le parc de Mehiel Descharme, déclare-t-elle en brandissant l'objet.

Il accuse le coup, bafouille qu'il ne comprend pas. Que c'est peut-être Nicolas, puis fouille dans la poche de sa veste et son visage s'illumine d'un sourire vainqueur.

— Ce n'est pas mon briquet. Le mien le voici, dit-il en lui montrant.

Elle en reste bouche bée, penaude et gênée.

— Excusez-moi. Je croyais...

— Votre imagination vous joue des tours, madame Fontaine. Je n'ai rien contre le châtelain de Silvabelle. Si mon attitude vous a laissée penser le contraire, c'est que j'étais jaloux.

— Jaloux ?

— Oui. Vous sembliez hypnotisée par cet homme et j'en étais très agacé. Mais maintenant que je sais que c'est votre fille qu'il aime, je ne lui en veux plus. La preuve, j'ai même demandé à mon frère de donner un coup de pouce pour sa demande de prêt.

Pervenche se mord les lèvres. Décidément, elle a toujours faux.

Tempo fait diversion en grattant à la porte. Quand sa maîtresse lui ouvre, il se précipite dans son panier. Il est trempé comme une soupe et se lèche vigoureusement pour lisser son poil. David rit.

— Il est aussi mouillé que moi. Alors, Pervenche, mon explication vous convient ?

Elle hoche la tête avec un petit sourire gêné.

— Voulez-vous boire un café ?

— Non. Je dois rentrer. Mais promettez-moi de venir ce soir.

— Mais, ce n'est pas raisonnable. Je ne suis pas prête...

— Pour une aventure, je sais. Alors préparez-vous pour une histoire d'amour. Laissez de côté vos préjugés. J'aime tout en vous. Votre simplicité, votre corps et vos pensées. Même votre métier. Quand j'étais gamin, j'étais toujours fourré dans les fermes. Ce n'est pas un handicap pour moi.

— Mais vous ne savez pas si je vous aime, moi.

— Vous ne voulez pas l'avouer. Vous résistez, je ne sais pas pourquoi. Alors, venez ce soir et nous en discuterons.

Elle dit non de la tête.

— Pas ce soir. Pas encore, David. Attendons encore un peu. Je ne sais plus où j'en suis.

— Alors tant pis. Vous patienterez pour que je vous révèle à qui appartient le fameux briquet. Je le sais, plaisante-t-il.

— Je n'y comprends rien. C'est Isora qui l'a trouvé dans le parc.

— Cela ne m'étonne pas. Ceci dit, je suis heureux que votre fille aille mieux.

— Ils sont très amoureux. Il a composé une ballade pour elle. Vous vous rendez compte ? Ça m'aurait plu qu'on me donne une telle preuve d'amour. C'est tellement romantique !

— Désolé, je ne suis pas musicien, sourit David en l'attirant doucement contre lui. Mais des preuves, je suis capable de vous en offrir des milliers d'autres, dame Fontaine. Et même de très poétiques. Vous en serez surprise.

Ils échangent un baiser très doux. Très long. Très prometteur.

Il la quitte plein d'espoir. Elle reste un moment sans bouger, perturbée comme jamais.

Le soir, lors de la traite, Pervenche remarque une certaine fébrilité chez son ouvrier. Nono cligne des yeux plus que d'habitude. Il s'énerve après les bêtes, renverse un seau d'eau et voilà maintenant qu'il lave le sol en rêvant, sans déplacer le jet.

— Jean-Noël, ce coin est assez lavé. Ça fait dix minutes que vous arrosez au même endroit.

L'ouvrier se reprend et continue son nettoyage en silence.

— Vous avez des soucis ? Le Grand Rouge vous a fait des révélations ?

Jean-Noël hausse les épaules, avoue qu'il n'a rien appris concernant son père mais qu'il sait maintenant que sa mère avec Hélène et Henriette ont fait parler d'elles, à l'époque, en fréquentant Lamotte.

— On les appelait les trois H.

Comme Pervenche fronce les sourcils, ne semblant pas comprendre, il précise :

— H, comme la première lettre de leur prénom. Le châtelain recevait pas mal d'amis. Des femmes et aussi des hommes. Sans doute que l'un d'eux est mon père. Mais je ne saurai jamais lequel. Après tout, tant pis, j'ai vécu jusqu'ici sans savoir. Je continuerai pareil. Ce qui m'importe, c'est vous.

Il a fermé le robinet et se dirige vers le bureau pour retirer sa combinaison et ses bottes. Pervenche le suit, perplexe. Doit-elle lui faire part de ses conclusions ? Elle n'est sûre de rien, après tout. Jean-Noël retire sa tenue de travail, s'assied au bureau et sort des papiers du tiroir. Il semble absorbé par les statistiques.

— La Reinette va bientôt mettre bas. Il faudra la surveiller, elle est fragile. Si ça vient la nuit et que vous l'entendez se plaindre, n'hésitez pas à m'appeler. On pourrait même avoir besoin du véto. C'est un remplaçant, paraît-il. Le Dr Denoy est en congé.

Pervenche acquiesce distraitement, toujours indécise. Parlera-t-elle à Jean-Noël ? Elle dénoue le foulard qui la protège des odeurs et de la poussière, retire ses bottes et s'installe devant son ouvrier.

— Écoutez, Nono...

— Ah non ! Vous n'allez pas recommencer à m'appeler par ce surnom ridicule ?

— Mais, on vous a toujours appelé ainsi. C'est gentil.

Il lui lance un regard furibond. Elle continue :

— Je voulais vous faire part d'une hypothèse. Avec mes filles, on a découvert que l'anagramme du nom et du prénom du jardinier de Lamotte, c'est-à-dire Léon Jane, formait votre prénom : Jean-Noël. Je ne sais pas si c'est une coïncidence, mais...

— Léon Jane, dites-vous ?

L'ouvrier s'est levé et regarde maintenant par la fenêtre, pensif. Il reprend après un long silence :

— Alors mon père, s'il s'agit bien de lui, aurait été tué en même temps que Lamotte et votre mère ?

Il sourit.

— Ça me rapproche de vous, Pervenche. Ça me retourne et en même temps ça me réjouit. Nous sommes deux victimes, en fait. Mais je vais poursuivre l'enquête, j'ai besoin de certitude pour enfin tourner la page.

La jeune femme hoche la tête, se lève et presse l'épaule de Jean-Noël. Il lui retient la main. Elle lui laisse quelques secondes et s'éloigne.

— Si vous apprenez quelque chose de nouveau, dites-le-moi. Je vous laisse fermer. J'ai du travail à la maison.

***

Le lendemain matin, David Meurville, qui a déjà appelé deux fois en vain Pervenche pour la supplier de répondre à son invitation, arrive en trombe dans la cour. Il claque la portière de son cabriolet et s'avance vers la maison d'un pas décidé. Pervenche, alertée par le bruit, jette un œil par la fenêtre. David. Encore lui ! Quelle impatience ! Elle se recoiffe rapidement avec les doigts, court dans la salle de bains pour se parfumer et, ainsi présentable, elle lui ouvre la porte.

— Vous m'avez l'air bien décidé, maître Meurville, sourit-elle, enjouée.

— Il faut bien que je le sois pour deux. Pervenche, enfin, pourquoi cette obstination à refuser de venir chez moi ? Nous ne sommes plus des enfants.

Il se laisse tomber sur une chaise avant qu'elle n'ait le temps de réagir et retire sa veste. Sa chemise blanche ouverte laisse voir un torse bronzé recouvert d'un duvet noir. Il porte une médaille autour du cou.

— Je vais vous préparer un café, propose-t-elle.

Et tandis qu'elle se retourne pour attraper la cafetière et composer le breuvage, il se lève prestement et l'enlace amoureusement. Elle se fige un instant, troublée par cet homme sûr de lui, séduisant au possible et qui dit l'aimer, puis lui fait face, le corps crispé mais le regard déjà consentant.

— J'aime les étoiles qui dansent dans vos yeux, souffle-t-il.

— David, je vous en prie. Laissez-moi. Ne profitez pas de ma faiblesse, pas ici.

Il la lâche, amusé.

— Alors ailleurs, ma mie. Dimanche, par exemple. Quand vos filles seront reparties. Vous aviez presque promis...

— Je n'ai rien promis, rectifie-t-elle doucement.

Au même instant, quelqu'un frappe à la porte et entre sans attendre l'invitation d'usage. C'est Jean-Noël. Son regard incrédule va de l'un à l'autre. David Meurville, ici ? Et si près de Pervenche. Trop près. Si près qu'on croirait bien qu'il vient de la toucher. D'ailleurs, n'est-elle pas rougissante ? Et de plus en plus confuse :

— Ah, Jean-Noël... Je ne vous attendais pas. David et moi parlions de la fête du muguet, qui se prépare pour dimanche en huit.

— Bonjour Nono, sourit David en lui tendant la main.

Mais l'autre ne la saisit pas et le notaire, penaud, la glisse dans la poche de son pantalon.

— Vous vous moquez de moi, tous les deux.

L'atmosphère, devenue électrique, inquiète Pervenche.

— Jean-Noël, je ne vous permets pas...

— Ah, mais je n'ai pas besoin de votre permission pour vous dire que cet homme n'est pas pour vous. Un notaire et une fermière ? Vous n'y pensez pas ? C'est un caprice de séducteur, c'est tout, et vous allez tomber dans le panneau. Enfin, Pervenche, réveillez-vous !

David, rouge de colère, s'est levé comme un ressort et remonte ses manches, comme s'il voulait se battre.

— Nono, mêle-toi de ce qui te regarde. Pervenche, tu la voulais, comme tu voulais Émilie ? Tu as perdu. C'est la vie.

L'homme a parlé tout en triturant son briquet sous les yeux de Jean-Noël.

— Tu te rappelles, Nono, notre cadeau ? Montre voir ton briquet à Pervenche.

Jean-Noël, blanc de colère, les fixe tous les deux puis murmure qu'il l'a perdu.

— C'est dommage, murmure David avec un air de vainqueur.

L'ouvrier de Pervenche Fontaine sort alors en silence, ses épaules voûtées sous le poids de la déception.

Pervenche, mal à l'aise, se tourne alors vers David.

— Allez-vous m'expliquer cette histoire de briquet, à la fin ?

Il lui dépose un baiser chaste sur le front et lui murmure qu'il lui révélera, c'est promis, dimanche. Il s'échappe, la laissant perplexe, troublée. Perdue comme une barque sur l'infini de l'océan.

— Luc, je ne sais plus, murmure-t-elle.

Elle se met machinalement à préparer le repas, s'étonnant du silence de sa belle-mère. Depuis l'apparition de Samuel, Hélène fait profil bas. Pour un peu, on la croirait habitée par les remords. Sans aller jusqu'à se montrer aimable avec sa famille, elle ravale ses aigreurs. Même son regard a changé. Moins chargé de haine. Plus humain, en fait, se dit Pervenche.

Celle-ci soulève le couvercle de la cocotte en fonte noire et ajoute un peu d'eau. Le rôti de veau mijote dans un jus doré dont l'odeur, renforcée par le bouquet garni de thym, de laurier et de sauge, titille les papilles. La vieille va se régaler, pense-t-elle. Puis elle se promet de chasser ce mot de son vocabulaire. La vieille.

Tout en épluchant les pommes de terre qui accompagneront la viande, elle réfléchit aux événements et récapitule. Jean-Noël serait le fils du jardinier ? C'est fort possible. Les trois copines se donnaient du bon temps au château ? C'est plausible. Mais pourquoi, après l'amour, la haine a séparé Honorine et Léon Jane ? L'aurait-elle dénoncé pour se venger ? Mais se venger de quoi ? Que lui a fait le jardinier ?

La jeune femme s'interroge. N'était-il pas libre ? Lui a-t-il menti ? L'a-t-elle déçu ? Seule Hélène pourrait donner la réponse, mais Pervenche ne se sent pas encore prête à la questionner. Peut-être qu'à Samuel elle se livrerait plus facilement ? Il semble si doué pour faire tourner le vent. On verra bien. Il sera là pour la fête du muguet, dimanche en huit.

En attendant, le rendez-vous fixé d'autorité par David Meurville la chamboule. Ira-t-elle ? À cette pensée, une sensation indéfinie lui chatouille l'estomac. Attirée par cet homme ? Certes. Mais ne risque-t-elle encore pas de s'enflammer comme un feu de paille qui s'éteindra aussi vite ensuite ? La vie ne serait-elle pas plus simple aux côtés de Jean-Noël ? À condition qu'elle réussisse à lui pardonner son mensonge...

Mais la scène du briquet revient la déranger. Son ouvrier aurait-il quelque chose à voir avec les menaces qui empoisonnaient Mehiel Descharme ?

Soudain, alors qu'elle vient de déposer les pommes de terre autour du rôti, son attention est alertée par des meuglements désespérés. La Reinette ! Elle accouche ! Vite, la fermière se rend à l'étable. La pauvre bête est allongée sur la paille, le regard marqué par la souffrance.

— Ça fait une heure qu'elle se plaint. T'as pas entendu ? Quelque chose ne va pas, le veau est sans doute mal placé, suppose Hélène en s'approchant. Appelle Jean-Noël !

Affolée, Pervenche court à la maison pour téléphoner. Elle compose fébrilement le numéro de téléphone de son ouvrier et s'impatiente. Une sonnerie, deux, trois... dix... Il ne répond pas ! Vite, le vétérinaire. Une chance, c'est lui qui répond. Il demande l'adresse. Elle explique. Il rassure, il arrive.

C'est fait. Arnaud Dumoutier a aidé Reinette à accoucher et cela n'a pas été facile. Le veau, mal positionné, avait du mal à sortir. Il a fallu replacer cette patte qui s'obstinait à rester coincée en arrière, puis tirer, tirer fort tandis que la mère meuglait à fendre l'âme.

Le vétérinaire dégage maintenant les narines du veau des matières liquides qui les bouchent et, comme il semble respirer difficilement, il le suspend la tête en bas pour éliminer toutes les glaires gênant l'appareil respiratoire.

Voilà. Il ne reste plus qu'à désinfecter le cordon ombilical. Le veau est prêt à téter. Il cherche le pis, le trouve et avale goulûment. Calmée et visiblement comblée, la mère le lèche avec amour. C'est son petit.

— Il a subi un traumatisme. Je me demandais s'il vivrait, sourit le vétérinaire.

C'est un homme d'une cinquantaine d'années, grand, aux cheveux gris un peu bouclés. Ses yeux, qu'on devine clairs, sont cachés derrière des verres légèrement teintés. Ses gestes doux et précis ont rassuré Pervenche. Ses larges mains aussi. La tension causée par la crainte d'une catastrophe, ou pour le veau, ou pour la vache, s'estompe. L'homme et la femme se détendent, réunis par la même complicité, cette victoire pour la vie.

— Votre mari va être surpris, sourit l'homme en se lavant les mains.

Pervenche, qui n'a pas envie de raconter sa vie, répond laconiquement qu'elle n'a plus de mari. Gêné, le vétérinaire bredouille qu'il est désolé et que tenir seule une ferme doit relever du prodige. Elle hoche la tête en se frottant les mains à son tour. Tempo arrive en trombe, renifle le petit et la mère en remuant la queue comme s'il était heureux du dénouement, puis flaire avec insistance le pantalon de leur sauveur. Celui-ci le flatte en lui disant qu'il a vraiment des bons yeux, puis prend congé en souhaitant bon courage à la fermière.

Pervenche le suit du regard. Elle n'est pas mécontente d'avoir pu se passer de Jean-Noël. Quand ce dernier arrive pour la traite du soir, elle lui annonce, avec un petit air vainqueur, que la Reinette a mis bas et que ce n'était pas facile.

— J'ai appelé, mais vous n'étiez pas chez vous. Alors j'ai demandé au nouveau vétérinaire. Il est très compétent.

L'ouvrier serre les dents. Il a perçu le reproche à peine déguisé dans la voix de sa patronne. C'est fichu, pense-t-il. Et lui, qui espérait encore un revirement des choses, se résigne à devoir bientôt quitter Champbrise. Le 1er mai approche. Il faudrait un miracle pour que la situation tourne à son avantage. Mais pour l'heure, il a besoin de vider son cœur. Au point où il en est...

Tout en relevant la fermeture Éclair de sa combinaison de travail, il avoue à Pervenche qu'il est coupable d'espionnage au domaine de Silvabelle. Il sait bien qu'elle l'apprendra, alors, autant confesser sa faute maintenant.

— Je ne voulais pas de mal à Mehiel Descharme. Je voulais juste qu'il s'en aille. Ne me jugez pas. Je sentais qu'il vous attirait, alors je me suis servi de la malédiction. J'ai voulu l'impressionner par de petits méfaits. Je reconnais que c'était puéril et inutile. C'est quelqu'un de bien.

Pervenche a écouté sans sourciller. Ainsi, l'homme qui était bien prêt de l'attendrir est un menteur et un intrigant. Elle accroche ses cheveux en queue-de-cheval, enfile une blouse et croise les bras, perdue. Son regard traduit tant de déception, de découragement, que Jean-Noël tente de se justifier :

— C'était par amour pour vous, Pervenche. J'avais peur de vous perdre. J'étais affreusement jaloux.

Elle s'avance d'un pas, ses yeux virant à la tempête.

— Et c'est aussi par amour pour moi que vous l'avez dénoncé aux gendarmes ? Car c'est vous, n'est-ce pas ? Qui d'autre ?

Il tente de lui prendre le poignet. Elle s'échappe.

— Non. Je n'ai dénoncé personne. Vous n'êtes pas obligée de me croire. Je serais mal placé de vous en vouloir. Si vous saviez comme je me reproche d'avoir tout gâché.

— Donc, nous en resterons là de notre relation.

Je vous le confirme. Vous avez compris, n'est-ce pas ?

Jean-Noël ne répond pas et se met à l'ouvrage. La tristesse, qui chiffonne les traits de son visage d'habitude si rieur, touche sa patronne. Est-elle trop dure avec lui ? Non. Elle n'aurait plus confiance en cet homme-là. Mais elle n'est pas très fière non plus. Car il s'en est fallu de peu pour qu'elle dénonce Mehiel Descharme. Qui l'a devancée ?

— Vous savez, Jean-Noël, vous pourriez rester travailler pour moi. Nous pourrions tirer un trait sur tout ça, reprendre le fil de notre amitié et de nos bonnes relations professionnelles.

Il se plante devant elle, déterminé.

— Non, madame Fontaine. Ce n'est plus possible. Je partirai comme prévu, la veille du 1er mai.

Elle déglutit, se mouche dans un petit carré blanc tiré de sa poche, et finit par demander des explications pour l'histoire du briquet.

— Oh, je l'ai perdu en effet alors que je rôdais au château. Mais si vous voulez savoir pourquoi David Meurville possède le même que moi, demandez-lui directement. Car il vous trouble infiniment plus que moi, je crois. C'est toujours lui qui gagne, David.

Sur ces mots, il branche la première trayeuse et continue les tâches habituelles. Elle comprend qu'il ne dira plus rien. Elle éprouve une sensation d'inachevé qui la dérange.

Jean-Noël. Affaire classée, pense-t-elle en roulant en direction du chef-lieu de canton où se tient le marché. Elle roule lentement, pensive, quand son regard se pose sur une silhouette, au bord de la route. Un vieil homme marche voûté, sa frêle carcasse luttant contre le vent. Soudain, il trébuche et tombe à genoux, reste quelques secondes immobile comme s'il était sonné, puis tente de se relever, En vain. Il regarde autour de lui, les yeux hagards.

L'automobiliste freine, s'arrête près du malheureux et reconnaît Mathieu qui s'évertue en vain à retrouver la position verticale. Que fait-il ici ? Pervenche sort de sa voiture et l'aide à se relever.

— Mais que vous arrive-t-il, Mathieu ? Où allez-vous ?

— Voir le président de la République.

Visiblement désorienté, le père de Jean-Noël semble incapable de tenir une conversation cohérente.

— Mais vous ne devriez pas être aux Géraniums ?

À ces mots, les mains de Mathieu se mettent à trembler. Des larmes voilent son regard, accentuant cet air de fragilité dont il ne se départit plus depuis longtemps.

— S'il vous plaît, madame. Emmenez-moi chez Nono. Je veux plus rester là-bas. Y vont m'arrêter. Je veux pas aller en prison.

Pervenche s'interroge sur la conduite à tenir : le reconduire à la maison de retraite ou l'emmener à Jean-Noël qui prendra la bonne décision.

— Allez, montez, je vous conduis chez votre fils.

Reconnaissant, le pauvre homme lui adresse un sourire radieux.

— Vous êtes bonne, madame.

Elle l'aide à s'installer sur le siège avant.

— Je suis Pervenche Fontaine, vous savez bien, la femme de Luc.

Il semble chercher dans sa mémoire puis, ayant sans doute retrouvé une image, sourit en murmurant.

— Ah, oui, la petite Pervenche. La fille de la Polonaise...

Son visage se referme aussitôt.

— Je veux pas aller en prison.

— Rassurez-vous, monsieur Morel. Je vous conduis chez votre Nono. Et pourquoi iriez-vous en prison, d'abord ? Vous n'avez jamais fait de mal à une mouche.

— Aux mouches, non. Mais aux gens du château, si. Mais c'était bien fait. *Kaputt* le Léon. C'est lui qui a commencé.

— Comment ?

Le cœur de Pervenche se met à battre très fort. Qu'est-il en train de lui avouer ? Est-ce encore une invention de son cerveau malade ? Elle arrête cependant la voiture au bord de la route et, très doucement, demande :

— Qu'avez-vous fait de mal, Mathieu ? Vous pouvez tout me dire. Je vous protégerai.

Il se tait, lointain, et Pervenche craint qu'il ne se ferme complètement. Aussi insiste-t-elle, avec une patience de mère.

— Parlez, Mathieu, cela vous soulagera.

— C'est de la faute à Honorine. Mais je sais plus. J'ai trop de brouillard dans ma tête. Je veux rentrer. C'est pas grave, c'étaient des collabos. *Kaputt* le Léon.

Pervenche reprend le volant, les mains moites et

le ventre noué. Elle a tellement peur de comprendre qu'elle refuse de poursuivre l'interrogatoire. Mathieu serait responsable de la mort de sa mère et des autres ?

En arrivant chez Jean-Noël, elle dépose Mathieu en expliquant qu'elle l'a trouvé, errant le long de la route.

— Il divague beaucoup.

— Je vais téléphoner à la maison de retraite et le garder près de moi pour déjeuner, afin qu'il retrouve la sérénité. Merci, Pervenche, mais vous avez l'air bouleversée. Ne vous inquiétez pas, il va retrouver son calme.

Pervenche opine, se dit pressée et rentre à la maison avec son secret. Inutile de torturer Jean-Noël avec cette histoire.

Pas de marché aujourd'hui.

Mais l'après-midi, en revanche, sa vitalité retrouvée, elle se décide à interroger Hélène. Savoir enfin, pour tourner définitivement la page.

— J'ai vu Mathieu. Il dit avoir dénoncé les gens du château, en 1944, lance-t-elle sans préambule, en entrant chez sa belle-mère comme une tornade.

La vieille sursaute, puis baisse les yeux sur le napperon qu'elle est en train de broder.

— Alors ? insiste Pervenche en se plantant devant elle.

La brodeuse mouille son fil, le passe dans le chas de l'aiguille, noue le bout avec application, puis lève enfin la tête.

— À quoi bon, tout ça ? Hein ? On ne saura jamais.

— Mais c'est plausible, non ?

La vieille soupire, pose son ouvrage et de la tête invite sa belle-fille à s'asseoir.

— Oui, c'est plausible. Ce que je sais, c'est qu'Honorine attendait un enfant du Léon.

— Je sais, confirme Pervenche.

Hélène lui lance un regard en coin.

— Et puis, la rumeur a empoisonné leur relation. On disait au village que le château servait de quartier général aux Allemands. Personne n'a jamais rien vu, mais, tu sais, les mensonges galopent plus vite que la vérité. Honorine vouait une haine sans bornes à l'ennemi, vu que son père avait été tué un an avant, alors qu'il magouillait du marché noir mais refusait de leur en faire profiter. Alors, imaginer que son Léon était du mauvais côté, elle n'a pas supporté et elle a rompu. Ça s'est envenimé et je soupçonne Mathieu, qui était résistant, d'avoir mis de l'huile sur le feu, et même d'avoir agi contre les gens du château, vu qu'il lorgnait Honorine depuis toujours. Je crois que c'est lui que Léon a blessé d'une décharge de chevrotine. Ensuite, a-t-il entraîné les autres ? Je l'ignore. Mais tout le village croyant à la trahison de Lamotte, c'est pour ça qu'on a pillé. Moi la première. On n'avait pas l'impression de faire mal. Et moi j'avais de bonnes raisons aussi de me venger de Guillaume.

« On n'avait pas l'impression de faire mal. » Cette phrase s'insinue dans l'esprit de Pervenche, griffe son corps et son cœur jusqu'à la nausée. Elle se lève prestement et sort sur le pas de la porte. L'odeur de Champbrise, avivée par le vent d'est, l'apaise un peu.

— On peut pas comprendre ça, quarante ans après, ma fille. Quand on vit les choses, c'est différent. Tu ne peux pas imaginer le climat de tension qui régnait alors. Tout le monde se méfiait de tout le monde, on soupçonnait, on réglait les comptes. Peut-être que Mathieu a réglé les siens.

Pervenche revient à elle, sonnée par les révélations de la vieille et reprend sa place sur sa chaise.

— Alors votre fortune n'est pas issue de l'héritage d'André. Vous avez bâti votre petit empire avec l'argent volé à Silvabelle. Il y en avait beaucoup ?

Hélène hoche la tête en silence.

— On s'est partagé les lingots avec les autres, avoue-t-elle après un temps.

— Honorine aussi ?

— Non. Je crois qu'avec Mathieu ils avaient des remords. D'ailleurs, après la guerre, la rumeur avait changé de ton. On avait tendance à accuser les Morel et à blanchir les Lamotte. Et Mathieu et Honorine vivaient à l'écart comme s'ils étaient coupables. Mais je pense aussi que toute cette histoire les a séparés plus qu'elle les a rapprochés. Elle en a voulu à Mathieu. Et lui en a perdu la tête. Tu vas raconter ça à Jean-Noël ?

Pervenche prend sa respiration, se lève et murmure qu'elle n'en a pas l'intention. Elle ne va pas rajouter une couche d'amertume à celui qui vient déjà de prendre une déception en plein cœur.

La fête du muguet

Le dimanche, après le départ des filles, Pervenche roule en direction de Chaource pour se rendre chez David Meurville. Après maintes hésitations, elle s'est enfin décidée. C'est peut-être le remède pour tourner la page de Silvabelle. En tout cas, ça n'engage à rien, se ment-elle pour soulager sa conscience ou pour se donner du courage, en se garant devant sa maison. Mais un trac fou lui taquine l'estomac et lui embrouille les idées. Cet homme la trouble et l'intimide en même temps.

Quand elle sonne, il apparaît aussitôt, à croire qu'il attendait derrière la porte. Sans un mot, il l'attire à lui et la prend dans ses bras.

— J'espérais tellement, mais n'osais trop y croire, murmure-t-il en la regardant rougir.

— Je ne sais pas si c'est une bonne idée. David, vous m'effrayez. Tant de fougue et d'impatience... Vous allez trop vite. Moi, il me faut du temps.

— Mais prenons-le notre temps, ma belle. Allez, venez trinquer avec une coupe de champagne afin que je lise dans vos pensées. Oh ! à vrai dire, je n'ai pas besoin de boisson magique pour en saisir toutes les contradictions. Vous hésitez. Vous n'êtes sûre ni de vous ni de moi. D'un côté, vous vous persuadez que c'est une bêtise. De l'autre, vous êtes tentée, n'est-ce pas ? Mais comment savoir, si nous n'essayons pas ?

Il l'a entraînée dans son salon. Elle s'assoit sur le canapé tandis qu'il débouche la bouteille. Ils trinquent en silence. Le champagne est délicieux. La lumière douce éclaire un espace de bon goût décoré de pièces rares. Des sculptures. Des tableaux. Des objets précieux. Elle se détend.

— J'aimerais que vous me racontiez cette histoire de briquet.

Il sourit, mystérieux.

— Vous avez cru qu'il m'appartenait, n'est-ce pas ? Vous pensiez que je rôdais au domaine pour importuner le luthier ? Vous vous êtes trompée d'homme.

Elle trempe ses lèvres dans sa coupe, amusée, grisée. Déjà ?

— Vous savez peut-être que la mère de Jean-Noël me gardait souvent, quand mes parents, trop accaparés par l'étude, se débarrassaient de moi. On a de bons souvenirs, vous savez, avec le Nono. Gamins, on s'amusait bien. Ça s'est gâté à l'adolescence. On était toujours amoureux des mêmes filles.

Il rit.

— Et c'est vous qu'elles préféraient ? Il me l'a laissé entendre.

— Oui. Même Émilie, ma femme, après avoir fricoté quelques semaines avec lui, a fini par me choisir, moi. Nous n'étions plus des gosses. Les querelles de l'enfance se sont chargées de jalousie, de rancœur. Après mon mariage, nous ne nous parlions plus.

— Mais ce briquet ?

— Oh ! un cadeau d'Honorine, pour nos dix-huit ans que nous avons célébrés ensemble. Notre dernière fête.

— C'est simple, en fait, sourit Pervenche.

— Oui, ma mie, reconnaît-il en lui caressant les cheveux.

— Dire que je vous soupçonnais de tourmenter ce pauvre Mehiel ! Me pardonnerez-vous ?

Il lui sert une nouvelle coupe pour voir briller ses yeux. Elle avale une gorgée. Le temps perd de sa consistance. Rien n'a plus d'importance. Elle ne résiste pas quand il la prend dans ses bras, elle frémit quand il soulève son pull pour caresser doucement ses seins. « Pervenche, Pervenche, Pervenche, que fais-tu ? » susurre cette petite voix importune venue des tréfonds de sa conscience. « J'ai le droit d'aimer », répond-elle pour faire taire l'intruse tandis que David, de plus en plus ardent, explore tout son corps et que, consentante, elle s'abandonne enfin, brûlante d'amour et de désir trop longtemps contenus.

Il se montre tendre, David. Elle aime sa façon d'être, tout en douceur et en persuasion irrésistible. D'ailleurs, elle ne résiste pas. Les barrières cèdent les unes après les autres. Au diable les préjugés, elle veut sa part de plaisir. Et pourquoi pas ? C'est un moment très fort d'ardeur réciproque. David et Pervenche. Qui aurait cru ?

Elle est bien dans ses bras. Amoureuse ? Elle

n'ose encore y croire. Lui, affirme qu'il est sûr de l'aimer. Elle le tempère.

— Ne nous emballons pas, David. Tout nous sépare, dit-elle en reprenant ses esprits.

Il soupire en la recoiffant avec ses doigts, d'un geste tendre.

— Je ne suis pas d'accord. « Le bonheur, on ne le trouve pas, on le fait », a écrit Arnaud Desjardins. Rien ne nous sépare vraiment, Pervenche. Une ferme, ça se vend.

— Mais...

Il la fait taire en l'embrassant, puis reprend :

— Tu nous vois, toi à Champbrise et moi à Chaource ? Non, ma mie, je te veux tous les jours à mes côtés.

Elle se tait. Il la rassure.

— Je ne te demande pas de te décider tout de suite.

Elle se contracte imperceptiblement. Le moment d'euphorie passé, tous les problèmes, petit à petit, reviennent barbouiller son esprit. Elle se rhabille doucement, pensive.

— J'aurais aimé que l'histoire de Nicolas et d'Isora dure, comme la nôtre. Car elle va durer, n'est-ce pas ? demande-t-il, fébrile.

Pervenche le trouve touchant, avec sa mine de gosse gâté et suppliant.

— Peut-être... Oui, je regrette pour Nicolas. Quant à Isora, elle a trouvé en Mehiel l'homme qui l'apaise. Dire qu'on le prenait pour un gourou. Vous m'aviez tellement influencée, lors de notre premier rendez-vous, que j'ai failli le dénoncer comme tel. J'ai tellement honte de moi. Même si quelqu'un l'a fait à ma place, murmure-t-elle.

Elle le regarde et surprend une lueur coupable dans son regard. Son cœur se serre.

— Ne me dites pas...

— Si. C'est moi qui l'ai trahi. Je voulais lui nuire. Je priais pour qu'il s'en aille. Je l'ai fait par amour pour vous, avoue-t-il en baissant les yeux.

Pervenche se tait. On fait trop de vilaines choses, décidément, par amour pour elle.

— Mais je me suis racheté. Quand j'ai su que Mehiel et Isora s'aimaient, j'ai été tellement soulagé que j'ai influencé mon frère pour qu'il accorde le prêt au châtelain. Tout s'arrange, n'est-ce pas ?

Elle hoche la tête, partagée entre courroux et indulgence. A-t-elle le droit de juger, elle qui aurait pu faire la même chose ? Salir Mehiel Descharme ?

David sourit, sans conscience de cette bataille qui se joue dans la tête de sa compagne. Et, voulant détendre l'atmosphère, il ajoute que Flore, dans un autre genre, est aussi charmante que sa sœur.

— Vous la connaissez à peine.

— Mais...

— Je sais qu'elle est mignonne, ma fille. Plus rieuse qu'Isora, plus énergique aussi.

— Ah çà ! Quand elle veut quelque chose...

— Il est encore un peu tôt pour s'en rendre compte, murmure Pervenche en se demandant pourquoi Flore est maintenant au centre de la conversation.

David la regarde, gêné.

— Pervenche, vous n'êtes pas sans savoir que

Flore est toujours pendue au cou de Nicolas et que celui-ci va finir par se laisser faire.

Elle se lève comme un ressort.

— Quoi ?

Il tente de l'apaiser.

— Je croyais que vous étiez au courant.

— Mais pas du tout. Enfin, Flore est encore une petite fille.

— Et alors, mon fils a quitté l'enfance il n'y a pas si longtemps. Il n'a pas vingt ans ! Ils sont bien assortis, vous savez. Attirés tous les deux par la nature. Ça m'amuse que le père et le fils soient séduits tous les deux par les dames de Champbrise. Pas vous ?

C'est trop d'émotions pour ce soir. Pervenche se lève, complètement dégrisée, en proie à mille questions. David tente de la retenir.

— Je croyais que vous alliez dormir ici, or vous semblez pressée de me quitter. Je suis déçu, Pervenche, restez.

— Et les vaches ? Demain matin, la traite commence à 5 heures.

— Pour une fois, elles attendront un peu.

Pervenche hausse les épaules.

— Vous n'y connaissez rien.

Il en convient humblement, affirme que ce n'est pas un handicap, quand on s'aime on trouve des solutions. Mais elle ne veut plus rien entendre. Elle se sent étrangère dans ce décor de luxe. Incomprise par cet homme qui, pense-t-elle, plane à des années-lumière de ses aspirations...

— À plus tard, David. J'ai envie de rentrer chez moi. Ne le prenez pas mal.

Fébrile, elle se dépêche maintenant, avec une seule envie, se retrouver dans sa maison aux côtés de Tempo et Isis avec, en bruit de fond, l'agitation des vaches, de la basse-cour et l'odeur des premières roses mélangées à celle de la terre. Chez elle, enfin. Il la raccompagne tristement. Elle lui sourit pour se faire pardonner.

— Vous reviendrez, n'est-ce pas ? Vous n'êtes pas trop déçue ?

— Pour répondre à la dernière question : non.

Elle effleure ses lèvres.

— Vous m'avez libérée, David.

— Alors vous reviendrez ?

Elle lui envoie un baiser et s'enfuit comme une voleuse.

En sortant sur le trottoir, elle se fait bousculer par un homme pressé, qui s'excuse aussitôt.

— Oh, pardon, madame, je cours tout le temps. C'est une habitude. Ah, mais c'est madame Fontaine... Je vous reconnais.

Pervenche hésite. Ce visage lui rappelle quelque chose. Cette allure aussi. La sacoche noire. Mais oui. Le vétérinaire ! Il est accompagné d'une belle jeune femme aux cheveux courts qui la salue d'un sourire.

— Je vous présente Annabelle. Elle veut aller sur le terrain, c'est mon assistante.

— Enchantée, madame. Excusez-moi, je ne vous remettais pas, dit-elle en s'adressant à l'homme pressé. C'est-à-dire que je ne m'attendais pas à vous voir là et...

Il la coupe en souriant :

— Et sans mes lunettes, je suis un autre homme, n'est-ce pas ?

Elle le regarde, amusée. Elle vient de remarquer cette coquetterie dans le regard, oh, un léger strabisme qui donne à ses yeux quelque chose d'enfantin.

— La nuit commence à tomber et je me dépêchais...

— Moi, je vais chez les Collin dont la jument est malade. Au fait, comment va le veau de votre Reinette ?

Elle assure qu'il se porte bien et, comme ils n'ont plus rien à se dire, ils se quittent rapidement.

— Au revoir.

— Au plaisir, répond-il en la suivant du regard, tandis que la jeune femme presse le pas en le précédant.

En rentrant à la maison, Pervenche Fontaine, intriguée par la lumière filtrant sous les persiennes, ouvre doucement la porte. Une des filles serait-elle revenue ?

— Isora ?

Elle avance vers le salon et découvre Samuel, souriant.

— Je commençais à m'impatienter, ma fille.

Pervenche le regarde en coin, comme prise en faute.

— Mais je ne t'attendais que demain matin.

— Je sais et ne te reproche rien. J'avais envie de passer la soirée seul avec toi. C'est raté... Mais je ne t'en veux pas, dit-il en faisant taire sa fille de la main. Tu as le droit d'avoir une vie privée.

— As-tu dîné ? demande Pervenche.

— J'ai partagé le repas d'Hélène. Celui que tu lui avais préparé. Délicieux, ce pâté de lapin. Elle en est convenue.

Pervenche se contracte en retirant veste et chaussures. Cette connivence entre la vieille et son père la dérange. La mégère ne va tout de même pas les dresser l'un contre l'autre ? Lui raconter des mensonges ou arranger les choses à son avantage ?

— Papa, cette femme me déteste depuis toujours. Je n'aime pas que tu la fréquentes. Tu ne sais rien de sa méchanceté. Elle ne pense qu'à me nuire.

Samuel soupire, se lève et prend sa fille dans ses bras.

— Je connais tout cela, ma chérie. N'aie crainte, personne ne te détournera de moi. Mais je crois que ta belle-mère a pris le chemin de la rédemption. Il n'est jamais trop tard. Allez, va au lit. Je dormirai dans la chambre d'Isora.

Pervenche s'étire. Elle n'a pas sommeil et l'envie de parler la démange. Oui, raconter ses doutes et ses incertitudes. Ses tourments, ses remords.

— Si tu n'es pas trop fatigué, reste un peu. Il n'est que minuit.

— C'est assez tard pour quelqu'un qui se lève à 5 heures, rétorque-t-il en lui caressant les cheveux.

— Tant pis. Papa, j'ai envie de me confier. Vois-tu, je ne sais plus où j'en suis. Je viens de passer la soirée avec David Meurville.

Il fronce les sourcils, la regarde, étonné.

— Viens contre moi, chérie, et raconte, cela te soulagera. Elle se colle contre lui, sur le canapé, et tous deux se livrent lors d'un moment d'intimité privilégié où les mots chuchotés se dégustent comme un gâteau tendre et moelleux venant à point après une fringale. Après des années de frustration et de manque, Samuel et Pervenche se reconnaissent enfin, fusionnent en rejetant, ensemble, cette pudeur qui les paralysait parfois, étouffant leurs élans dans une attitude un peu trop convenue. Ils n'osaient pas. Maintenant, le père et la fille se confient sans retenue. Rient, pleurent, s'embrassent. Elle lui confesse les choses qu'il devinait. Il avoue les tourments qu'elle imaginait.

Ils se taisent enfin. Fatigués mais heureux. Isis, enroulée sur le tapis, dort contre Tempo. La pendule sonne deux coups. Pervenche se lève, se dirige vers la porte et l'ouvre doucement sur la nuit. La campagne, sereine comme une mer d'huile, invite à la paix de l'âme. L'odeur de Champbrise la fait frissonner. Non, elle ne vendra jamais la ferme de Luc. C'est une évidence. Une autre évidence vient de lui sauter au cœur. Jean-Noël ou David ? Elle sait... Elle en ressent un immense soulagement. Samuel la rejoint, la prend par les épaules, embrasse ses cheveux et lui glisse un papier dans la poche.

— Tu liras ça avant de t'endormir, ma fille, et trouve enfin la paix.

***

Le matin de la fête du muguet, les jeunes filles Fontaine se prélassent au lit. En attendant, Pervenche prépare le repas avec entrain. Les gestes les plus anodins lui semblent importants et elle les exécute avec une sorte de grâce, savourant la guérison d'Isora et la sienne. Depuis une semaine, elle vit dans une sorte de béatitude. Depuis qu'elle a lu la lettre de Luc, elle s'autorise au bonheur et cette sensation nouvelle la grise.

Elle enfourne la tarte à la rhubarbe, se lave les mains sur l'évier, les essuie soigneusement et se dirige vers sa chambre. C'est sous son oreiller que se trouve la lettre de son mari remise par Samuel. Elle s'en empare délicatement, comme un trésor, la déplie avec précaution et s'assoit sur le rebord du lit pour la relire encore une fois. La dernière lettre d'amour de Luc.

Ma chérie,

Ne m'en veux pas si je pars. Je ne peux pas continuer. Je n'y arrive pas. Ne cherche pas de raison particulière, ne culpabilise pas. Tu m'as offert le seul grand bonheur de ma vie. Mes filles aussi. Pardon, mes amours, mais ce n'est pas suffisant pour enrayer ce mal de vivre qui me ronge. Comme les marins sont attirés par le chant des sirènes, je suis happé, irrésistiblement, par un ailleurs inconnu. Un mirage. J'ai déjà eu des pulsions. Je les ai combattues, mais je sais qu'un jour je ne résisterai pas.

Je sais tout pour ma mère, sa liaison avec le châtelain, sa participation au pillage. Mon père m'avait raconté. Ce n'est pas la raison de mon départ, même si j'ai été affecté par ce comportement dont j'ai honte. La vérité, ce sont les ombres qui s'incrustent en moi insidieusement, pour finalement prendre toute la place et m'empêcher de voir les jolies couleurs de l'existence.

Tu sais, je crois que je t'aurais empêchée d'être heureuse. Tu te rongeais déjà à cause de moi et tu ne le mérites pas. Tu es faite pour la lumière. Brille, Pervenche, ris, aime, tu as ma bénédiction.

Dis aux filles que leur papa les protégera, s'il le peut, de là-haut.

Aujourd'hui ou demain, je ne sais pas encore, je ne serai plus là. Mais croyez-le, je ne serai pas loin.

Je vous aime, je vous aime. Pardon mes amours.

Rien ne laisse penser que Luc avait pris connaissance du cahier bleu. C'est mieux ainsi, pense Pervenche. Elle caresse le papier, le respire. Il a gardé l'odeur de la veste de son mari. Celle qu'il avait laissée en évidence sur le puits, dans la cour, mais dont Hélène, l'ayant vue la première, en avait subtilisé le précieux contenu.

Pas bien fière, elle l'a enfin confié à Samuel en lui avouant tout. La haine vouée à Irina, qu'elle avait reportée sur sa fille. Une haine irraisonnée qu'elle avait cultivée pour se consoler. Mais elle a fini par comprendre que le réconfort n'est pas dans la rancune. Samuel, arrivé au bon moment pour lui tendre la main, l'a encouragée à se libérer. Et c'est arrivé. Le soir de son retour, alors qu'ils dînaient ensemble, elle s'est levée subitement, a farfouillé dans ses papiers et, honteuse, les yeux brillants d'excitation, lui a tendu la lettre.

— C'est la réponse que votre fille a tant cherchée. Je suis une moins que rien. Je ne mérite même pas la pitié.

Le cœur serré, le père de Pervenche avait pris la lettre, en avait lu la première ligne et l'avait repliée doucement. Les derniers mots de Luc n'appartiennent qu'à sa femme.

Il avait beaucoup parlé avec Hélène Fontaine, ce soir-là. Il n'était pas mécontent de lui. Deux femmes étaient enfin libérées.

Les filles se lèvent et, tout en savourant leur petit déjeuner, échangent leurs suggestions quant à leur toilette de l'après-midi, pendant que Pervenche met de l'ordre dans la cuisine.

La fête du muguet à Chaource draine toujours une foule bigarrée qui se bouscule pour admirer les chars fleuris sur lesquels des demoiselles, telles des princesses, sourient de toute leur jeunesse et envoient des baisers à la ronde. Les belles ambassadrices de leurs villages, couronnées de fleurs et tout de blanc vêtues, cheveux au vent ou serrés en chignon, rivalisent de grâce et de fraîcheur. Pourtant, cette parade n'a jamais tenté Flore ni Isora, qui auraient pourtant fait sensation. Mais elles accompagnent toujours leur mère pour profiter du spectacle et de la musique, des stands multiples et des diverses attractions. C'est la fête du printemps et des fleurs.

— Je pensais mettre ma robe blanche, avance Flore.

Isora s'esclaffe, assure qu'on va la confondre avec la reine de la fête ou l'une de ses dauphines.

— Enfile plutôt un jean et une tunique, c'est plus branché.

Flore avale une gorgée de café, s'essuie la bouche et confie que Nicolas la préfère en robe. Isora ouvre de grands yeux étonnés.

— Quel Nicolas ? Et Damien ?

Sa sœur, rougissante, prend le temps de terminer son café, pose son bol sur la table et dit d'une toute petite voix que c'est terminé avec Damien et que son cœur bat maintenant pour Nicolas Meurville.

Pervenche dont l'oreille, entre deux bruits de casseroles, a saisi la confidence, s'arrête d'essuyer les assiettes. Comment va réagir Isora ? Celle-ci se tait un instant, pensive, tandis que sa sœur attend sa réaction avec un peu d'appréhension. Elle est si impulsive, son aînée ! Mais Isora lui prend la main et, très protectrice, lui conseille de ne pas s'emballer.

— C'est un garçon bien, Nicolas. Mais c'est déjà un homme, j'en sais quelque chose et tu es encore un bébé.

Pervenche sourit, indulgente.

— Tu étais au courant ? interroge l'aînée.

— Oui, depuis une semaine. David m'en a parlé.

— David ?

Les yeux jaunes de la jeune fille ont perdu leur velouté. Ils se chargent d'impertinence, comme sa voix qui grince déjà.

— David ? Tu l'appelles David ? Mais alors... Si ça se trouve, il est ton amant, hein ? Je refusais de le croire. Tout le monde en parle à Chaource comme à Ervy. Mais qu'est-ce que vous avez toutes les deux, avec les Meurville ?

Pervenche se mord les joues sans répondre. Flore la fixe, interrogative. Une gêne s'installe dans la cuisine. L'ambiance, si légère un quart d'heure auparavant, se crispe. Pervenche réagit la première.

— Il est vrai que David me courtise et que j'en

suis flattée. Mais rien n'est encore décidé entre lui et moi. Et cette affaire ne regarde que moi, pour l'instant. Tu ne m'as pas demandé mon avis, n'est-ce pas, au sujet de ton histoire avec Mehiel Descharme ? ajoute-t-elle en s'adressant à Isora.

— Mais...

— Et toi, Flore, j'aurais apprécié que tu me parles de Nicolas. Ta sœur a raison. Tu n'as pas seize ans.

La gamine se lève et jette sa serviette par terre.

— Je les aurai le mois prochain. Mais maman, tu avais quinze ans quand tu as fréquenté papa !

— Elle a raison, sourit Isora, dont le ton se radoucit.

Pervenche soupire et prend le parti de rire.

— Allons, soyons réalistes, mes chéries. Je suis libérée depuis que j'ai lu la lettre de votre père.

— Quelle lettre ? interrogent les filles en chœur.

— Une lettre de votre papa, qu'Hélène avait subtilisée. Je vous la montrerai tout à l'heure. C'est vrai que je ne suis plus hostile à vivre aux côtés d'un homme. Reste à trouver le bon... Quant à vous, vous savez bien que je tiens à votre bonheur, moi. Et avouez que vos histoires d'amour ne sont pas banales. Isora, tu vis un roman avec un musicien qui pourrait être ton père. Et toi, Flore, tu te jettes dans les bras de l'ancien amoureux de ta sœur...

— Je crois qu'il est beaucoup question d'amour, dans cette maison, lance Samuel en entrant. J'étais parti marcher avec Tempo, je crois que j'ai trouvé une maison à louer. Mais... ces cloches ? Qui les fait sonner ?

Les trois femmes dressent l'oreille. Qui carillonne ? Timide, fragile dans ses premiers accords, le son prend maintenant de la force, se teinte de joie et s'envole sur les toits du village dans un tourbillon d'allégresse. Les cloches chantent le bonheur à tout-va pendant quelques minutes, font lever les têtes et sortir les habitants qui à l'unisson vibrent avec leur carillon retrouvé. Puis, peu à peu, Appoline et ses sœurs ralentissent la cadence, s'essoufflent, murmurent et finissent par se taire, fatiguées...

— C'est Mathieu, sans doute, murmure Flore.

Et voilà que ça recommence dans les balbutiements et les hésitations d'une mélodie plus tendre, désespérée... « Ne me quitte pas... Ne me quitte pas... » Oui, les cloches pleurent plus qu'elles ne chantent le refrain de Brel qui remue tous les amoureux malheureux.

Le silence maintenant. Dehors. Dedans. Le temps semble s'arrêter. Chacun s'interroge.

— C'est Jean-Noël, murmure enfin Pervenche, dont les yeux se brouillent.

Elle a compris. C'est son message d'amour. Il ne sait pas composer de ballade mais il sait carillonner. Cet hommage lui ressemble. Elle est touchée. Les filles aussi. Elles ont deviné et expliquent à leur grand-père que le fils du carillonneur a repris le flambeau, trouvant cette idée originale pour tenter une dernière déclaration à leur maman.

— C'est romantique, sourit Isora.

— Pas autant que la composition d'une pièce de musique, mais j'avoue que c'est attendrissant, reconnaît Pervenche.

— Tu vois, il n'est pas si mal que ça, le Nono, déclare Flore.

Samuel et les filles observent Pervenche. Va-t-elle se laisser attendrir ? Courir en direction du clocher pour répondre à cet ultime appel ? Samuel l'interroge des yeux. Elle baisse les siens, hausse les épaules en signe d'indécision ou de fatalité, qui sait ? Puis elle se remet à préparer son repas tandis que les demoiselles échangent à nouveau des conseils sur le choix de leur toilette.

À l'heure de se mettre à table, une douce musique tire Pervenche de sa cuisine. Deux hommes jouent du violon devant sa porte. Les musiciens, les cheveux noirs noués en catogan, jouent avec application cet air de Verdi si envoûtant, si poétique que Pervenche en ressent des frissons.

Intriguées, les filles arrivent, sortent devant la maison et restent bouche bée près de leur mère. Immédiatement, Isora pense à Mehiel. Cette surprise lui ressemble. Flore se demande si Nicolas serait capable de penser à lui offrir un tel cadeau. Samuel aussi, charmé par cette mélodie, s'interroge. Décidément, il se passe des choses étranges aujourd'hui à Champbrise. Laquelle des trois femmes de sa vie a inspiré cette aubade ?

C'est un des musiciens qui donne la réponse en s'adressant à la plus âgée des trois :

— Pour vous, madame, ce message : « Le bonheur, on ne le trouve pas, on le fait. » Je crois que vous comprendrez.

Elle hoche la tête, troublée. David lui avait promis des surprises... En voici une.

— Qu'est-ce que ça veut dire, maman ? demande Flore.

Énigmatique, Pervenche remercie les musiciens, leur demande d'attendre un instant et revient en leur glissant chacun un billet dans la poche.

— N'oubliez pas les mots magiques, il a raison votre galant, déclare l'un des violonistes en rangeant son instrument.

L'autre l'imite et ils partent tous deux à pied, violon et sourire en bandoulière, dans un sillage de mystère.

— Je rêve ! s'exclame Isora, incrédule. C'est encore pour toi, maman ?

— Oui. C'est David.

— Mais alors, ma fille, vas-tu nous dire vers qui penche ton cœur ? demande Samuel. On ne s'y retrouve plus, nous.

Les filles, pendues aux lèvres de leur mère, contiennent mal leur impatience.

Pervenche prend sa respiration et annonce, le regard lointain :

— Ni l'un ni l'autre.

Puis elle se dirige dans sa chambre, ouvre le tiroir de la table de nuit, en sort la lettre de Luc. Les filles ont le droit de savoir.

Pervenche se laisse tomber sur son lit, épuisée. Quelle journée ! Elle se souviendra longtemps de cette fête du muguet. Il est minuit, la maison s'endort. Après le concert, Samuel, invité à Silvabelle, a suivi Mehiel et Isora. Il dormira là-bas ce soir. Ils ont tant de choses à partager ! Quant à Flore, elle est partie au lit, avec des étoiles plein le cœur. Nicolas lui a tenu la main toute la journée et, pour finir, l'a embrassée.

Pervenche sourit au souvenir des visages ahuris de ses filles lors de sa réponse laconique, après l'aubade. Elles avaient alors tenté de savoir pourquoi leur mère ne se décidait pas. Elles l'encourageaient. Samuel se taisait, comme s'il avait compris les raisons de son renoncement.

Ni l'un. Ni l'autre.

La vérité, c'est qu'elle n'aurait pas confiance. Jean-Noël a comploté et, en plus, s'est acharné sur Mehiel. Même par amour, elle a du mal à l'admettre. Qui sait s'il ne recommencera pas ? En tout cas, ses sentiments à elle ne sont pas assez forts pour gommer tout ça.

Même chose pour David. Il a dénoncé le luthier. Et, même s'il avait des excuses, elle lui en veut. De plus, elle a bien réfléchi, leurs différences de vie auraient fini par les séparer. Car elle est bien déterminée à garder sa ferme. L'homme qu'avec Samuel ils ont engagé leur semble compétent. En attendant, son père l'aidera car l'ouvrier ne sera disponible que dans une semaine et Jean-Noël, déçu, a plié bagage après la traite de 17 heures. Il s'était proposé, animé de l'espoir fou qu'elle allait le rejoindre, sans doute... Mais non.

Elle n'a pas rejoint non plus David qui l'attendait chez lui. Il n'a pas insisté. Il avait déjà compris, lors de leur seul rendez-vous, qu'elle n'était pas pour lui et que la plus belle des aubades n'y changerait rien.

À ses filles, lors du repas, elle a simplement avoué qu'elle ne les aimait pas assez. Ni l'un. Ni l'autre. Déçues, elles ont cependant admis qu'elle avait raison d'écouter son cœur. Et ensuite, la lecture de la lettre de leur père les a délivrées. Personne n'est vraiment responsable et elles pourront désormais, comme leur mère, voir l'avenir d'une autre façon.

Ensuite, il y a eu le défilé, le regard brillant de ses enfants heureuses, les odeurs de barbe à papa mélangées aux effluves délicats du muguet qui garnissait les chars. Au bras de leur amoureux, les filles ont oublié la mélancolie de leur mère que même Samuel, toujours à ses côtés, n'est pas parvenu à chasser.

Comme Luc qui n'arrivait pas à vivre, elle, n'arrive plus à aimer. La tête ailleurs, elle a suivi toutes les animations sans les voir vraiment, souriant, riant machinalement, comme les autres, mais le cœur gros de cette évidence, et sec, si tristement sec.

C'est lors du concert en l'église Saint-Jean-Baptiste de Chaource, remplie pour cette occasion, qu'elle s'est un peu détendue. Le décor s'y prêtait. Envoûtée par l'atmosphère autant que par les œuvres, elle n'en finissait pas de regarder autour d'elle. Ce retable dans la chapelle du Paradis, et ces statues du XVIe, quelles merveilles ! Et dans la chapelle basse, cette *Mise au tombeau*, chef-d'œuvre le plus connu de l'École troyenne de sculpture : un véritable joyau qui fait la renommée de l'église.

Un décor majestueux, à la hauteur de la musique qu'elle a écoutée avec recueillement. Au piano, Samuel a joué divinement. Le toucher délicat, la technique sûre et sa sensibilité exacerbée, il a conquis le public en interprétant cette *Sonate en si bémol* de Chopin aux accents si tragiques. Une sonate qui lui correspond si bien, dans un mélange d'espoir et de résignation.

Mehiel eut autant de succès avec son violon, donnant aux *Caprices* de Paganini toutes les couleurs d'une partition riche de contrastes. Mais c'est avec *L'Ode à une fée* qu'il fit réellement sensation, criant son amour en mélodie caressante et passionnée. Au premier rang, Isora le dévorait des yeux sans souci du regard curieux des autres. Car, à ce moment-là, ils étaient seuls, comme au premier matin du monde.

Pervenche, qui prétend ne pas connaître la musique, en a été bouleversée jusqu'aux larmes.

Elle se lève pour ouvrir la fenêtre. Quelques étoiles dansent l'éternité autour de la lune pleine de ses secrets. Un souffle d'air soulève les cheveux de la dame de Champbrise qui, en cet instant, rejoint les prairies célestes, en osmose avec l'homme aimé. Tout est bien.

Épilogue

Septembre 1981. L'été se prélasse en journées tièdes et dorées au parfum de mirabelles. Les champs moissonnés donnent à la plaine des reflets de désert où tranchent quelques oasis de verdure, petits bosquets épargnés par le défrichement des hommes. Au loin, des tournesols tendent d'un même élan leur tête au soleil pour capter les derniers rayons qui finiront de les sécher.

Au loin, une envolée de cloches appelle les paroissiens pour la messe dominicale. La campagne est sereine à l'image de Pervenche Fontaine dont le cœur, lavé de ses tourments, saute de mille petits bonheurs. Et alors qu'elle marche d'un pas léger sur un sentier buissonnier, tout lui semble doux et précieux, ravivant à cet instant les sensations oubliées de l'enfance. La brise dans ses cheveux. La flopée d'hirondelles pépiant sur les fils électriques. Le clapotis du petit ruisseau. Ce nuage de guêpes ronronnant sur les pommes tombées. Ces branches de ronciers pliant sous les derniers mûrons desséchés. Et Tempo qui n'en finit pas de gambader comme un chiot.

La dame de Champbrise soupire d'aise en se laissant tomber sur un vieux tronc d'arbre. Elle regarde le ciel laiteux prometteur de douceur et revit en pensée les bouleversements des mois passés. Son papa retrouvé, son cœur incertain, l'installation d'Isora à Silvabelle, le premier chagrin d'amour de Flore – Nicolas l'a quittée dans l'été – et l'arrivée de Bruno, le nouvel ouvrier, homme de confiance embauché par Samuel pour seconder à la ferme. Et surtout, cette métamorphose d'Hélène dont les sentiments se teintent peu à peu d'humanité.

Pervenche se lève, s'étire et reprend le chemin des écoliers pour se rendre au village. Elle y rencontrera sans doute l'homme au regard flou. Un regard doux, toujours émerveillé comme celui d'un enfant. Comme le jour où il a aidé la Reinette à donner naissance à son veau. Arnaud Dumoutier, dont elle croise la route depuis quelques semaines, partage ses aspirations pour une vie simple et riche de mille petites choses, en symbiose avec la terre et les animaux.

Le cœur en émoi comme celui d'une jeune fille, Pervenche avance prudemment vers un avenir confiant, avec l'envie de croquer la vie. Elle sourit tandis que la prophétie de la voyante aux cheveux bleus lui revient à l'esprit.

Au loin, la silhouette connue se profile. C'est lui. Arnaud. Elle regarde le ciel et se sent envahie d'une bienheureuse paix. Le soleil a eu raison des nuages. Tout devient limpide et lumineux. Comme si Luc lui donnait l'autorisation d'être heureuse.

Table des matières

Composition et mise en pages réalisées
par ÉTIANNE COMPOSITION
à Montrouge.

Achevé d'imprimer par N.I.I.A.G.
en novembre 2013
pour le compte de France Loisirs, Paris

Numéro d'éditeur : 75016
Dépôt légal : septembre 2013
Imprimé en Italie